Het feest

Van Elizabeth Day verscheen eveneens
bij Ambo|Anthos *uitgevers*

Steen, papier, schaar
Durf te falen

Elizabeth Day

Het feest

Vertaald uit het Engels
door Eefje Bosch

Ambo|Anthos
Amsterdam

MIX
Papier van verantwoorde herkomst
FSC® C014496

Eerste druk 2019
Dertiende druk 2020

ISBN 978 90 263 4876 1

Oorspronkelijke titel *The Party*
Oorspronkelijke uitgever 4th Estate
An imprint of HarperCollinsPublishers
Omslagontwerp Marry van Baar
Omslagillustratie © Rodney Smith

Verspreiding voor België:
Veen Bosch & Keuning uitgevers nv, Antwerpen

Voor Jasper

Partij

Zelfst. nw.
1. Een geanimeerde bijeenkomst van genodigden, doorgaans gepaard gaand met eten, drinken en vermaak.
2. Een formeel aangesteld politiek gezelschap dat deelneemt aan verkiezingen en probeert een regering te vormen of daaraan deel te nemen, bijv. 'factie', bijv. 'het verkiezingsmanifest van de partij'.
3. Een persoon of personen met hetzelfde standpunt bij een contract of discussie, bijv. 'de schuldige partij'.

I

De verhoorkamer is klein en vierkant. Een tafel, drie plastic stoeltjes, een hoog, matglazen raam met een vuile ruit, tl-verlichting; een groezelig gele schaduw over ons gezicht.

Twee bekertjes thee: één voor de politieagente, één voor mij. Wit van de melk en met twee klontjes suiker. Te veel melk, maar het is niet aan mij daar iets van te zeggen. De rand van mijn bekertje zit vol inkepingen omdat ik in het plastic heb zitten bijten.

De muren zijn gebroken wit. Ze doen me denken aan die van de squashbanen van het RAC op Pall Mall, waar ik nog maar een paar dagen geleden een tegenstander heb ingemaakt die in de clubranglijst een aantal plaatsen boven me stond. Het was een bankier. Rood gezicht. Korte slobberbroek. Verrassend slanke bovenbenen. Ik had hem redelijk vlot verslagen: serveren, kappen, smashen. Het rubberen geluidje van de bal als die tegen het beton aan ketste, een donkergroene punt aan het eind van elke rally. Gekreun. Gevloek. Uiteindelijke nederlaag. Agressie, door vier muren ingedamd.

Op het politiebureau hangt een vergelijkbare sfeer: een soort opvliegende mannelijkheid, hoewel slechts één van de twee agenten door wie ik word verhoord een man is. De vrouw heeft duidelijk de rol van *good cop* gekregen. Zij was het die me de thee aanbood, die zei dat het me goed zou doen. Ook de twee suikerklontjes waren haar idee. 'U weet wel,' zei ze, terwijl ze me aankeek, 'zo na de schok.'

Inderdaad had ik de politie vanochtend niet bij me op de stoep verwacht. Dit is pas de tweede keer in mijn negenendertig jaar dat ik door de autoriteiten word ondervraagd. In beide gevallen was het vanwege Ben. Wat eigenlijk vreemd is, als je bedenkt dat hij mijn beste vriend is. Je zou denken dat beste vrienden beter voor elkaar zorgen.

De agente is klein met ronde schouders en een vriendelijk gezicht vol sproeten. Haar haar is geverfd in die onbestemde kleur waar vrouwen van middelbare leeftijd zo'n onverklaarbare voorliefde voor hebben, bruin noch blond maar iets ertussenin. Een soort beige. Broos aan de punten.

Haar collega is lang. Zo'n man van wie vooral de lengte je bijblijft. Hij bukte zich toen hij de kamer binnenkwam, met een stapel papieren in handen die de kleur van supermarktham hadden. Grijs pak met een witte vlek op de revers. Tandpasta, misschien. Of een achtergebleven veeg babyontbijt. Hij is begin dertig, vermoed ik.

Met zijn tweeën zitten ze tegenover me aan tafel, met hun rug naar de deur. De stoelen hebben een voorgevormde zitting en een brievenbusvormige gleuf in de rug. Die stoelen stapelden we altijd op bij schoolvergaderingen en eindejaarsconcerten op Burtonbury. Een eeuwigheid geleden, en toch als de dag van gisteren. Soms lijkt het nog geen minuut geleden. Potloodslijpsel en rubberen gympen, de vervaagde afdruk van een sportschoen op de hoge plint van het leslokaal. Slaapzalen met ingezakte bedden. Een springveer die kraakte als een jongen zich in zijn slaap omdraaide. Dat continue gevoel van onbehagen. Dat was nog voor ik Ben leerde kennen, uiteraard. Voordat hij me redde van mezelf. Sindsdien zijn we elkaar blijven redden.

Aan één kant van de tafel staat een grote bandrecorder. Te groot, eigenlijk. Ik vraag me af waarom hij zo groot moet zijn. Of sterker nog, waarom de politie er nog steeds op staat cassettebandjes te gebruiken in dit gedigitaliseerde tijdperk van soundclouds, podcasts en iTunes.

Een advocaat heb ik geweigerd. Deels omdat ik geen zin heb het benodigde bedrag neer te tellen voor een goede en ook omdat ik weet dat Ben, gezien de omstandigheden, niet gaat betalen, en ik geen zin heb te worden opgezadeld met een snotneus van de rechtsbijstand die van toeten noch blazen weet. Lucy's ouders gaan denk ik ook niet over de brug komen. Na alles wat er is gebeurd, vermoed ik dat mijn schoonfamilie niet geneigd is om te helpen.

'Goed dan,' zegt de vrouw, met haar handen ineengevouwen voor zich. Korte nagels met blanke lak. Een piepklein inktvlekje op het zachte deel tussen duim en wijsvinger. 'Zullen we beginnen?'

'Prima.'

Beige Haar drukt op een knop van het enorme opnameapparaat. Er klinkt een lange, harde piep. 'Dit verhoor wordt opgenomen op bureau Tipworth, Eden Street in Tipworth. De datum is 26 mei 2015. De tijd is 14 uur 20. Ik ben rechercheur Nicky Bridge.' Ze werpt een vluchtige blik op haar collega, die zich vervolgens ook identificeert voor de geluidsband.

'Ik ben rechercheur Kevin McPherson.'

'Meneer Gilmour,' zegt ze, met haar blik op mij gericht, 'zou u zich alstublieft met uw volledige naam en geboortedatum willen voorstellen?'

'Martin Gilmour, 3 juni 1975.'

'Mag ik jij zeggen?'

'Ja.'

Ze schraapt haar keel. 'Je hebt een advocaat aangeboden gekregen en geweigerd – klopt dat, Martin?'

Ik knik.

'Voor de band, graag.'

'Ja.'

Er valt een stilte. Grijs Pak rommelt wat in zijn papieren. Hij brengt zijn hoofd omlaag. Hij kijkt me niet aan. Dat vind ik op een merkwaardige manier verontrustend, het idee dat ik zijn aandacht niet waard ben.

'Goed, Martin,' zegt Beige Haar. 'Laten we bij het begin beginnen. Vertel eens wat er allemaal is gebeurd op de avond van 2 mei. Het feest. Jullie waren er al voor de rest van de gasten arriveerde, klopt dat?'

'Ja,' zeg ik. 'Ja, dat klopt.'

En dan begin ik te vertellen.

Het begint met een deur van de Tipworth Inn die niet open wilde.

2 mei

Tipworth Premier Inn, 17.30 uur

'Ik snap niet dat we niet bij hen thuis konden slapen,' zei Lucy, terwijl ze het plastic pasje in de sleuf stak. 'Ze hebben niet bepaald te weinig kamers.'

Het lampje onder de deurklink bleef halsstarrig rood knipperen. Lucy probeerde het nogmaals, duwde ongeduldig het pasje erin en trok het er te snel weer uit. Ik zag dat ze geïrriteerd raakte maar dat niet wilde laten zien – die duidelijk zichtbare, rode vlek in haar nek; de rechtgetrokken schouders; de concentratie, het puntje van haar tong net zichtbaar tussen haar lippen. Ik zag haar nog een aantal onhandige pogingen doen en raakte steeds geïrriteerder. Van wie was ook alweer die definitie van domheid: telkens hetzelfde blijven doen, maar een ander resultaat verwachten? Aristoteles? Rousseau?

'Kom,' zei ik, toen ik het niet meer uithield. 'Laat mij maar even.' Ik pakte het plastic pasje, met het zweet van haar vingers er nog op, en stak het in de sleuf, waar ik het een paar tellen in liet zitten alvorens het eruit te trekken. Het lampje sprong op groen. De deur ging met een klik open.

'Dat was precies hetzelfde als wat ik deed,' sputterde ze.

Ik glimlachte en gaf haar een aai over haar arm. Haar pupillen werden een fractie kleiner. Nauwelijks waarneembaar.

'Zo, daar zijn we dan,' zei ze te opgewekt.

We rolden onze koffers de standaardsuite in. De term suite was wel erg rooskleurig. De vloer werd bijna geheel door een tweepersoonsbed in beslag genomen. Boven het hoofdeinde hing een scheve reproductie van een slechte aquarel van dames aan het strand. Naast de televisie stond een waterkoker en een jampotje vol theezakjes. Eromheen lagen plastic melkcupjes, alsof ze door een onzichtbare golf waren opgetild en daar achtergelaten, als kiezelstenen op de kust.

Lucy ontwarde meteen het snoer en nam de waterkoker mee naar de badkamer om hem onder de kraan van de wastafel te vullen. Waar ze ook komt, dat is het eerste wat ze doet. Op al onze reizen naar het buitenland neemt ze een doosje Engelse theezakjes mee.

Ik ging op de rand van het bed zitten, voelde de wrijving van de kunstvezels tegen mijn kakibroek en trok mijn loafers uit. Ik keek op mijn horloge: 17.37. Ben wilde ons om zeven uur bij hem thuis hebben om voor het feest nog een drankje te drinken, dus we hadden nog ruim een uur. Ik zakte achterover in de kussens en deed mijn ogen dicht, terwijl ik Lucy hoorde rommelen: het water opzetten en haar koffer openritsen, haar ruisende avondjurk uitpakken en hem in de badkamer ophangen waar ze zo dadelijk, wist ik, een bad met heet water zou laten vollopen in de hoop dat de kreukels er door de stoom op magische wijze uit zouden verdwijnen.

Dat zijn de dingen die je in de loop van een huwelijk leert: de gewoontes van de ander. Het stap voor stap ontdekken van aangeleerde maniertjes, die van innemende trekjes langzaam verworden tot zinloze, stompzinnige, onlogische, obsessieve en op den duur gekmakende handelingen. Alleen de ander merkt ze op en kan, omdat ze maar blijven opduiken, tot aan de rand van waanzin worden gedreven.

'Ik bedoel, hoeveel kamers denk je dat ze precies hebben in hun nieuwe villa?'

Ik reageerde niet op de vraag, in de hoop dat ze zou denken dat ik sliep.

'Ik weet dat je wakker bent, Martin. Ik zie het. Je oogleden knipperen.'

Godallejezus.

'Sorry,' zei ik en ik ging rechtop zitten. 'Ik heb geen idee.'

'Nou, vast meer dan genoeg. En je bent ook nog eens zijn oudste vriend.'

'Mmm.'

Het water kookte, de onderste helft van de spiegel besloeg door de condens.

'Is er iets tussen jullie gebeurd?'

'Nee, zeg.'

Strikt genomen was dat niet helemaal waar, maar in dat stadium vond ik niet dat ze het hele verhaal hoefde te weten. Dan zou ik te veel moeten uitleggen en heel eerlijk gezegd had ik daar de energie niet voor. Er waren dingen die mijn vrouw – mijn gedweeë, liefdevolle vrouwtje – nooit zou begrijpen over de band tussen twee mannen.

'Ze hebben een hoop familie te logeren.' Ik maakte mijn broek los om me te verkleden. 'Niet alleen van Ben maar ook van Serena. Volgens mij wilde Ben ons dat niet aandoen.'

Lucy kwam naar me toe, met een kop thee in haar hand. Ze hield haar hoofd scheef. Met vochtige bruine ogen keek ze me verwachtingsvol aan. Er trilde een spiertje in de paarsige halve cirkel onder haar linkeroogkas, zoals altijd wanneer ze nerveus was. Ze legde haar vrije hand aarzelend op mijn onderrug. Ik rook haar rozenparfum. Vroeger vond ik die geur altijd uiterst charmant. Hij was net als Lucy bescheiden en onopvallend. Die avond sloeg hij op mijn keel. Te zoet. Te zepig.

'Sorry, ik ben...'

Lucy liet haar hoofd hangen en trok haar hand terug. 'Natuurlijk.' Ze draaide zich van me af. 'Alleen...' Ik zag haar afwegen of ze moest zeggen wat ze dacht. 'Het is al maanden geleden.'

Daar gaan we weer.

'O ja?'

Ze knikte.

'Ik heb veel aan mijn hoofd gehad. Dat nieuwe boek.'

Ik had zojuist een dik manuscript over het postimpressionisme bij mijn uitgevers ingeleverd. Die waren niet bepaald enthousiast over het idee geweest, maar mijn agent had hen overgehaald. Hen erop gewezen dat er een belangrijke overzichtstentoonstelling van Manet zat aan te komen in het Tate en wie kon daar nou beter het gezaghebbende werk over schrijven dan de alom gerespecteerde kunstcriticus Martin Gilmour? Ik had wel iets van een reputatie. Door mijn vijf jaar eerder uitgegeven eerste boek *Kunst: ja, en?* had ik me gevestigd als een enfant terrible van de kunstwereld, de criticus die hardop van bullshit durfde te spreken en het beestje altijd bij de naam noemde.

In werkelijkheid was de inhoud niet bepaald controversieel. De titel was het idee van mijn agent. Ere wie ere toekomt: het liep als een malle. Het werd zo'n boek dat mensen hun trendy vrienden met kerst cadeau doen. Ik heb het op het toilet zien liggen van een fantastisch, stijlvol designhuis (vliesgevels en studeerkamers in de kelder). Ik weet vrijwel zeker dat niemand het van begin tot eind gelezen heeft. Behalve Lucy dan. Lucy is uiterst loyaal. Altijd al geweest.

We hebben elkaar dertien jaar geleden ontmoet toen ik bij de *Bugle* werkte, de kwaliteitsavondkrant van Londen (hoewel er, toegegeven, op dat punt nog geen concurrentie was. De gratis krantjes en de ochtend-*Metro* kwamen later pas). Daar had ik mezelf naar binnen weten te werken als plaatsvervanger voor de chef kunstredactie die met zwangerschapsverlof was en Lucy was er de secretaresse. In die tijd mocht je nog roken op kantoor, iets wat ik regelmatig en weloverwogen deed, me er terdege van bewust dat een trekje van een sigaret mijn jukbeenderen goed deed uitkomen, mocht er iemand mijn kant op kijken.

Lucy viel me wekenlang niet op. Ze bestond als prettige, vage vlek aan de rand van mijn gezichtsveld. Het was een mollig, niet onknap meisje met een uilenbrilletje en halflang bruin haar dat krulde noch steil was, maar iets onbevredigends ertussenin. Haar haar, zou ik later ontdekken, was een bron van constante frustratie. Er hoefde maar regen vanuit een nog intacte grijze wolk te dreigen of de punten begonnen al te kroezen. Op vochtige dagen droeg ze haar haar in een fluwelen scrunchie omhoog, zoals vroeger de hertogin van York. Vreemd genoeg viel ze altijd heerlijk uit de toon. Ze droeg een zwierige bloemenjurk wanneer alle anderen een nauwsluitende kokerrok droegen. Ze liep op mannengaatjesschoenen en had volle, futloze wenkbrauwen. Ze kwam uit een andere tijd. Een deel van haar komt dat nog steeds. Ik ben er nooit achter gekomen welke tijd precies. Het zou kunnen dat die nog niet is uitgevonden.

Maar goed, destijds had ze nog niet echt indruk gemaakt, ze was gewoon iemand die de telefoon aannam en je begroette als je het kantoor binnenwandelde. Die zo nu en dan thee rondbracht. Eén keer zag ik haar met glanzend zwartgelakte nagels van haar lunchpauze terugkomen en dat had kort mijn interesse gewekt. Daar zit meer in dan ik dacht, schoot er door me heen. Maar toen vergat ik het weer en draaide ik me naar mijn toetsenbord om er vijfhonderd woorden aan gebeuzel uit te rammen over de nieuwste ondraaglijk pretentieuze afstudeershow op Central Saint Martins of een weinig talentvolle Hollywoodactrice die de eigenaar van de krant in haar klauwen had.

Pas in mijn tweede, of misschien wel derde maand daar maakte Lucy enige blijvende indruk.

Ik was door Ian, de redacteur van mijn rubriek, gevraagd een stuk in elkaar te draaien over de terugkeer van 'de Amerikaanse literaire canon'. Er was een of andere onbeduidende kapstok, als ik me goed herinner – het debuut van een gespierde, jonge auteur die als de nieuwe Tom Wolfe was binnengehaald. Ik had geprobeerd het stuk aan een gewillige freelancer uit te besteden, maar het was vlak voor kerst geweest en omdat al mijn vaste krachten bezet waren had ik besloten het er zelf op te wagen.

Ik zat aan mijn bureau met Ian te bespreken wie daar allemaal bij moesten worden opgenomen.

'Er valt wat te zeggen voor Jay McInerney,' zei hij.

Ik knikte, alsof ik dat allang had bedacht. 'En DeLillo, uiteraard,' voegde ik eraan toe. 'Wolfe. Komen we weg met Franzen?'

'Absoluut.' Ian leunde achterover in zijn stoel en sloeg zijn armen over elkaar op zijn gekreukte overhemd. 'Philip Roth had je al, neem ik aan?'

'Zeker, zeker,' zei ik, hoewel Philip Roth nog niet bij me was opgekomen en ik destijds nog niet één boek van hem gelezen had.

Er klonk een hoorbare 'tss' vanaf de andere kant van het bureau.

'Ik bedoel, als we nog iets verder teruggaan, zouden we kunnen kijken naar Salinger...' bouwde ik voort.

De 'tss' ging nu over in een luide, ongeduldige kreun.

Ian trok zenuwachtig met zijn mondhoeken. 'Wilde je soms iets zeggen, Lucy?' vroeg hij geamuseerd.

'Nee,' zei ze blozend. 'Of eigenlijk, ik bedoel, ja, ja, toch wel.' Ze kuchte en haar wangen kleurden rood vanuit het midden.

'Ga je gang...' Ian gebaarde met één hand dat ze het woord had.

'Nou, hebben jullie eraan gedacht om, zeg maar, ook vrouwen in jullie lijst op te nemen?' vroeg ze, steeds sneller en harder pratend. 'Het zijn gewoon altijd diezelfde saaie, oude, blanke mannen. Ik bedoel, voor je het weet komen jullie nog met John Updike aan of zo.'

Ik lachte schamper, terwijl ik mezelf inprentte John Updike op de lijst te zetten. Hoe had ik John Updike over het hoofd kunnen zien? Precies door dat soort fouten viel ik dus door de mand. Werd ik het jongetje bij wie thuis nooit afgeladen boekenkasten hadden gestaan, maar dat het qua leesstof met de *Reader's Digest* van zijn moeder moest doen.

'... die in feite alles schrijven met hun lul uit hun broek en elkaar allemaal zelfgenoegzaam op de schouders kloppen,' zei Lucy, 'terwijl hun "maatschappijkritische" romans in werkelijkheid gewoon in een nieuw jasje gestoken familiedrama's met wat extra testosteron zijn. Er zijn fantastische vrouwelijke auteurs in Amerika die, alleen maar omdat ze over families schrijven en van die... f-f... afschuwelijke omslagen hebben met close-upfoto's van kinderen en zandkastelen, gewoon standaard buiten beschouwing worden gelaten.' Ze liet haar hoofd hangen. Er viel wat haar los over haar bleke voorhoofd. 'Sorry,' zei ze. 'Ik wou alleen maar...'

Ik glimlachte naar haar. Wat lief, dacht ik, om zo bevlogen over iets te zijn. Ze ving mijn blik op en glimlachte terug, met haar lippen iets van elkaar waardoor ik haar onberispelijke, rechte en volkomen functionele tanden kon zien.

'Sodeju zeg,' zei Ian. 'Ik had even gemist dat we Emmeline Pankhurst in ons midden hadden. Wie stel jij dan voor?'

'Anne Tyler, Joan Didion, Donna Tartt,' zei Lucy zonder op te kijken. 'En dat is nog maar het begin. Dat is voor als je het überhaupt eens bent met de basispremisse dat er zoiets als "de literaire canon" bestaat. Wat voor mij overigens niet geldt.'

Ian gniffelde hardop. 'Bedankt, Luce. Trouwens, wat had je ook alweer gestudeerd in Bristol?'

'Engels,' mompelde ze. 'En het was in Durham.'

'Dacht ik al.'

'Ik vind het eigenlijk wel een goed idee,' zei ik, overvallen door het geluid van mijn eigen stem. 'Er kunnen best wat vrouwen bij.'

Een brede glimlach verscheen op Lucy's gezicht. Haar bril was van haar neus gezakt, ze duwde hem met haar afgekloven wijsvinger weer omhoog en ik zag, en zijzelf ook, dat haar hand trilde. 'Bedankt, Martin.' Met stralende ogen keek ze me aan.

Hoe beter ik haar sindsdien leerde kennen, hoe meer ik tegen wil en dank gecharmeerd van haar raakte. Ze was zo vol respect, zo vol bewondering, zo innig dankbaar voor het kleinste beetje aandacht dat ik haar gaf. En ik, op mijn beurt, vond haar intelligent en interessant gezelschap. Ze wist een hoop.

We begonnen samen te lunchen. Aanvankelijk was het gewoon een broodje in de personeelskantine, maar algauw gingen we over op het restaurant aan de overkant, waar we in houten zitjes zaten en wijn dronken uit een anderhalveliterfles waar de ober aan het eind van de maaltijd een streepje op zette en ons het aantal gedronken centimeters in rekening bracht. Het was een kwestie van tijd voordat de lunch overging in een drankje na het werk – ik: een halve liter Guinness, Lucy: een gin-tonic. (Ik hield helemaal niet van Guinness. Ik dronk het alleen als ik mannelijk wilde overkomen.) Na een halfjaar gingen we uit eten. We hadden allebei een voorliefde voor Iraans en zochten 's avonds aan de foute kant van Kensington de beste tentjes uit voor een auberginestoofschotel en lam met zuurbessen.

En toen kuste ze me en wist ik niet hoe ik nee moest zeggen. Het was op de stoep voor een vrolijk geschilderd eethuisje dat Tas of Yaz of Fez of iets dergelijks heette. We stonden onder een lantaarnpaal, met een laagje klamvochtige motregen als nat katoen op ons haar en ik bekeek haar gezicht, de waterige spetters op haar ouderwets grote bril, het discrete geschommel van de overtollige huid vlak onder haar kin, de dubbele sproet op een van haar oorlelletjes, waardoor het net was of ze gaatjes had, hoewel ze een van de weinige vrouwen was die ik kende die ze niet had.

'Te bang voor ontstekingen,' had ze ooit gezegd toen ze het me uitlegde. 'Te bang voor alles.'

Dom is ze niet.

Terwijl ik naar haar keek veranderde haar gezicht van uitdrukking. Haar ogen – bruin, vol leven – kregen iets vloeibaars, alsof het bruin er, als je even niet keek, uit zou lekken. Te laat begreep ik dat het lust was die ik in die donkere pupillen zag. Ze bracht haar hoofd dichterbij en omhelsde me, en ik zwichtte omdat dat verreweg het makkelijkst was. En zoveel kwaad zou het toch niet kunnen?

Haar lippen waren zacht en vol. De kus werd vochtiger en enthousiaster. Er klonk een zacht gekreun uit haar keel en toen trok ik me terug, met mijn handen op haar schouders en een resoluut, vaderlijk: 'Dit kunnen we beter niet doen.'

Verdrietig keek ze me aan. 'Waarom niet?'

'Ik... nou, kijk...'

'We kunnen het toch goed met elkaar vinden? Ik bedoel, ik vind jou leuk.' Een veelbetekenende korte stilte. 'Ik vind je héél leuk. Kunnen we niet gewoon... zien hoe het loopt? Ik ben eenzaam. Ik weet dat jij eenzaam bent...'

Dit was nieuw voor me. Eerlijk gezegd voelde ik me inderdaad alleen, maar ik dacht niet dat de nieuwsgierige aagjes op kantoor dat door zouden hebben. Destijds begon het tussen Ben en Serena serieus aan te raken en had ik 's avonds steeds vaker niets te doen. Voor die tijd gingen Ben en ik dikwijls uit in Soho, dan begonnen we met drankjes in een privéclub waarna we doorgingen naar Quo Vadis voor een hapje eten en daarna naar de Atlantic voor een afzakkertje, maar nu bleef Ben vaak thuis om met Serena pasta te maken en films te kijken. Hij had me gevraagd te verhuizen zodat zij in het arbeidershuisje kon trekken waar ik al sinds mijn afstuderen met hem woonde.

'Tijd om volwassen te worden, jongen,' had hij gezegd, met een klopje op mijn rug. Ben raakte mensen makkelijk aan. Dat was iets aan hem wat ik verafschuwde en tegelijkertijd leuk vond.

Misschien zat ik dus wel heel erg om aandacht verlegen toen Lucy opdook. Inmiddels weet ik wel dat dat geen excuus is.

Die avond bracht ik haar thuis. Ze woonde in een verrassend aardig appartement aan de North End Road. Ik zeg verrassend omdat ik er door haar slordige kleding en hang naar mannenjasjes van de kringloop van uit was gegaan dat ze het niet zo breed had. Dat had ik dus mis. Lucy's ouders waren tamelijk welgesteld, hartelijke mensen uit de middenklasse. Hun drie dochters hadden op een privéschool gezeten en ze woonden in Gloucestershire, in een boerderij van rood baksteen. Met kerst gingen ze altijd naar het kerstconcert in de kathedraal van Tewkesbury.

Ik zette haar af bij de deur.

'Kom mee naar boven,' zei ze, met een rukje aan de mouw van mijn jas.

Ik schudde mijn hoofd en deed alsof ik het jammer vond. 'Nee.' Ik liet mijn vinger langs haar wang gaan. 'Beter van niet. Volgende keer.' Ik gaf haar een kus op haar hoofd, snoof Timotei en een lichte zweetgeur op, liep weg en stak één arm omhoog.

'Tot morgen,' riep ze mijn verdwijnende gestalte na.

Om wat voor reden dan ook had de avond met Lucy een onbehaaglijke golf van verschillende emoties bij me teweeggebracht. Ik dacht aan mijn moeder, aan haar blik toen ik, een keer thuis voor de paasvakantie, zei dat ze niet 'toilet' maar 'wc' moest zeggen en dat het gênant was dat ze 'hun' zei in plaats van 'zij'.

Ik wandelde in de richting van kerkhof Brompton en hoewel het al laat was en ik wist dat de hoofdingang dicht was, herinnerde ik me nog van eerdere bezoekjes dat er aan de Lillie Road een stukje muur was waar de stenen loszaten en waar je op handen en voeten tamelijk makkelijk doorheen kon.

Dat deed ik, terwijl ik twijgjes en dennenappels meeveegde die een vieze, rastervormige afdruk op mijn hand achterlieten. Ik stond op en klopte mezelf af. Er zat een stukje mos in mijn haar. Ik schudde het eruit.

Het kerkhof was donker in de nacht, hier en daar flauw verlicht door een zwakke straatlantaarn. Uit de schaduw doemden grafstenen en contouren van stenen engelen op. Er lagen hier in de buurt een paar vooraanstaande historische figuren begraven, hoewel ik nooit een poging had gedaan hun graf te vinden. Mijn lievelingsgrafsteen (als je die kunt hebben) was er een van een jongeman die Horace Brass heette en in 1910 op zestienjarige leeftijd was overleden. Zijn naam was in krullerige, schuine jugendstilletters uitgehakt.

Met mijn handen in mijn zakken liep ik ernaartoe. Er kwam een man naast me lopen. Ik keek even opzij en zag dat dit geen man was, maar een jongen. Een puber, net als Horace Brass, bleek en zo dun als een rietje. Hij had vet haar en puistjes om zijn mond.

'Wil je gezelschap?' vroeg hij.

'Nee,' zei ik te hard. 'Nee, ik doe niet aan... ik bedoel, dat ben ik niet.'

Woede borrelde op vanuit mijn maag. Ik ging twee keer zo hard lopen en beende terug via de weg waarlangs ik was gekomen.

De volgende dag was ik te laat op mijn werk. Ik had migraine, weet ik nog, en bij elke stap voelde het alsof de vloer te ver weg van mijn voeten was om hem te kunnen raken. Ik ging aan mijn bureau zitten, schermde mijn ogen af van het zonlicht dat door de ramen viel, en bladerde door het laatste nummer van de *Kunstkrant*, terwijl ik deed alsof ik me concentreerde op de woorden. Toen Lucy binnenkwam glimlachte ze naar me en ik herinner me nog die inwendige zucht van verlichting omdat ze me nog leuk vond. In Lucy's ogen was ik nog steeds de man die ze bij haar voordeur had gezoend, de man die ze mee naar binnen had willen nemen, de man die ze hoog had zitten en leuk vond en met wie ze graag optrok. In haar ogen was ik de aardige Martin Gilmour. De Martin Gilmour die ik wilde zijn.

Ik glimlachte terug. Die dag gingen we weer samen lunchen, we namen onze voorverpakte broodjes mee naar Kensington Gardens, waar we op onze jas gingen zitten. Ik kuste haar, nam haar gezicht in mijn handen, waarmee ik een tederheid uitdrukte die ik ook bijna voelde. Ze smaakte naar garnalen met mayonaise. Ik voelde geen opwinding, geen hartstocht, geen liefde. Maar er was wel degelijk genegenheid, en ook tederheid. En een soort verstandhouding. Dat weet ik zeker. Ik heb haar geen rad voor ogen gedraaid, zoals mijn moeder zou zeggen. Lucy wist wat ik was. Echt, daar kan ze niet over piepen.

Natuurlijk is niets zo makkelijk als het lijkt. Vroeger was ik dol op Lucy, echt dol. Door de jaren heen heeft dat gevoel zijn glans verloren: koper dat nooit is opgepoetst. Dezelfde eigenschappen die me tot haar hadden aangetrokken – een ongecompliceerde blik op de wereld, haar licht zonderlinge gedrag, de achteloze manier waarop ze het vertikte zich van haar beste kant te laten zien en, vooral, haar liefde voor mij – irriteerden me nu. En vanzelfsprekend was er nog het onderwerp kinderen. Ik had van meet af aan tegen haar gezegd dat ik er geen wilde en aanvankelijk accepteerde ze dat. Maar dat was voordat haar vriendinnen ze enthousiast begonnen uit te poepen en om de haverklap twaalfwekenecho's en foto's van pasgeboren baby's met waterige oogjes op Facebook postten. Ons sociale leven veranderde – geen avondjes in de kroeg meer, maar picknicks in het park omgeven door krijsende peuters, of barbecues vroeg op de avond, waarbij de timing altijd afhing van hoe laat de babysit kon of wanneer Isadora of Humphrey of Matilda hun slaapje deden.

O, en is Lucy niet geweldig met kinderen? Moet je zien hoe ze met ze speelt! Altijd knielen om ze aan te kijken; hun handje vastpakken; achter ze aan rennen bij tikkertje, waarbij haar bloemetjesjurk om haar knieën wappert. Ze had zes peetkinderen. Maar elke keer dat ze naar Tiffany ging om een zilveren bedelarmbandje of gegraveerd kroesje voor de volgende doop te kopen, verhardde er iets in haar. Ze verloor die toegeeflijke zachtheid die ze ooit had gehad.

Het feit dat Ben en ik zo close waren zal ook niet hebben geholpen. Het was in die situatie voor iedere vrouw een opgave geweest om mijn onverdeelde aandacht te krijgen. Maar, zoals ik maar al te vaak tegen haar zei, zo was het altijd geweest. Ben en ik kenden elkaar al jaren. Beste vrienden op school. Zo goed dat we op een gegeven moment door zijn moeder zelfs officieus tot 'Starsky en Hutch' werden omgedoopt. Later had Bens vrouw Serena een andere bijnaam bedacht. 'Jij bent er echt altijd, hè, Martin?' had ze gezegd. 'Bens kleine schaduw.'

Om wat voor reden dan ook was die bijnaam blijven hangen. Kleine Schaduw. Zelfs Ben noemt me nu zo. Ik sta onder 'KS' in zijn telefoon.

De ware reden dat we die nacht van het feest niet bij Ben logeerden was dat hij het niet had gevraagd. Lucy had gelijk: er waren meer dan genoeg kamers om een klein leger aan gasten in onder te brengen, zelfs op zijn veertigste verjaardag. En ja, ik was beledigd door deze nalatigheid. Ik had te lang gewacht om nog ergens iets fatsoenlijks te kunnen boeken. Hun nieuwe huis stond in Tipworth, een plattelandsdorpje in de Cotswolds, rijkelijk bedeeld met twee winkels die gekke ovenhandschoenen en zakjes fudge verkochten, maar met een ontoereikend aanbod aan fatsoenlijke hotels. Alle mooie logementen zaten toen ik het probeerde helemaal vol met andere gasten, van wie het merendeel de boeking vermoedelijk door zijn persoonlijk assistent had laten maken. Bens veertigste verjaardag werd een enorme happening. *Tout* Londen kwam erheen.

Uiteindelijk was er alleen nog een Premier Inn beschikbaar, vlak naast de rotonde die naar de snelweg leidde. De kamer kostte 59,99 pond, wat belachelijk veel was. 'Weet u het zeker?' had ik gevraagd aan de telefoon nadat de receptioniste de prijslijst had voorgelezen.

'Ja. Ontbijt niet inbegrepen. Maar er zit een Little Chef aan de overkant.'

Ach, wat een glamour!

Hier zaten we dan dus. Lucy over haar toeren in de badkamer. Water dat kookte. Ik zonder broek op ruwe vloerbedekking. Ik pakte mijn nette overhemd en vlinderdasje uit, zonder uit te leggen waarom Ben ons niet te logeren had gevraagd. Ik kon er niet tegen het onder ogen te moeten zien.

Hoewel het nog geen tien minuten lopen naar het feest was, stond Lucy erop dat we een taxi namen. 'Schoenen!' Ze wees op een paar knalrode, glimmende hoge hakken met een bandje.

'Mooi hoor,' loog ik. 'Nieuw?'

Ze kreeg een kleur van blijdschap. 'Ja, van eBay.' Ze draaide met haar rechterenkel, zodat ik beter kon zien hoe vreselijk opzichtig ze waren. Zoals iedere conformistische vrouw doet Lucy zich graag non-conformistisch voor door schreeuwerige schoenen te kopen. In alle andere opzichten voldeed ze aan haar type: de lange A-lijnjurk met twee dunne bandjes, van stijve, groene stof, een lichtrode pashmina-shawl om haar schouders. Ze had een piepklein avondtasje bij zich. Zonder dat het openging wist ik dat er een opgevouwen zakdoek, een bijna opgebruikte lippenstift, een pen, een make-upspiegeltje en de sleutel van onze hotelkamer in zaten. Ze wilde altijd per se een sleutel van de kamer mee.

'Heb je de sleutel aan de receptie gegeven?' vroeg ik, als een soort test.

Ze schudde haar hoofd. 'Je weet dat ik dat niet graag doe. Stel nou dat ze de kamer binnengaan en iets stelen?'

'Je weet toch dat ze een loper hebben?'

'Nou,' zei ze, terwijl ze onelegant de taxi in stapte. 'Dan nog.'

De taxichauffeur draaide zich naar ons om. 'De Priorij van Tipworth?'

'Ja,' antwoordde ik. 'Hoe weet u dat?'

Hij grinnikte. 'Kan ik wel zien aan jullie kleren. Hier in de buurt zie je niet elke dag avondkleding.'

Ben en Serena Fitzmaurice stonden bekend om hun feestjes. Daar waren ze trots op. Dit feest was zogenaamd voor Bens veertigste verjaardag, maar het was tegelijkertijd een housewarming. Ze hadden de zeventiende-eeuwse Priorij van Tipworth een paar maanden eerder gekocht. Het was hun tweede huis.

Doordeweeks woonden ze in een huis met witgepleisterde gevel in het dure gedeelte van Notting Hill. In het weekend hadden ze, dat hadden ze mij althans verteld, 'meer ruimte' nodig voor de kinderen.

'We willen er gewoon uit,' hadden ze gezegd, zich vergapend aan glossy brochures van makelaars met drie namen zonder &-teken. Het was me een raadsel waar ze dan precies uit wilden. Maar goed, het was niet aan mij om te doorgronden waar de ultrarijken naar verlangden. Ik had meelevend geknikt en wat gemompeld en algauw waren ze, in een pittoresk stukje Oxfordshire, op de Priorij van Tipworth gestuit, met velden en schapen en al het onontbeerlijke plattelandsvertoon, maar ook met cafés waar ze soja lattes en biologische makreelsalades serveerden in met daglicht overgoten, omgebouwde kerkjes. Er was vlak in de buurt net een buitenpost van een besloten club uit Soho geopend, wat de plaatselijke economie geen windeieren had gelegd, al gold dat niet voor de plaatselijke inwoners, die zich onmiddellijk bij de journalisten van de *Tipworth Echo* beklaagden dat het leven in hun eigen dorp onbetaalbaar werd. Ben en Serena hadden bij de contractoverhandiging zelfs hun eigen akkefietje met de plaatselijke pers gehad, met flink wat ophef over de uitzetting van een handjevol oude monniken dat nog in de Priorij woonde. De Fitzmaurices hadden in vertrouwen laten weten dat ze het allemaal zwaar overtrokken vonden en in hun versie van het verhaal waren de monniken een smakelijke anekdote voor bij het eten geworden, om de kostelijke bekrompenheid van het domme plattelandsvolk te onderstrepen.

(Nadien las ik in de *Echo* dat er een nieuwe locatie voor de monniken was gevonden in een non-descripte buitenwijk van Oxford. Inmiddels zijn ze ondergebracht in een speciaal gebouwd huizenblok tussen een parkeergarage en zo'n groothandel waar voordeelverpakkingen chips met uiensmaak worden verkocht, en meer plastic kleerhangers dan iemand redelijkerwijs in zijn hele leven zou kunnen gebruiken.)

Nu Ben en Serena geen last meer van de monniken hadden, konden ze de binnenkant van het huis aanpakken. Ze deden van alles met nep-rococo marmeren open haarden van monumentaal grijs geaderd steen, als het bloeddoorlopen wit van een opengesperd oog. De kroonluchter in de zitkamer was uit Italië geïmporteerd – een waterval van glazen schittering, die als je goed keek helemaal gemaakt bleek van ondersteboven hangende wijnglazen. Dat was volgens Ben en Serena een geestige knipoog; een teken dat ze zichzelf, al hadden ze oog voor mooi design, niet al te serieus namen. Maar ik wist dat die kroonluchter 250.000 pond had gekost. En als ik daar nog de transportkosten bij optelde, moest ik er wel ontzag voor hebben. Voor die volkomen, onbezonnen overdaad.

Ik had het huis nog niet gezien na de renovatie, die ruim drie weken geleden was afgerond. Onwillekeurig was ik benieuwd om te zien wat ze ermee hadden gedaan. Ik vroeg me af of Serena's enigszins volkse hang naar witte lelies, pluchen tapijten en luxueuze hotelarmaturen het gebouw van al zijn karakter zou hebben beroofd.

Toen we die avond bij de Priorij van Tipworth aankwamen en de taxi de lange bocht van de oprit insloeg, was 'ontzagwekkend' het eerste wat in me opkwam. Langs het pad stond een rij rond gesnoeide buxussen, elk gehuld in een paarse lichtkrans. De buitengevel van de priorij stond op de monumentenlijst, daar was Serena tot mijn opluchting dan ook van afgebleven. Het schitterende Cotswold-steen was nog intact, en in het schemerige licht gaf het een warme, volle gloed af. In de ramen zat nog gebrandschilderd glas.

Op het gazon aan de voorkant stond een grote feesttent, versierd met paarse en witte bloemen. In het water van een fontein, met in het midden een stenen jongen die een kruik voorover gekanteld op zijn schouder hield, dreven allemaal paarse en witte bloemblaadjes. Toen de taxi stopte hoorden we het elektronisch gebrom van een aanspringende generator en baadde de voorgevel van het huis ineens in fel licht. Ik stapte uit de auto en zag nu een enorme 'B' en 'S' in dezelfde schreeuwerige paarstint vanuit een onzichtbare lichtbron op de muur geprojecteerd. Typisch Serena.

'Tja,' zei Lucy. 'Ze houden niet van half werk, hè?'

De taxichauffeur snoof. 'Dat kun je wel stellen, mevrouw.'

Ik wierp haar een blik toe. Ze zat aan de zachte velletjes rond haar duimnagel te plukken. Het ritje kostte 6,60 pond. Ik gaf een briefje van tien en bleef op het wisselgeld wachten.

'Je had hem een fooi moeten geven,' zei Lucy toen we de trap op liepen. Ze trok aan een sierlijk katrollensysteem om de oude deurbel te laten rinkelen.

'Voor die prijs? Dacht het niet.'

Ik hoorde voetstappen weergalmen op plavuizen, de deur ging open en daar stond Ben, armen wijd, overhemd uit zijn broek, vlinderdasje los om zijn nek, zijn haar een wilde krullenbos, brede glimlach op zijn gezicht.

'Dag schatjes!'

Hij liet ons binnen, omhelsde Lucy en gaf haar een kus op beide wangen, klemde mij vervolgens in een houdgreep en sloeg me op mijn rug. 'Wat goed dat jullie eerder konden komen,' vervolgde hij, en ging ons voor door een gang met Marokkaanse kleden waar af en toe een stukje grafsteen onder vandaan kwam. Lucy klikte met haar hakken over een 'innig geliefde' en toen ik omlaagkeek, besefte ik dat ik boven op EMILY, MIJN GELIEFDE, DIERBARE VROUW stond. Wat vreemd, dacht ik, om zo te eindigen. Begraven op het kerkhof van een klooster en nu alleen nog vloermateriaal voor het feestje van een rijke man.

'Let niet op de troep,' zei Ben. 'De chaos voor een feestje, je kent het wel.'

We liepen langs een groepje meisjes met zwarte rokjes en witte bloesjes, hun haar in een paardenstaart die in strengheid varieerde. Een van hen glimlachte in het voorbijgaan. Een ander boog, bijna een reverence.

'Ik ben zo blij dat ik jullie nog even zie voor het feest straks losbarst,' zei hij. 'Wij allebei. Je komt nooit echt aan een gesprek toe op dit soort feestjes, hè? In elk geval niet met de mensen die je echt wilt spreken.'

Hij klonk gespannen. Even charmant als altijd, maar met een nerveuze ondertoon. Het was niets voor Ben om nerveus te zijn. Waarschijnlijk vanwege de gasten die nu aankwamen, dacht ik.

‘Wat een spectaculair huis, Ben,’ zei ik.

‘Ja,’ beaamde Lucy. ‘Echt...’

Even bleef hij staan en stak zijn hoofd omhoog, alsof hij aan de lucht rook. ‘Ja, toch? We hebben razend veel geluk gehad. Maar het gaat ons nog maanden kosten om het echt goed af te krijgen. Maanden. We zijn nog niet eens aan de kapel begonnen. Die laat ik je wel even zien, KS. Ik weet hoe dol je bent op oude bouwkunst.’ Hij greep Lucy samenzweerderig bij haar arm. ‘Wat een heerlijke ouwe sok is het toch, hè Luce? Daarom houden we zo van hem.’

Het was voor Ben een bron van vermaak dat ik overal waar we kwamen de plaatselijke kerk opzocht en daar iets interessants wist te vinden: een onverwachte fresco van de heilige Petrus met de sleutel van de hemel in handen; een oorlogsmonument dat was opgericht voor een enig kind dat Arthur heette; en één keer een kerkbankkussentje met OOK DIT GAAT VOORBIJ erop geborduurd.

Achter Ben aan liepen we door naar het einde van een brede gang, waarvan de muren volhingen met zwart-witte familiefoto’s in gelijkvormige, randloze wissellijsten. De gang kwam uit in de keuken, waar Serena stond, te midden van half uitgepakte bossen bloemen, een wirwar van stelen vol bloemetjes en stuifmeel. Ze werd omringd door een groepje obers en een man met een slappe kakihoed en een safari-jasje met ontelbare zakken.

‘Serena,’ zei Ben poeslief. ‘KS en Lucy zijn er.’

Ze keek op met een vage gezichtsuitdrukking. Het duurde even voor haar blik op de juiste plek landde.

‘Natuurlijk! Natuurlijk! Sorry, liefjes, helemaal vergeten. Wacht heel even.’ Ze draaide zich om naar de man in het jasje. ‘Tom, deze bloemen zijn super. Veel beter dan die andere.’

‘Dan moeten we alles omwisselen,’ sprak hij nors.

‘Hm-hm. Weet ik, schat. Dan doen we dat toch.’

Tom liep de keuken uit, zijn laarzen lieten een spoor van modderspetters na.

Ineens begon Serena een stroom van onoprechte complimenten

over ons uit te storten. 'Wat heerlijk om jullie te zien! Martin' – ze rekte de klinkers van mijn naam altijd net zo lang tot het snauwend klonk – 'wat zie jij er chic uit. O, en Lucy, wat een... wat een...' Heel even zweeg ze. 'Léúke jurk. Waar is hij van? Donna Karan?'

'Nee,' zei Lucy. 'Esprit.'

'Ik vind het zo jammer dat jullie niet hier konden logeren. Tja. Je kent het wel. Familie. Aanhang. Uit het buitenland ingevlogen vrienden.'

'Natuurlijk,' zei ik. 'Geen probleem. We vinden het al heerlijk om hier te zijn. En om dit, dit...' Met veel vertoon keek ik bewonderend om me heen, 'paleisje te zien. Echt, Serena, op je smaak is niets aan te merken.'

Serena gaf geen antwoord maar wierp ons nog een oogverblindende glimlach toe. Ze had zich nog niet omgekleed voor het feest en zag er toch eleganter uit dan wij allemaal. Ze droeg een afgeknipte spijkerbroek en een loshangende witte blouse die vreemd genoeg zowel vormloos als sexy was. Om haar hals hing een zilveren kettinkje, waarvan de hartjeshanger precies in het kuiltje onder haar hals paste. Ze had krulspelden in en haar ogen waren zwaar opgemaakt – donkerbruine vegen in de kleur van een gekneusde nagel – maar ze droeg geen lippenstift, waardoor het net was of haar gezicht uit losse delen bestond, zoals zo'n plaatjesboek voor kinderen met verschillende stroken om grappige combinaties van gezicht, romp en benen mee te maken.

'Ik laat KS nog even de kapel zien,' zei Ben. 'Jullie vermaken je toch wel, dames?'

Ik keek naar Lucy, die in de hoek naast een enorme Smeg-ijskast stond, met haar pashmina-shawl stevig om zich heen geklemd en haar lippen opstandig op elkaar geperst.

'Tuurlijk, liefje,' zei Serena. 'Maar schenk ze dan wel eerst even wat te drinken in!' Ze lachte – een rinkelend geluid, als een theelepeltje tegen een schoteltje – en schonk ons allemaal een glas Veuve Clicquot in die al in een koeler naast de grote, industriële gootsteen klaarstond.

Ben pakte onze glazen en ging me voor, we liepen via dezelfde weg terug. 'Een deel van de meubels moet nog komen,' zei hij toen we voor een stenen open haard bleven staan. De schoorsteenmantel reikte tot onze hoofden. In de nis in het midden stonden tientallen altaarkaarsen, met wassen pitten die waren rechtgetrokken, klaar om te worden aangestoken. 'Die heeft Serena uit Frankrijk meegenomen. Die paar grotere komen van een vriendin van haar in Bali.'

'Geen zin om een echt vuurtje te stoken?' vroeg ik.

'Ha! Nee. Serena wilde alleen maar kaarslicht vanavond. Draagt bij aan de...' Hij liet een stilte vallen, ging zachter praten en zette een komisch Frans accent op: '... *ambiance*. Zo heb ik me laten vertellen.'

Hij sloeg een arm om mijn schouders en trok me naar zich toe. Hij stond nog steeds te grijnzen. Was er nog steeds op gebrand me te laten zien hoe ontzettend gezellig hij het had, hoe ontspannen dit allemaal was en dat we gewoon onschuldig wat liepen te dollen, als vrienden onder elkaar. Misschien was hij vergeten hoe goed ik hem kende. Ik had tenslotte een levenslange studie van de plooien in zijn gezicht gemaakt. Vanavond had hij een vonkje in zijn ogen, een soort koortsachtig enthousiasme waardoor zijn blik over muren en mensen heen schoot, en nooit op mij bleef rusten.

Hij liet zijn arm vallen, nam een teug van zijn champagne en gebaarde naar een smal gangetje, donkerder dan de andere, dat wegliep van het centrale deel van het huis. 'Ik denk dat je dit wel weet te waarderen,' zei hij. Hij deed een deur open, met zwarte, krakende scharnieren. Er hing een wierooklucht. In het halfdonker onderscheidde ik de logge vorm van een altaar en een doopvont.

'Sorry heren, let vooral niet op ons,' zei Ben, terwijl hij over een kabel stapte. Er stonden twee mannen met miniatuurschroevendraaiers in een reeks luidsprekers te draaien, in zwarte T-shirts met de woorden SONO VISION INC boven een logo van drie overlappende cirkels.

'Een hele productie,' zei ik.

'Ha!'

De kapel zag er nog bijna precies uit zoals hij bij het vertrek van de monniken moest zijn geweest. Er lagen open kerkzangboeken op de planken, waar de bladzijdes van opwaaiden door de tocht van een dichtvallende deur. Het was net alsof de voormalige bewoners midden in een dienst hadden moeten vertrekken, en in hun haast om weg te komen al hun bezittingen hadden achtergelaten.

Ik moest denken aan het huis van Victor Hugo aan het Place des Vosges in Parijs; ongeschonden sinds zijn dood, alles nog precies op zijn plek. Maar dan zag je Hugo's dodenmasker nonchalant in een doos op een bureau liggen en besefte je hoe macaber het allemaal was, hoe vreemd de menselijke drang om alles te houden zoals het was, alles op sterkwater te zetten. Toen mijn moeder overleden was wist ik niet hoe snel ik van haar af moest komen. Ik regelde een vlotte crematie en toen ik het bericht van de begrafenisondernemers kreeg dat haar as kon worden opgehaald, liet ik dat voor wat het was. Wat doen ze met niet-opgehaalde as? Daar ben ik nooit achter gekomen.

'Macaber,' zei ik.

'Je moest eens weten, KS. Echt. Er is een geest, hè.' Hij vertelde dat de geest naar verluidt op het middeleeuwse kerkhof rondhing, vlak naast de sierdoolhof die was geplaatst om hun vier kinderen – Cosima, Cressida, Hector en Wilf (Bear voor familie) – mee te vermaken. De geest stond in de omgeving bekend als De bruine monnik. Men geloofde dat hij zachtjes kreunend dwars door de muren van het huis heen liep.

'Maar daar geloof jij toch zeker niet in?' vroeg ik.

Ben schudde zijn hoofd. 'Nee, maar... Serena. Je weet hoe ze is...'

Ja. Ja, dat wist ik inderdaad.

Bij onze eerste kennismaking, in een restaurant boven in een van de nieuwste wolkenkrabbers van Londen, had ze over tafel mijn onderarm vastgepakt. Dat deed ze zo snel dat ik geen kans zag om me los te maken, en ongemakkelijk waren we daar blijven zitten, terwijl ze me met haar lichtblauwe ogen serieus aankeek en zei: 'Ben heeft me al veel over je verteld. Ik weet nu al dat we zielsverwanten zullen worden.'

Ik wierp haar een nietszeggende glimlach toe. De nietszeggende glimlach is een van mijn specialiteiten.

'Ik zie het kind in jou,' zei ze en terwijl ze dat zei, bleef er een plukje blond haar aan haar lipgloss plakken, waardoor de onderste helft van haar afstandelijke, mooie gezicht werd afgesplitst. Achter haar zag ik de donkere uitgestrektheid van de stad: het geraamte van onlangs opgezette stellages, verlicht door een nevelige maan en de rode, glinsterende lichtjes van Canary Wharf, aaneengeschakeld als het ledscherm van een onleesbaar digitaal horloge.

'Dat is zo belangrijk, vind je ook niet?' zei ze toen het voorgerecht werd opgediend. 'Om altijd die kinderlijke verwondering over de wereld te behouden.'

Zelfgenoegzaam haalde ze haar hand weg. Er zat één rimpel op haar gladde voorhoofd, die daar speciaal leek te zijn aangebracht om zorg en empathie weer te geven.

Serena was de laatste in een lange rij vriendinnetjes van Ben. Maar zelfs ik moest toegeven dat ze anders was. Vóór haar had Ben één type. Hij zag er goed uit en kwam van oud geld. Zijn leven was bijna te makkelijk geweest – particuliere kostschool, Cambridge, hedgefondsmanager – en daarom ging hij in zijn privérelaties altijd op zoek naar gedoe. Hij hield van neurotische meisjes met een gescheurde spijkerbroek, die te veel rookten en hun eigen haar knipten. Die bleven nooit langer dan een paar maanden en het was altijd Ben die het uitmaakte.

Dikwijls kon ik ze na afloop opvegen. Die meisjes kwamen naar mij, een en al tranen en eyeliner, en dan stak ik altijd dezelfde riedel af: dat Ben nou eenmaal niet klaar was voor een langdurige relatie en dat misschien wel nooit zou zijn, en dat het niet aan hen lag, maar aan hem, en dat hij op zijn eigen manier dol op ze was, maar dat hij er niets aan kon doen, dat hij er gewoon niet aan toe was. En dan knikten ze en beten op hun lip en dan, na een kopje thee met veel suiker en een paar kruimels cake (ze aten nooit de hele plak op), gingen ze mijn appartement weer uit en zag ik ze nooit meer terug.

Ik mocht die meisjes wel, waarschijnlijk omdat ik me nooit bedreigd door ze voelde. Ze hadden het niet voorzien op mijn vriendschap met Ben. Ze respecteerden onze ijzersterke band. Wij kenden elkaar beter dan wie dan ook, snap je. Daar kon geen vrouw tegenop. Zoals ik ook tegen hen zei: het lag niet aan hen.

Maar toen kwam Serena.

Met haar nonchalante zelfverzekerdheid wond ze Ben om haar vinger. Ze hadden elkaar op wintersport ontmoet. Natuurlijk. Daar ontmoet dat soort mensen elkaar. Het is of Verbier, of St. Tropez.

Ze was lang, blond en beeldschoon. Slank en gespierd. Met een suikerzoete geur. Haar dat heen en weer zwiepte, alsof het reclame voor zichzelf maakte. Ze werkte in een kunstgalerie, hoewel ze daar na haar verloving meteen ontslag nam. Ik had altijd gedacht dat Ben haar type saai zou vinden. We maakten die oninteressante tutjes altijd belachelijk met hun verzonnen carrières, hun afhankelijkheid van pappies trustfonds en hun weekendjes op het platteland met rubberlaarzen en gevoerde bodywarmers.

Maar ik had Serena onderschat. Want hoewel ze er saai uitzag (wel mooi, maar ontegenzeglijk saai) had ze iets onbedorvens. Ze was intens naïef. Het was niet echt domheid, maar meer iets bovenaards, alsof ze nooit echt haar draai in de wereld had kunnen vinden. In minder vriendelijke bewoordingen zou je het ook 'raar' kunnen noemen.

Ben was, om wat voor reden dan ook, smoorverliefd. Die avond besefte ik, toen ik aan tafel naar hem keek en wanhopig zijn blik probeerde op te vangen, dat Serena een blijvertje was. Hij draaide zich naar haar toe, veegde met het kussentje van zijn duim de verdwaalde pluk haar van haar mond en kuste haar vervolgens met een ondraaglijke tederheid. En toen wist ik dat alles anders zou worden.

Het was geen perfect huwelijk. Ze hadden, helemaal volgens het boekje, kinderen gekregen, allemaal even vroegwijs en schattig, de een net even op een andere manier dan die ervoor, maar toen Ben wegging bij het bedrijf waar hij sinds zijn afstuderen had gewerkt en voor zichzelf begon, gingen ze elkaar steeds minder zien. Serena begreep, in al haar vaagheid, nooit hoeveel stress zijn werk met zich meebracht. Ben, die het steeds drukker kreeg, had geen tijd meer voor het emotionele onderhoud van zijn vrouw. Ze werd harder. De naïviteit die ik ooit bij haar had gezien raakte besmet met een zeker vermoeid oordeel over dingen en mensen – hun waarde; hun prijs. Ben hield nog steeds van haar, dat wist ik zeker. Hij was alleen niet meer verliefd.

Volgens mij deerde hen dat beiden niet echt. Ze voerden een prima toneelstukje op. Serena werd mooi oud, dankzij het oordeelkundig gebruik van door een discrete plastisch chirurg toegediende fillers, en de ongeëvenaarde antiverouderingsmethode van heel weinig omhanden hebben. Ze werd zo'n charmante, rijke vrouw die niet weet wat ze met haar tijd aan moet en die probeert op te vullen met liefdadigheidslunches en een wazige zoektocht naar betekenis. Ze ging op ayurvedische retraites en meditatieweekendjes, en liet de kinderen dan achter bij twee fulltime kindermeisjes en een trouwe huishoudster in een donker uniform dat zo was ontworpen dat het niet op een uniform leek. Ze had het vaak over 'verbindingen' en 'aura's'. Ben was lief voor haar. Voor de buitenwacht waren ze een goed stel.

Maar ze had nog wel zo haar 'ideeën'. En een daarvan, vertelde Ben toen we in de kapel stonden, had met een geest in Tipworth te maken. Hij zei dat ze een plaatselijke uitdrijver had laten komen om een hele poppenkast uit te voeren waarmee 'de negatieve energie werd weggehaald'.

'Waar haal je een plaatselijke uitdrijver vandaan?' vroeg ik. 'Staan die in de *Gouden Gids*?'

Ben schoot in de lach. 'Weet ik veel. Ik bedoel, bestaat de *Gouden Gids* überhaupt nog?'

'Serena zal toch wel...' Ik liet mijn gedachte onbeantwoord uitdoven.

We bleven even naast elkaar staan, terwijl het licht buiten steeds flauwer werd. Door de bonte panelen in de ramen vielen er roze, groene en blauwe ruitvormen op de afgesleten stenen vloer.

'Je drinkt niet,' zei Ben verwijtend.

Ik keek naar mijn champagneflûte. Hij had gelijk. Ik had geen slok genomen. Mijn vingertoppen waren klam van het opgehoopte vocht aan de zijkant van het glas.

'Sorry,' zei ik met een glimlach, en hief het glas. 'Op jou, Ben. Op je nieuwe huis. En van harte nog.'

'Bedankt, KS.'

We proostten. Maar bij het zien van de bestudeerde leegte in zijn gezicht kreeg ik weer het gevoel dat er iets niet in de haak was.

'Mijn oudste vriend,' zei ik, in een hernieuwde poging om wat vertrouwdheid op te wekken.

Maar hij stond ongemakkelijk te draaien en kon me nog steeds niet aankijken. 'Moet je horen, KS. We moeten praten.' Zijn stem klonk droog en schril. 'Over...' Hij maakte een weids gebaar met zijn vrije hand, alsof hij G-sleutels in denkbeeldig zand schilderde.

Ik wachtte af. Eén hartslag. Twee. Mijn bloed stolde. Mijn spieren spanden zich aan.

'Ik heb een zakelijke kans die ik met je wil bespreken.'

Opluchting. Het uitgelaten gevoel was bijna tastbaar.

'O,' zei ik, terwijl ik hard probeerde niet te denken aan alles wat hij gezegd had kunnen hebben. 'Vertel.' Ik deed mijn best om de blijdschap niet in mijn stem te laten doorklinken. Ben had me nog nooit gevraagd samen een zakelijke onderneming aan te gaan. Daar was ik altijd ietwat verontwaardigd over geweest. Natuurlijk had ik er in het begin de middelen niet voor gehad. Maar sinds de publicatie van *Kunst: ja, en?* was mijn bankrekening er aanzienlijk beter aan toe. In eenentwintig talen uitgegeven. Twaalf aaneengesloten weken in de bestsellerlijst van de *Sunday Times*. De royalty's bleven binnenstromen.

Ik was opgetogen dat hij me nu eindelijk een aanbod deed. Daaruit bleek dat hij me vertrouwde. Dat ik niet voor zijn hippe oud geld-vrienden onderdeed.

'Ik heb een investeringsideetje. Een nieuw resort in de stijl van een casino, in Montenegro.'

'Aha. Montenegro, het nieuwe Monte Carlo.'

'Ha!' zei hij weer. 'Heel goed, KS. Die moeten we als slogan gebruiken.'

Ik nam een slok champagne. De bubbels prikten op mijn tong. 'Natuurlijk. Wanneer wil je het erover hebben? Toch niet nu, of wel?'

Hij schudde zijn hoofd, de krullen trilden. 'Nee, hoor, nee. Na het feest gaan we er even rustig voor zitten. Met de echtgenotes.'

Ik trok mijn wenkbrauwen op.

'Ik bedoel... die zullen er ook mee gemoeid zijn.'

'Intrigerend.'

'Het kan zodra de gasten weg zijn.'

'Dan zou het eigenlijk des te logischer zijn geweest om hier te logeren. Ik bedoel, de Premier Inn heeft zeker zijn charmes, maar...' Zodra ik mijn mond had opengedaan, wist ik dat ik defensief klonk.

Ben kreunde. 'Ik wist wel dat je pissig zou zijn. Dat zei ik al tegen Serena.'

'Ik ben helemaal niet pissig.'

'Wel waar, KS. Dat zie ik aan je. Moet je horen, het komt door die familie. We hebben ontzettend veel ooms, tantes en schoonfamilie. Je kent het wel.'

Ik liep naar het gangpad van de kapel en streek met mijn hand langs de rand van de planken waar kerkzangboeken op lagen. Bij het altaar aangekomen zag ik stof op mijn vingernagel zitten. *Je kent het wel*. Een van zijn gevleugelde uitspraken.

'Nee, Ben.' Ik draaide me weer naar hem toe. Mijn stem weerkaatste tegen het gewelfde plafond. 'Nee, dat ken ik niet. Kennelijk ben je even vergeten dat ik geen familie heb.'

In het zwakke licht kon ik zijn gezichtsuitdrukking niet zien. Zijn glas, leeg inmiddels, hing lusteloos in zijn hand.

'Jij bent mijn familie,' zei ik, maar zo zacht dat hij het niet hoorde.

Dagboek van Lucy Gilmour

Wat vond ik nou zo leuk aan hem?

Toen ik hem voor het eerst zag, viel hij gewoon op. Dat kwam door zijn kledingstijl: Martin ging altijd onberispelijk gekleed. Terwijl alle anderen op de redactie in een spijkerbroek en loafers liepen, liep hij in een maatpak. Zelfs als hij probeerde er nonchalant bij te lopen, wilde dat niet echt lukken. Corduroy en kasjmier waren zo ongeveer het meest relaxte dat hij voor elkaar kreeg.

Ik weet nog dat ik hem in de personeelskantine zag zitten, in zijn eentje, met een *Financial Times* strak in een rechthoek gevouwen, een handig formaat om hem met één hand vast te houden. Ik zag zijn vingers: elegant, lang, met kortgeknipte en schone nagels. Hij at een salade uit zo'n doorzichtig plastic bakje. Ik zag hoe hij met een vork de slappe slablaadjes naar zijn mond bracht en ze met kleine, kieskeurige hapjes opat.

Zo nu en dan keek hij op, alsof hij gezien wilde worden en tegelijkertijd verried zijn gedrag dat hij niets gaf om hoe hij overkwam. Dat bewonderde ik. Ik was tweeëntwintig, pas afgestudeerd, en verschrikkelijk onzeker. Ik durfde niet op mijn intuïtie te vertrouwen. Ik had continu bevestiging nodig om te bewijzen dat ik bestond. Ik verloor mezelf graag in het gezelschap van anderen, in de hoop dat ik binnen de veiligheid van een grote groep niet zou hoeven praten. Het idee om in mijn eentje midden in de kantine te zitten zonder me druk te maken over wie me zag kwam me volslagen vreemd voor. Ik had nog liever naakt door Kensington High Street gelopen.

Later, toen ik hem wat beter leerde kennen, merkte ik dat Martin de meest zonderlinge persoon was die ik ooit had ontmoet. Ik stelde hem allerlei persoonlijke vragen en toch werd ik nooit een steek wijzer van zijn antwoorden. Hij had geen verhaal over zijn achtergrond. Hij sprak nooit over zijn familie. In tegenstelling tot de meeste mannen wilde hij het blijkbaar niet per se over zichzelf hebben. De enige over wie hij met enige regelmaat repte was zijn beste vriend, Ben, die hij ook zo noemde: 'mijn beste vriend Ben', alsof dat predicaat deel uitmaakte van zijn officiële titel.

Ik was gefascineerd door die geheimzinnigheid. Ik had net na twee jaar mijn relatie met een jongen van mijn studie beëindigd. Het was allemaal vrij verstikkend en heftig geweest. Mijn ex had alles willen delen. Hij wilde mijn hand vasthouden op straat. Hij wilde me zoenen in het openbaar. Hij wilde me vertellen hoe hij ons samen oud zag worden. Eén keer had hij in de bioscoop zitten huilen bij een film over een demente bejaarde vrouw, met een echtgenoot die er alles aan deed om voor haar te zorgen. Ik had last van plaatsvervangende schaamte.

'Ik,' zei hij na afloop, met zijn zakdoek helemaal nat, 'moest gewoon denken aan ons en aan wat er zou gebeuren als...'

Hij maakte zijn zin niet af maar ik wist wat hij bedoelde en ook al pakte ik zijn hand, ook al zei ik tegen mezelf hoe lief dat was en wat een geluk ik had dat hij zoveel van me hield, ergens voelde ik me toch ook ongemakkelijk. Een stemmetje in mijn hoofd zei: wat een sukkel dat hij zoveel om je geeft. Dat ben je niet waard en daar komt hij binnenkort achter en wat moet jij dan?

Martin deed nooit een poging me echt te leren kennen. Hij was geïnteresseerd in mijn mening en volgens mij vond hij het leuk om op intellectueel niveau met me te praten, de lagen van mijn geestelijk leven als een kerstcadeautje uit te pakken. Maar verder bleef het oppervlakkig – in het begin dan. En dat trok me aan. Ik vond het prettig dat iemand me het gevoel gaf slim te zijn zonder dat ik er verder iets mee hoefde. Martin nam genoegen met de tegenwoordige tijd van mijn gezelschap, en had geen behoefte aan een vervoeging in de toekomstige of verleden tijd.

Weet je hoe zeldzaam dat is? Heel zeldzaam. Ik heb verder nooit iemand ontmoet die dat kon.

Fysiek gezien was hij niet mijn type. Ik viel altijd op stevige mannen met sterke armen, grote handen en schouders die zo een auto leken te kunnen optillen, maar ja, dat had me niet bepaald iets opgeleverd. Ik vond het tijd voor iets anders. Martin was slank, bijna mager. Hij was lang, met fijn bruin haar in een ouderwetse zijscheiding. Hij droeg een bril en had een lang, knap gezicht, met verfijnde trekken. Als hij glimlachte, was dat tegelijk kwajongensachtig en vaag. Hij had smalle heupen en de jukbeenderen van een tienermodel.

Later zou ik ontdekken dat Martin zijn uiterlijk kon aanpassen aan de sociale omgeving waarin hij zich bevond. Ik kon mijn vinger er nooit goed op leggen. Hij leek gewoon van kleur te veranderen en met zijn omgeving te versmelten. Een kameleon.

In het begin was het een collegiale vriendschap. We gingen samen lunchen. Eén keer bestelden we bij Maggie Jones twee artisjokken en de witte huiswijn, in een grote fles. De serveerster zette er met pen een streepje op om aan te geven hoeveel we hadden gedronken. Martin vulde mijn glas steeds ietsje verder bij dan het zijne.

'Je zou je haar eens anders moeten doen,' zei hij, terwijl hij een broodkorstje afscheurde om het in zijn mond te steken.

Dat was voor het eerst dat hij iets zei over mijn uiterlijk. Ik kreeg een kleur van zijn kritische blik, was onmiddellijk verlegen. 'Nou zeg!' Ik probeerde het luchtig op te pakken. 'Jij neemt ook geen blad voor de mond.'

'Die fluwelen scrunchie-dingen...' Hij wapperde met zijn hand alsof hij een vieze geur uit de ruimte verdreef. 'Waarom heb je het altijd omhoog? Laat het eens los vallen, om je gezicht heen.'

Ik vond het vleiend dat hij er zo over na had gedacht. Kennelijk had hij mijn gezicht met aandacht bekeken. Het was zijn manier van een complimentje geven, besefte ik, en dankbaar nam ik het aan door onmiddellijk de scrunchie uit mijn paardenstaart te halen, mijn haar los te schudden en het achter mijn oren te doen.

Hij stak zijn hand uit over tafel om het haar weer achter mijn oren vandaan te halen. Er bleef een broodkruimel van zijn vinger op mijn wang zitten. 'Zo,' zei hij. 'Veel beter.'

Ik droeg mijn haar niet graag los, omdat het niet steil was maar ook geen krullen had. Het werd snel kroezig en het zat nooit zoals ik het wilde. Maar onder de warme gloed van Martins goedkeuring ging ik anders naar mezelf kijken. Op zijn bureau, tegen een stapeltje boeken, stond een ansichtkaart van een schilderij van Lord Leighton. Misschien, dacht ik, zag hij me als zo'n prerafaëlitische heldin, die (nu ik erover nadacht) ook golvend haar had.

'Dank je,' zei ik.

'Geen dank.'

Toen ik die avond thuiskwam bekeek ik mezelf aandachtig in de spiegel. Mijn wenkbrauwen waren te breed. Mijn wangen te rond. Ik probeerde ze naar binnen te zuigen en kneep mijn ogen samen, om dunner te lijken. Ik frunnikte wat aan mijn haar. Het viel op mijn schouders en ik vond het jammer dat het niet langer, glanzender en handelbaarder was. Op de zijkant van mijn neus zat een littekentje, een overblijfsel van een fietsongeluk toen ik klein was en ik was bang dat het een pukkel leek. Ik slaakte een zucht. Ik deed mijn haar weer omhoog in een scrunchie en smeerde, hoewel ik met niemand had afgesproken en die avond in mijn eentje voor de buis zou doorbrengen, wat camouflagestift op mijn litteken. Ik vond het fijner om het niet te zien.

De volgende dag stipte ik het weer met de camouflagestift aan. Ik liet mijn haar loshangen. Ik liet het mascaraborsteltje over mijn wimpers gaan. Normaal gesproken droeg ik nooit make-up naar kantoor.

Toen Martin binnenkwam had hij een koptelefoon op. Geen oortjes, zoals de meeste mensen, maar zo'n ouderwetse die vroeger bij een walkman hoorde. Ik probeerde zijn blik op te vangen, maar hij zag me niet. In de lunchpauze vertrok hij zonder me mee te vragen. Pas 's middags, toen ik hem een drukproef gaf van een interview dat hij met een jonge actrice had gedaan, spraken we elkaar.

'Wat zie je er leuk uit,' zei hij.

Ik kreeg een kleur. 'Mijn haar,' antwoordde ik onnozel.

Hij glimlachte. 'Een duidelijke verbetering.'

Die dag gingen we wat drinken na het werk. Hij bestelde een Guinness, weet ik nog, wat vreemd afstak bij zijn licht artistiekerige estheticisme. Ik zag hem als een lome kat: elegant maar afstandelijk. Hij droeg zo'n bril met rond schildpadmontuur die me aan een schrijver uit een ander tijdperk deed denken. Hij zette hem af en wreef over zijn neusbrug, waarna hij de bril ingeklapt naast een doorweekt bierviltje tussen ons in op tafel legde.

Toen hij opstond om naar de wc te gaan, pakte ik de bril. Geen idee waarom, maar ik zette hem op. De brillenpootjes drukten tegen mijn slapen en tot mijn verbazing merkte ik dat het geen glazen op sterkte waren, maar van vensterglas.

Vóór Martin was ik nooit zo bezig geweest met mijn uiterlijk, deels omdat mijn ouders er niet echt om gaven. Het waren fijne mensen en ik had een fijne jeugd. Fijn. Ik weet nog dat een vriendin van me ooit zei dat ze dat zo'n jeukwoord vond – 'Alsof we in de jaren zeventig zitten,' zei ze.

Maar het wás ook fijn. Mijn ouders waren vooral bezig met en trots op mijn grote broer. Hij was de slimme, de sportieve, de populaire van ons twee. Ik zat met alle liefde langs de zijlijn van zijn succes. Ik was altijd het net-nietkind. Ik haalde zevens voor mijn proefwerken, net geen achten. Ik werd net niet toegelaten tot Oxford, dus ging ik naar Durham. Ik was niet echt mooi, maar best aardig om te zien en mij werd verteld dat dat soort dingen er niet echt toe deed. Dat het om de binnenkant ging. Ik stelde me plooibaar op en was makkelijk en prettig in de omgang. Ik was behulpzaam.

'Jij ziet al wat er moet gebeuren nog voor het je gevraagd wordt,' zei mijn moeder een keer terwijl ze een gebraden kip uit de oven haalde. 'Jij anticipeert.'

Dat was mijn verdienste. *Lucy: die zorgt voor mensen.* En zo was het ook. In mijn puberteit anticipeerde ik altijd op wat anderen van me wilden en dan voorzag ik daarin. Ik was verlegen en stil en vormde nooit een bedreiging. Daar werd ik om gewaardeerd.

Maar niet door Martin. Martin was niet voor één gat te vangen.

Ik haalde altijd thee voor mijn redactie op de *Bugle*. Ik wist precies wat iedereen wilde: melk en twee klontjes suiker, zonder melk maar met een schijfje citroen, Earl Grey, geen English Breakfast. Martin wilde nooit, hoe vaak ik het ook aanbood. Na een tijdje raapte ik de moed bij elkaar en vroeg ik hem waarom.

Hij perste zijn lippen op elkaar. Die waren bleek, waardoor hij altijd een koud gezicht leek te hebben. 'Die troep uit de kantine?' Hij sloeg zijn ogen ten hemel. 'Alsjeblieft zeg. Dat kun je toch geen thee noemen.'

'Ik kan ook koffie voor je halen, als je dat liever hebt.'

'Die is nog erger,' zei hij, en hij draaide zich weer naar zijn computerscherm.

Het was niet onbeschoft, hoe hij het deed. Hij gaf zijn mening altijd als een feitelijke verklaring: niet aanvallend, maar gewoon alsof die onbetwistbaar was.

Hoe vaker hij me afwimpelde, hoe meer ik door hem gezien wilde worden. Op een avond stapte ik na het werk op de bus naar Knightsbridge. Ik ging naar Harvey Nichols en kocht een speciaal verpakt doosje met dure theesoorten. De volgende ochtend legde ik dat op Martins bureau. Hij zei er niets over, maar stuurde een e-mail. 'Bedankt voor de thee,' stond erin. Het doosje verdween en hij bleef alle warme drankjes pertinent weigeren.

Wat intrigerend, dacht ik. Zo anders dan anders.

Neesha, mijn vriendin op het werk, kon er met haar verstand niet bij. 'Wat zie je toch in hem?' vroeg ze.

We stonden in onze rookpauze buiten voor het gebouw te rillen in de wind. Er was net bekendgemaakt dat we niet meer mochten roken op de redactie. Neesha rookte meer dan ik. Ze was de secretaresse van de redacteur en had de meest stressvolle baan van het hele gebouw. Meestal ging ik mee naar buiten om haar gezelschap te houden.

'Wie?'

'Martin, suffie.' Neesha gaf me haar sigaret. Er zat een rode kring lippenstift om de peuk.

Ik nam een trekje. 'Hij is interessant.'

'Dat kun je wel stellen, ja.' Ze grinnikte. 'Hij spoort niet helemaal, Luce.'

'Niet zo gemeen.'

'Dat ben ik niet. Het moet je toch zijn opgevallen. Laatst moest Ian acht keer zijn naam zeggen voor hij ook maar een teken van leven vertoonde.'

'Hij zit gewoon in zijn eigen wereldje,' zei ik, zelf overvallen door mijn defensieve houding.

Neesha snoof. 'Hij voelt zich beter dan ons, zul je bedoelen.'

'Dat is het niet.'

'O, kom op, Luce. Ik ken dat type. Particuliere kostschool, Oxbridge, lekker zelfingenomen. Geeft meer om... weet ik veel... zijn gouden manchetknoopjes dan om echte mensen.'

Ik schoot in de lach.

'Je bent te aardig, Luce. Jij gaat altijd uit van het goede.'

Dat was niet helemaal waar. Ik kon heel goed aardig overkomen, maar ik kon er vooral voor zorgen dat mensen me mochten, ongeacht wat ik van hen vond. Bij Martin lag het anders. Omdat ik bij hem niet goed wist waar ik aan toe was. Ik viel voor het feit dat hij niet beschikbaar was. Ik vleide mezelf met de gedachte dat hij een bang jongetje was dat verzorgd moest worden, en dat ik degene was die hij zou toelaten.

Neesha rookte haar sigaret op en plette de peuk met haar stiletto's op de stoep. 'Ik wil alleen maar zeggen dat je op je hoede moet zijn. Hij geeft lang niet zoveel om jou als jij om hem.'

'Volgens mij...'

'Hij heeft nooit ook maar een woord tegen me gezegd, hè. Hij komt elke week op onze redactie, maar heeft nog nooit gegroet.' Ze knoopte haar jas open. 'Je komt een hoop over iemand te weten door te zien hoe hij met secretaresses omgaat.'

Ik luisterde niet. Ik bleef met hem omgaan. Onze lunchafspraken werden etentjes. Het rondje thee werd een drankje na het werk. De dagen werden weken, weken werden maanden en algauw merkte ik dat ik steeds meer uitkeek naar de dagen waarop ik hem zag. De weekenden kropen voorbij, omdat ik het dan zonder zijn gezelschap moest doen.

Achteraf gezien geef ik toe dat het tempo voornamelijk door mij werd bepaald, Martin was kennelijk of te beleefd of te verlegen om het initiatief te nemen. Op een avond nam ik het heft in handen, na een etentje in een Iraans restaurant in Kensington. Ik was niet echt van het Iraanse eten – te veel luchtjes en gebakken rijst die aan mijn tanden blijft plakken – maar Martin was er dol op, dus ging ik met hem mee.

De kus was droog en kuis. Ik probeerde het puntje van mijn tong in zijn mond te wriemelen maar hij weigerde. Ik trok me terug en keek hem aan.

'Wat is er?' vroeg ik. 'Vind je me niet leuk?'

Hij hield zijn hoofd naar achteren. 'Natuurlijk vind ik je leuk, Lucy.'

'Nou dan.' Ik kuste hem nog een keer en deze keer kuste hij terug, maar heel omzichtig, alsof hij elke reactie en beweging evalueerde. Ik nam zijn hoofd tussen mijn handen, streek door zijn haar en langzaam maar zeker ontspande hij zich. Zijn nervositeit raakte me. Martin, die verder altijd zo precies was, zo zeker wist hoe je een das droeg en wat goede smaak was, had hier blijkbaar geen parameters voor. Ik vroeg me af hoe vaak hij vóór mij had gezoend. Ineens schoot de gedachte door me heen dat hij misschien nog maagd was.

In plaats van dat afstotelijk te vinden, vond ik zijn onaardsheid aantrekkelijk. Op dit gebied ben ik zijn meerdere, dacht ik. Hij kon me over kunst en schoonheid leren en over hoe ik mijn haar het best kon dragen, maar op lichamelijk vlak zou ik de leiding nemen, hem de weg wijzen.

Onder het licht van de straatlantaarn boog ik naar voren en liet ik mijn hand achter de riem van zijn broek glijden. Hij was slap. Ik streelde er voorzichtig met mijn vingers overheen en liet mijn hand toen ritmisch op en neer glijden tot ik voelde dat hij opgewonden raakte.

'Nee,' zei hij. Ik deed of ik het niet hoorde. 'Nee, Lucy, niet doen.' Hij deinsde terug en haalde mijn hand weg.

'Sorry,' zei ik.

Even hield Martin zijn adem in. Ik vroeg me af wat er door hem heen ging. Kennelijk worstelde hij met een of andere onuitsprekelijke gedachte, maar toen zag ik dat zijn gezicht ontspande. Hij glimlachte.

'Het gaat gewoon...' Hij boog zich voorover om een kus op mijn kruin te geven. 'Te snel.'

Ik knikte opgelucht.

'Ja, ja, natuurlijk.'

Ik legde me erbij neer. Hij ging naar huis en ik wandelde terug naar mijn appartement. In de weken daarna deed ik mijn best hem niet te veel op de huid te zitten. We bleven uit eten gaan, maar ik probeerde hem niet nog een keer te kussen. We hielden elkaars hand vast, die van hem was koel en glad. Eén keer ging hij met me mee naar huis en sliepen we naast elkaar zonder elkaar aan te raken.

Ik maakte mezelf wijs dat dit ouderwetse hofmakerij was en toen we na zes maanden gesteggel eindelijk met elkaar naar bed gingen, kwamen daar nog aardig wat subtiele manoeuvres bij kijken. Het duurde even voordat Martin een stijve kreeg. Daar moest ik een bepaalde houding voor aannemen. Weer maakte ik mezelf wijs dat het fijn was om met zo'n onervaren iemand te zijn, iemand die mijn hulp zo hard nodig had.

Ik had genoeg van mannen die me namen alsof ik hun bezit was, die me wakker maakten met een erectie en zich kreunend naar een bevredigend orgasme toewerkten. Ik vond Martins aarzeling fijngevoelig en respectvol. Hij behandelde me als een breekbaar porseleinen serviesstuk. Ik wist zeker dat de seks, zodra hij aan mij – aan ons – gewend was, meer ontspannen en minder mechanisch zou worden. Langzaam maar zeker ging ik van hem houden, niet om zijn fysieke vaardigheden maar om wat er in hem omging. Over alles wilde ik zijn mening weten.

Aan het eind van dat jaar waren we verloofd. Ik was trots. Ik had hem voor me gewonnen. Ik. Lucy. De net-niet. En ik was ook blij. Heel blij. Hij zag iets in mij wat ik niet in mezelf zag. Wat had ik toch een geluk. Wat waardeerde ik dat aan hem. En wat vond ik het heerlijk te denken dat ik hem kon beschermen.

Neesha vroeg me niet meer mee naar buiten om te roken. We groetten elkaar nog wel en glimlachten hartelijk naar elkaar maar ik wist dat het niet meer hetzelfde was. Het maakte me minder uit dan ik had verwacht. Ik zei tegen mezelf: zij ziet niet de Martin die ik zie. Zij begrijpt niet hoe hij buiten werktijd is, op die rustige momenten waarop ik hem met een verdrietige en eenzame blik op de bank zie zitten en ik me afvraag wat er in hem omgaat en mijn hand naar hem uitsteek en het zachte haar in zijn nek streel en hij langzaam maar zeker weer bij me terugkomt, en we elkaar kussen en ik weet dat er niemand anders is die dit voor hem kan doen. Alleen ik.

Martin

Epsom, 1985

Mijn moeder heette Sylvia. Die naam hoor je niet meer zo vaak, hè? Een glanzende, gladde naam voor zo'n uit de kluiten gewassen vrouw. Laatst liet een van Bens kinderen me een speeltje met een donzig gezichtje zien, waarbij hij vol trots zei dat het bij zijn verzameling 'Sylvanische families' hoorde. Ik weet niet of het beestje in mijn hand een konijn moest voorstellen, een muis of een non-descripte mutatie van beide. Het zag er zacht uit, maar toen ik het tussen mijn vingers klemde voelde ik het harde plastic onder het dunne laagje bont. Dat strookte beter met het beeld dat ik van mijn moeder had.

Mijn moeder was altijd en eeuwig teleurgesteld. Haar man – mijn vader – was compleet onbetrouwbaar gebleken omdat hij het gedurfd had nog voor mijn geboorte te overlijden. Het ergst van alles was nog dat zijn dood volslagen gewoontjes was, waarmee mijn moeder het enige pleziertje werd ontzegd dat het haar had kunnen opleveren: een goed verhaal.

Het was december en mijn vader was eropuit gestuurd om aan het eind van de straat een stapel kerstkaarten in de brievenbus te doen. Het was bitterkoud in Epsom, de nacht ervoor was het kwik tot beneden het vriespunt gedaald, en toen hij linksaf het huis uit liep stapte hij op een laagje ijs, gleed uit, viel op zijn rug en kwam met zijn hoofd op de stoep terecht, waardoor er een hersenbloeding werd veroorzaakt.

Een buurman vond hem daar, dood, in een uitdijende plas van zijn eigen bloed, en waarschuwde mijn moeder die acht maanden zwanger was en net een visschotel in de oven schoof. Ik weet niet hoe mijn moeder reageerde en heb, omdat ik het huwelijk van mijn ouders nooit heb meegemaakt, geen idee hoe diep haar liefde of gevoelens voor haar man gingen. Op basis van wat ik nu over haar weet kan ik me niet voorstellen dat ze verliefd was, maar misschien was ze dat wel en werd ze pas door mijn vaders dood de verbitterde vrouw die ik kende. Ik gun haar het voordeel van de twijfel.

Ze had het nooit over mijn vader, over het type man dat hij was. In huis was er geen foto van hem te bekennen. In mijn hoofd bestond hij als een leegte: een uitgebrand gat op een niet-bestaand gezinsportret, dat ik met geen enkel concreet detail kon opvullen, hoezeer ik ook mijn best deed.

Mijn moeder heeft me maar één keer verteld hoe mijn vader overleden is en dat was toen ik oud genoeg was om de woorden te vinden waarmee ik het kon vragen. Ik moet een jaar of acht, negen zijn geweest. Tot dan toe werd mijn vaders afwezigheid steevast afgedaan met drie simpele woorden: 'Die is dood.' Meestal gevolgd door een zucht en het gevoel dat het daarna allemaal heel zwaar voor haar was geworden en het me verder niets aanging.

Het had even geduurd voor ik de moed had verzameld om naar verdere details te vragen. Ik weet nog dat ik zorgvuldig mijn moment koos. Het was het eind van de dag, toen mijn moeder net thuis was van het door haar gehate baantje in de snackbar op de hoek. Ze zat naast de gashaard een beker chocomel te drinken die ik in de magnetron voor haar had opgewarmd. 'Hoe is mijn vader doodgegaan?' vroeg ik.

Ze trok haar neus op. 'Ik vroeg me al af wanneer je dat eindelijk eens zou vragen,' zei ze. En toen deed ze me het hele verhaal met een geharde nuchterheid uit de doeken. Ik weet nog dat ik haar niet aankeek, maar me concentreerde op de nepvlammen van het vuur die dansende schaduwen op het fluweelpapieren behang maakten en het naar overrijpe peren ruikende gas dat de kamer binnendrong.

Er was één detail in Sylvia's verhaal dat me altijd is bijgebleven (ik noemde haar altijd Sylvia, nooit 'moeder'). Nu, zo'n dertig jaar later, denk ik er nog steeds weleens aan terug. Mijn moeder zei dat ze, toen ze de ambulance had gebeld, met haar jas aan naar buiten was gegaan, op haar hurken naast mijn vaders levenloze lichaam was gaan zitten, de uitgestrooide kerstkaarten van de stoep had opgeraapt en in haar zak had gestoken om ze de volgende dag op de bus te doen.

'Maar...' zei ik. 'Zat er dan geen bloed op?'

'Wat is dat nou weer voor vraag?' Ze nam een slok chocomel en wendde haar blik af. 'Ik ga toch geen hele nieuwe stapel schrijven? Zonde van mijn tijd.'

Ik vroeg me af wat de ontvangers van zo'n kaart onder de bloedspetters gedacht moesten hebben.

Door de dood van mijn vader waren we van meet af aan met zijn tweeën. Het heeft iets claustrofobisch om het enig kind van een alleenstaande moeder te zijn. Je leert al vrij snel dat je nooit zult voldoen aan de enorme behoefte aan toewijding die je ouder van je heeft. Wat als liefde begint wordt algauw een soort onontkoombare haat en die haat maakt je zelfs nog afhankelijker. Hij is nog beknellender dan de liefde. Hij zuigt je helemaal leeg.

Volgens mij ging mijn moeders obsessieve liefde voor mij gepaard met minachting voor haar eigen kwetsbaarheid. Ze was afhankelijk van mijn liefde, maar ontkende dat ze die nodig had. Ik voldeed nooit aan haar verwachtingen omdat ik nooit wist wat die waren. Het leek wel of die elke dag in een opwelling werden bijgesteld en veranderd. Ik wist alleen maar dat ik een bron van welhaast constante teleurstelling voor haar was.

Die teleurstelling las ik in de rimpels om haar mondhoeken, die haar lippen in een haakje omlaagtrokken. Ik voelde hem soms in haar blik, als ze me van opzij bekeek terwijl ik stond af te wassen of *Een van de acht* zat te kijken of in mijn blootje in bad zat, met kippenvel op mijn rug omdat het water nooit warm genoeg was. Als ze op die manier naar me keek, was het net of ze me analyseerde, me probeerde te doorgronden, als een scepticus die een poging doet iemands geloof te bevatten.

Soms was het vreemd. Dat kan bijna niet anders in een dergelijke relatie. Zo stond ze erop me elke ochtend aan te kleden, zelfs toen ik allang oud genoeg was om dat zelf te doen. Ze hield mijn onderbroek open zodat ik erin kon stappen en bleef geknield op de vloerbedekking van mijn slaapkamer zitten, waardoor ik me er pijnlijk bewust van was dat mijn penis zich ter hoogte van haar ogen bevond. Ze borstelde altijd bruusk mijn haar, strikte mijn schoenveters en smeerde mijn sandwiches voor de lunch: fabrieksbrood met Marmite en komkommer (waar ik niet van hield, maar dat zei ik nooit tegen haar) en dan liep ze op weg naar haar werk met me mee naar de bushalte, waar ze me uitzwaaide terwijl ik op mijn vaste plek ging zitten voor het ritje naar de plaatselijke basisschool.

Ik kwam altijd eerder thuis van school dan zij uit haar werk en liet mezelf dan binnen. Ze rekende erop dat ik mijn eigen avondeten maakte en dan iets eenvoudigs voor haar klaarmaakte, een kipschnitzel of een blikje bonen op toast. Zodra ze de voordeur binnenstapte kon ik haar stemming peilen aan de hand van haar voetstappen op het linoleum. Als ze een slechte dag in het café had gehad, kon niets haar goedkeuring wegdragen. 'Waarom heb je die stomme oude trui aan? Waarom heb je tuinbonen gemaakt terwijl je weet dat ik die vies vind? Ben je soms achterlijk? Ik heb je toch zeker niet opgevoed om een sulletje te worden, of wel?'

Ze sloeg me nooit, maar liep net zo lang te vitten en te muggenziften tot ik me fysiek aangevallen voelde. Slechts één keer kneep ze in de gevoelige huid van mijn onderarm: ze pakte een klein stukje vel dat ze links- en rechtsom draaide tussen haar vingers tot ik jankte van de brandende pijn. Er zat daar nog dagenlang een plek.

Je zou denken dat school een veilige haven voor me was. Mijn moeder, die na mijn vaders dood een royale levensverzekering had opgestreken, had besloten me naar een particuliere basisschool te sturen en inderdaad vond ik het gespeel en gestoei in de pauze een tijdlang best vermakelijk, net als het uitgelaten geroep van de andere kinderen als ze in de zandbak rondrenden. Maar al vrij snel begon ik op te vallen. Ik begreep nooit helemaal waarom. Misschien lag het aan mijn gezicht. Ze zeggen weleens dat ik afkeurend of ongelukkig kijk wanneer ik een neutrale en ontspannen uitdrukking denk te hebben.

Misschien kwam het doordat mijn geduld met de andere kinderen al vrij snel opraakte. Ik voelde me los van hen staan, ouder ook. Ik heb me altijd al ouder gevoeld. Nadat ik een paar weken geobserveerd had hoe ze zand zeefden door een rood plastic vierkant met gaatjes in de bodem, en verontwaardigd gilden als voornoemd rood plastic vierkant werd weggehaald om er iemand anders mee te laten spelen, begreep ik nog steeds niet wat er nou zo boeiend aan dat rode plastic vierkant was.

Ik probeerde het logisch te beredeneren. Was het de fysieke sensatie van het zand dat door de kleine openingen gleed? Was het het idee dat je iets bereikt had, dat je een ogenschijnlijk vaste substantie had omgevormd tot een vloeibare stroom zandkorrels? En, als het al een van die uiterst triviale motiveringen was, waarom was dat zo ontzettend boeiend? Waarom nam dat rode plastic bakje in het hoofd van al die kinderen dusdanig grote proporties aan, vulde het idee ervan alle beschikbare ruimte, al hun onzekere verlangen, hun enorme behoefte aan spelen en experimenteren... hoe kon dat alles worden ondergebracht in één enkel alledaags voorwerp met MADE IN TAIWAN op de onderkant?

Wekenlang werd ik gekweld door dat rode plastic bakje. Ik dacht dat iets me ontging, dat ik geen talent voor kinderlijkheid had. Ik begreep het gewoon niet. En dat irriteerde me. Geloof me, het liefst van alles wilde ik een makkelijk kind zijn dat nergens over nadacht. Ik wilde erbij horen. En tegelijkertijd wist ik dat ik dat niet deed.

Misschien kan dat enigszins helpen verklaren wat er uiteindelijk gebeurde. Het was de gebeurtenis die de rest van mijn leven zou bepalen, hoewel ik dat toentertijd natuurlijk niet besefte. Het had te maken met de vogel.

Een mus. Een weerloze mus die uit de lucht op de stenen tegels van de speeltuin was gevallen. Gebroken vleugel. Gekerm uit zijn snaveltje. Doelloos fladderend. Zijn hartje verwoed rikketikkend in zijn gevederde borstkas.

Een meisje dat Jennifer heette vond hem als eerste. Jennifer was lang en blond, met slungelige armen en benen en een stuntelige manier van rennen die ze, had ze me in een onbewaakt ogenblik ooit opgebiecht, had afgekeken van Bobbie in de film *Spoorwegkinderen*. Het was zo'n kind dat door haar gebrek aan gratie gedoemd was altijd een beetje geminacht te blijven en inderdaad had ze, toen ik haar een paar jaar geleden op Facebook opzocht, nog steeds die lelijke brede schouders en een armzalig aantal onlinevrienden, ook al wemelden haar statusupdates van de emoticons.

Jennifer vond de vogel bij het tikkertje spelen. Ze bleef staan, waarbij ze bijna over haar eigen schoenen struikelde, en de tranen sprongen haar in de ogen. Toevallig zat ik op een bankje in de buurt met een boek in mijn hand, en toen ik haar daar zag staan jammeren stond ik op om te kijken wat er aan de hand was.

'Wat is er?' vroeg ik.

Jennifer ademde zwaar, met een haast astmatisch gepiep achter in haar keel. 'Hij gaat... hij gaat...' Ze wees naar de uitgestrekte gestalte van de vogel. 'Volgens mij gaat hij dood.'

Ik knielde neer en bekeek de mus van dichtbij. Hij keek me aan, met een vochtig, uitpuilend oog. Ik stak een vinger uit, prikte en voelde de zijdezachte veren door de druk uiteenwijken.

'Niet aankomen, Martin!' zei Jennifer. 'We moeten het tegen de juf zeggen.'

De juf werd prompt ingelicht en de vogel werd door volwassen handen opgepakt en in een provisorisch nest van watjes en pijpenragers gelegd. Dat werd vervolgens op een hoge richel in de gang geplaatst, vlak boven een radiator en naast een raam dat uitkeek op de straat. De richel liep evenwijdig aan een trap die naar ons lokaal leidde.

De dagen daarna vormde er zich 's ochtends bij de eerste bel een rij van opgewonden, snaterende schoolkinderen op de trap die naar het wattennest stonden te gluren om te zien hoe de mus eraan toe was. De leraren grepen de gelegenheid aan om ons les te geven over 'de natuur'. (Het was een niet al te slim stelletje, die basisschoolleraren, met bijster weinig originele ideeën.)

Goed, niet lang daarna werd er een wedstrijd georganiseerd om een naam te bedenken voor de 'schoolmus'. Ik ben inmiddels vergeten wie er won en wat de uiteindelijke naam werd – laten we hem 'Sammy' noemen – maar het viel me op dat iedereen na die doop nog meer begaan was met de vogel, alsof het een soort mascotte was. Vervolgens werden we aangespoord tekeningen van het vervloekte beest te maken – kleurige potloodkrabbels die met kneedgum als offerandes aan de muur werden gehangen. Ons huiswerk bestond geregeld uit het achterhalen van 'feiten' over Sammy. Aangezien er nog geen internet was, bracht ik meer tijd door in de plaatselijke bibliotheek dan me lief was, boven *Het boek der vogelaars*.

We mochten de mus niet aanraken en hem niet lastigvallen. Maar steeds als ik Sammy op de trap voorbijliep, had ik de neiging hem te pakken en fijn te knijpen in mijn handen. Hij was zo klein en onbeduidend – nauwelijks groter dan een tennisbal. Hoe meer de andere kinderen liepen te staren en te fluisteren, en hoe meer ze bij ieder beweginkje van Sammy keken of hij al herstelde, hoe kwader ik werd. Het was stompzinnig om zoveel belang te hechten aan een beest zonder hersens.

Maar pas echt hels werd ik toen ik Jennifer op een ochtend iets hoorde zeggen. Sinds ze die mus had gevonden had ze zich hem als het ware toegeëigend. Kennelijk dacht ze door haar opdringerige zorg te weten wat die vogel allemaal voelde en hoelang zijn herstel zou duren en zo nu en dan deed ze zelfgenoegzaam verslag van zijn vorderingen. Haar vader was dierenarts, weet ik nog – iets wat ze te pas en te onpas liet vallen.

Op die bewuste ochtend had de juf haar naar voren geroepen om ons over het wel en wee van de mus te vertellen.

'Volgens mij gaat Sammy binnenkort weer vliegen. Zijn vleugel is alweer bijna genezen.' Jennifer was helemaal in haar element. De juf, een vrouw met de toepasselijke naam juffrouw Love, knikte met een minzaam glimlachje.

Ik geloof dat dat de druppel was. Omdat het allemaal nergens op sloeg. Die mus had geen enkel teken van herstel vertoond, zijn vleugel was nog steeds even stuk en nutteloos. Inmiddels lag er een doffe glans over zijn ogen. Het was veel barmhartiger geweest als we hem in de speeltuin meteen zijn nek hadden omgedraaid.

'Hij gaat vast dood.' Ik zei het zonder mijn vinger op te steken en het klonk harder dan ik had verwacht. Beduusd zette Jennifer een stap naar achteren. Haar onderlip trilde. De juf keek me boos aan. 'Martin. Wat ontzettend onaardig.'

'Helemaal niet,' zei ik. 'Het is toch zo.'

'Zo is het genoeg, Martin.'

Ik kreeg een brok in mijn keel van woede. Volgens mij was ik tot dan toe nog nooit door een leraar tot de orde geroepen en het kwam hard aan. Ik bezwoer mezelf dit moment nooit, maar dan ook nooit meer te vergeten, de vernedering, de onrechtvaardigheid en de domme, klakkeloze manier waarop de juf partij koos voor domheid in plaats van de waarheid, gewoon omdat dat beter uitkwam. Waarom zou je werkelijk kennis overbrengen als je iedereen ook in toom kon houden door ze een bebloede vogel te laten tekenen? (Ik heb nooit van dieren gehouden. Ik vind het misselijkmakend dat we ze zo verafgoden, met die schots geruite hondenjasjes, fluwelen kattenbandjes en speciale blikjes voer met konijnenstukjes in gelei en dat we ze ons huis in laten, die wilde, onnadenkende dingen, en verwachten dat ze alle menselijke eigenschappen weerspiegelen die we zo graag in onszelf zouden zien.)

De ochtend na mijn publieke vernedering door de juf zei ik tegen mijn moeder dat ik vroeg naar school moest om een klassenproject af te ronden. Ze zette me een uur eerder dan normaal bij de bushalte af. Het was helemaal donker op school, op één lichtje na, in het kantoor van de directrice. De voordeur zat niet op slot. Ik drukte de klink omlaag en liep naar binnen, heel voorzichtig zodat mijn gympen niet op de vloer piepten.

Aan de ene kant van de gang waren de garderobehokjes. Alle haakjes waren leeg, op één achtergebleven overall van tekenles na. Daarachter zag ik de steeds kleiner wordende omtrek van Doris, de schoonmaakster, die een industriële stofzuiger de gang door duwde, waarbij ze het snoer steeds van de ene naar de andere kant liet gaan. Ze luisterde naar haar walkman, precies zoals ik had verwacht, neuriede mee met het onduidelijke liedje in haar koptelefoon en bewoog zo goed en zo kwaad als het ging haar jichtige heupen mee op het geluidloze ritme.

Ik liet mijn jas en mijn tas achter in de garderobe, niet aan mijn eigen haakje maar ergens in een hoek, weggestopt achter een van de bankjes, waar ik ze later kon ophalen. Ik trok mijn schoenen uit en stouwde die in hetzelfde holletje. Toen liep ik op mijn tenen terug de gang in en de trap op, met twee exemplaren van de *Encyclopaedia Britannica* onder mijn arm die ik speciaal voor dit doel bij de plaatselijke bibliotheek had geleend (ik meen me te herinneren dat naslagwerken niet werden uitgeleend, ik moet ze dus tijdelijk hebben gestolen). Ik nam de treden langzaam, een voor een, met de zware encyclopedieën tegen me aan gedrukt, gerustgesteld door het gevoel van die stevige massa.

Ik keek op naar de richel, liet mijn ogen even aan de vroege ochtendschemering wennen en focuste toen op de wazige omtrek van het kunstmatige vogelnest. Pijpenragers, takjes, watjes en een allegaartje aan stukjes wol. Toen ik op de bovenste trede stond legde ik de twee encyclopedieën op de vloer en ging erop staan. Ik was niet zo lang en had van tevoren al geweten dat ik nooit zonder hulp bij die richel zou kunnen. Als ik er nu op terugkijk, ben ik eigenlijk best trots op mijn vooruitziende blik. Volgens mij getuigt het van volwassenheid om zo'n plan te beramen en het op eigen kracht uit te voeren.

Op kousenvoeten leunde ik op mijn tenen voorover, met één hand plat tegen de muur om mijn evenwicht te bewaren, maar nog steeds kon ik net niet bij het nest. Het was tergend dichtbij. Met mijn vingertoppen kon ik een uitstekend takje aanraken, maar niet de grip krijgen die ik nodig had om het nest eraf te halen. Ik durfde niet beide handen te gebruiken voor het geval ik mijn evenwicht zou verliezen en met veel kabaal de trap af zou donderen.

Ik rekte me uit, duwde tegen die ene millimeter van het takje waar ik bij kon, tot ik een dun straaltje zweet langs mijn rug voelde lopen. Het vocht hechtte zich aan mijn overhemd, waardoor de stof tegen mijn huid plakte en ik het nog warmer kreeg. Er viel een zweetdruppel van mijn voorhoofd op de grijze stenen vloer, en liet daar een donkere kring achter. Langzaam maar zeker raakte ik gefrustreerd, vervolgens in paniek en toen werd ik kwaad. Ik wist dat de tijd drong en dat de eerste kinderen dadelijk zouden komen binnendruppelen en vervolgens, vlak voor de eerste bel van 8.50 uur, in een golf van bruin en blauw zouden binnenstromen. Ik deed een laatste poging, sprong zo hoog als ik kon, waarbij mijn beide voeten van de encyclopedieën loskwamen. Ook de arm die me in balans hield kwam los van de muur en ik greep met beide handen naar het nest.

Ik klapte neer op de grond, de boeken schoten opzij en ik verstuikte mijn voet. Mijn linkerenkel klopte en deed zeer. Maar toen ik de buit in mijn handen bekeek, was de pijn al snel vergeten. Voilà: het nest met daarin een geschrokken, bevende Sammy.

Vanaf dat moment ging het allemaal razendsnel. Ik stak de encyclopedieën weer onder mijn arm, liet het nest balanceren in mijn vrije hand en sloop terug naar beneden. Ik wist dat Sammy door die gebroken vleugel niet kon vliegen. Hij kon geen kant op. Het oog van de vogel trilde somber: een zwijgende, paniekerige stip. Ik keek ernaar, hield het nest vast en hoewel ik vaag de instinctieve neiging voelde tegen hem te praten om hem te troosten hield ik, ook al wist ik dat andere, normalere kinderen dat wel zouden doen, mijn mond. En ik weet nog dat ik dacht: laat hem maar lijden. Laat hem maar leren hoe het leven in elkaar zit. En dat ik me door die gedachte minder eenzaam voelde. Omdat er iets was, een ander levend wezen, dat iets ergers doorstond dan ik.

Ik liep terug naar de garderobe, legde het nest op het bankje, gooide de boeken op de vloer naast mijn haakje, trok mijn schoenen aan en ging, nadat ik Sammy weer had opgepakt (inmiddels noemde ik hem Sammy in gedachten, het ding was nu een naam waard), vlug naar buiten. Ik liep naar de speeltuin, maar in plaats van zoals altijd het hek door te gaan, sloeg ik rechts af en volgde de omheining. Ik zag de schommels. De flauw afgetekende, omgekeerde 'v' van de glijbaan. In de verte een eenzame auto met ronkende motor, het portier sloeg open en een kind werd uitgebraakt.

De school stond midden in wat ooit een mooi stukje groen moest zijn geweest. Achter de speeltuin stond een bosje bomen. Daar mochten we nooit komen, maar de ondeugende kinderen deden dat altijd toch om stiekem sigaretten te roken en te zoenen, dus ik wist van het bestaan. Toen ik eenmaal bij dat veldje was, liep ik te hijgen. Ik begaf me naar het groepje bomen in het midden. Het gras was vochtig van de regen van die nacht en op mijn gympjes verschenen kleiachtige, bruine moddervlekken. Die moest ik later maar schoonmaken, bedacht ik, voordat mijn moeder thuiskwam.

Tussen de bomen lag een kleine open plek, bezaaid met sigarettenpeuken en lege chipszakjes. Aan één kant lagen de asresten van een vuurtje, aan de onderkant van wat stenen zaten nog stukjes krant. De vogel lag inmiddels te rillen en deed vruchteloze pogingen zijn nutteloze vleugel te bewegen. Stom beest, dacht ik.

Ik pakte een middelgrote steen uit het kreupelhout. Ik speelde ermee in mijn hand, om te voelen hoe zwaar hij was. En toen ramde ik hem, met de scherpe kant naar beneden, het nest in. De vogel maakte geen geluid, maar toen ik mijn hand wegtrok zag ik zijn oog nog steeds knipperen, nog steeds bij bewustzijn. Weer gaf ik hem, met alle kracht die ik had, een hengst met de steen. En weer. En weer. En weer, dit keer met een schreeuw bij de dreun waarvan ik wist dat het de laatste zou zijn. Ik voelde de dunne botjes kraken onder mijn vuist. Iets wat klonk als lucht die langzaam uit een lekke band liep. Toen ik mijn hand weghaalde, had ik bloed op een knokkel. De vogel lag daar, verbrijzeld en levenloos, eindelijk trilden zijn ogen niet meer.

Ik zei tegen mezelf dat het een daad van barmhartigheid was geweest, dat alleen ik, van mijn hele schare klasgenoten, had gezien dat die vogel pijn had en zo snel mogelijk uit zijn lijden verlost moest worden. Wat moest het frustrerend voor dat beest zijn geweest, om ergens in een betonnen gebouw op een richel te moeten blijven zitten en uit het raam te kijken naar de lucht waar hij niet meer in kon vliegen, overgeleverd aan een stel stomme schoolkinderen die hem af en toe wat vogelzaad gaven. Zo onterend, dacht ik. Zo onrechtvaardig.

Ik weet nog dat ik als kind ontzettend graag volwassen wilde zijn: het recht verwerven om de baas over mijn eigen leven te zijn, niet door iets te doen, maar gewoon door langer te bestaan. Ik ergerde me aan de willekeurige beperkingen die me werden opgelegd. Licht uit. Tijd voor je huiswerk. Ruim je kamer op. Eet je groenten op. Hou op met lezen. Hou op met dat gefriemel. Hou op met dat gestaar. Voelde ik daarom zo'n golf van opwinding toen ik die vogel doodmaakte? Eigenlijk horen we niet voor dit soort gevoelens uit te komen, maar ik zal je eerlijk zeggen: zijn dood ontketende een diepgeworteld genoegen – het intens lekkere gevoel dat ik eindelijk een dáád had gesteld. Het was de ultieme voldoening.

Aan wat er daarna gebeurde hoef ik niet veel woorden vuil te maken. Het meeste laat zich wel raden. Zo was er de voorspelbare consternatie toen ontdekt werd dat de vogel verdwenen was. Doris had alarm geslagen; Doris de schoonmaakster, die me nooit echt was opgevallen, naar mijn idee een beetje een slome duikelaar met haar lege blik en die gele stofdoeken aan de band van haar spijkerbroek. Goed, Doris had het dus verteld aan de juf, die het op haar beurt aan de directrice doorbriefde, die vervolgens op een bijeenkomst in de aula de voltallige school liet weten dat de vogel verdwenen was, wat tot een ongelovig geroezemoes leidde. Jennifer, in kleermakerszit op de grond in de rij voor me, barstte in tranen uit. Alan Munro aaide haar over haar arm met zijn vlezige vingers, dikke knokkels vol vieze vlekken. Naast mij hapte Susan Rankin naar adem en trok de mouw van haar schooltrui over haar hand. Ik bleef roerloos zitten met mijn hoofd omlaag en mijn ogen strak gericht op een punt vlak naast een van mijn bruine sokken. Het had naar mijn idee geen zin te doen alsof het me iets deed. Ik stond niet bekend als een expressief kind. Bovendien kon het me geloof ik niet zoveel schelen of ik wel of niet betrapt zou worden. Volgens mij wist ik allang dat het spel uit was. Volgens mij wilde ik dat ook. Ik was iedereen daar namelijk zo ontzettend zat.

De bijeenkomst ging verder, schuifelend kwamen we overeind om 'Morning Has Broken' te zingen en toen voelde ik iemand naar me kijken. Toen ik om me heen keek ving ik de verhitte blik op van juffrouw Love, haar kleine gezicht was vertrokken.

Ze wachtte tot het eind van de bijeenkomst om me terzijde te nemen, greep me met een verbluffende kracht bij mijn arm, waarbij haar dunne vingers door mijn trui heen drukten. 'Zeg, Martin,' zei ze zachtjes. 'Wil je me misschien vertellen wat je met Sammy hebt gedaan?'

'Oké,' zei ik.

Ze keek me verbaasd aan en bracht me toen naar de lerarenkamer, waar het naar oploskoffie en vijgenkoekjes rook en waar stapels oude exemplaren van *The Guardian* en één nummer van *Horse and Hound* vol ezelsoren in de boekenkast lagen. Het was een makkie me te laten bekennen. De precieze details van hoe ik het beest had gedood verdoezelde ik en ik zei gewoon dat ik het uit zijn lijden had willen verlossen. Juffrouw Love's gezicht werd eerst rood, toen wit en toen glimmend van een dun laagje zweet dat op haar bovenlip verscheen. Ik kon zien dat ze niet goed wist wat ze met me aan moest. Op een gegeven moment probeerde ze zelfs mijn hand vast te pakken.

De directrice liet mijn moeder komen en zei dat ik per direct geschorst was.

Mijn moeder was minder kwaad dan ik had verwacht. De rest van de dag weigerde ze met me te praten en ik werd zonder eten naar bed gestuurd, maar dat gebeurde wel vaker. De volgende dag ging ze niet naar haar werk maar bleef ze in ijzige stilte aan de ontbijttafel op me wachten. Ik kwam in mijn pyjama en ochtendjas naar beneden, omdat ik niet wist welke kleren ik aan moest. Mijn schooltrui lag verkreukeld als een lege huid over de rug van mijn bureaustoel. Ik vroeg me af of ik hem ooit nog zou dragen. Ik was vooral heel benieuwd om te zien wat er nu zou gebeuren.

'Nou, Martin,' zei mijn moeder toen ik ging zitten en melk schonk in een bakje muesli waar ik geen trek in had. 'Ik moet zeggen dat ik er niet echt van opkijk.' Boven haar koffiemok uit keek ze me aan. Er was een stukje uit de bovenste rand van het oor: een witte pijlpunt die afstak tegen het rood. 'Jij hebt nooit ergens voor gedeugd.' Ze perste haar lippen samen tot een strakke, scheve streep. 'Ik heb echt mijn best gedaan, en het was lang niet altijd makkelijk in mijn eentje, maar ik heb je tot een normale jongen proberen op te voeden. Ik heb je een dak boven je hoofd gegeven en alles wat je hartje begeerde. Maar je bent het niet, hè? Normaal, bedoel ik.' Ze stopte met praten en zei toen, meer tegen zichzelf dan tegen mij: 'Er ontbreekt iets.'

Ik dwong mezelf niet te huilen. Tot nu toe had ik me altijd stevig bewapend tegen alle vormen van gevoel. Maar mijn moeder was altijd in staat geweest mijn meest zwakke plek te raken.

Ik knikte. 'Ja.'

Ze dronk haar laatste beetje koffie op. 'Ja,' echode ze. 'Inderdaad.'

Er viel een stilte. Er verschenen klontjes in mijn muesli. Ik nam een slokje jus d'orange. Buiten begon het te regenen, de druppeltjes liepen in een zelfbedachte race omlaag langs het raam. Na een poosje schoof mijn moeder haar stoel naar achteren, liep naar mijn kant van de tafel en deed toen iets wat ze bij mijn weten tot dan toe nooit had gedaan: ze stak haar hand uit en gaf een kneepje in mijn schouder.

Ik mocht terugkomen op het kleurloze schooltje. Mijn moeder praatte met de directrice en zal wat onzin hebben uitgekraamd over mijn dode vader en hoe zwaar ik het daarmee had gehad. Na twee weken afzondering keerde ik terug. Jennifer praatte niet meer met me en de anderen hielden afstand. Maar ik moet toegeven dat ik mijn ballingschap als opluchting in plaats van als kwelling ervoer. De tijd kroop rustig voorbij. Gebeurtenissen vloeiden in elkaar over: een mistige nevel. Er gebeurde nooit iets boeiends.

En toen zat ik op een lenteochtend ineens aan het toelatingsexamen voor Burtonbury School. Ik neem aan dat mijn moeder in het café mijn situatie met iemand heeft besproken en dat diegene toen opperde dat ik het eens bij Burtonbury moest proberen. De betreffende klant had een lastig familielid dat daar had gezeten en helemaal was opgebloeid. Het was een gevalletje baat het niet, dan schaadt het niet. Hoe dan ook, ik hield van examens en was er goed in, en in de boeken van Enid Blyton had ik over kostschool gelezen. Ik vond het dan ook een prima plan en kon niet wachten van Epsom af te gaan. Het enige opwindende wat me nog van die omgeving bijstaat is dat ik Lester Piggott in de Epsom Derby een keer van zijn paard heb zien vallen.

Geheel naar verwachting haalde ik het Burtonbury-examen, en ik kreeg een volledige beurs. Het leek wel of mijn moeder vervolgens wekenlang naamlabeltjes in mijn sokken zat te naaien. In het welkomstpakket dat ik voor aanvang van het herfstsemester kreeg toegestuurd zat een lijstje van dingen die je moest hebben als je intern ging. Ik moest een grote paraplu mee, een complete rugbyuitrusting in de schoolkleuren bruin en groen (met drie katoenen shirts van Aertex), een schoenpoetskit, een voorraadje postzegels en – het bizarst van alles – een stijve strohoed met lint voor officiële gelegenheden.

Mijn moeder liet de goedgekeurde modezaken en uniformleveranciers voor wat ze waren en ging op koopjesjacht in kringloopwinkels. Het resultaat was dat mijn schooltruien altijd verschoten waren, mijn gymbroek nooit wit genoeg was en de shirts van Aertex hardnekkige, vaalgele vlekken onder de oksels vertoonden. De geur van andermans treurigheid hing nog in de stof.

Tot op de dag van vandaag heb ik een diepe afkeer van tweedehandskleding. Ik kan die nieuwe trend van 'vintage'-kleding niet verdragen, van die swingjurken uit de jaren vijftig, gedragen door te dikke dames uit Oost-Londen die Scandinavische koffietentjes runnen, en van die opgerolde katoenen broeken, geliefd bij bebaarde hipsters die iets in digitale marketing doen. Ik heb een minimale garderobe, maar investeer in goede, gedistingeerde stukken die lang mooi blijven. Hoewel ik het eigenlijk niet kan betalen laat ik mijn pakken door Bens kleermaker op maat maken, enkel en alleen vanwege het heerlijke idee dat niemand anders ooit zijn schouders in mijn jasje heeft opgehaald.

Ondanks mijn moeders obsessie met besparen, moest ze zwichten voor de verplichte Burtonbury-strohoed. Die had Oxfam simpelweg niet op voorraad, wat verschrikkelijk frustrerend moet zijn geweest. Uiteindelijk werd ze gedwongen om naar Ede & Ravenscroft te gaan en een buitensporig bedrag neer te tellen voor een hoed die ik maar drie keer per schooljaar zou dragen, waarna hij voorgoed in een kartonnen doos achter in mijn kleerkast zou verdwijnen.

Aan de vooravond van mijn eerste schooldag namen mijn moeder en ik de bus en toen de metro naar Paddington, gewapend met mijn strohoed en een koffer vol kleren. Mijn bagage was zo zwaar dat ik de trein alleen nog maar in kon door het trappetje op te gaan, het handvat van de koffer te pakken en zo ver als ik kon naar achteren te gaan hangen zonder om te vallen. Op die manier kon ik met mijn lichaamsgewicht een hefboomwerking creëren om het grote gevaarte de wagon in te krijgen.

Mijn moeder bleef niet wachten om me uit te zwaaien. Ze ging op het perron staan en keek hoe ik op mijn plek ging zitten. Door het raam keek ik naar haar: een breedgebouwde vrouw in een vormeloze, tot helemaal boven dichtgeknoopte, beige jas. Haar gezicht was onbewogen. Ik stak een hand op tot halverwege het raam. Ik wilde zwaaien maar zag er toen van af. Om de een of andere reden dacht ik dat ze daar boos van zou worden. Als antwoord gaf ze een kort knikje, waarna ze zich omdraaide en wegliep, onder het doffe geluid van haar lage schoenhakken tegen het beton.

Toen ze wegliep voelde ik een golf van opluchting, alsof er een gordijn voor mijn blikveld werd weggetrokken. Het licht stroomde naar binnen. Ik knipperde met mijn ogen en liet dit nieuwe gevoel op me inwerken. Ik was alleen, voor het eerst in mijn dertien jaar op deze planeet. Geheel en al, gelukzalig, geoorloofd alleen.

De trein reed weg van het station. De wagon vulde zich met het geluid van schoolkinderstemmen en frisdrankblikjes die werden opengetrokken en het geknisper van zakjes chips. Ik bleef uit het raam kijken, omdat ik geen zin had om met iemand te praten. De graffiti, bakstenen en het metaal van Londen trokken aan me voorbij en maakten plaats voor voorstedelijke heggen, kinderschommels en waslijnen die op hun beurt weer overgingen in een serpentine van groene velden en kerktorens.

Terwijl de trein verder reed, realiseerde ik me het belang van dit moment. Ik keek naar mezelf, opgevouwen in die treinstoel, met mijn onaangeroerde boterhammen nog in aluminiumfolie voor me op het tafeltje, en ik besefte dat mijn leven een andere wending had genomen, onder een nieuw gesternte werd geconstrueerd. Op dertienjarige leeftijd voer mijn boot uit over de beukende golven van een andere zee. Ik zou beginnen op een nieuwe school, een die beter bij mijn karakter paste. Maar misschien had ik ook wel een voorgevoel dat me een ingrijpende lotsverandering te wachten stond.

Omdat ik, al wist ik dat toen nog niet, op het punt stond Ben te ontmoeten en niets ooit meer hetzelfde zou zijn.

II

Politiebureau van Tipworth, 14.40 uur

Ik reik over tafel naar mijn thee die koud staat te worden. Van al dat gepraat heb ik een droge keel gekregen. Ook mijn ogen zijn geïrriteerd. Ik vraag me af of ik om oogdruppels kan vragen, maar uit de neerhangende mondhoeken van Grijs Pak maak ik op dat er waarschijnlijk niet enthousiast op zo'n verzoek gereageerd zal worden.

Hij heeft nog steeds niks gezegd. Daar waar Beige Haar me tijdens mijn relaas over de avond open en vriendelijk aan bleef kijken en af en toe mompelend iets opmerkte, was Grijs Pak onbewogen met zijn armen over elkaar op zijn stoel blijven zitten. Geen buikje. Een glimp van harde spieren onder de lichte spanning van zijn overhemdknopen.

Ze zullen bij de politie wel goed in vorm moeten blijven. Er zijn vast regelmatig keuringen waarbij ze een afgemeten afstand moeten rennen, met een pieper die met steeds kortere tussenpozen afgaat. Ik zie Grijs Pak al voor me terwijl hij, in korte broek en flodderig T-shirt – wellicht met het verschoten wapen van een Amerikaanse universiteit waar hij nooit op heeft gezeten – met een even wezenloos gezicht als nu een sprintje trekt.

Ik ken dat type nog wel van school: van die jongens die op fysiek gebied uitblonken en daarom op andere vlakken nooit hun best hoefden te doen. Grote jongens met een papperig gezicht, zonder persoonlijkheid en met het algemene idee dat de wereld geheel en al gebaseerd was op wie een willekeurige wedstrijd won. Het type jongen dat in een café altijd armpje wilde drukken. Populair waren ze wel, die gasten. Ik vraag me af of dat komt door onze aangeboren behoefte aan bescherming. Of we daarom de grotere, gespierdere exemplaren uitzoeken en bij hen in de buurt willen zijn, omdat ze ons op een dag zullen beschermen wanneer we dat het meest nodig hebben. Zij zullen de reddingsboten bemannen als we op de ijsberg botsen. Misschien zijn we om die reden bereid hun volslagen gebrek aan gespreksstof of intellect door de vingers te zien.

'Dus,' zegt Beige Haar, 'je logeerde niet in het grote huis. Ik bedoel, in de Priorij van Tipworth?'

Ik kan moeilijk peilen of dit een tactiek is of dat ze echt heeft zitten slapen. 'Nee. Zoals ik volgens mij al had gezegd.'

Beige Haar knikt. 'Natuurlijk, Martin. Dat klopt.'

Grijs Pak gaat verzitten in zijn stoel. 'En dat vond je niet erg?' vraagt hij.

'Wat?'

'Dat jullie niet in de Priorij sliepen? Bij Ben en Serena?'

'Helemaal niet.' Bij mijn uiteenzetting van de aanloop naar het feest had ik een paar onbeduidende details weggelaten. De politie hoefde heus niet te weten dat Lucy beledigd was.

Beige Haar blijft me aankijken.

'Ze hadden een hoop familie te logeren,' zeg ik om de stilte te verbreken. 'Het had een logistieke reden.'

'Ja, ja.'

Ik adem hoorbaarder uit dan de bedoeling was, omdat ik zonder het me te realiseren mijn adem had ingehouden. Het is echt bizar hoe zenuwachtig ze je weten te krijgen. Zelfs als je niets verkeerd hebt gedaan. Het is net als bij de douaniers van een Amerikaanse luchthaven, met hun dreigende blikken, onbeleefd en argwanend bij alles wat je zegt.

Beige Haar kijkt me verwachtingsvol aan.

'Sorry,' zeg ik. 'Wat zei u?'

'Nou, Martin, ik wou alleen maar zeggen dat ze volgens mij een heleboel slaapkamers hebben in de Priorij. Was het echt zo moeilijk voor ze om een plekje te vinden? En omdat jullie zo goed bevriend zijn komt het gewoon ietwat vreemd over...'

'Ik weet het niet. Dat moet u Ben en Serena vragen. Trouwens, er waren ook beveiligingskwesties.'

'Natuurlijk. Die vip.'

'Precies.' Ik kijk naar het plafond, in de hoop daar iets boeiends aan te treffen. In één hoek zit een haarfijn scheurtje. Ongewild komt er een jeugdherinnering boven: mijn moeder die mijn haar in bad wast terwijl ik, die het vreselijk vond, strak bleef kijken naar een scheur in het vergeelde plafond, in de hoop dat het snel voorbij zou zijn.

'Gaat het?' vraagt Beige Haar.

'Jazeker.'

'Je lijkt een beetje van slag.'

'Nee hoor,' zeg ik. 'Ik vroeg me alleen af hoelang dit nog gaat duren.'

Ze draait één velletje papier om, schuift het naar de andere kant van haar map, zodat er een ander A4'tje tevoorschijn komt, volgekrabbeld met zwarte, handgeschreven tekst. 'Jij en je vrouw kwamen dus nog vóór de andere gasten op het feest om een drankje met Ben en Serena te drinken,' vat ze samen. 'Gedroeg meneer Fitzmaurice zich volgens jou normaal?'

'Hoe bedoelt u?'

'Nou, was er iets anders dan anders?'

Ik haal mijn schouders op.

'Iets waar hij mee zat, misschien?'

'Het is drie weken geleden. Ik begrijp niet waarom u het nu allemaal oprakelt...'

'Juist jij moet toch weten dat het tijd kost om de relevante feiten te verzamelen,' zegt ze. 'Als journalist, bedoel ik.'

Ik zeg niets.

Ze gooit het over een andere boeg. 'Hoe vond Lucy dat het met mevrouw Fitzmaurice ging?'

'Dat moet u haar vragen.'

'O, ze heeft uitstekend meegewerkt aan ons onderzoek,' zegt Beige Haar. 'Maar ik was benieuwd hoe jíj erover dacht, Martin.'

Ze wacht af.

'Ik heb een idee,' zeg ik. 'U kunt mij vertellen wat u wilt dat ik dacht over wat zij dacht en dan vertel ik of u gelijk hebt of niet.'

Voor het eerst verschijnt er iets hards in haar gezicht. 'We hebben geen tijd voor spelletjes, meneer Gilmour. Mocht u het nog niet weten, er ligt iemand in kritieke toestand in het ziekenhuis.'

Nu was het ineens weer meneer Gilmour. Geen Martin meer. Ze zwijgt. Er is een prikkelbare ondertoon in haar stem geslopen en ik zie dat ze vanbinnen worstelt om haar irritatie in bedwang te houden.

'We willen alleen maar de feiten vaststellen,' zegt ze wat vriendelijker. 'Dan kunnen we precies bepalen wat er is gebeurd en kan iedereen weer naar huis.' Ze glimlacht. 'Zou dat niet prettig zijn?'

Grijs Pak snuift instemmend, maar blijft verder roerloos zitten.

Ik zet de thee weer op tafel. Ik heb hem zonder lepel of roerstokje gekregen en de suiker is als droesem naar de bodem gezonken.

'Ik vond hem volledig zichzelf lijken.'

Uiteraard is dat een leugen.

2 mei

Keuken, Priorij van Tipworth, 19.30 uur

Zonder iets te zeggen liepen we terug via de keuken. Onze champagneflûtes waren leeg. Er hing een afstand tussen ons, zo dicht als beton. Ik had spijt van mijn opmerking over dat logeren. Stom dat ik dat gezegd had. Stom, stom, stom.

'En hier, KS, hebben we jouw advies nodig.' Ben wees naar een lege muur onder een smalle trap achter in het huis. Die moet ooit voor bedienden zijn geweest, dacht ik, met een blik op de gestripte houten treden. Alhoewel, hadden monniken wel bedienden? Ik had geen idee, eigenlijk. Het leek me niet echt iets voor monniken.

'O. Hoezo?'

'We willen een groot kunstwerk. Om het een beetje op te fleuren, weet je.'

Een paar jaar geleden was Ben begonnen met 'weet je' te zeggen, hij smolt de twee woorden als één naadloos geheel aan elkaar. Rond die tijd begonnen bepaalde politici anders te praten om aan te tonen dat ze een man van het volk waren. Ik denk dat Ben het deed om een zekere ongedwongenheid te demonstreren, om mensen het gevoel te geven dat hij, ondanks zijn enorme erfenis en uiterst succesvolle hedgefonds, in werkelijkheid gewoon een relaxte kerel was. Iemand met wie te praten viel. Iemand met wie je een balletje kon trappen. Iemand van wie je kon zeggen: 'O Ben, aardige gast. Heel gewoon gebleven. Geen kapsones.'

Die reputatie was belangrijk voor hem. Op school kwam die hem aanwaaien. Op latere leeftijd cultiveerde hij hem, en kwam het allemaal minder overtuigend op me over. Als puber was hij altijd aandoenlijk oprecht geweest. Tegenwoordig zag hij oprechtheid als een waardevolle eigenschap, wat niet hetzelfde was. Toegegeven, mensen die hem niet zo goed kenden als ik vielen er als een blok voor. Ben maakte makkelijk vrienden. Hij was nooit graag alleen geweest. En nu, in dit enorme huis, vol geluidstechnici, tuinmannen en bedienend personeel, in afwachting van zo'n driehonderdvijftig gasten die zijn veertigste verjaardag kwamen vieren, had hij helemaal in zijn element moeten zijn.

'Waar zat je aan te denken?' vroeg ik, al wist ik dat Ben er geen enkel benul van had.

'O, weet ik veel. Iets... moderns. En groots.' Hij moest lachen en wreef over zijn neus. 'Hoe heet die gast ook alweer die Serena zo geweldig vindt? Die van die graffiti?'

Zo dodelijk voorspelbaar. 'Banksy.'

'Ja. Die.'

'Mmm. Misschien een beetje passé.'

'Ha! Ik wist wel dat jij het zou weten.'

'Ik zal er eens over nadenken,' zei ik, en wist dat ik dat niet ging doen. In dit deel van het huis zou nooit een hond komen. Serena piekerde er niet over mijn advies in te winnen voor een plek die er daadwerkelijk toe deed.

'Bedankt.' Hij gaf een kneepje in mijn arm. 'Kom, we gaan terug naar de meisjes.'

Altijd 'meisjes', nooit 'vrouwen'. Lucy werd er gek van.

In de keuken zaten Serena en mijn vrouw op hoge krukken ongemakkelijk tegenover elkaar aan een losstaande unit. Het was net of het blad van tien centimeter dik wit marmer was, maar bij nadere inspectie bleek het een soort gegalvaniseerd rubber. Toen ik het aanraakte voelde het als een brandslang. In het midden stond een opzichtige chromen citroenpers die veel weg had van een raketwerper.

'... nachtmerrie, je hebt geen idee,' zei Serena. Bij het geluid van onze voetstappen keek ze op, met een vluchtige glimlach die snel weer verflauwde.

'Waar zitten jullie over te roddelen?' Ben boog zich naar Serena en masseerde haar schouders. Ze rekte met veel vertoon haar nek uit en liet haar hoofd heen en weer gaan.

'Ik zit zó in de knoop,' zei ze.

'Weet ik, liefje. Je hebt je te hard ingespannen.'

'Was het veel werk?' vroeg Lucy. We keken elkaar even aan, allebei geamuseerd. We kunnen Serena allebei niet serieus nemen als ze begint over hoe druk ze het heeft.

'Breek me de bek niet open,' antwoordde ze. 'Je kunt er gewoon nooit van op aan dat mensen hun werk doen. En dan ook nog al die extra beveiliging die we moesten...' Ze zweeg. Een vermanende blik van Ben.

'Wat zei je?' vroeg ik.

'O, gewoon... nou ja, we mochten er niet echt over praten...'

'Nee, lieverd. We hebben geheimhouding moeten zweren.'

'Ach, kom op, schat, het zijn Martin en Lucy maar.'

Die 'maar' ontging me niet. 'Wat voor beveiliging?'

'Misschien,' begon Ben, 'maar ik moet echt benadrukken dat het maar heel misschien is, kunnen we een zeer belangrijke gast verwachten.' Hij zweeg gewichtig.

Ik weigerde hem aan te moedigen, draaide me naar het raam en keek naar de moestuin, die vol terracottapotten met kruiden en bloeiende jasmijn stond.

'De minister-president,' piepte Serena, die zich niet in kon houden.

'Liefje.' Hij legde zijn hand op haar schouder en drukte met zijn vingers naast haar sleutelbeen waardoor de halvemaantjes van zijn nagels wit werden. 'We weten helemaal niet of...'

'Nee, nee, dat weet ik. Maar hij zei dat hij zijn uiterste best zou doen.'

'Wow,' zei Lucy zonder enthousiasme.

'Ze heeft niet op hem gestemd,' legde ik uit.

'Jij wel?' vroeg Ben. 'Of doe je nog steeds alsof je links bent?'

'Dat zijn helemaal jouw zaken niet, Ben,' zei Lucy scherp.

Hij moest lachen. 'Sorry, Luce, sorry. Je hebt gelijk. Geen politiek meer.'

De minister-president was een oude familievriend van Ben. Hij heette Edward, maar zodra hij tot leider was verkozen had hij iedereen om zich heen verzocht hem Ed te noemen, in de ijdele hoop zijn Eton-achtergrond te verdoezelen. De moeders van Ben en Ed kenden elkaar nog van vroeger. Ik had hem twee keer ontmoet op een etentje bij Ben, lang voordat hij glad en opgepoetst was geworden, zo'n publieke figuur die niemand een hand kan geven zonder er stevig in te knijpen. Eerlijk gezegd was ik niet zo kapot van hem. Maar Serena was altijd hopeloos onder de indruk. Mensen met macht vond ze interessant. Ik nam een slokje champagne. 'Leuk om Ed weer eens te zien.'

'O, heb je hem al eens ontmoet dan?'

'Ja, meerdere keren. Bij jullie. Op etentjes.'

Hij knikte vaag. 'O ja, o ja. Dat was ik vergeten.' Hij schonk ons allemaal nog een glas Veuve in. 'Er is een hoop veranderd sindsdien.'

Ik kon niet echt iets bedenken om daarop terug te zeggen. Ik ging op de kruk naast Lucy zitten, met mijn voetzolen op een stang die te dicht bij de zitting zat om comfortabel te zijn. Ben bleef staan.

'Ja, er komen allemaal mensen die jullie kennen. Mark, Bufty, Fliss natuurlijk; Arpad en Seb. O, en Andrew Jarvis ken je ook nog wel, toch KS?' Ik verstijf.

'Van school. En Cambridge.'

'O,' zei ik, quasinonchalant. 'Jarvis.' Die naam deed me denken aan een dikke spiermassa onder een strak dichtgeknoopt schooloverhemd. 'Ja, natuurlijk.'

'Die is tegenwoordig lid van het Parlement. Zit bij Eds clubje.

Staatssecretaris van Energie. Hij heeft laatst met zijn vrouw een huis hier in de straat gekocht.'

'Hij heeft dus iemand zo gek gekregen om met hem te trouwen? De wonderen zijn de wereld nog niet uit.'

'O, kom op, zo erg was hij ook weer niet.'

'Zijn vrouw is een schatje,' voegde Serena toe.

'Inderdaad,' beaamde Ben. 'Dat is ze zeker.'

Ik ging er niet op in. Ben heeft het onuitputtelijke vermogen het verleden steeds opnieuw uit te vinden. Volgens mij is dat een bewuste tactiek. Hij bewerkt een verhaal al naargelang het hem uitkomt en doet dat zo nonchalant dat iedereen zijn schouders erover ophaalt. Best een bewonderenswaardige eigenschap, als je erover nadenkt.

Ben hief zijn glas. 'Op ons,' zei hij, met zijn andere hand nog in de nek van zijn vrouw.

'Op onze goede vrienden,' haakte ik in. 'Ben en Serena.'

Ben, inmiddels wat meer op zijn gemak, grijnsde breed op zijn bekende joviale manier. De bovenste drie knoopjes van zijn overhemd stonden open, waardoor je een plukje donker haar kon zien. Hij was bruin. Hij was altijd bruin van een of andere vakantiereis, een potje golf of gewoonweg goede genen. Hij rook naar eikenhout en leer – een aftershave die hij al jaren gebruikte sinds hij er van zijn vader op zijn zestiende verjaardag een fles van had gekregen. Hij was knap op een ongewone manier. Zijn mond was misschien te groot, de huid ietwat slap rond de lippen. Zijn neus wellicht wat plat. Hij had rimpels op zijn voorhoofd. Maar alles bij elkaar genomen klopte het. Hij had iets ruigs, iets afgeleefds dat paste bij de oprukkende jaren. Ik moest toegeven dat hij er bij mijn weten nog nooit zo goed had uitgezien.

'Ja,' zei Serena. 'Vrienden.'

Lucy kantelde het glas weer in een hoek van vijfenveertig graden en sloeg het grootste deel van haar champagne in één teug achterover. Ik legde mijn hand op de hare. Ze voelde warm aan. Met trillende vingers zette ze de flûte terug op het aanrecht.

Er klonk een luid kabaal vanaf de andere kant van de kamer, gevolgd door het gegil van kinderen.

'Mama!'

Er rolde een kleine, ronde gestalte over de vloer die vervolgens op Serena's benen afsprong. Het was de driejarige Hector, de meest onhandelbare van de Fitzmaurice-kinderen.

'Liefje,' zei Serena kirrend. Ze bukte zich om hem op te tillen, waarbij ze de spieren van haar welgevormde yoga-armen aanspande. Hector was een rond kind met een vierkant hoofd en een onaantrekkelijk gezicht. Zijn wenkbrauwen hingen over zijn oogkassen, waardoor hij iets van een bejaarde aap had.

'Hallo, Hector,' zei ik.

Dit weinig innemende pummeltje was, het is niet anders, mijn petekind. Eerlijk gezegd was ik beledigd dat ze me pas bij hun derde nakomeling hadden gevraagd en ben ik die vernedering nooit helemaal te boven gekomen. Evengoed vervul ik al mijn plichten trouw. Voor zijn doop heeft hij een gegraveerd zilveren kroesje gekregen en elk jaar wordt er bij Berry Bros een goede fles wijn voor hem weggelegd. Geen flauw idee wat hij ooit zal presteren om die te verdienen. Hij heeft niets van Cosima's charme of Cressida's ondeugendheid. (De jongste, Bear, verkeert nog in het babystadium, dus het is nog moeilijk te voorspellen hoe die zich zal ontwikkelen.)

'Gah,' antwoordde het kind. Hij zat nu knus bij zijn moeder op schoot en keek ons ontstemd aan, het was duidelijk dat hij ons allemaal weg wilde hebben. Hij graaide naar Serena's blouse. 'Mima,' zei hij. 'Mima, mima.' Hij verhief zijn stem tot die niet meer te negeren viel.

'Nee, schatje, nu niet. Mima is voor strakjes.' Ze haalde zijn gedrongen handje van haar borst. Serena gelooft in natuurlijk ouderschap. Cosima heeft borstvoeding gekregen tot ze vier was en al haar tanden had.

'Mag ik nog een beetje, Ben?' Lucy stak haar lege glas uit.

'Sorry, lieverd. Had ik moeten zien.' Hij schonk de champagne te snel in waardoor die bijna tot aan de rand omhoog bruiste, en hij moest blijven wachten tot het schuim was gezakt. Toen het glas vol was, nam Lucy het aan en dronk in één keer bijna de helft op. Het was me opgevallen dat ze de afgelopen maanden meer was gaan drinken en ik wilde niet hebben dat ze vanavond dronken werd. Dat zou gênant zijn en daarbij had ik behoefte aan een bondgenoot.

Ik boog mijn hoofd naar het hare. 'Denk je niet...'

'Nee, Martin. Nee, dat denk ik niet,' zei ze te hard. Hector, die schrok van haar stem, begon te huilen.

'O schatje, o nee, o schatje, niet huilen,' kirde Serena. Ze aaide met haar hand over zijn haar. 'Dat schreeuwen ging toch per ongeluk? Ja hoor, helemaal per ongeluk.'

Lucy keek me woedend aan. Toen leunde ze voorover en tikte met één hand op het mollige beentje van het kind. 'Hé, Hector.' *Tik tik tik*. 'Hé, rustig maar. Sorry. Niet zo aanstellen, joh.' *Tik tik tik*. 'Je bent al een grote jongen, toch? Je hoeft toch niet te huilen.' *Tik tik tik*.

Toen Lucy haar hand weer weghaalde zag ik een rode plek op zijn bovenbeen.

Serena draaide zich met haar rug naar ons toe om Hector aan ons zicht te onttrekken.

'Zal ik hem even nemen?' bood Ben aan.

Zonder te antwoorden stond Serena op en liep met een brullende Hector de kamer uit. Het geluid van haar rubberen espadrillezolen op de tegelvloer leek speciaal gemaakt om haar onuitgesproken woede mee uit te drukken.

Ben slaakte een zucht. Verontschuldigend haalde hij zijn schouders op. 'Zit er maar niet over in, Luce.'

'Dat deed ik ook niet,' zei ze.

Hij moest lachen. 'Mooi. Gelukkig maar.' Hij liep naar de ijskast die in een donkere hoek van de keuken sonoor stond te brommen. 'Snacks,' kondigde hij aan tegen niemand in het bijzonder, haalde er een bord met plasticfolie uit en liep ermee naar de tafel. Met een zwierig gebaar trok hij de folie ervanaf. Er lagen wat klef ogende zalmblini's, een paar plakjes harde kaas die op manchego leken en wat in driehoekjes uitgesneden minisandwiches. Een bruine veeg in het midden wees op een restje chutney dat al door iemand anders was opgegeten. Kliekjes, dacht ik. Meer zijn we niet waard, kennelijk.

'Willen jullie wat water?'

Ik nam een blini. 'Ja, graag.'

Hij kwam terug met een fles die een bekende lichtblauwe kleur had. Ik herkende het etiket onmiddellijk: de schuine, groene letters, de getekende contouren van de heuvels die ik vroeger dagelijks zag op weg naar de les. Het was Burtonbury-mineraalwater, naar verluidt het beste water in Engeland en door niemand minder gedronken dan de koningin.

Ben draaide de dop eraf en er kwam een sissende luchtstroom vrij. Terwijl hij inschonk, kraakten de ijsblokjes door de scheut water tegen het glas.

Martin

Burtonbury, 1989

Burtonbury lag in een buitenwijk van een schilderachtig dorpje in de Midlands dat in het laat-victoriaanse tijdperk zijn bloeitijd meemaakte dankzij het vele bronwater. Het schoolgebouw was ooit een hotel geweest voor heren met een rochelend hoestje of slechte spijsvertering, en in zwart kant geklede bleke dames met opvliegers, die met hun koffers en dienstmeisjes vanuit Londen naar 'het kuuroord' kwamen. Het was de chicste plek om gezien te worden: de afkickkliniek van die tijd, waar weggekwijnde persoonlijkheden weken achtereen naartoe verdwenen om zich aan de bronnen te laven en zich met warme, flanellen kompressen op het koortsachtige voorhoofd in lauwwarme baden onder te dompelen.

Een tijdlang was de medisch directeur daar een knappe, jonge arts uit Adelboden in Zwitserland met de wonderbaarlijke naam Dr. Schnitzel. Toen ik er aankwam hing er nog steeds een sepiakleurige foto in de entree van de school: een bebaarde man met een krul om elk oor en zijn ogen halfdicht, als een naargeestige Russische romanschrijver.

Maar de genezende werking van het water was, net als het koolsoepdieet, een rage van voorbijgaande aard en na een tijdje keerde Dr. Schnitzel terug naar Adelboden. De klandizie verdween en het roodbakstenen, hoge Gothic Empire Hotel raakte in verval. In beide wereldoorlogen werd het gevorderd. In de jaren vijftig van de vorige eeuw werd het opgekocht door een koppel uit Birmingham dat er een bejaardentehuis van maakte, en alle badkamers met marmeren vloeren en handgeschilderde kroonlijsten weghaalde en de weelderige tapijten verving door een dun, slijtvast materiaal in institutioneel groen.

In 1960 werd het Burtonbury een jongenskostschool die aanvankelijk bestemd was voor kinderen van uitgezonden diplomaten. Door de jaren heen ontwikkelde het een reputatie van academische discipline in het middenkader en boekte het wat bescheiden sportsuccessen. Het was een prima school, maar viel niet onder de hogere echelons van het privéonderwijs. Het deed vreselijk zijn best een Eton of Harrow te zijn en toch ontsteeg het nooit de status van arrivist, als een nouveau riche-miljonair die een knalblauwe Rolls-Royce koopt zonder zich te realiseren dat het een pikzwarte Bentley had moeten zijn. Burtonbury bleef in de jaarlijkse ranglijst altijd net buiten de top twintig. De scholengids van de *Tatler* was ieder jaar weer gematigd enthousiast.

Tegen de tijd dat ik er aankwam – mijn koffer uit de trein hees en de boterhammen met kaas soepel in een prullenbak op het perron mikte – zat Burtonbury net in een reputatiecrisis. De verf bladderde van de plinten. Het kunstgras kwam los langs de randen. De bureaus waren van het ouderwetse soort, met opklapbladen en geverniste inktvlekken die nog stamden uit een tijd waarin men daadwerkelijk dacht dat de wereld zou worden opgeblazen door de Cubacrisis. De docenten liepen met een blik van berusting door de gangen, als passagiers op een schip waarvan ze wisten dat het binnenkort op een ijsberg zou botsen en tergend langzaam, in de loop van ettelijke jaren, zou zinken.

Dat was de stand van zaken toen ik aankwam: een stil, nukkig jongetje dat opgelucht onder het juk van zijn verstikkende, bekrompen opvoeding vandaan was gekropen; een jongetje dat Burtonbury beschouwde als een reusachtig academisch stuk schilderslinnen waar hij zijn afdruk op zou maken. Ik was verrukt van het idee dat ik mezelf opnieuw ging uitvinden. In al mijn naïviteit had ik me de school voorgesteld als een moderne versie van de academie van Plato, waar gelijkgestemde jonge intellectuelen met elkaar over diepzinnige filosofische ideeën discussieerden. Aan het eind van elke dag zouden we ons terugtrekken om boekenkasten vol stoffige, in leer gebonden boeken over romantische poëzie te bestuderen, waarna we 's avonds weer samen zouden komen voor nog een stevige, doch respectvolle discussie, wellicht in onze pyjama en flanellen kamerjas, terwijl we warme toast met boter aten die we wegspoelden met een beker chocolademelk, gevolgd door een goede nachtrust. Dat was mijn idee van kostschool.

Uiteraard had ik het mis.

Het eerste greintje besef daarvan drong tot me door toen ik naar mijn slaapzaal werd gebracht door de directrice, een kleine vrouw met een grauw gezicht en een bril die onder het plakkerige stof zat. Ik weet nog dat ik gefascineerd was door die bril – door de gedachte dat iemand zo lui kon zijn, of het gewoon niet belangrijk genoeg vond om hem af te vegen. Dat deprimeerde me. Je kon veel van mijn moeder zeggen, maar ze was een uitstekende huisvrouw en thuis zat het gootsteenkastje altijd boordevol Jif, allesreiniger, schoonmaakdoekjes en van die universele schoonmaaksprays met blauw-gele etiketten vol glimmende tegels. Tot op de dag van vandaag gruwel ik van theekringen op formica.

De slaapzaal was een lange kamer met vloerbedekking en aan weerszijden twee bedden, vier in totaal. Langs het dubbele raam aan de ene kant hingen gordijnen bedrukt met voetballetjes en cricketbatjes. De muren waren in een rustige, zonnige kleur geverfd. Er was duidelijk geprobeerd een huiselijke sfeer te creëren en toch werd de institutionele bevreemding daar paradoxaal genoeg alleen maar meer door benadrukt.

Toen ik binnen werd gelaten stonden er al drie andere jongens in de kamer hun koffers uit te pakken. Ik mompelde een begroeting, maar niemand reageerde. Ze stonden luidkeels met elkaar over hun vakantie te praten en hier en daar ving ik een flard van hun gesprek op terwijl ik de kamer door schuifelde om te proberen het bed in de hoek naast het raam te bemachtigen.

'Jongen, ze was zo geil als boter...'

'Echt niet.'

'Ik zweer het je.'

'Tegen mij zei ze...'

'Haar zus zat anders in de Feathers, hoor. Ik zeg het je. Het is een onwijze slet.'

'Ja hoor, en je bent ook nog doorgezakt in The Admiral Codrington, echt straalbezopen geworden in die pub, weet je nog...'

'Wát een kneus.'

Ze praatten kennelijk in code, een conversatiesteno vol namen waar ik geen wijs uit kon. En hoewel ze overal ruwe, vloekende termen voor gebruikten, zeiden ze alles lachend, terwijl er af en toe een van hen een ander tegen zijn arm stompte of hem zachtjes op de rug klopte. De jongens waren groter dan ik had verwacht en blijkbaar ouder dan ik. Ze zagen er haast inwisselbaar uit: het haar over het voorhoofd en kort op de slapen, dezelfde bruine bootschoenen, hetzelfde bewust ongestreken overhemd met open kraag en dezelfde V-halstrui met rafelmouwen.

Vergeleken met hun kleren waren de mijne duidelijk ouderwets: netjes geperste broek, gepoetste schoenen en een eenvoudig wit, tot aan de nek toe dichtgeknoopt overhemd. Mijn zelfvertrouwen begon te wankelen. Mijn wangen werden warm. Er sloop een onzekerheid bij me naar binnen en ik vroeg me af of ik, doordat ik zo dolgraag wilde ontsnappen aan het ene leven, niet blindelings een situatie in was gesprongen die veel erger was. Ik wist, toen ik mijn koffer openritste (nog zoiets waarmee ik de plank had misgeslagen – de koffers van de anderen hadden koperen gespen en hun initialen onder de handgrepen), dat ik een hele zwik nieuwe regels zou moeten leren, wilde ik hier overleven.

Zonder de aandacht van mijn kamergenoten te trekken pakte ik snel mijn koffer uit: truien en T-shirts in een ladekast, overhemden en colbert in een gammele kleerkast met aan één zijde, helemaal tot aan de onderkant, een rij initialen in het zachte hout gekerfd. Mijn boxershorts deed ik in een linnen tasje dat ik onder het bed propte. Onder in mijn koffer zag ik tot mijn grote ontzetting dat mijn moeder buiten mijn weten een kleine, bruine teddybeer had ingepakt. Die beer heette Howard en ik had hem bij mijn geboorte gekregen van een bejaarde tante die ik nooit had ontmoet. Howard was jarenlang mijn trouwe kameraad geweest. Elke keer dat mijn moeder hem in de wasmachine had gestopt was zijn geruite jasje een beetje rafeliger geworden. Hij sliep bij mij in bed, op het kussen naast het mijne. Ik had niet echt aandacht meer voor hem en was hem in alle opwinding voor mijn vertrek naar Burtonbury zelfs helemaal vergeten, maar kennelijk was mijn moeder, in een ogenblik van atypische genegenheid, bang geweest dat ik hem zou missen als hij er niet bij was.

Toen ik hem zo geplet in een hoek van mijn koffer zag liggen, met zijn arm in een rare hoek, riep dat een heel scala aan complexe emoties op. Eerst een vlaag van misselijkheid, mijn maag die samenkromp van, vermoedelijk, heimwee, gevolgd door een steek van gêne die plaatsmaakte voor afschuw.

Nu ik er zo op terugkijk, vraag ik me af of ze het expres had gedaan. Of ze wist dat ze mij door hem erin te stoppen een ongemakkelijk gevoel zou bezorgen. Of ze me er misschien aan wilde herinneren dat ik, hoe graag ik ook wilde ontsnappen aan haar, het kleinburgerlijke huis met de dubbele beglazing en het benauwde gevoel er niet bij te horen, het nooit helemaal zou redden.

Ik probeerde de koffer weer dicht te ritsen met Howard en zijn verwijtende blik er nog in, maar een van de jongens koos precies dat moment uit om naar me toe te komen.

'Wat hebben we hier nou?' vroeg hij, terwijl hij zich bukte en de beer ruw weggriste. 'Je lieve kleine teddybeertje?' Hij tilde Howard op en liet de armen van de beer met zijn vingers bewegen, als een parodie op een poppenkast. De twee andere jongens gniffelden obligaat.

'Ben jij helemaal met je lieve baasje meegekomen om hem aan zijn nieuwe school te helpen wennen?'

'Hou op,' zei ik zachtjes. 'Alsjeblieft.'

De jongen keek me dreigend aan. Hij had kille ogen. Vlak onder zijn neusvleugel zat een pukkel, die felrood was omdat hij net was uitgeknepen.

'Geef hem terug,' zei ik.

'Hem?' zei de jongen snauwend. 'Hem? Horen jullie dat, jongens? De beer is een hij. Wat? Staat-ie soms midden in de nacht op om met alle andere speeltjes bij een fucking feestmaal aan te schuiven?'

'Een teddyberenpicknick,' riep een ander luidkeels lachend.

'Precies, ja. Een fucking picknick.' De jongen trok zijn arm weg en voor ik hem kon tegenhouden smeet hij Howard door de kamer. De beer sloeg tegen de muur, gleed naar de vloer en viel met zijn gezicht op het tapijt. De andere twee jongens raapten hem op, pakten allebei een arm en begonnen met Howard te touwtrekken totdat een van hen hem te pakken kreeg, waarbij de arm van de beer en passant werd losgerukt. Er kwam een stukje witte vulling uit de losgekomen naad. Howard vloog weer over mijn hoofd, als een rugbybal, van de ene naar de andere kant van de kamer.

En hoewel ik het beter had kunnen laten rusten, de kamer uit had moeten gaan om iets anders te gaan doen, maakten mijn verwarring en vernedering plaats voor iets hardnekkigers. Ik werd kwaad. Howard was dan misschien een stomme, kinderachtige teddybeer. Maar hij was wel mijn stomme, kinderachtige teddybeer en inmiddels denk ik dat ik er niet tegen kon dat mijn spullen met zoveel arrogantie werden behandeld. Je moet weten dat ik altijd heel zuinig was op mijn eigen dingen. Hield niet van delen. Dat is volgens mij typisch voor een enig kind, maar echt, als je ziet hoe harteloos mensen met spullen omgaan, hoe ze die pas op waarde schatten wanneer het al veel te laat is, hoe ze in musea onbetaalbare Ming-vazen met hun veel te grote rugzakken omvergooien, dan lijkt dit ook de enige zinnige manier om te reageren. Bescherm je bezit. En daarmee ook jezelf.

Ik probeerde tussenbeide te komen door omhoog te springen en de loopings van Howards baan af te breken. Hoe harder ik mijn best deed, hoe sneller ze gingen gooien. Ik was kleiner dan de andere drie en ze wisten dat ze in het voordeel waren. De tranen prikten in mijn ogen. Mijn blikveld werd wazig, en vervolgens nauwer, alsof er een stuk huishoudfolie over mijn hersenen werd getrokken, en ik voelde dat de woede zich opbouwde – een harde klomp, gebutst en pikzwart onder aan mijn rug, die al kronkelend uitgroeide tot een razernij die elke wervel beklom, helemaal tot aan mijn hart en keel, en als een plas warm teer mijn borst in liep. Ik hoorde de klap en het gekraak van vogelbotjes onder die verpletterende steen en voor ik het wist balde ik mijn vuist, klaar om hun stomme koppen in elkaar te slaan en die jongens stuk voor stuk tegen de grond te werken.

Een luchtstroom. De deur van de slaapzaal ging open. Zelfverzekerde stappen op de vloerbedekking. En toen een stem: 'Dom, waar ben je in vredesnaam mee bezig?'

De jongens hielden onmiddellijk op. Howard de beer bungelde aan een van hun handen. Ik keek op van de vloer en draaide me om. Daar stond, in de rechthoekige deurpost, een jongen met krullen en een dun laagje haar op zijn onderkaak. Hij had de baard al in de keel en als hij praatte deed hij dat met de absolute zekerheid dat wat hij zei het allerbelangrijkst was wat er op dat moment te horen viel.

'Ach, flikker op, Ben,' zei de jongen met de pukkel bij zijn neus.

'Hou daarmee op, Dom. Laat hem met rust,' zei hij, alsof ik er niet bij stond. 'Dadelijk hoort de directrice het. Ik heb een fles wodka voor straks en ik wil niet dat die door haar gevonden wordt, oké?'

Het woord wodka bracht Dom tot bedaren. Hij haalde een hand door zijn haar. De andere twee pakten hun koffer uit. Een van hen hing met kneedgum een poster van een meisje in tennisrokje aan de muur.

'Ja, tuurlijk,' zei Dom, wiens pukkel naast zijn neus met elk woord roder leek te worden. 'Sorry.'

'Cool,' zei Ben, en maakte aanstalten om te gaan. Net voor hij weg was, keek hij achterom naar mij. Zo in het volle licht leken zijn ogen zilverkleurig. 'Je kunt best zonder een fucking teddybeer, oké?'

Hij liep de kamer uit. Ik griste Howard terug, wilde inmiddels zijn stomme kop eraf rukken, en propte hem onder het bed, achter de tas met onderbroeken. Daar zou hij de rest van het schooljaar eenzaam blijven liggen. Ik was de beer helemaal vergeten tot ik mijn koffer voor de kerstvakantie inpakte en toen kwam hij tevoorschijn, onder het stoffige spinrag en de droge huidschilfers, zijn glazen ogen vol verontwaardiging omdat hij in de steek was gelaten, en zonder erbij na te denken gooide ik hem in de prullenmand.

Dagboek van Lucy Gilmour

Volgens Keith is het geen probleem om dit niet chronologisch aan te pakken. Volgens hem is de volgorde waarin dingen bij me terugkomen 'op zichzelf al heel interessant'.

Het was Keith die me had voorgesteld alles op te schrijven om te verwerken wat er allemaal gebeurd was. Tot mijn eigen verbazing merkte ik dat het hielp. Mijn dagboek is nu de uitlaatklep voor mijn diepste geheimen. (Aan alle anderen geef ik uiteraard een aangenamere versie van mijn gedachten – ook aan de politie en Keith.)

'Je hoofd organiseert zich op zijn eigen manier,' zei hij in onze sessie eerder vandaag. 'Soms blijven de belangrijkste dingen heel lang weggestopt en weten we die alleen nog op cellulair niveau.'

'Motorisch geheugen?' vroeg ik.

'Zo zou je het kunnen noemen.' Keith zat als altijd op de leren stoel aan de andere kant van de kamer. Achter hem bevond zich de erker, waarvan de onderste helft door duifgrijs geverfde jaloezieën werd verduisterd. Tijdens ons gesprek was de zon gedraaid en nu werd zijn hoofd van achteren verlicht waardoor ik zijn gezicht niet kon zien, en niet voor het eerst vroeg ik me af of hij met opzet zo was gaan zitten, omdat ik dan zijn reacties niet kon peilen.

'Motorisch geheugen,' zei ik nog eens. 'Dat wordt de titel van mijn boek. *Motorisch geheugen; een biografie*,' zei ik. 'Door Lucy Gilmour.'

'Interessant,' zei Keith. 'Waarom zeg je dat?'

Ik moest denken aan de miskraam, aan hoe die een jaar later, bijna tot op de dag nauwkeurig, weer bij me was opgekomen en dat ik achter het stuur in huilen was uitgebarsten en me afvroeg waarom, en ik pas later, toen ik me de datum realiseerde, had begrepen waar het door kwam.

Vreemd. Toen ik in het ziekenhuis lag waren de verpleegsters zo lief en vond ik dat ik hun aandacht niet verdiende. Ik was niet verdrietig. Ik voelde een soort intellectuele verdoving. Ik verwerkte wat me overkwam op rationeel niveau en dat leek me heel belangrijk: de emotie eruit halen. Natuurlijk is jouw lichaam niet in staat een baby vast te houden, zei het stemmetje vanbinnen: wat hedonistisch van je om te denken dat het dat wel zou kunnen.

Ik benaderde alles puur praktisch. Het kartonnen bakje dat ze me gaven voor de afscheiding. Het bloed. De stukjes van iets anders, nog niet gevormd, in de vloeistof. Het maandverband, zo dik dat het komisch was. De pijn, die in golven opkwam en weer wegtrok. Dubbelgeklapt in de vroege uren van de ochtend, niet bereid op mijn zoemer te drukken want wat ik doormaakte was niet echt. Het was geen ziekte. De pijn was hanteerbaar. Je stelt je aan, zei het stemmetje: je maakt jezelf belachelijk.

Martin was er niet. Ik zei tegen mezelf dat dat niet uitmaakte, dat het geen zin had om allebei een slapeloze nacht te hebben. En trouwens, zou dat niet alleen maar een extra zorg zijn? Dan zou ik me ook nog met hem moeten bezighouden. Dan moest ik me afvragen waarom hij zo keek, waarom hij niets zei, waarom hij mijn hand niet vasthield. Dan moest ik zijn norsheid goedpraten bij de verpleegsters, bij de artsen. Dan moest ik zijn onbedoelde onbeschoftheid compenseren door overdreven aardige praatjes te maken.

Maar – en dat moet niet vergeten worden – hij kon ook ontzettend charmant zijn. De eerste keer dat ik hem mee naar mijn ouders nam wist hij hen zo geweldig goed bij het gesprek te betrekken. Hij zat aan de sobere keukentafel, waarvan het hout door de jaren heen onder de knoesten en vlekken was komen te zitten, en stelde heel geïnteresseerd vragen aan mijn moeder, die ervan overtuigd was dat niemand ooit met haar wilde praten en helemaal opbloeide onder de aandacht. Het waren eenvoudige, voor de hand liggende vragen, waarvoor niemand ooit de moeite nam ze te stellen – waar bent u opgegroeid, wat deden uw ouders, hebt u broers of zussen– en mijn moeder, die zichzelf nooit slim genoeg vond, gaf welbespraakt antwoord, omdat ze dat kon.

Hij dronk thee, weet ik nog, en ik was bang dat die niet goed genoeg was, gezien zijn minachting voor die goedkope zakjes op kantoor. Ik wist dat mijn moeder theezette met een combinatie van PG Tips en Twinings Earl Grey en ik zette me schrap voor het moment waarop Martin zijn mond zou samentrekken van afschuw. Maar toen het gesprek even stilviel zei hij in alle oprechtheid: 'Wat een heerlijke thee, mevrouw Hilhurst.'

'O,' zei mijn moeder uitgelaten. 'Zeg toch alsjeblieft Pat.'

'Goed, Pat.' Met één hand veegde hij het voorste deel van zijn haar weg dat steeds naar voren viel. Dat gebaar had ik eerder gezien en het duurde even voor ik besefte waar het me aan deed denken. Toen wist ik het weer: Ben had precies diezelfde gewoonte. Zijn beste vriend Ben.

Mijn vader was al even gecharmeerd van hem. Martin, die normaal gesproken nooit naar sport keek, bleef een volledige rugbywedstrijd lang naast mijn pa op de bank zitten en vroeg beleefd wat er gebeurde en wie de beste spelers waren, en mijn vader vond het blijkbaar heerlijk om als autoriteit te worden beschouwd. Vanuit de hoek van de woonkamer keek ik naar ze en ik voelde me gelukkig. Martin keek me aan. Ik blies hem een kus toe. Hij glimlachte. Ik wist dat hij het leuk vond.

'Dank je wel,' zei ik in de auto toen we naar huis reden.

'Waarvoor?'

'Dat je zo je best hebt gedaan bij mijn ouders.'

Hij haalde zijn schouders op.

'Ze mochten je echt.' Martin gaf geen antwoord. Hij hield zijn blik op de weg, zijn ogen werden door een donkere Ray-Ban afgeschermd. En toen zei ik, omdat ik eigenlijk wilde dat hij iets aardigs terugzei: 'Ik bedoel, ze mochten je echt heel graag.'

Hij zette de richtingaanwijzer aan. *Tik tik tik*. 'Ik ben goed met ouders die niet die van mij zijn.'

Pas jaren later realiseerde ik me hoe vreemd het was om dat te zeggen.

Die miskraam kwam niet door hem. Hij had nooit kinderen gewild. Daar had hij van meet af aan open kaart over gespeeld dus daar kan ik me niet aan onttrekken. Het was een van zijn harde voorwaarden geweest en ik had er maar al te gretig mee ingestemd, omdat ik veel te graag zijn liefde wilde omheinen, afzetten en beschermen.

Dat gesprek hadden we gevoerd in het café van de Saatchi Gallery in Chelsea. Een gedachtewisseling boven een kommetje plaknootjes en twee Old Fashioned-cocktails (hij dronk graag een Old Fashioned en mopperde als het ijsklontje vierkant was in plaats van rond). We prezen onszelf gelukkig met het feit dat we het zo rationeel over moeilijke dingen konden hebben, zonder sentimenteel te worden.

'Waarom wil je geen kinderen?' vroeg ik en toen, uit angst dat ik de verkeerde toon had aangeslagen, voegde ik eraan toe: 'Puur uit belangstelling.'

Martin peuterde een glimmende cashewnoot uit de plakkerige, met honing gezoete massa tussen ons in op tafel. 'Ik zou een ramp zijn als vader.'

'Helemaal niet.' Ik stak mijn hand uit over tafel en liet mijn vingers over de vormen van zijn knokkels gaan. Hij liet zijn hand liggen, zo glad en rozebruin als een stuk zeep van Imperial Leather. In die tijd kende ik in hoofdlijnen het verhaal van zijn ongelukkige jeugd. Hij was kennelijk verwaarloosd – een dode vader, een afstandelijke moeder, een kostschoolervaring zonder enige ouderliefde – maar hij ging nooit verder dan wat algemeenheden. Ik vulde de gaten in, interpreteerde het ontbreken van details als het bewijs van een jeugdtrauma. Het ontroerde me. Ik begreep waarom iemand met zo'n moeilijke jeugd zijn eigen vlees en bloed niet hetzelfde wilde aandoen.

'Daarbij zijn er al veel te veel mensen op de wereld.' Hij trok zijn hand weg om die aan een servetje af te vegen. 'Te weinig grondstoffen, en toch blijven we ons maar voortplanten. Ik vind het wel prettig zo met zijn tweetjes,' zei hij en ik voelde de vlinders in mijn buik. Alleen bij Martin kreeg ik dat gevoel. Een compliment van hem was als een warme zonnestraal op mijn rug. 'Jij niet?'

'Ja.' Ik hief mijn glas en zei 'Proost' en wachtte tot hij zou klinken, wat hij deed, lachend op die manier waardoor hij er altijd uitzag alsof hij verbaasd was dat hij moest lachen, alsof hij lachte in weerwil van zichzelf en hij tijdelijk zijn gezichtsspieren niet onder controle had. Ik leefde voor die lach.

Toen we twee jaar getrouwd waren raakte ik zwanger. Ik wist toen al dat ik een kind wilde en dat ik Martins voorwaarden veel te vlug en argeloos geaccepteerd had. Mijn vriendinnen kregen baby's en ik was helemaal vol van die rozige knietjes met kuiltjes en dunne, zachte plukjes haar. Ik was gek op die geur van schone was en boterbloemen. Ik vond het fijn om ze vast te houden, met mijn armen het schild te vormen waarmee hun kwetsbaarheid beschermd werd. Het was zo'n cliché. De biologische klok. Maar die hakte erin, ondanks mijn vaste voornemen hem te negeren. En algauw liep ik smachtend naar peuters op straat te kijken, waarbij ik me voorstelde wat ik die van mij zou aantrekken en hoe het zou voelen als er een klein persoontje was dat onvoorwaardelijk van je hield, in elk geval voor een poosje. In elk geval ten minste tot ze ouder werden en hadden uitgevogeld dat je een teleurstelling was.

De zwangerschap was een ongelukje. Martin hield niet van condooms en ik dacht dat ik die ochtend de pil had geslikt, maar dat had ik niet gedaan, al een paar dagen niet. Ik dacht dat het niet zoveel uitmaakte, als je bedacht hoe zelden we het deden. Het was niet voor het eerst dat we onvoorzichtig waren geweest. Elke keer hoopte ik onbewust dat het op een zwangerschap zou uitdraaien. Elke keer werd ik ongesteld en voelde ik een pijn die ik onderdrukte. Deze keer was ik, wonder boven wonder, over tijd. Martin geloofde me niet toen ik het vertelde.

'Weet je het zeker?'

'Ja.'

Hij verhief zijn stem niet. Hij bleef aan de keukentafel zitten, met zijn benen over elkaar. Hij knoopte zijn jasje open en zei toen bedaard: 'Lucy. We hadden een afspraak.'

'Dat weet ik.'

'En – dus? Toen besloot je verdomme gewoon om zonder overleg zoiets groots te doen, iets wat we allebei niet wilden.'

'Wat jíj niet wilde,' mompelde ik.

'O nee. Nee hoor. Zo gaan we niet beginnen. Ik heb het je voor ons huwelijk nog gezegd. Ik heb gezegd dat ik...'

'Ik weet heel goed wat je hebt gezegd. Maar Martin, luister nou, het was een ongelukje. Het is gebeurd. En misschien... nou...'

'Wat misschien?'

'Misschien moeten we er blij mee zijn?'

Hij stond op, liep naar de ijskast en schonk een glas water voor zichzelf in uit de filterkan. Moet het filter verwisselen, dacht ik automatisch. Morgen even kopen.

Ik bleef wachten tot Martin weer aan tafel kwam zitten, maar hij liep de kamer uit. Na een paar tellen hoorde ik de gedempte hoofdpunten van het tienuurjournaal.

Geef hem de tijd, zei ik tegen mezelf. Het is een schok, dat is heel normaal. Hij komt wel bij zinnen.

De rest van die avond bleef ik excuses voor hem verzinnen.

III

Politiebureau van Tipworth, 14.50 uur

'En wat vond u daarvan?' Beige Haar houdt haar hoofd schuin. Ik vraag me af of ze een door belastinggeld betaalde politietraining heeft gehad om haar Kernvaardigheden in Empathisch Vermogen en Begrip te ontwikkelen.

'Sorry, ik volg u niet helemaal.'

Een flauwe glimlach. Ze blijft wachten.

O, goed hoor, denk ik. Je hebt geleerd dat je de geïnterviewde vaak aan de praat krijgt door op belangrijke momenten een stilte te laten vallen. Langzaam handgeklap. Laat het confettikanon maar knallen. Als ze denkt dat dat bij mij gaat werken, dan heeft ze het mooi mis. Ik ben journalist. Ik ken die trucs.

De stilte houdt een poosje aan en wordt dan verbroken.

'Dat u bij een deal van de heer Fitzmaurice betrokken werd,' zegt Beige Haar, iets minder streng nu. 'Moet toch spannend zijn geweest.'

'Niet echt.'

'O nee?' Ze doet alsof ze daarvan opkijkt. 'Ik zou toch denken... nou ja, de kans om wat geld te verdienen en tegelijkertijd je beste vriend te helpen. Dat is best een aardig aanbod. Heb ik soms iets grappigs gezegd?'

'Nee, waarom?'

'Het lijkt of u zit te lachen.'

Ik trek mijn gezicht in de plooi. De laatste tijd merk ik steeds vaker dat ik zit te grijnzen zonder dat ik het doorheb. Ik vraag me af in welke mate dit te maken heeft met de drugs, met die paar jaar na mijn studie waarin ik meer coke gebruikte dan strikt genomen raadzaam was. Een van de saillante dingen die me nog bijstaan van het high zijn – naast het feit dat ik me waanzinnig goed voelde, dat duizelingwekkende besef van je eigen fascinerende grootsheid – was dat ik de controle over mijn gezichtsspieren verloor. Dat ik betrokkenheid wilde uitstralen en dan een gek gezicht trok. Dat ik probeerde te glimlachen en dan begon te huilen.

Uiteindelijk ben ik in een dure voorziening afgekickt, op kosten van Bens ouders (ganzendonzen dekbedden, handgeroosterde koffie; kaarsen met vijgengeur). De tics verdwenen. Na een maand groepsmeditatie en therapeutische kunstklasjes was het gepiept.

Sindsdien heb ik geen korrel wit poeder meer gesnoven. Maar er zijn wel andere vervelende aspecten van mijn verslaving blijven hangen. Ik heb nog steeds weleens zin om iets aan stukken te scheuren, me walgelijk te gedragen, te choqueren in welgemanierd gezelschap. Ik heb nog steeds de neiging tot plotselinge woede-uitbarstingen en hoewel ik die tegenwoordig redelijk in toom heb, heeft die arme oude Lucy het een aantal keer zwaar te verduren gehad. En nu heb ik ontdekt dat ik nog steeds de hinderlijke gewoonte heb om ongepaste emoties met mijn gezicht uit te drukken.

'Nee,' zeg ik. 'Ben zou gewoon nooit louter uit goedheid vragen om in een plannetje van hem te investeren. Het was geen onbaatzuchtige, uit vriendschap geboren daad, geloof mij maar.'

Beige Haar krabbelt iets op haar papiertje. 'Hoe dat zo?'

'Nou kijk. Alles wat Ben doet komt voort uit puur eigenbelang. Hij bedoelt het niet slecht. Hij vindt het gewoon normaal, zoals iedereen die uit een goede familie komt, geld heeft, in een statig huis is opgegroeid, op een privéschool en Oxbridge heeft gezeten, er goed uitziet en nog nooit ergens voor heeft hoeven knokken.'

Zoveel had ik het hele interview nog niet gezegd en ik realiseer me te laat dat ik een fout heb gemaakt. Het is de kunst zo min mogelijk los te laten. Wat hebben we anders van al die tv-series over politieprocedures opgestoken? Praat in eenlettergrepige woorden. Beantwoord een vraag met een andere vraag. Als dat allemaal niet werkt, zeg dan 'Geen commentaar'. Ik zie dat Grijs Pak rechter op in zijn stoel gaat zitten: zijn interesse is gewekt. Beige Haar kijkt me neutraal aan.

Ik kijk naar haar gewone, alledaagse gezicht. Het is het soort gezicht dat eraan gewend is geraakt dat het niet opvalt. Het is een gezicht met bescheiden verwachtingen, een gezicht dat zegt dat ze volmaakt tevreden zou zijn met een klein huis, twee kinderen, Ikea-meubels, kleren uit de online-uitverkoop, met een dvd'tje en een fles rosé van 4,99 op vrijdagavond met manlief voor de mooie breedbeeld-tv, gezellig op een knusse bank met een dekentje dat haar oma als kraamcadeau voor de jongste heeft gebreid.

Ik zie je wel, denk ik bij mezelf. Ik zie wie je bent. En ik weet dat de gedachte aan mensen als Ben en hun door geboorte verkregen privileges als een visgraat in je keel steekt.

'U weet wel wat ik bedoel,' zeg ik, en kijk haar recht aan.

Beige Haar knikt zowaar. 'Heeft hij u ooit eerder voor een van zijn zakelijke projecten gevraagd?'

'Nee, ik bedoel, het was nooit een goed moment. Hij wist dat ik geen belangstelling zou hebben...'

'Vond u het niet vreemd dat hij daar uitgerekend op de avond van zijn verjaardag mee aankwam?'

Ja, zeg ik in mezelf, ja, dat vond ik wel degelijk vreemd. Ik wist dat er iets speelde, dat hij onder het mom van dat Montenegro-verhaal eigenlijk iets anders wilde bespreken. En er was weinig fantasie voor nodig om te bedenken wat het ware motief kon zijn. Het was wat altijd verzwegen werd, waar we nooit over spraken, wat als een enorme, onoverbrugbare zee tussen ons in lag. De laatste tijd zat er een kleine, maar merkbare verandering in Bens gedrag naar mij. Het was begonnen rond de tijd dat ze de Priorij van Tipworth kochten. Hij bracht meer tijd door buiten Londen, waardoor ik hem minder vaak zag. Vanaf die afstand waren zijn stemmingen moeilijker te peilen. Het werd steeds lastiger de situatie de baas te blijven.

Die afstand zat me niet lekker. En altijd als iets me niet lekker zit, duiken de herinneringen op, visioenen die tegen mijn hersenschors drukken, als de klap van een wesp tegen het raam. Eerst komen de geluiden. Geknars van metaal. Geronk van autowielen die vrij door de lucht draaien. Dan de geuren: benzine, regen, rook. Beelden vallen altijd als laatste op hun plek. Een meisje, verdraaid en onder het bloed. Bens gezicht, wit in het maanlicht.

Ik zie altijd dezelfde twee plaatjes, alsof ik een rolletje negatieven heb waarvan maar een beperkt aantal foto's kan worden afgedrukt.

Toen ik in de twintig was, wist ik door mijn drugsgebruik alles naar een onbewuste hoek in mijn hoofd te verbannen. Van coke gingen mijn gedachten sneller; van alcohol gingen ze langzamer; van marihuana kregen ze een poëtisch en lyrisch karakter. Als ik ze alle drie tegelijk nam, in de juiste hoeveelheid, werd ik geneutraliseerd.

Aanvankelijk durfde ik niet af te kicken omdat ik geen zin had in de herinnering. Maar wat bleek, ik was verrassend kalm als ik nuchter was – ongekweld, als dat woord bestaat. De herinneringen zijn pas relatief kortgeleden teruggekomen. Ongewenste, spookachtige flarden, rammelend als een allegaartje van oud bestek in een la.

'Martin? Hoor je me? Vond je het niet vreemd dat hij op de avond van zijn veertigste verjaardag over deze grote investeringskans begon?'

'Niet echt, nee. Ik had Ben al een tijdje niet gezien. Met die verhuizing en zo. Het was logisch dat hij me wilde spreken toen hij de kans zag. Ons, bedoel ik.'

'Ons?'

'Hij wilde Lucy er ook bij betrekken. Allebei de echtgenotes, trouwens.'

'Aha.' Ze schrijft iets op. Ik wil vreselijk graag weten wat het is, maar kijk bewust de andere kant op. 'Goed, terug naar het feest,' zegt Beige Haar. 'Na die drankjes in de keuken, wat is er toen gebeurd?'

'Toen kwam Fliss binnen.'

'Fliss?'

Grijs Pak gaat verzitten en doet dan, wonder boven wonder, zijn mond open. 'Felicity Fitzmaurice,' zegt hij met een Schots accent.

'Inderdaad.' Ik kijk hem strak aan, daag hem uit om weg te kijken. Dat doet hij niet.

'Bens zus.'

2 mei

Entreehal, Priorij van Tipworth, 19.50 uur

We konden Fliss al horen voordat we haar zagen. Haar stem, een mengelmoes van hese Amerikaanse klinkers en oplopende uithalen aan het eind van elke zin, schoot de tochtige gangen door. Hij resoneerde tegen de muren, stuiterde door het huis tot hij aankwam bij de keuken waar wij zaten en tegen de chromen en rubberen oppervlakken weerkaatste, tot de laatste kletterende lettergrepen door hun eigen echo werden opgeslokt.

'Waar in vredesnaam is mijn kleine broertje?'

'Mijn god!' zei Ben, en zette zijn glas met een klap neer. 'Fliss!'

Algauw werden we alle drie meegetrokken in Bens enthousiasme en liepen we terug via dezelfde weg waarlangs we waren binnengekomen. Lucy kneep zo hard in haar lege glas dat ik bang was dat het zou breken. Het was net of haar sleutelbeen verder uitstak dan normaal, en haar polsen waren zo frêle dat ze breekbaar leken.

Fliss stond in de entreehal met iets aan wat slechts te omschrijven viel als een patchworkmantel, gemaakt van aan elkaar genaaide stukjes paars fluweel en vierkantjes lapis lazuli, met hier en daar een piepklein rond spiegeltje dat bij elke beweging een spoor van flikkerend licht uitstraalde. Ze droeg zo'n rugtas die populair is bij tieners in hun tussenjaar, met twee dikke canvas schouderbanden en over de borst een dunne band die ze zorgvuldig had vastgegespt. Haar huid was gelooid en zongebruind, met diepe groeven naast haar mond en rimpelige handen, de huid een beetje slap rond de knokkels. Ze had nog steeds lang haar, maar het was gedraaid aan de punten, hier en daar zat een vlechtje met een kleurige houten kraal erin.

'Ahoy,' zei ze, en ze liet zich met verpletterende kracht door Ben omhelzen.

'Zusje, wat goed om je te zien. Hoe laat ben je aangekomen?'

'Paar uur geleden.' Haar stem werd door zijn borst gedempt. 'Laat los, ik wil even Mart en Luce begroeten.'

Hij grinnikte en liet haar los.

Met stralend groene ogen draaide Fliss zich naar ons toe. 'Jongens, jongens, jongens.' Ze stak haar armen uit. Lucy en ik gaven ons allebei over aan de onvermijdelijke Fitzmaurice-handtastelijkheid. 'Hoelang is dat geleden? Vijf jaar? Tien?'

'Achteneenhalf, volgens mij.'

Ze giechelde. 'O, die Mart toch, altijd van de details.' Ze legde een hand op mijn pols. 'Wat zouden we toch moeten zonder jou, schat?' Haar stem was een mengeling van schuurpapier en honing. Ze gaf me een harde kneep, alsof ze me zo'n professionele Chinese massage gaf, waar ze zich in onze tienerjaren in had gespecialiseerd. 'Hoe is het met jou, Luce?'

'Goed.' Lucy ging voorzichtig buiten bereik van Fliss staan.

'Je ziet er fantastisch uit – echt...' Ze zocht naar het juiste woord. 'Ik weet het niet. Echt in balans of zo, snap je?'

Lucy haalde haar schouders op. Niemand van ons wist hoe je op Fliss moest reageren. Meer dan Ben stond ze midden in het leven, deels omdat ze altijd de gebaande paden had gemeden en daardoor meer ervaring in het echte leven had opgedaan. Terwijl Ben, de jongste, zich zijn hele rimpelloze academische carrière, op één opmerkelijke uitglijder tijdens zijn studie na, altijd keurig had gedragen, was Fliss vanwege drugs van haar kostschool geschorst en had ze vervolgens tot ieders verbijstering geweigerd weer terug de schoolbanken in te gaan.

Op haar zestiende was ze chaletmeisje in Zwitserland geworden, toen druivenplukster in de Provence en daarna onder meer au pair in Australië, serveerster hier in Engeland (heel kort maar; ze vond het vreselijk), gids op een bus met open dak in St. Louis, lerares Engels als vreemde taal in Italië, barmeisje in Zweden, kippenplukster in een fabriek in Kroatië en uiteindelijk yogalerares op Ibiza, waar ze tegenwoordig de meeste tijd verbleef. Ik had haar voor het laatst gezien op een met drank overgoten etentje bij Ben en Serena in Notting Hill, waar het gesprek bij de pudding een venijnige wending had genomen. De ene helft van de tafel maakte ruzie met de andere over de voors en tegens van de oorlog in Irak, op die quasi-afstandelijke, vurige manier waarop welgestelde mensen dat doen, altijd in de veilige wetenschap dat ze door geen enkele politieke uitkomst daadwerkelijk zullen worden getroffen.

Midden in de discussie, die steeds vijandiger werd, had Fliss haar stoel naar achteren geschoven, was zonder een woord te zeggen opgestaan en boven op de tegelvloer elegant op haar hoofd gaan staan. Het gesprek was stilgevallen. Na een paar tellen trok ze haar benen weer in, boog haar voeten naar de vloer, ontrolde zichzelf en ging weer zitten. Er was een spontaan applaus losgebarsten, terwijl zij daar bleef zitten, met een rode kleur van het bloed dat naar haar hoofd was gestroomd.

'Waar zijn Serena en de koters?' vroeg ze nu.

Ben haalde verontschuldigend zijn schouders op. 'Hector had een kleine inzinking, daarom heeft ze hem mee naar boven genomen. Daar zitten ze allemaal bij de nanny's.'

'De nanny's! Jezusmina, broertje! Wat ben je toch een patser!'

Ik moest lachen. Lucy ontspande haar schouders. Met Fliss werd alles op de een of andere manier altijd beter. Ik wist nooit helemaal wat ze nou precies wist van wat er al zo lang geleden was gebeurd. Ondanks haar open houding was ze op het persoonlijke vlak een gesloten boek.

Ik had toen ik nog op Burtonbury zat een aantal verlofweekends bij de Fitzmaurices doorgebracht, omdat ik niet terug wilde naar die verstikkende bungalow in Epsom. De communicatie met mijn moeder verliep stijfjes en werd steeds zeldzamer, bleef beperkt tot brieven in monotone taal met details van gebeurtenissen en zo nu en dan een ongemakkelijk telefoongesprek vanuit de gemeenschappelijke telefooncel op school, waarin meer stiltes vielen dan dat er gepraat werd. En waarom zou ik trouwens kleinburgerlijk parelgrind verkiezen boven de statige allure van het Fitzmaurice-stulpje?

Ze woonden in een enorm roodbakstenen landhuis dat Denby Hall heette, omringd door prachtige tuinen met pauwen en vormsnoei. Het huis stamde uit de zeventiende eeuw en was vlak na het herstel van de Stuart-monarchie gebouwd, door een lagere aristocraat die tijdens de burgeroorlog zijn loyaliteit aan de troon had betoond en als beloning daarvoor een eretitel had ontvangen. Vanbuiten was het imposant: daar wemelde het van de witstenen beelden en pretentieuze fonteinen. Maar vanbinnen was het ontwerp een zootje. Het gebouw was door iemand gebouwd met een voorliefde voor gangetjes. Soms voelde het alsof er pas achteraf kamers aan waren toegevoegd – samengeperst op maat en om een brede, centrale hal heen neer geplempt, die geen enkele reden had om zo breed te zijn. De muren hingen vol met portretten van voorouders en stillevens van kreeften of rottend fruit. De grandeur ging hand in hand met zuinigheid, op die typische manier die ik met de Engelse aristocratie ben gaan associëren. Op elke kamer stonden flesjes douchegel en shampoo uit hotels, en één keer had ik ontdekt dat ik zat te eten met een vork met CATHAY PACIFIC in de steel gegraveerd.

Toen ik voor het eerst in Denby Hall kwam, was ik geïntimideerd. Dat kon ook bijna niet anders. Ben en ik waren toentertijd al goed bevriend, maar zijn ouders vonden me duidelijk maar een rare snuiter.

'Ik heb al zoveel over je gehoord,' had Lady Katherine, zijn moeder, gezegd toen we aan elkaar werden voorgesteld. Ik gaf haar een hand. Toen ze die terugtrok veegde ze haar handpalm discreet aan haar driekwartrok af. 'Doe alsjeblieft of je thuis bent.'

'Dank u wel.'

Het was een lange vrouw met een hoog voorhoofd en lichtgrijze ogen. Haar haar was zo blond dat het bijna wit was en zat in een strakke boblijn tot net onder haar oren. Ze had de houding van een ballerina en als ze liep was het alsof ze gleed. Ze zal me in die dagen altijd bijblijven als afstandelijk, zowel lichamelijk als metaforisch.

Ze keek naar Ben. Ze draaide haar hoofd altijd op een heel vreemde manier, waarbij ze haar nek volledig stilhield. Net een slang, dacht ik. 'Wil je misschien even tennissen voor de lunch, lieverd?'

'Oké.'

'Ja,' zei ze vermanend.

'Ja, mama. Sorry.'

Lady Fitzmaurice keek me aan. 'Jij hebt je tennisspullen bij je, neem ik aan?'

Ik had helemaal geen tenniskleren. Ik voelde me vreselijk opgelaten.

'Je kunt wel wat van mij lenen,' zei Ben vlug. 'Als je ze bent vergeten, tenminste.'

'Bedankt.'

'Om één uur lunchen we, jongens,' zei Bens moeder. 'Je zus is thuis.'

Ben kreunde.

'Dat hoorde ik, broertje.'

En daar stond ineens, onaangekondigd, Fliss in de kamer: een slungelig pubermeisje met een beugel en met een afgeknipte spijkerbroek aan en een gestreept T-shirt dat steeds van haar schouders zakte.

'Wie is dat?' Zonder te glimlachen bekeek ze me van top tot teen.

'Martin.'

'Hallo, *Martin*.' Ze articuleerde mijn naam overdreven, alsof het ging om eten dat ze niet lekker vond.

'Dit is Fliss,' zei Ben. 'Mijn zus.'

'Nou, ik ben duidelijk niet je vriendinnetje, of wel?'

Ik moest lachen, of ik wilde of niet. Fliss glimlachte, realiseerde zich toen dat ze glimlachte en hield er meteen mee op. Volgens mij heeft ze toen besloten dat ik min of meer tolerabel was.

Fliss was maar drie jaar ouder dan wij, maar op die leeftijd hadden dat er net zo goed tien kunnen zijn. Door haar te observeren leerde ik een hoop over meisjes, over hun stemmingen en onvermurwbaarheid, de merkwaardige mengeling van verdediging en kwetsbaarheid. 's Zomers liepen we altijd met zijn drietjes naar het meer op het landgoed van Denby Hall, trokken ons ondergoed uit en lieten ons met behulp van een rafelig stuk touw dat we aan de tak van een overhangende boom hadden vastgemaakt in het water vallen.

Als ik terugdenk aan die tijd, doe ik dat met warme gevoelens. Vloeibare frisheid. Streepjes terugkaatsend zonlicht die in stukjes werden opgebroken als we het wateroppervlak met onze duik verstoorden. Het bruine water dat klotste en kolkte op het punt waar we erin waren gedoken en dat vervolgens weer samenkwam, onze sporen uitwiste, alles weer als nieuw deed lijken voor de volgende keer dat we de oever op klauterden en zwaaiden, sprongen, plonsden en schreeuwden.

Eén keer, toen Ben en ik veertien waren en Fliss, omdat ze even geen baantje had, thuis rondhing, waar ze haar nagels zwart lakte en naar Bob Dylan-elpees luisterde, gingen we met zijn drieën naar het meer en kwamen we in een onweersbui terecht. We schuilden onder de bomen tot de stromende regen voorbij was. Maar desondanks werden we drijfnat.

Fliss stond achterovergeleund tegen de stam van een eik en haalde een blauw met zilveren blikje uit haar achterzak.

'Om ons op te warmen.' Ze haalde het deksel eraf, er lagen vijf strak gerolde joints in. Ze nam er eentje, stak hem aan en inhaleerde, en gaf hem toen door aan mij. Toen ik hem aan Ben gaf raakte hij met zijn vingers de mijne. Terwijl hij rookte zag ik zijn ogen loom worden. We schoten in de lach en konden toen niet meer ophouden en toen leek het voor de hand te liggen dat we onze kleren uittrokken omdat die nat waren, toch zeker, en we zouden toch gaan zwemmen dus wat maakte het uit?

Ben knoopte zijn overhemd voor de helft open en trok het toen over zijn hoofd. Ik trok mijn T-shirt uit en maakte er een balletje van om tijd te rekken. Ik was stoned maar nog wel in staat te merken hoe nerveus ik was. Ben had me nog nooit naakt gezien en ergens vond ik, om redenen die ik moeilijk kan uitleggen, dat de eerste keer dat hij me naakt zag wel een bijzonder moment zou moeten zijn.

'Kom op, slome.' Hij liet zijn boxershort op zijn enkels zakken. Zijn billen waren wit, met een dunne lijn gescheiden van zijn zongebruinde bovenlijf. Zijn penis lag op een bosje donker krulhaar, het topje leek net een paddenstoel. Toen hij het water in dook zag ik een visachtige rimpeling van spieren op zijn schouderbladen naar de lage spleet van zijn heiligbeen lopen. Hij nam een bocht en zwom het zicht uit.

Ik draaide me om en zag Fliss voor me staan, naakt op haar broek na, met gespannen tepels in de koude lucht. Ze liep langzaam naar me toe en toen ze dicht bij me was, stak ze haar hand omlaag en legde hem om mijn erectie.

'Wat leuk,' zei ze met die hese stem. En toen boog ze zich voorover om haar mond op de mijne te leggen, terwijl ze met haar tong mijn tanden behendig van elkaar haalde. Ze smaakte naar hasj en kauwgum. Het was de eerste keer dat ik met een meisje zoende en ik deed mijn uiterste best om het goed te doen, maar hoe meer ze haar tong tegen de mijne aan duwde, hoe meer ze me met haar hand betastte, hoe minder opgewonden ik raakte. Mijn erectie verslapte.

'Sorry,' stamelde ik. 'Het komt niet door...'

Ze trok zich terug zodat ik haar gezicht kon zien. Daar verscheen een verstoorde rimpel op, die toen weer verdween. Ze lachte, wat nep klonk.

'Geeft niet,' zei ze. 'Volgende keer beter.' Ze raapte haar kleren en haar blauw met zilveren blikje bij elkaar en beende naar huis. Er kwam geen volgende keer en we hadden het er nooit meer over.

In de hal van Tipworth wurmde Fliss zich uit haar rugzak, die ze zonder verdere plichtplegingen op de stenen vloer naast de open haard legde. Bijna meteen kwam er een zwijgend meisje om hem weg te halen.

'Hé, waar neem je dat ding mee naartoe?'

Het meisje verstijfde.

'Rustig maar, Fliss, ze brengen hem naar de garderobe. Komt goed.' Ben grijnsde naar het meisje. 'Check hem maar in, hoor, dank je wel.'

De glimlach bleef net iets langer dan nodig op zijn gezicht zitten. Ik keek hoe hij het meisje nakeek. Ze sjouwde de rugzak via de voordeur naar een van de feesttenten op het gazon. Op een gegeven moment verloor ze haar grip en bukte ze om hem op te rapen, waarbij haar korte rokje langs haar benen omhoogkroop om een randje prijs te geven dat de bovenkant van een kous verraadde. Ben nam het allemaal gretig op. Niet voor het eerst vroeg ik me af of het wel goed ging tussen hem en Serena. Bens vrouw was in mijn ogen niet echt een seksueel wezen. Mooi, dat zeker, maar onaanraakbaar: een wassen beeld van schoonheid.

Terwijl Ben juist altijd zo lijfelijk was, alsof al zijn bewegingen een onderliggende noodzaak hadden, alsof hij er iets mee wilde uiten. De eerste keer dat ik Marlon Brando in de zwart-witfilm *A Streetcar Named Desire* zag, moest ik aan Ben denken. Diezelfde robuuste beweeglijkheid, de spieren continu in de aanslag, als een kat die wacht tot hij kan toeslaan. Dat had hij nog steeds. Ik keek naar zijn brede schouders die er, omkleed door zijn jasje, sterk uitzagen, en dacht terug aan zijn bleke tienerhuid, zijn slanke, brede, taps toelopende taille toen hij het meer in sprong.

Ik voelde een por in mijn zij. Het was Lucy's vinger. Aan het uiteinde van één wimper plakte een hardnekkig zwart klontje mascara.

'Wat?'

Fliss klopte me lachend op mijn rug. 'Stop die tong eens terug in je mond, Mart. Ze zou je dochter kunnen zijn.'

Maar... wilde ik tegensputteren... *maar... ik keek helemaal niet naar haar.*

Even bleven we staan en wisten we niet wat we tegen elkaar moesten zeggen en toen, alsof het zo was afgesproken, klonk er een elektronische piep, gevolgd door witte ruis en van ver een licht gedreun. Het dreunen werd sterker en een hoge, opgewonden zangstem zette in vanuit de feesttent in de tuin.

'Muziek,' zei Ben met vuur in zijn ogen. 'Tijd voor een feestje, wat jullie!'

Dagboek van Lucy Gilmour

Niets van wat er gebeurd is heeft me verbaasd. Natuurlijk betreur ik wat ik gedaan heb. Maar inmiddels vraag ik me wel af of het niet onvermijdelijk was. Er hing al iets in de lucht toen ik door de voordeur Tipworth binnen liep, die belachelijk extravagante omgeving. De avond voelde van meet af aan uit balans. Dat is geen excuus. Maar er waren dingen gebeurd die mijn daad in gang hadden gezet, gebeurtenissen, kleinerende opmerkingen en irritaties die jaren en jaren teruggingen.

Ik wist dat Ben en Serena ons daar om een specifieke reden vroeg wilden hebben. Ze hadden een strategie, zoveel was duidelijk. Het was geen vriendschappelijke uitnodiging. Ik had nooit veel met Serena gehad en de relatie tussen Ben en Martin was in de maanden daarvoor bekoeld. Die gezellige etentjes met zijn viertjes in hun mooi ingerichte huis in Notting Hill kwamen tot mijn grote opluchting steeds sporadischer voor.

Die etentjes.

Elke keer weer stond Martin te springen om te gaan maar ik begreep nooit waarom. Het leek me duidelijk dat Ben wel klaar was met het aanhankelijke-puppygedrag van mijn man. In het beste geval vond hij het vermakelijk. In het slechtste geval leek het alsof Martin bij hem in het gevlij probeerde te komen, op het vernederende af.

De laatste keer dat we bij hen thuis hadden gegeten, was bijna een jaar voor het feest geweest. Serena had me de avond ervoor een mailtje gestuurd, dus het was duidelijk dat we als lastminuteopvulling dienden.

ha lucy, stond er in de e-mail (Serena geloofde niet in hoofdletters, waardoor je altijd de indruk kreeg dat ze het ofwel gewoon te druk voor die dingen had ofwel dat ze zich er te goed voor voelde) *morgen hebben we een superinformeel etentje met wat mensen. vroeg me af of jullie ook willen aanschuiven? zou enig zijn jullie te zien xxx S.*

Ik ergerde me altijd aan het feit dat ik, alleen omdat ik de echtgenote was, automatisch werd gezien als de agendaplanner, degene die het huiselijke vlammetje brandend hield, alsof onze incompetente mannen onmogelijk zoiets ingewikkelds aankonden als hun eigen afspraken maken.

Ik had op die avond naar de bioscoop gewild om de nieuwe film te zien van een regisseur die ik goed vond. Ik had nog geen kaartjes gereserveerd, maar toen ik tegen Martin zei dat ik dat liever deed dan naar Notting Hill te sjouwen om daar beleefd met wat rijke mensen te keuvelen, kreeg hij iets sombers over zich.

'Waarom zie je nou niet dat het áárdig van ze is om ons uit te nodigen?' vroeg hij.

'Ik kan er niets aan doen. Ik heb gewoon het gevoel dat ze misbruik van je maken. Ze denken dat ze je voor hun karretje kunnen spannen.'

'Je kunt altijd nog naar de bioscoop.'

'Dat weet ik, maar ik wou...'

'Het leven draait niet alleen om wat jíj wilt, Lucy.' Zijn mond vertrok. Het leek alsof hij iets inslikte en ik merkte dat hij van slag was.

Ik zwichtte. 'Nee. Je hebt gelijk. We moeten gaan. Het wordt vast gezellig.'

Hij ontspande. Ik stak mijn hand uit en streek langs zijn arm. Ik herinnerde mezelf eraan dat Ben voor hem degene was die het dichtst bij familie in de buurt kwam.

Ik trok mijn hand niet weg en omdat Martin toestond dat hij daar bleef liggen, kwam ik langzaam dichterbij om hem te omhelzen, met mijn wang tegen zijn borst waardoor ik zijn versnelde hartslag hoorde. Na een paar seconden sloeg hij zijn armen om me heen.

Met 'informeel' bedoelde Serena eigenlijk 'zogenaamd informeel, maar eigenlijk extreem hip'. Een prachtig gesneden jasje van het lichtste suède. Een beigegrijs kasjmieren vestje dat nonchalant over de schouders hing. Gouden schakelkettingen met ingelegde platte schijfjes jade en topaas. Spijkerbroeken die honderden ponden hadden gekost omdat ze op precies de meest flatteuze plekken gescheurd en bewerkt waren.

Het had geen zin te proberen Serena en haar vriendinnen te evenaren, meestal sloot ik mezelf dan ook bij voorbaat van de wedstrijd uit door de saaiste, meest alledaagse kleren te kiezen die ik maar kon vinden. Ik wist dat Serena vond dat ik geen smaak had – Martin trouwens ook – maar dat was een bewuste keuze. Ik wilde niet dat mijn kleren het opvallendst aan me waren.

Ik weet nog dat ik voor dit etentje een spijkerjurk op een zwarte legging had aangedaan. Een paar weken eerder had ik die ook al aangehad en toen was er in een winkel een vrouw naar me toe gekomen om te vragen wanneer ik was uitgerekend. De vrouw schaamde zich kapot toen ik zei dat ik niet in verwachting was, maar ik vond het grappig. En het feit dat ik zwanger had kunnen zijn vond ik een leuke gedachte. Het feit dat Serena dat misschien zou denken vond ik een leuke gedachte.

'Wat zie jij er aaibaar uit,' zei Serena toen ze opendeed. Ze zoende me op beide wangen, haar huid voelde zijdezacht op de mijne. 'KS,' zei ze. 'Wat enig dat je kon komen.'

'O, maar het is altijd een genoegen, en zoals gewoonlijk zie je er oogverblindend uit,' zei Martin. Hij praatte nu al te vlug en te veel. 'Deze is voor jullie.' Hij gaf haar de fles wijn die we voor 25 pond bij de supermarkt hadden gekocht. 'En deze.' Een bos bloemen in schreeuwerige kleuren waarvan ik wist dat Serena ze afschuwelijk zou vinden.

Serena nam ze beleefd aan. 'Dat had je niet moeten doen.' Ze draaide zich om en ging ons voor door de gang en de trap af naar de keuken in de kelder. De geur van warm gebak vulde de ruimte. Er zaten al drie mensen aan tafel en een daarvan was Ben.

Serena legde de bloemen op het aanrecht, zo achteloos dat ze ze net zo goed meteen de prullenbak in had kunnen gooien. Een dun, jong meisje in wit overhemd en zwarte broek gaf me een glas champagne. Op de achtergrond schoof een man met schort platen vol zalm in Ben en Serena's super-de-luxe fornuis. Het was een enorm, gepolijst stalen ding met een indrukwekkende reeks knoppen en wijzers aan de voorkant. Ze hadden het een paar jaar eerder aangeschaft, in de stellige overtuiging dat een dergelijk formaat onmisbaar was voor hun uitbreidende gezin. Ik had er weleens eentje in een tijdschrift over eten zien staan, naast een 'thuis bij'-interview met een tv-kok, en ik wist dat het 75.000 pond kostte.

'Het is superinformeel,' zei Serena nu. 'Hoop dat jullie dat niet erg vinden, jongens.'

'Nee, natuurlijk niet, Serena. Zo is het toch veel leuker. Ik vind zelf altijd, heb jij dat niet, dat...'

In stilte bad ik dat Martin zijn mond zou houden.

'Lieverd, KS en Lucy zijn er.'

Ben draaide zich om. Hij had een blanco uitdrukking. Toen veranderde zijn gezicht. Hij grijnsde breed, strekte zijn armen wijd open. '*Mes amis!*' zei hij, zonder duidelijke reden overgaand op het Frans. Dat deed hij wel vaker. Vroeger vond ik dat altijd hilarisch. Nu werd ik er doodziek van. '*Vous êtes les bienvenus!* Kom, kom, ga zitten.'

'*Un siège?*' vroeg ik.

'Ha,' zei hij vreugdeloos, en trok me stevig tegen zich aan. 'Hoi Lucy.'

We gingen om de ronde tafel zitten en werden aan de andere gasten voorgesteld: Matt, een media-advocaat, en Milly die, net als de meeste vriendinnen van Serena, niets deed. Hier en daar stonden wat glazen potjes op tafel, allemaal met een enkele witte roos zonder steel. De servetten waren van linnen. Het bestek had verschoten ivoren handvatten.

Ik ging zitten tegenover een muur met een paar grote planken, waar in plaats van boeken geurkaarsen en kleine beeldjes op stonden: een miniatuur bronzen hondje; een primitief masker met uitgesneden ogen; een onvolgroeid boompje waarvan de takjes vol piepkleine kristallen bolletjes hingen. Op de middelste plank stond een zilveren lijstje met een foto van hun bruiloft. Serena keek met een mooie glimlach weg van de camera en Ben stond, met een grijns en kraaienpootjes bij zijn ogen, met zijn armen om haar heen. Het was een zwart-witfoto en ik kende die foto goed omdat we hem thuis ook hadden. Maar onze versie was breder, zodat je Martin nog naast Ben zag staan. In de keuken van de Fitzmaurices stond hij niet op de foto.

Het was niet echt een bijzondere avond, op één incident na. We hadden het over de universiteit, omdat die ochtend op het nieuws was geweest dat steeds meer Britse tieners in het buitenland willen gaan studeren.

'O ja,' zei Martin. 'Heb jij die brief van de reünie van Queens' gehad?'

'Ja. Die lopen altijd om mijn geld te zeuren.'

'Het is een diner in avondkleding. Het leek me best aardig.'

Best aardig. Hij nam altijd van die uitdrukkingen van Ben over en het klonk altijd een beetje vreemd. Volgens mij had Martin niet eens in de gaten dat hij dat deed.

'Mijn god, meen je dat, Martin? Ik kan me niets ergers voorstellen.'

Martin nam een slokje wijn. Hij ving mijn blik op. Hij leek onzeker. 'Het was maar een idee,' zei hij, 'ik dacht, misschien is het leuk om eens terug te gaan, onze oude hangplekken weer eens zien.'

'Vanwaar die obsessie met het verleden, KS? Ik word doodziek van nostalgie.' Ben greep naar de karaf rood. Serena tikte lichtjes op zijn pols. Dat was haar teken dat hij te veel had gedronken en Ben negeerde het. Hij schonk een glas vol en bood Milly toen de wijn aan, die haar hoofd schudde en haar mond opendeed om iets te zeggen.

'We moeten onze blik vooruit richten,' zei Ben met luide stem, waardoor Milly met open mond bleef zitten, als een vis. 'Blik vooruit. Aan de toekomst denken. Dat is het probleem met Engeland,' vervolgde hij, met zo'n wilde gedachtesprong waar hij zo dol op was. 'Terugkijken. Iedereen er altijd aan willen herinneren hoeveel godvergeten geschiedenis we wel niet hebben.'

'Ben,' zei Serena.

'Ik hou eigenlijk wel van geschiedenis,' zei Martin, die uit alle macht zijn stem vrolijk probeerde te houden. 'Ik ben er tenslotte in afgestudeerd.'

'Ja, ja, ja.' Ben leunde naar voren, waardoor hij met zijn elleboog de vork van tafel schoof. 'We weten allemaal dat je geschiedenis hebt gedaan en summa cum laude bent afgestudeerd en ongelofelijk slim bent, ja.'

Martin leunde naar achteren alsof hij een klap in zijn gezicht had gekregen. 'Nou, kijk...' begon hij.

'Zijn echtgenotes ook welkom?' vroeg ik. 'Of zijn de universiteiten in Cambridge nog altijd even seksistisch?'

Ben bulderde van het lachen.

'O, Lucy, wat moeten we toch met jou?' Hij depte zijn mond met een servet. 'Je lijkt zo tam maar je bent zo godvergeten pittig.'

'Ik heb zelf op Oxford gezeten,' merkte Matt zinloos op. Niemand reageerde.

'En ik vind het geweldig,' zei Ben. 'Ik vind het geweldig dat mijn beste vriend Martin bij jou terecht is gekomen want, geloof mij maar, we hadden echt nooit gedacht dat hij...'

Op dat punt stond Serena op en begon borden te verzamelen. Er klonk gekletter terwijl ze het porselein opstapelde. 'Pudding,' zei ze opgewekt. 'Kruisbessenvla. Ik hoop dat iedereen dat lekker vindt.'

'O, heerlijk,' kwetterde Milly. 'Hoe doe je het toch, lieverd, en ook nog alsof het je geen enkele moeite kost!'

Personeel, wilde ik zeggen. Dat is hoe ze het doet.

In plaats daarvan zei ik: 'Wat hadden jullie nooit gedacht, Ben?'

Ben keek me aan, ook nu zonder uitdrukking op zijn gezicht. 'Pardon?'

'Daarnet zei je dat je blij was dat Martin bij mij terecht was gekomen omdat jullie nooit hadden gedacht dat hij... en toen...?'

'Weet ik niet meer.' Hij maakte een gebaar. 'Ik liep onzin uit te kramen. Sorry, KS.'

Maar er was iets, een onbehagen of kilte waar geen van beiden iets over kwijt wilde.

'Fuck die reünie,' zei Martin, in een wanhopige poging weer in de gunst te komen. 'Er komen toch alleen maar eikels.'

'Precies,' zei Ben die over tafel reikte om Martins glas bij te vullen. 'We hoeven geen ouwe koeien uit de sloot te halen.'

Martin boog zijn hoofd. 'Nee.'

Ik zag dat op tafel alleen bij Martin geen enkele kruimel lag of vlek was rond de plek waar zijn bord had gestaan. Hij had op dat moment zo de kamer uit kunnen lopen zonder een spoor achter te laten.

Ik moest vanmorgen tijdens mijn sessie aan dat etentje denken, maar ik benoemde het niet. Dat gebeurt weleens: dan denk ik dat ik Keith iets ga vertellen en dan heb ik het uiteindelijk over iets heel anders. En vaak lijkt dat hele andere in eerste instantie onbelangrijk of oppervlakkig en merk ik pas door het erover te hebben dat dat niet zo is en dat ieder afzonderlijk deeltje van mijn rampzalige huwelijk door een complexe combinatie van onzichtbare draden met elkaar is verweven.

'Hij had dezelfde schoenen gekocht,' zei ik.

Keith, die erin gespecialiseerd is om nooit ergens van op te kijken, streek met het kussentje van zijn duim langs zijn bovenlip. 'Wie?'

'Martin.' Ik keek naar de schoorsteenmantel links van mij. Keith schermt altijd zorgvuldig de persoonlijke details van zijn leven af, waardoor ik zijn omgeving obsessief in de gaten houd en alle eventuele aanwijzingen met de forensische oplettendheid van een archeoloog bestudeer. De schoorsteenmantel stond vol kleine, onregelmatig gevormde keramische kommetjes.

'Lucy.'

Ik verplaatste mijn aandacht van de potjes op de schoorsteenmantel weer naar Keith. 'Ja. Sorry.'

'Schoenen, zei je?'

'Martin. Hij had dezelfde schoenen als Ben gekocht. Een paar maanden geleden. Ik weet niet waarom ik daar nu aan moet denken.'

Keith zweeg.

Zoals gewoonlijk vulde ik de stilte. 'Het waren van die vreselijke, echt vreselijke sneakers...' Ik krabde aan een nagelriem. 'Met lichtgevend roze zolen, door een of andere hiphopper ontworpen. Ben had dus een paar gekocht omdat ze kennelijk heel moeilijk verkrijgbaar waren en honderden ponden kostten of zo. *Limited edition*, je weet wel.'

Keith, onbewogen, leek het niet te weten.

'En Ben droeg ze een keertje bij een etentje in een Michelin-sterrenrestaurant. Bij een etentje! Hij droeg een pak, prachtig gemaakt, en dan knalroze sneakers eronder.'

We gingen aan tafel en bestelden een cocktail en de ober kwam met een amuse-bouche die bestond uit een piepklein vierkantje rauwe tonijn met een laagje gepofte maïs eromheen, en Ben begon over de laatste kabinetswijziging en een hotelrecensie die hij in de *Financial Times* had gelezen en hadden we dat toneelstuk in het Royal Court al gezien want het was geweldig, echt geweldig.

'Daar moesten we dan maar kaartjes voor halen,' zei Martin, ook al wist ik dat hij een bloedhekel aan toneel had en het merendeel van de moderne toneelstukken verafschuwde. Het enige wat hij bij mijn weten goed had gevonden was een bewerking van Terence Rattigan in het National Theatre. Iets aan de onderdrukte gevoelens sprak hem aan en tot mijn verbazing had hij aan het eind gehuild.

'Maar kerel,' vervolgde Martin met een grijns. 'Ik moet het je toch vragen. Die sneakers...'

Ben keek op van de wijnkaart. 'Wat is daarmee?'

'Gast. Die zolen!'

Ben vond het niet grappig. Zo was hij soms: hij kon maandenlang vrolijk zichzelf en anderen in de zeik nemen en dan gingen ineens uit het niets de luiken dicht. 'Ja? Wat wil je daarmee zeggen?'

Martin, op het verkeerde been gezet, kreeg een kleur. 'Ik was alleen... ik bedoel... normaal heb je niet... het is nogal een kleurrijke...'

'Ze zijn limited edition,' zei Ben. 'Moest ze uit de Verenigde Staten laten komen. Heb je ze laatst niet bij Jay-Z gezien? Het stond overal in de krant.'

'O,' zei Martin. 'Sorry, ik wou je niet...' Hij zat aan de rand van zijn servetje te frunniken, met zijn hoofd omlaag alsof hij op zijn kop had gekregen. Ik kon er niet tegen hem zo te zien. Hoe haalde Ben het in zijn hoofd hem zich zo klein te laten voelen!

'Heb je ze helemaal uit de Verenigde Staten laten komen?' vroeg ik. 'Maak je soms een geintje?'

Ben glimlachte geaffecteerd. 'Nee.'

'Dat had je me even moeten zeggen,' ging ik verder. 'Dan had ik voor de helft van de prijs een paar Reeboks met een roze stift voor je gecustomized.'

Ben klapte de wijnkaart dicht. Heel even leek het alle kanten op te kunnen gaan. 'Je hebt gelijk, Luce, helemaal,' zei hij, terwijl hij de tonijn zijn mond in mikte en in één keer doorslikte. 'Weet ik dat in elk geval voor de volgende keer.'

Martin kneep me dankbaar in mijn knie.

Vijf dagen later trof ik bij thuiskomst een paar sneakers met roze zolen aan op het schoenenrekje in de gang. Martin had ze kennelijk ook uit Amerika laten komen.

'En wat ging er toen door je heen?' vroeg Keith.

Ik lachte. 'Dat hij geen bal om mijn mening gaf.' Ik keek weer naar de potjes.

'Het valt me op,' begon Keith, 'dat jij jezelf als Martins beschermer zag.'

Mijn ogen dwaalden van de potjes naar een vaas tulpen, elk bloemblaadje felpaars gekleurd.

'De illusie van macht,' zei hij. 'Maar meer was het niet, hè? Dan een illusie, bedoel ik?'

Stilte.

'Je probeerde het iedereen naar de zin te maken. Maar vroeg je je ook weleens af wat jij eigenlijk wilde?' Hij liet de vraag even in de lucht hangen. Een paar minuten bleven we allebei stil. Toen knikte Keith en zei met een blik op de klok dat we moesten afronden. 'Vergeet niet te schrijven,' zei hij. 'Wat er maar in je opkomt.'

'Zal ik doen.'

Ik liep de deur uit en liet hem openstaan. Mijn hoofd voelde leeg. Ik denk dat ik Keith met een omweg had proberen te vertellen dat ik na twee etentjes eindelijk doorhad wat voor anderen al jarenlang zo klaar als een klontje was. Mijn man was niet verliefd op mij. Hij was verliefd op zijn beste vriend, en was dat altijd al geweest.

Martin

Burtonbury, 1990

Hoe raakten Ben en ik bevriend? Maar wat graag zou ik je vertellen dat het een natuurlijke ontmoeting van geestverwanten was, een organische bloei van gelijkgestemde zielen. Maar de waarheid is dat ik precies had uitgestippeld hoe ik hem voor me kon winnen, als bij een militaire operatie. Ik bepaalde mijn doelen zorgvuldig en zag elke kleine overwinning als een opstapje naar een grotere, uiteindelijke triomf.

Een paar maanden voor ik naar Burtonbury ging was ik in een tweedehandsboekhandel op een exemplaar van Sun Tzu's *De kunst van het oorlog voeren* gestuit. Het omslag was verbogen en verkleurd en één hoekje was donker van het balpengekras, van het soort waarmee een kind in een nijdige bui een onweersbui zou uitbeelden, boven aan een boze tekening. Er stond een korte opdracht in: AAN COLIN, HOPELIJK VIND JE OP DEZE BLADZIJDEN IETS WAAR JE WAT AAN HEBT. VEEL LIEFS, S. en de datum was KERST, 1974.

Ik heb dat boek nog steeds, de rode rug staat in de boekenkast op mijn studeerkamer, ingeklemd tussen *Rogets Thesaurus* en *Eeuwige schoonheid* van Gombrich. Inmiddels vind ik het, als ik door *De kunst van het oorlog voeren* blader, vermakelijk dat een man die Colin heette en in 1974 kerst vierde kennelijk advies nodig had om een of andere gevaarlijke, stille strijd te voeren. Welke vernederingen had hij doorstaan, vraag ik me af? Wie zal het zeggen? Zo'n raadseltje dat verloren is gegaan in de grillen van de tijd. Iemands persoonlijke geschiedenis, vervlogen. Colin: inmiddels slechts nog een hersenspinsel van anderen.

Hoe dan ook, *De kunst van het oorlog voeren* werd mijn gids om Ben voor me te winnen. Na die eerste dag werd duidelijk dat hij een van de populairste en meest gerespecteerde jongens op school was, met een natuurlijk overwicht dat de meesten van ons in ons verdere leven vergeefs zouden proberen te evenaren. De docenten liepen met hem weg. Zijn medeleerlingen leken zijn intelligentie eerder te waarderen dan erop neer te kijken (dat was nieuw voor mij: het idee dat slimheid iets eervols was in plaats van iets wat je moest verbergen). Toen ik hem die eerste week observeerde bij de ochtendbijeenkomst, waar hij binnen kwam lopen met een scheve stropdas en een overhemd dat precies nonchalant genoeg opbolde, begreep ik dat dit een subtiele omverwerping moest worden.

'Zegevierende strijders winnen eerst en trekken dan pas ten strijde,' schreef Sun Tzu, 'terwijl strijders die verslagen worden eerst ten strijde trekken en dan pas proberen te winnen.'

Dus plande ik alles tot in de puntjes.

Allereerst moest ik uitvinden waar zijn interesses lagen. Daarvoor moest ik dicht genoeg in zijn buurt zien te komen om zijn gesprekken af te kunnen luisteren, wat nog geen sinecure was. Hoewel Ben in hetzelfde huis als ik zat (het heette Sullivan, naar een lang vergeten weldoener, en werd, zoals alle benamingen op particuliere kostscholen, afgekort tot Sullies), bewoog hij zich in heel andere kringen. Nou ja, om preciezer te zijn, hij bewoog zich in kringen en ik niet. Vanaf die eerste dag met Howard de beer was ik duidelijk ingedeeld bij het verkeerde slag met de verkeerde spullen.

Schoenen, bijvoorbeeld. Er was echt maar één acceptabel type schoeisel en dat waren geelbruine Kickers met leren veters. De veters moest je niet op de normale manier strikken, je moest ze strak om een potlood draaien tot ze stevig in een stijve krul bleven zitten, als de voelsprieten van een buitenaards wezen.

En stropdassen. Je moest je schooldas of veel te lang knopen of veel te kort, in een dikke tong op centimeters afstand van de kraag, met de overtollige stof door een knoopsgat van je overhemd zodat het de hele dag ongemakkelijk tegen je borst schuurde.

En dan de taal. Woorden werden uitgevonden of verkeerd uitgesproken of betekenden gewoon iets anders, afhankelijk van wie ze gebruikte. Met 'lekker', bijvoorbeeld, kon worden aangeduid dat een meisje aantrekkelijk was, maar als het net iets anders werd uitgesproken ('lekker dan'), betekende het het tegenovergestelde.

Het behoeft geen betoog dat ik slecht was uitgerust in mijn eerste weken op Burtonbury. Ik droeg de voorgeschreven gaatjesschoenen en vond het hele idee van je das als een slabber dragen tamelijk belachelijk. Door al die dingen viel ik buiten de boot. Dat kon me weinig schelen. En, later in mijn leven, ben ik erachter gekomen dat het best handig is om van buitenaf te observeren. Het geeft je de ruimte om te luisteren, te onderzoeken en te begrijpen. En wanneer je de dynamiek van een groep eenmaal doorhebt, kun je die naar je hand zetten zonder dat iemand het in de gaten heeft.

Ben had altijd en overal vrienden om zich heen. Hij had iets ongedwongens, onbewogens over zich. Hij ging relaxed met zijn knappe uiterlijk om: hij had geen gel in zijn haar, keek nooit even zijdelings in spiegelende oppervlakken, wat pubers zo graag deden. Het viel me op dat hij altijd als ik hem in een groepje zag de aanzet gaf tot een gesprek, zich er dan uit terugtrok en alleen nog iets zei als hij een punt of gevatte grap wilde maken. Bij debatten in de klas zette hij met groot succes diezelfde tactiek in: eerst vol zelfvertrouwen een standpunt poneren en vervolgens blijven zwijgen terwijl alle anderen zich er met hun halfbakken meningen in mengden, om dan aan het eind keihard terug te komen met een vlijmscherpe samenvatting van de belangrijkste punten.

Ik sprak hem voor het eerst rechtstreeks na een les Engels, waarin hem was gevraagd zijn gedachten te verwoorden over Shakespeares beschrijving van 'de ander' in *The Tempest*.

‘Wat denk jij, Ben?’ had meneer Reynolds gevraagd, met een neuspuntje dat altijd glom door het begin of het eind van een verkoudheid.

Ben rekte zich uit naar achteren, waarbij één mouw omhoogkroop en er een dikke, blauwe aderkronkel te zien was. Hij wipte op zijn stoel en beet op zijn pen. ‘Volgens mij staat Caliban symbool voor de slavernij.’

Dat lag nogal voor de hand, en kwam rechtstreeks uit het uittreksel waar ik hem voor de les op de gang in had zien bladeren. Maar het was geen domme opmerking. In veel opzichten was het Ben ten voeten uit: net genoeg voor een bevredigend antwoord zonder echt iets belangrijks aan het licht te brengen. Deze Ben-ismes heb ik door de jaren heen goed leren kennen.

‘Ja,’ zei meneer Reynolds. ‘Prima. Nog iemand?’

‘Hij is soort van achterlijk,’ zei Conor Mayhew, die altijd met de meest stompzinnige opmerkingen kwam. ‘Hij snapt niet wat alle anderen aan het doen zijn.’

Ben trok zijn wenkbrauwen op. Ik zag dat hij aan de ene kant niets controversieels wilde zeggen uit angst onsympathiek over te komen en het aan de andere kant niet met Colins opmerking eens was. Na een paar seconden tweestrijd kreeg het laatste gevoel de overhand.

‘Pardon, meneer, maar volgens mij klopt dat niet,’ zei hij. ‘Caliban is niet dom. De andere personages zien hem misschien wel zo, maar dat zegt meer over hen dan over hem.’ Hij zweeg en voegde er toen een hoopvol ‘Toch?’ aan toe.

Ik gloeide vanbinnen. Want toen ik vanaf mijn stoel twee rijen achter hem naar zijn nek keek, naar de zachte V van zijn samenkomende haar, kreeg ik onwillekeurig het gevoel dat hij het over mij had.

Ik stak mijn vinger op.

‘Ja,’ zei meneer Reynolds. ‘Eh... eh...’

‘Martin. Martin Gilmour.’

'Natuurlijk. Martin. Zeg het maar.'

Het was voor het eerst dat ik op Burtonbury mijn vinger opstak om iets te zeggen. Mijn keel was kurkdroog. 'Nou... alleen maar... dat dat volgens mij klopt. Volgens mij is Caliban een beetje zoals de nar in andere stukken van Shakespeare. Hij ziet de waarheid waar niemand anders die ziet.'

Meneer Reynolds knikte, in gedachten verzonken. 'Aan welke andere stukken zat je te denken?'

Klootzak, dacht ik.

'*King Lear*,' antwoordde ik, want wat meneer Reynolds niet kon weten was dat mijn moeder me ooit een paar stripboeken over Shakespeare had gegeven: al zijn stukken teruggebracht tot beeldverhalen en grafische personages die via tekstballonnetjes met elkaar communiceerden, en dat die me een veel uitgebreidere kennis over de canon van de grote toneelschrijver hadden opgeleverd dan alle stoffige lessen Engels bij elkaar.

'Mmm, goed,' zei meneer Reynolds, en schreef iets onbeduidends op het bord wat we toch niet zouden overnemen.

Na de bel liepen we allemaal in een rij naar de kantine. Het was pauze en donderdag, wat betekende dat we een zakje chips kregen en je moest snel zijn om die met paprikasmaak te bemachtigen, die waren altijd als eerste op. Snel liep ik de gang door, toen ik een tikje op mijn schouder voelde. Ik draaide me om en zag tot mijn verrassing Ben staan.

'Bedankt nog,' zei hij. Hij had een open blik, maar glimlachte niet. Er zat een piepklein gesprongen adertje in zijn linkeroog, waardoor de volmaaktheid van de rest van zijn gezicht des te beter tot zijn recht kwam.

Ik knikte, heel even met stomheid geslagen. 'Geen probleem,' stamelde ik. Ik kon verder geen gespreksstof bedenken en na een paar seconden glimlachte Ben flauwtjes, haalde zijn schouders op en liep door. Maar, dacht ik toen ik even later mijn chips met kaasuiensmaak opat (door het gesprek, hoe kort ook, was ik mijn lievelingssmaak misgelopen), het ijs was tenminste gebroken. Ben kende me niet langer alleen als die jongen met de teddybeer. Hij had me gezien. Beter nog: hij had me gezien terwijl ik het voor hem opnam.

De derde keer dat Ben en ik met elkaar praatten was op het rugbyveld. Ik had nog nooit gerugbyd, op de basisschool had ik altijd liever gevoetbald omdat daar geen fysiek contact bij kwam kijken, maar op Burtonbury had je in dat soort dingen geen keus. Ik trok mijn wedstrijdtenue aan – groen shirt, bruine korte broek – met de zwaarmoedigheid van een ter dood veroordeelde. Ik wist, zonder het te hoeven proberen, dat ik verschrikkelijk slecht in rugby zou zijn. Ik had een hekel aan teamsport omdat je dan op anderen moest rekenen en ik gruwelde van fysiek contact. Het was een ware kwelling om beide dingen binnen één uur gedwongen te moeten doen.

In een rij liepen we het veld op, voorgegaan door een gymleraar die meneer Wilson heette, die glimmende trainingspakken droeg en een opzichtig gouden horloge om zijn pols had. Naast hem liep Scott, een Australische student die in zijn tussenjaar als onderwijsassistent werkte. Scott was een ongelofelijke adonis: scherpe gelaatstrekken, goudbruin gekleurde huid, kuitspieren die uitstaken als ratten uit de maag van een python. Iedereen was, zonder het ooit toe te geven, verliefd op hem.

Een aantal maanden later zou Scott op heterdaad betrapt worden met juffrouw Edison, de sletterige tekenlerares, en verzocht worden zijn biezen te pakken. Juffrouw Edison keerde het jaar erop terug, maar was minder aardig dan daarvoor. De losse blouses die ze altijd droeg, met mouwen die steeds van haar schouder gleden, hadden plaatsgemaakt voor eenvoudige katoenen T-shirts. Ze had iets droevigs over zich. Weken achtereen liet ze ons oefenschetsen maken van een stilleven met vier appels en een schaal. En toen liep ze op een dag de klas uit, om nooit meer terug te komen.

De week erop werd haar vertrek kort genoemd in de ochtendbijeenkomst en er werd overal gefluisterd dat juffrouw Edison naar Australië was gevlogen om bij Scott te kunnen zijn en dat ze ondanks het leeftijdsverschil gingen trouwen en een sliert schattige baby'tjes met een dubbele nationaliteit zouden voortbrengen. Ik denk dat we troost uit dat verhaal putten. We vonden haar aardig.

Jaren later kwamen Ben en ik Scott tegen in de bar van het Duke's Hotel. We zaten martini's te drinken (Ben wilde hem altijd *dirty*, met een kannetje olijvensap erbij). We herkenden Scott direct. Hij zal tegen de dertig zijn geweest, maar zag er nog precies hetzelfde uit als op zijn achttiende.

'Scott,' zei Ben. De Australiër keek op. 'Je weet natuurlijk niet meer wie wij zijn, maar...'

Ben stelde ons voor. Er verscheen een grijns op Scotts voorheen blanco gezicht. Ze maakten een praatje.

'Hoe is het ooit afgelopen met juffrouw Edison?' vroeg ik.

Met een lege blik keek Scott me aan. 'Wie?' vroeg hij.

En daarmee was de kous af.

Hoe dan ook, op de dag van mijn eerste rugbyles hield ik me nauwelijks bezig met Scott. De leraar deelde ons op in teams en zei toen dat we aan de warming-up moesten beginnen, die bestond uit doelloos rondrennen en twintig kniebuigingen, gevolgd door nog meer rondrennen en wat rekoefeningen.

Niemand vroeg of ik al eerder had gerugbyd. Volgens mij werd daar gewoon van uitgegaan. Ik bleef me verbazen over de heersende gedachte op Burtonbury dat iedereen was zoals zij. Hoewel ik inmiddels wel geloof dat het zijn voordelen heeft om zo te denken. Je hoeft je niet zoveel af te vragen. Aannames bieden zekerheid.

Maar toen ik het veld op liep, kende ik de regels niet. Het leek me het veiligst een beetje langs de zijlijn te blijven, om duidelijk te maken dat ik niet iemand was aan wie de bal kon worden toevertrouwd. De eerste twintig minuten werkte dat prima, maar toen ontstond er ineens, zonder waarschuwing, onrust en kwam er een jongen die ik nog nooit had gezien hijgend als een paard op me afgerend, achternagezeten door een andere jongen met een knalgeel mondstuk, en ineens vloog de bal op mij af. Ik stak instinctief mijn handen uit en ving hem.

De tijd leek zowel te vertragen als te versnellen. Ik was me bewust van het gewicht van de bal in mijn handen, van het prettige, pure gevoel iets goed te hebben gedaan, maar tegelijkertijd kwamen er vier jongens in volle vaart op me afgestormd. Ik kreeg een plotselinge aandrang tot zelfbehoud en wist dat ik die bal onmiddellijk kwijt moest zien te raken. Ik wierp hem dan ook lukraak, zonder te kijken of er iemand in de buurt stond om hem op te vangen. Terwijl ik de bal de lucht in smeet, voelde ik de opluchting door me heen trekken. Ik hoorde mijn teamleden kreunen, maar dat kon me niet schelen. Die bal kwijtraken was het enige wat telde.

Net toen ik hem losliet, voelde ik het volle gewicht van een jongen tegen mijn zij. Ik viel op de grond. De jongen hield zijn onderarm op mijn nek gedrukt en de plek waar tegen mijn enkel aan was getrapt deed pijn. Ik voelde het vochtige gras onder mijn hoofd. Ik kneep mijn ogen tot spleetjes en zag alleen de zwarte schaduw van mijn aanvaller afgetekend tegen de lucht.

Ik knipperde. Ging overeind zitten. De jongen grijnsde.

'Beetje voorzichtiger, eikel,' zei hij. Zijn gezicht zat onder de sproeten. De rand van een van zijn oren was dubbelgeslagen. Zijn brede voorhoofd glom van het zweet.

'Godverdomme, Jarvis, waar sloeg dat op?' Een bekende stem. Achter het vlezige hoofd van Jarvis kwam Ben tevoorschijn. 'Waar ben je in hemelsnaam mee bezig?'

Jarvis haalde zijn schouders op. 'Nergens mee,' zei hij, en kwam onbeholpen overeind. Op een drafje liep hij terug de wedstrijd in. Zijn shirt was besmeurd met grasvlekken.

Ben keek me aan. 'Gaat het?'

Ik knikte.

'Kom.' Hij bukte en stak zijn hand uit. Ik nam hem aan, mijn duim gekruist over de zijne, en hij trok me overeind. Ik verloor mijn evenwicht, struikelde en viel boven op hem. Ik voelde de warmte van zijn borstkas wasemen. Hij duwde me terug.

'Alles oké?' vroeg hij.

'Ja. Bedankt.'

Hij rende weg. Dagen later kon ik me nog steeds het zachte kuiltje tussen zijn duim en wijsvinger voor de geest halen, hoe het voelde toen hij me omhooghees en me overeind hielp. Hij moest me wel aardig vinden, dacht ik, als hij dat had gedaan.

Na onze drie vluchtige ontmoetingen werd het tijd voor een volgende stap: iets bedenken wat ons met elkaar verbond.

Het meest voor de hand liggende was uitzoeken van wat voor muziek hij hield. Hij liep dikwijls rond met zijn discman die uit de zak van zijn colbertje stak, met op zijn oren of nonchalant om zijn nek de koptelefoon, waar een metaalachtige baslijn uit klonk. Ik probeerde meerdere keren onopvallend naast hem te gaan staan om te horen wat het was, of door het plastic gaatje heen de draaiende letters op de cd te ontcijferen. Eén keer, in de rij voor de lunch, lukte het bijna. Ik stond achter hem met mijn dienblad tegen mijn borst, en ik kon hem ruiken: de geur van zeep en huid met een eikenhouten ondertoon. Net toen ik me naar zijn nek boog, draaide hij zich om, verstijfde en deinsde een stap achteruit. Hij keek me vreemd aan. Daarna ging hij weer met die typische blanco glimlach van hem op zijn plek in de rij staan en zette zijn bord klaar voor sneetjes toast met gebraden kalkoen, taai als leer, en aardappelpuree.

Toen ik eenmaal doorhad dat die tactiek niet werkte, werd ik slimmer. Ben had in Sullies een kamer aan dezelfde gang als ik, die hij met twee jongens deelde, Mungo en Johnno. (Jaren later, toen ik dit terloops liet vallen bij Lucy, gierde ze het uit van het lachen. 'Zat jij op een school waar mensen Mungo en Johnno heetten? Wat hilarisch.' Tot ze mijn gezicht zag. 'Ik bedoel,' zei ze gauw, 'ik mag Ben graag, maar het is best grappig, dat moet je toegeven.')

Omdat ze maar een paar deuren verder sliepen en omdat ik feitelijk geen vrienden had, had ik alle tijd om hun gangen na te gaan. Een week na het incident in de rij voor de lunch stond ik eerder op dan mijn kamergenoten, sloop onder het gereutel van hun gesnurk de kamer uit, trok de deur achter me dicht en liet de muffe bedomptheid van zweet en sokken achter me.

Tussen mijn kamer en die van Ben was een gemeenschappelijke badkamer. Ik sloot mezelf op in een wc-hokje, klom boven op de bril en wachtte op Bens stem. Ik had me voorgenomen er op het goede moment uit te komen, tijdens het tandenpoetsen naast hem bij de wasbak te gaan staan en nonchalant een gesprek met hem aan te knopen.

Maar mijn plannetje viel in het water. Ben kwam binnen, maar zijn twee kamergenoten kwamen achter hem aan. Met zijn drieën namen ze alle beschikbare wastafels in beslag, zodat er niemand meer bij kon. Nogal schaapachtig kwam ik de wc uit, in mijn blauw-wit gestreepte pyjama. Ik zag dat Ben een boxershort aanhad en een T-shirt met gescheurde hals van het Hard Rock Café. Zijn vrienden droegen ook zoiets. In plaats van slippers had een van hen espadrilles aan, met platgedrukte hielen.

'Heb jij tandpasta?' vroeg Mungo aan Ben. 'De mijne is op. Kan ik wat lenen?'

Met slaperige ogen en platgedrukt haar op de plek waar hij er kennelijk op had gelegen, gaf Ben hem de tube Colgate. 'Niet lenen. Hebben. Hoef het niet meer terug als jij het in je mik hebt gehad.'

Johnno snoof. 'Lul,' mompelde hij.

Ik liep langs en Mungo keek me aan zonder mijn aanwezigheid te registreren. Ik baalde. Nu kon ik Ben niet aanspreken. Eenmaal weer op de gang hoorde ik een bulderend gelach en ik kon alleen maar bedenken dat het over mij ging.

Maar toen kreeg ik een ander idee. Ik sloop de gang door, weg van mijn eigen kamer en naar die van Ben. Nu ze alle drie op de badkamer stonden, greep ik mijn kans.

Ik deed de deur open en schoot bliksemsnel naar binnen. Er stonden vier bedden, net als op mijn kamer, maar dan anders geplaatst – alle vier tegen dezelfde muur aan, zo dicht op elkaar dat je als je je hand uitstak het matras van de jongen voor je raakte. Ik zag dat het rechterbed van Ben moest zijn, omdat daar een gezinsfoto op de ladekast stond van een meisje dat op hem leek, met haar arm om een veel jongere Ben. Het licht op de foto was zonnig en wazig. Het meisje had lang, bruin haar en onregelmatige voortanden.

Ik liep de kamer door en trok de bovenste la open. Boxershorts. Hemden. Verstopt onder een paar sokken een pakje Marlboro. In de la eronder zaten losse vellen papier; brieven in geopende enveloppen met gestempelde postzegels; een ansichtkaart met MALIBU in gele, schuin geschreven letters op de voorkant. Ik draaide hem om. Blauwe balpen, meisjesachtig handschrift met rondjes boven de i's, ondertekend met alleen een 'J' en een heleboel kusjes. Ik stopte de kaart terug in de la, waarbij ik de hoekjes voelde ombuigen.

Mijn hart ging tekeer. Ik hoorde het tikken van de klok, het rumoer uit de badkamer dat langzaam wegstierf, voetstappen op het tapijt. Razendsnel wrikte ik de volgende la open. Vier spijkerbroeken (deze overdaad liet ik even op me inwerken: vier stuks!) en daar, achterin, lag wat ik zocht: een paar cd's in gebarsten plastic hoesjes. Ik haalde er eentje uit, de randen gleden langs mijn bezwete hand en ik had nog tijd om de naam van de band in me op te nemen: Run DMC. Er lag er nog een waar ik nog net drie letters op kon onderscheiden: R.E.M. Dat moest voldoende zijn. Ik schoof de la met mijn bovenbeen dicht. En toen, zonder erbij na te denken, trok ik de bovenste la weer open en haalde er lukraak een brief uit. Die stopte ik tussen de band van mijn pyjamabroek, ik trok het touwtje strak aan en liep snel naar buiten. De deur sloeg achter me dicht en ik hoopte dat niemand het gehoord had.

Net toen een van Bens kamergenoten weer de gang op kwam, met zijn toilettas in zijn hand en een adem die naar pepermunt rook, ging ik de hoek om. De envelop kraakte zachtjes tegen mijn maag. Het feit dat hij daar zat gaf me een gevoel van macht.

Die brief liet ik, hoe vreemd ik dat nu ook vind, nog een paar dagen ongelezen. Ik had het veel te druk met het uitvoeren van mijn plan. En zoveel stelde dat plan niet eens voor. Toch was dat het enige waar ik me mee bezighield. School was een makkie. Hoewel ik ervan overtuigd was geweest dat Burtonbury een oord was voor intellectuele prikkeling en persoonlijke voldoening, bleek ik een van de slimste jongens uit mijn jaar te zijn, zonder daar ook maar iets voor te hoeven doen. En omdat mijn huiswerk snel af was, had ik ruimschoots de tijd om plannen te maken waarmee ik Ben voor me zou kunnen winnen.

Na de research op zijn kamer zette ik een flink deel van het uiterst karige zakgeld dat mijn moeder maandelijks overmaakte opzij voor pop-cd's.

Op zaterdagochtend mochten we altijd in groepjes van vier of meer naar het stadje Burton lopen, zolang we ons maar in- en uitschreven op de lijst die op de tafel in de schoolhal lag. Ik zie die lijst nog zo voor me: een groene ordner met losse vellen papier erin; met balpen getrokken lijnen en in de rijen en kolommen open plekken om initialen en tijdstippen te noteren. Er zat een balpen met een blauw touwtje aan vastgeknoopt, en het uiteinde van de pen was door een overijverig iemand (de directrice waarschijnlijk) met plastic plakband beveiligd opdat hij niet werd gestolen. En toch werd hij altijd weer gestolen. Steeds opnieuw.

Voor mij stond dat ene detail voor de absolute en nietsontziende aanspraak die kostschooljongens altijd en overal op denken te kunnen maken. Die diefstal had geen enkele zin. Aan goedkope schrijfwaar was op Burtonbury echt geen gebrek. Het ging er meer om iets te stelen om de autoriteit dwars te zitten en de overlast die dat veroorzaakte maakte het voor velen de moeite waard. En onder dat alles lag het basisgevoel – nee, de ingebakken kennis – dat er altijd wel iemand kwam opdraven om het te regelen. Iemand wiens baan het was hen te dienen.

Ik dwaal af. Excuses.

In Woolworths liep ik linea recta naar de muziekafdeling. Er stonden twee Run DMC-albums, allebei met een zwart-witte sticker die ouderlijk toezicht adviseerde. Ik haalde ze uit het rek en probeerde mezelf te zien als een type dat dit soort albums uitkoos. Mijn eigen smaak kende ik zonder meer, ik wist precies naar wat voor muziek ik wilde luisteren als ik sigaretten aanstak en rookkringen uitblies, met mijn ogen halfdicht, zoals Steve McQueen in *Bullit*. Ik speurde de rekken af naar R.E.M. Er lag maar één album van hen. Dat nam ik mee.

Eenmaal terug op mijn kamer moest ik mijn kamergenoot Dom smeken me zijn discman te lenen, met de belofte de rest van het jaar zijn schoenen te poetsen.

Ik ging lekker in kleermakerszit op bed zitten, deed Run DMC in de discman en zette de koptelefoon op mijn oren. Ik had me voorgesteld dat ik een paar gelukkige uren wat nieuwe auditieve gewaarwordingen tot me zou nemen, een aangename muzikale scholing zou krijgen van akkoorden en melodieën die me dichter bij Ben zouden brengen, en waardoor ik zijn diepste zielenroerselen zou begrijpen. Maar wat ik kreeg was een kakelende kakofonie – dreunende beats en zingen dat helemaal geen zingen was, maar eerder ritmisch geschreeuw. Onthutst zette ik de koptelefoon af en smeet hem op het bed. Was dit echt iets waar Ben graag naar luisterde?

Ik haalde de cd eruit en deed R.E.M erin. Ik slaakte een zucht, zei tegen mezelf niet voorbarig te oordelen en drukte op PLAY. In ieder geval geloofde R.E.M. nog in een traditionele benadering van ritme en dynamiek tussen couplet en refrein. Sommige liedjes konden ermee door, al waren ze wel erg zelfbewust gecomponeerd. Thuis luisterde mijn moeder naar Frank Sinatra en operettes. Je kunt zeggen van de Rat Pack wat je wilt, maar zuiver zingen konden ze.

Ik keek op mijn horloge: vier uur. Theetijd. Voorzichtig deed ik de cd's terug in hun hoesjes en liet ze in het volle zicht op mijn nachtkastje liggen. Het waren duidelijk de coolste dingen die ik bezat.

Beneden in de eetzaal stonden allemaal jongens om de twee enorme zilverkleurige broodroosters heen, waar twaalf sneetjes brood per keer in konden. Ik pakte twee sneetjes en baande me behoedzaam een weg door het groepje.

'Hé, kijk uit, lul.'

Ik draaide me om en stond oog in oog met de jongen van het rugbyveld. Jarvis.

'Ik wil alleen maar even naar het broodrooster,' zei ik zo redelijk als ik kon.

'Ik wil alleen maar even naar het broodrooster,' zei Jarvis me met een nasaal, hoog stemmetje na, zijn vingers sierlijk en schamper omhoog alsof hij op een ingebeelde piano pingelde. 'We staan allemaal op het fucking broodrooster te wachten, ja?'

Ik weet niet wat me aan deze uitwisseling nou precies zo raakte. Ik had sinds ik op Burtonbury was aangekomen mijn humeur weten te bewaren omdat ik bang was om alles weer te verpesten en omdat ik eerlijk gezegd ook lichtelijk geïntimideerd was. Maar Jarvis was zo'n lompe, domme eikel dat ik hem er gewoon geen tweede keer mee weg kon laten komen.

'Flikker op,' zei ik, hard genoeg zodat de stuk of tien jongens om ons heen het konden horen.

'Wat zei je daar, mietje?'

'Ik zei: flikker op, Jarvis.' Ik keek hem strak aan en boorde mijn blik in zijn domme gezicht. Ik voelde dat ik mijn rug rechtte en mijn schouders naar achteren trok, als een stier die zich voorbereidt op de aanval. Ik gloeide vanbinnen.

Jarvis kwam op me af, greep me met één hand bij mijn nek en trok in een ruk zijn andere arm naar achteren, klaar om te slaan. Hij snoof, achteloos, alsof hij de overwinning al rook.

Ik was geen geducht tegenstander. Ik was kleiner dan gemiddeld, tenger gebouwd en bleek en slap en had tot dan toe nauwelijks de aandacht getrokken.

Zijn eerste uithaal ontweek ik. Overal in de eetzaal klonk het geluid van joelende en juichende jongens. Jarvis' gezicht was bezweet van de inspanning. Dichtslaande deuren, schuivende stoelen toen er meer mensen bij kwamen staan. Er vormde zich een kring om ons heen. Iedereen hitste me op. Er werd op mijn rug geslagen en gestompt. Jarvis kwam weer op me af. Ik zette me schrap, benen wijd, vuisten gebald, en toen hij me te grazen wilde nemen sloeg ik hem recht op zijn kaak. De pijn in mijn knokkels was pure elektriciteit. Verbijsterd deinsde hij naar achteren. Ik trok me niets aan van de pijn, stormde naar voren, sloeg hem op zijn oog en voelde het gekraak van zijn botten tegen mijn knokkels.

'Godverdomme!' Jarvis ging op zijn hurken zitten en hield met één vlezige hand op zijn geraakte oog zijn hoofd omlaag. 'Waar ben je godverdomme mee bezig, godvergeten idioot!' Maar zijn stem brak, hij stond op het punt in huilen uit te barsten en zijn woorden hadden hun kracht verloren. De omstanders waren compleet buiten zinnen door deze onverwachte underdog-overwinning. Mijn oren tuitten van het gebrul. Ik zag de ruimte om me heen weer scherp worden. Ik zag een mengelmoes van lachende gezichten. Sommigen klapten zelfs. Hier en daar ving ik flarden van hun opmerkingen op:

'Goed gedaan, man.'

'Je had hem mooi te pakken.'

Er vloog een sneetje brood, ik weet niet wie het gooide, door de ruimte en het viel neer bij de voet van Jarvis. Jarvis, ogenschijnlijk onaangedaan door deze laatste vernedering, liep hinkend de eetzaal uit. En toen liep ik, met een zelfverzekerdheid die ik nog niet van mezelf kende, naar de zilverkleurige Dualit, stopte er twee sneetjes witbrood in en drukte bedaard het schuifje naar beneden.

'Die heb je wel verdiend.'

Het was Ben. Hij keek me geamuseerd aan, met een flauwe glimlach op zijn bovenlip.

'Ja,' zei ik. 'Vind ik ook.'

De toast sprong omhoog, waardoor er een paar kruimels de lucht in schoten. Ben bleef staan terwijl ik beide sneetjes met pindakaas besmeerde en er vervolgens een lepel frambozenjam op kwakte. We gingen zitten. Hij had een kop thee en een bord waar twee plakken gemberkoek en een stukje pannenkoek op lagen. Het viel me op dat hij bij het drinken het schoteltje met één hand optilde. Het was een gebaar dat beschaafd en ouwelijk op me overkwam.

Hij wees naar mijn hand, die rood werd op de rug. 'Daar moet ijs op, hoor.'

'Ja.'

'Hoe bevalt het je hier eigenlijk?' vroeg hij.

Ik haalde mijn schouders op. 'Wel prima, dank je.' Stilte. 'Ik bedoel, het is beter dan op mijn oude school.'

'O ja?' Hij frunnikte aan zijn oorlel. 'Hoezo?'

'O, gewoon. Je weet wel. Op mijn oude school zaten alleen maar eikels.'

Hij moest lachen. Opgelucht praatte ik verder.

'Lag niet aan hen, hoor. Ze waren gewoon heel anders dan ik, ken je dat? Geen muzieksmaak en zo.'

'Hou je van muziek dan?'

'Jazeker.'

'Wat allemaal?'

'Eh. Gewoon. Ben gek op de oude klassieken. The Beatles. The Stones.'

Hij nam ongeïnteresseerd een hap van zijn koek.

'En R.E.M...' Lag het er te dik bovenop om die andere band ook te noemen? Zou hij dan argwaan krijgen? Ik ploeterde verder. Misschien was dit wel mijn enige kans. 'Run DMC, dat soort werk.'

Hij keek me vol bewondering aan. 'Echt waar? Ik ook. "Walk This Way" vind ik helemaal te gek.'

Ik had geen idee waar hij het over had.

'Ja, inderdaad.' In gedachten ging ik de cover van de R.E.M.-cd af om een geschikte titel te vinden. 'En... "Begin the Begin". Een klassieker.'

Ben leunde naar voren. 'Shit, ja! Ben weg van dat nummer.'

Er viel een stilte, maar die was niet ongemakkelijk. In twee happen verslond Ben de rest van zijn koek.

'Uitgehongerd,' zei hij toen hij me naar hem zag kijken. 'Rugby,' voegde hij er met volle mond aan toe. Ik zag de koek door zijn keel glijden, zijn adamsappel op- en neergaan. De vage streep gemberkoekkruimels liep in een halvemaanvorm over het bord.

Hij veegde zijn handen aan een papieren servetje af en bracht dat toen naar zijn mond. Al zijn bewegingen straalden de complete overtuiging uit dat ze juist waren. Terwijl ik aan alles twijfelde: hoe ik at, hoe ik mijn toast met pindakaas besmeerde, hoe ik praatte, en of de andere jongens, als ik hen 's avonds onder hun dekens hoorde woelen, gevolgd door een gedempt kreunen en ingeslikte snikken, aan dezelfde dingen dachten als ik. Krulhaar. Gespierd bovenlichaam. De onregelmatige stoppels op een jongenskaaklijn.

'Ga je ook vanavond?'

Het duurde even voor ik doorhad dat Ben het tegen mij had en er meteen een antwoord verwacht werd.

'Eh...'

'Vanavond. Je weet wel. De fuif met het BGC.'

BGC – niet te verwarren met BCG, een inenting tegen tuberculose die ik een week eerder in de ziekenzaal had gehad – was het Burtonbury Girls College, de plaatselijke meisjesschool. Ieder schooljaar organiseerden de twee scholen een gezamenlijke disco die alom bekendstond onder het monsterlijk babyachtige, eenlettergrepige woord 'fuif'. Ik had het mooi weten te ontlopen door er geen kaartje voor te kopen en had een rustig avondje ongestoord lezen op mijn kamer gepland. Ik moest nog een brief aan mijn moeder sturen, die naarmate ik langer stil bleef alleen maar meer vragen ging stellen.

'Nou, ik heb geen kaartje,' zei ik, en baalde meteen van het feit dat ik het woord 'nou' had gebruikt, omdat het zo pedant klonk.

'O nee!' Hij leek het daadwerkelijk erg voor me te vinden. 'Hé, maar moet je horen, ik ken iemand die er eentje over heeft. En eerlijk gezegd man, is het best makkelijk om er gewoon binnen te vallen.'

Ik deed mijn mond open en bereidde een excuus voor waarom ik echt niet kon komen.

'Kom anders eerst naar mijn kamer, goed? Ik heb een nieuw album waar je helemaal van uit je plaat gaat. Serieus, het is fucking geniaal. En,' hij dempte zijn stem, 'ik heb een fles wodka. Gewoon, je weet wel, om vast in de stemming te komen.'

Voor ik iets kon terugzeggen schoof hij zijn stoel naar achteren. Hij pakte zijn bord, stopte de verfrommelde servet in de beker en zette het schoteltje er netjes bovenop. 'Cool,' zei hij, en gaf een kneepje in mijn schouder toen hij langs me liep. 'Zie ik je later. Uurtje of zeven.'

Hij zei niet op welke kamer hij zat. Natuurlijk wist ik al precies waar die was. Maar, dacht ik in mezelf toen ik mijn eigen bord leegschraapte, dat wist hij niet. Dat was dat zelfvertrouwen weer – die arrogantie van populaire mensen. Ben wist dat ik het zou weten. Hij wist het gewoon. En hij had helemaal gelijk.

IV

Politiebureau van Tipworth, 15.15 uur

Ik heb de thee opgedronken. Iemand had het zakje erin laten zitten, waardoor hij toen ik bij de laatste millimeters was aangekomen sterk en lauw was en bitter van smaak. Ik vraag me af of ze me er nog een zullen aanbieden en besluit dat ik, mocht dat zo zijn, hun zal vragen het zakje eruit te laten. Of om me op zijn minst een lepeltje te geven zodat ik het er zelf uit kan vissen. Maar waar, denk ik vervolgens, moet ik het zakje dan laten? Er is uiteraard geen schoteltje en er zit geen deksel op het plastic bekertje. Ik zou het op tafel moeten leggen, zompig en vochtig, zodat er een vochtplek op het laminaat zou komen, en ik vraag me af of dat gewaardeerd zou worden.

Het idee van een tweede kop thee laat me niet meer los. Ik ben bang dat als iemand anders het zakje eruit haalt, hij het er niet lang genoeg in laat zitten, met waterige, slappe thee tot gevolg. Zou ik Beige Haar kunnen vragen het er een bepaalde tijd in te laten zitten? Maar hoelang moet dat dan zijn? Dat kan ik alleen beoordelen aan de hand van hoe het eruitziet, niet door seconden of minuten te meten. Als ik mijn eigen thee zet, zie ik aan de kleur van het water of hij optimaal op sterkte is. Iets donkerder dan kastanjechampignons en iets lichter dan opgewreven teak. Hij moet kastanjeachtig zijn, met een vleugje winterappel. Met melk erbij bijna terracotta...

'Meneer Gilmour? Martin?'

'Ja. Sorry. Waar waren we?'

Beige Haar krabt met de dop op het uiteinde van haar balpen over haar slaap. Ze is teleurgesteld in me, dat zie ik. Ze had gedacht dat het makkelijker zou gaan. Ik vraag me af hoeveel ze van me weet, hoe grondig haar pre-verhooronderzoek is geweest. Ik heb een Wikipediapagina en die heeft ze vast gelezen. Ik heb hem niet zelf geschreven en heb geen idee wie wel, maar alle basisinformatie staat erin en klopt min of meer. Een tijdlang stond er dat ik een jaar jonger was dan ik daadwerkelijk ben, met nog een paar onredelijk slechte recensies van mijn boek. Ik heb toen een nepprofiel aangemaakt om het bij te werken, waarbij ik de negatieve quotes eruit haalde, maar het foutieve geboortejaar liet staan. Toen ik het een paar maanden geleden bekeek zag ik dat iemand anders er ook weer dingen aan had veranderd.

Het was bizar en vleiend tegelijk om mijn eigen biografische details te lezen die een vreemde (ik ga ervan uit dat het een vreemde was, maar wie zal het zeggen) de moeite van het verzamelen waard had gevonden. Verbijsterend om te merken hoeveel informatie er online over me te vinden was. En toch waren er nog zoveel belangrijke zaken weggelaten. Zo werd mijn vriendschap met Ben niet eens genoemd. Mijn moeder ook niet, wat minder verrassend was gezien het feit dat Sylvia Gilmour in haar doorsneeleven nog nooit iets van belang had gedaan, maar toch gaf het lezen van deze eenzijdige beschrijving van mijn bestaan me een onevenwichtig gevoel.

'Je zat bij Ben Fitzmaurice op school, klopt dat?' De stem van Beige Haar heeft inmiddels een verveelde ondertoon.

'Ja. Volgens mij had ik dat al gezegd. Meerdere keren.'

'We willen gewoon zo grondig mogelijk zijn.' Ze legt haar pen op tafel, leunt achterover in haar stoel, trekt haar gevoerde grijze jekker over haar boezem. 'En hoe zou je Ben omschrijven, toen je hem voor het eerst ontmoette?'

Die vraag brengt me van mijn à propos. 'Ik zie in de verste verte niet in waarom dit relevant zou zijn.'

Grijs Pak gaat weer rechtop zitten. Nu hij eenmaal is begonnen met praten kan hij niet meer ophouden. 'Laat de relevantie maar aan ons over,' zegt hij. 'Geef gewoon antwoord op de vraag.'

Beige Haar verroert zich niet. Dus zo zit het, denk ik. Ze zijn precies dezelfde. Met zijn tweeën spannen ze samen en proberen me de fout in te laten gaan. Pestkoppen, net als Jarvis. In een flits denk ik terug aan mijn vuist die met zijn kaak samenkwam. Mijn knokkels jeuken. Ik stel me voor hoe het zou zijn om tegen deze tafel aan te leunen, mijn arm naar achteren te trekken, mijn spieren te voelen aanspannen en dan met mijn gebalde vuist op het gezicht van Beige Haar te beuken. Zou het kraken van haar jukbeen te horen zijn? Zou er een straaltje bloed uit haar neus lopen? Zou haar hoofd door de stoot naar achteren klappen?

Ik werp haar een lome glimlach toe. 'Hij was populair,' zeg ik. 'Knap, slim, sportief.'

Beige Haar knikt weer. Grijs Pak kijkt me kil aan. Er valt een korte stilte. En dan stelt Beige Haar me een vraag met zo'n zachte stem dat het even duurt voor haar woorden tot me doordringen.

'Was je jaloers op hem?'

Ik verbreek het oogcontact en kijk naar de thee die ik al op heb, dunne stroompjes lopen in bruine strepen over de witte bodem van het bekertje. Ik adem in.

'Ik geloof van wel.'

Dat is het eerste echt waarachtige wat ik gezegd heb sinds ik deze kamer binnenkwam.

2 mei

Ontvangstruimte, Priorij van Tipworth, 20.30 uur

De rijken zijn beter in feestjes geven dan de rest van ons. Niet alleen door het geld, alle bevliegingen waaraan voldaan kan worden, of de betere kwaliteit van de drank en het eten. Het komt door de ondefinieerbare sfeer die ontstaat door de opwinding die anderen voelen. Wij, mindere stervelingen, worden opgewonden van rijkdom. We willen dat liever niet maar toch gebeurt het.

We zijn jaloers, ja. Vanbinnen geven we af op het narcistische, de buitensporige en absurd grote schaal waarop zo'n feest als de veertigste verjaardag van Ben Fitzmaurice plaatsvindt. Maar het geld van anderen heeft iets bedwelmends. Je wordt er high van. Het maakt dat je je wantrouwen opzijzet. Het voelt bevoorrecht, en alleen al het feit dat je bent uitgenodigd maakt je op de een of andere manier bijzonder, alsof er een piepklein spikkeltje bladgoud van een reusachtig gouden standbeeld op jou is geland en je jezelf kunt wijsmaken dat je erbij hoort. Dat je voor één nacht onbetwistbaar *Een van hen* bent.

En het wás me ook wel een feest. Dat moet na alles wat er nadien gebeurd is, niet vergeten worden. Hoe decadent de hele avond voelde toen we er middenin zaten, hoe onze zintuigen werden geprikkeld en we duizelig werden van de rijkelijk vloeiende alcohol. De lycheemartini's. De champagnecocktails. De Old Fashioneds met tequila uit Bens geboortejaar. En als ironische knipoog naar zijn studententijd dienbladen vol sterke, mierzoete Bacardi Breezers, waar we allemaal van in de lach schoten en wat een flink geroezemoes deed ontstaan, omdat iedereen vond dat deze gewaagde grap in een andere context flauw en goedkoop was geweest, maar nu 'klassiek', omdat het om Ben ging en hij een 'legende', een 'absolute giller' en 'buitengewoon geestig' was.

Drank. Zo ontzettend veel. Doordrenkt plezier. De drank bleef vloeien die avond, een fluïde opwinding die bruisend tot alle hoeken van het huis doordrong, een rollende golf die over ons heen sloeg, ons overspoelde. Onze hoofden naar achteren geworpen, wijd open monden vol helder gelach dat weergalmde in de belofte van de uitgestrekte, nachtelijke duisternis.

Die benevelende draaikolk: beelden die scherp werden en vervolgens in een eindeloos rondtollende waas verloren gingen. Flits van lovertjes. Pump met rode zool. Glinsterende diamanten. Gelakte nagels. Haar met een laagje glanspoeder. Een rugloze jurk, zo laag uitgesneden dat het puntje van een geheime, vlezige plooi te zien was. Een losgetrokken vlinderdas met omhooggekrulde randen op een verdwaald kussen.

Toen Fliss naar boven was gegaan om Serena en de kinderen gedag te zeggen was het net of de gasten ineens allemaal tegelijk aankwamen. Lucy en ik, zonder verdere verklaring aan ons lot overgelaten, stonden in de schaduw te kijken hoe ze binnenkwamen. Ben was verdwenen om het groeiende aantal genodigden te verwelkomen. Serena was nergens te bekennen.

'Echt, serieus,' zei Lucy. 'Waar blijft ze?'

Ik keek hoe een populaire televisievrouw, wier gezicht voor negentig procent uit tanden leek te bestaan, op enkellaarsjes met stilettohakken voorbijwaggelde, haar benen wankel als een pasgeboren kalf. Er was veel te doen geweest over haar natuurlijke warmte en haar makkelijke manier van praten toen ze net bekend werd als presentatrice van een goed bekeken talentenjacht. Ze brak pas echt door na haar interview met een negenjarig meisje dat met haar zingende hond een opera-aria had opgevoerd en door een vierkoppig panel van juryleden was afgewezen. Het meisje had verdrietig gesnikt en de presentatrice had haar armen om haar heen geslagen en in het volle licht van de camera geknuffeld, terwijl ze over het gevlochten prinsessenhaar van het meisje aaide. De volgende dag had de foto van de presentatrice op de voorpagina van de *Daily Mail* gestaan met daaronder de kop: 'Onze hartenvrouw'.

Het hele voorval was misselijkmakend geweest. Ik had altijd al mijn vraagtekens bij de oprechtheid van deze tv-vrouw gehad. We willen onszelf tegenwoordig zo vreselijk graag empathisch vinden, alsof onze tranen het bewijs vormen van onze verheven menselijkheid. Terwijl ons theatrale en emotionele optreden eigenlijk een puur egoïstische daad is. We huilen omdat we willen dat men ziet dat we huilen.

De tv-presentatrice was de afgelopen jaren uit de gratie geraakt, had zich ertoe verlaagd haar eigen sieradenlijn op een kabelkanaal te verkopen en als gastpanellid te verschijnen in discussieprogramma's over andere programma's waar het programma dat je zojuist had gekeken onnodig gedetailleerd werd ontleed en komedianten van wie je nog nooit had gehoord slechte grappen mochten maken, waarvan je hoopte dat ze nooit herhaald zouden worden. Je weet wel wat ik bedoel.

'Pardon,' zei de presentatrice.

Ik besefte dat ik haar in de weg stond en dat ze probeerde om langs me heen de aangrenzende kamer in te komen. 'O, sorry,' zei ik, maar ik ging niet meteen opzij.

Ze glimlachte. Het was een glimlach die als een pleister op haar gezicht zat geplakt. Hoe langer ik bleef staan, hoe flauwer de glimlach werd – steeds een beetje minder tot hij helemaal weg was.

Ze verhief haar stem. 'Kunt u alstublieft even aan de kant gaan?' Zonder die glimlach had ze een verwilderd en oud gezicht.

'Maar natuurlijk.' Ik liet haar erlangs.

Lucy keek me licht spottend aan. Ze schudde haar hoofd en

onderdrukte een glimlach. 'Echt,' mompelde ze. 'Ik kan jou ook nergens mee naartoe nemen.'

'O, je weet toch dat ik haar niet uit kan staan.'

'Mmm.'

Ik pakte een martiniglas van een voorbijkomend dienblad. Lucy deed mee.

Er kwam een mannelijk model voorbij dat onlangs een aftershavecampagne in zijn ondergoed had gedaan. De reclameborden met zijn – bij gebrek aan een beter woord – pakketje, die in verschillende stadscentra – bij gebrek aan een beter woord – opgericht waren hadden voor zoveel opschudding gezorgd dat het tot een aantal botsingen had geleid. Whiplash en kleine verwondingen, las ik op MailOnline (helaas ben ook ik niet immuun voor de vulgaire verleidingen van het 'klik hier' van de roddelrubriek).

Toen hij voorbijliep hoorde ik Lucy zwaar ademhalen. Het model zag er goed uit – jukbeenderen, een verzorgde baard, keiharde ogen. Maar er zat een leegte in zijn gezicht die ik verwarrend vond, alsof je er alles in kon lezen wat je maar wilde; alsof hij zou weerspiegelen wat jij het liefst wilde zien.

Aan zijn voeten zag ik een paar *limited edition*-sneakers met roze zolen. Die had ik, heel toevallig, een paar maanden eerder ook gekocht. Ik had gezien dat Ben ze droeg. Ze stonden hem goed, maar naar mijn idee niet zo goed als mij en ik wist dat hij het grappig zou vinden als ik dezelfde kocht. Dat bewees des te meer hoe dicht onze smaken bij elkaar lagen, net als lang geleden met die cd's.

Het viel niet mee ze te bemachtigen, die schoenen. Ik had ze voor een enorm bedrag uit de Verenigde Staten moeten laten verschepen, maar ze waren het waard. Ze gaven me iets losbandigs. Ik droeg ze graag bij een pak. Bij stijl draait het om de onverwachte combinaties, dat had ik door de jaren heen geleerd.

Lucy nam kennelijk aanstoot aan de sneakers. Zei dat het geldverspilling was. Ik kon het niet over mijn hart verkrijgen tegen haar te zeggen dat ze geen gevoel voor stijl had. En daarbij snapt ze niets van de broederband tussen mannen waardoor die soms hetzelfde willen dragen, als een soort stamaanduiding, zeg maar. Arme Lucy. Er was zoveel wat haar begrip te boven ging. Ze hoefde nooit zo goed op te letten als ik, die in elke broodkruimel een aanwijzing zag.

'Het is gewoon onbeschoft,' zei Lucy. Het duurde even voor ik doorhad dat ze nog steeds over Serena's afwezigheid aan het zeuren was. 'Het is toch haar feestje.'

Ik nam een slok van mijn drankje. De ijskoude wodka brandde in mijn keel. 'Technisch gezien dat van Ben.'

'Ach, kom op zeg. We weten allebei dat Serena dit ziet als een feestje om indruk met het nieuwe huis te maken. Voor het eind van de maand staat er een dubbele pagina over de Priorij van Tipworth in *Elle Decoration*.

Ik sloeg mijn arm om haar schouders en gaf haar een kneepje. 'Rustig nou maar,' zei ik.

'Au. Dat doet pijn.'

'Sorry.'

Nog een dienblad. Lucy nam een tumbler met iets oranjes en een geglazuurde kers met de steel er nog aan op de bodem.

'Laten we niet al te dronken worden...' begon ik.

'Martin. Ik weet niet hoe het met jou zit, maar ik ben van plan om helemaal laveloos te worden. Anders overleef ik dit niet.'

Ik liet haar maar even. Lucy heeft het nooit zo gehad op feestjes en van de voorliefde voor protserige gastvrijheid van de Fitzmaurices moet ze al helemaal niets hebben. Toen we elkaar net kenden was ze gecharmeerd geweest van Ben, van zijn onstuitbaarheid en zijn gemak, van het feit dat elk feestje leuker werd met hem erbij. Serena was anders. Die was wat gereserveerder en Lucy vond haar afstandelijk en koud.

Maar mijn vrouw is altijd en eeuwig beleefd gebleven. Lucy was altijd degene die bij verjaardagen en met kerst aan een kaartje dacht, die de cadeautjes voor de onaantrekkelijke Hector kocht, die van al hun verschillende optrekjes de postcode uit haar hoofd kende.

Dit nieuwe, sarcastische toontje was iets van de laatste tijd en ik vroeg me af waar het door kwam. Misschien was het Serena's hebberige behoefte om kinderen uit te poepen, de een na de ander als een slinger van uitgeknipte poppetjes. Haar vruchtbaarheid stond in schril contrast met Lucy's kinderloosheid.

'Het is gewoon zo... zo... onnodig,' had Lucy gezegd toen ik haar vertelde dat Ben en Serena een vierde kind verwachtten. Ik begreep wat ze bedoelde. Bij hen was inmiddels alles onnodig.

Er kwam een rij obers de gang uit gelopen, met schalen vol ironische hapjes – miniatuurpuntzakjes van krantenpapier met piepkleine porties *fish and chips*, fruit in de vorm van satsuma waar, als je erin beet, kippenmousse in bleek te zitten; zoute popcorn in piepkleine doosjes met EENMALIGE VERTONING: BEN 40 in rode letters op de voorkant gedrukt. Overal hing het aroma van amandelen en suikerspin. Zou het kunnen, vroeg ik me af, dat de rijken ook een betere reukzin hebben dan wij?

'Hoe dan ook, wij hebben onze eigen reden voor een feestje,' zei Lucy.

Ik had geen idee waar ze het over had.

'Je boek.' Ze drukte haar lippen op de mijne. Plichtmatig duwde ik mijn mond op de hare.

'Ik ben zo trots op je,' ging ze verder. 'Het is een meesterwerk. Het belangrijkste...'

'Helemaal niet,' onderbrak ik haar, bitser dan de bedoeling.

'Wel waar,' zei ze gekwetst.

Ze verdiende meer, dat wist ik. Lucy had altijd achter me gestaan. Volgens mij is zij, als ik mezelf recht in de ogen kijk (altijd een gevaarlijk idee), de enige die dat ooit echt heeft gedaan. Vanaf het eerste moment dat we elkaar spraken had ze een blind vertrouwen in mijn talent. Ik had geen idee waar ze dat op baseerde en toch was ik er in de loop van ons huwelijk op gaan rekenen. Lucy was het enige in mijn leven wat ik niet in twijfel hoefde te trekken. Ze was er gewoon, altijd even betrouwbaar.

Ik had haar een keer mee naar huis genomen om haar aan mijn moeder voor te stellen. Eén keer maar. Daar voelde ik me toe verplicht: zelfs toen zat er ergens nog een gevoel van kinderlijke solidariteit, al ging ik in mijn schoolvakanties nooit meer naar Epsom. Toen ik eenmaal op Cambridge zat had ik me zo overtuigend opnieuw uitgevonden als de surrogaatbroer van Ben Fitzmaurice dat ik bijna was vergeten dat ik een ander verleden had – een verleden met gaskachels en worst uit blik en bebloede kerstkaarten op een gladde stoep.

We hadden mijn moeder niet op de bruiloft uitgenodigd. Lucy en ik waren naar het gemeentehuis gegaan en Ben had als de ene getuige opgetreden en we hadden Ian van de redactie gevraagd als de andere en toen waren we met zijn vieren de kroeg ingedoken, waar we hadden geluncht met broodjes kaas met augurk en zoute chips en waar we heerlijk en helemaal katjelam waren geworden. We hadden allebei geen zin in gedoe. Of, preciezer gezegd: ik had geen zin om mensen uit te nodigen en Lucy was zonder te piepen akkoord gegaan. Ze droeg een blauwe jurk, ergens achter uit haar kledingkast gevist.

Maar toen we een paar maanden getrouwd waren merkte ik tot mijn grote ergernis dat ik me schuldig voelde over het feit dat mijn moeder er niet bij was geweest. Ik probeerde het gevoel te onderdrukken maar het bleef maar opduiken, als een rennende man die een taxi probeert aan te roepen, nog maar net zichtbaar in de achteruitkijkspiegel. Na een tijdje gaf ik eraan toe en pakten Lucy en ik een weekendtas voor één nacht in en reden we in onze Ford Focus naar de bedompte bungalow die me nog steeds zo helder voor de geest stond.

Er was niets veranderd, alleen het formaat van mijn moeders televisie, die groter was geworden in mijn afwezigheid en nu boven de haard hing: een enorme poel van uitlopend zwart tegen de magnoliakleurige muur.

'Jeetje,' had Lucy monter gezegd toen ze hem zag. 'Indrukwekkend, zeg.'

Mijn moeder snoof. In plaats van iets terug te zeggen keek ze mij aan. 'Wat vind jij ervan, Martin?'

Ik vond het een verschrikking. Maar ik was zenuwachtig in haar bijzijn en merkte dat ik niet normaal kon praten. 'Heel mooi.'

'Voor m'n ogen,' zei mijn moeder met een dreigende blik. Haar huid was grauw, geelbleek rond haar neus en op de puntjes van haar oorlellen. Haar wenkbrauwen waren borstelig en onverzorgd, de haartjes staken alle kanten op. Ze was oud geworden in mijn afwezigheid. Maar broos had haar leeftijd haar niet gemaakt. Ze had nog steeds een breed postuur, haar armen hingen een beetje voor haar borst, als een gorilla of een atlete. Bij het lopen gebruikte ze één kruk, met de naam van het ziekenhuis in zwarte hoofdletters op de stalen poot geschreven. 'Kon dat oude scherm niet goed meer zien. Kon de woorden bij *Songs of Praise* niet meer lezen.'

Er viel een ongemakkelijke stilte. Lucy en ik gingen op de lage grijze bank zitten die ik me nog herinnerde uit mijn jeugd. Mijn moeder nam de stoel met de hoge rug ertegenover. Ze keek ons strak aan, zonder zich opgelaten te voelen over het feit dat we ineens geen gespreksstof meer hadden. Buiten klonken verkeersgeluiden. 'Koekje,' zei ze, en ze schoof vinnig een bord kaakjes onze kant op.

Ik nam er een. Het was zacht en oud. Het korrelige, vochtige deeg bleef aan mijn tanden plakken.

'Wat kwamen jullie eigenlijk doen?'

Lucy streek met haar handen over haar rok en zei: 'Nou, Martin had me al zoveel over u verteld en...'

'O ja?'

'Ja, en ik wilde u graag persoonlijk ontmoeten, mevrouw Gilmour. U bent tenslotte toch mijn schoonmoeder.' Lucy's stem was op een vreemde manier heel precies gaan klinken: elke 't' werd uitgesproken, elke punt in acht genomen, als bij een radio-omroepster uit de jaren vijftig. Ik besefte dat het door haar eigen zenuwen kwam en ik stak mijn hand uit om over de hare te strelen.

'Aah, wat lief,' zei mijn moeder. 'Wat ben je toch een *lieve jongen*, Martin.' Ze leunde achterover in haar stoel en zelfs de manier waarop ze haar ellebogen op de stoelleuning legde leek vol felle haat te zitten.

'Ik weet niet...' begon ik.

'Wat weet je niet? Weet je niet wat je hier komt doen? Nou, ik ook niet. Jarenlang geen woord van je gehoord en nu sta je opeens op de stoep, helemaal het ventje, met je nieuwbakken vrouwtje dat als een dom wijf met je loopt te dwepen, en wat moet ik dan? Je een grote knuffel geven en zeggen dat er niets aan het handje is? Dacht het verdomme niet, zoon.'

Ik had haar nog nooit zo horen praten. Die vreemde volkse termen die ze uitsloeg, alsof het kogels waren. Die agressie achter elk woord. Dat gevloek. Ze had nooit gevloekt. En hoewel ze een groot deel van mijn jeugd ongelukkig, haatdragend of boos was geweest, had ze die emoties in mijn aanwezigheid altijd weten te beheersen. Ze was kil geweest. Maar nu was die kilheid weg, en had plaatsgemaakt voor een wilde razernij.

Het kopje in mijn hand begon tegen het schoteltje te rinkelen. Ik legde mijn half opgegeten koekje terug op het bordje. Ik kreeg met moeite lucht in mijn longen.

Toen stond Lucy op. Ze stak haar hand naar me uit. Dankbaar nam ik hem aan en hees mezelf slapjes op uit de bank.

'Ja, mevrouw Gilmour, hij is inderdaad een lieve jongen,' zei ze.

Ze trok me mee de kamer uit. Mijn moeder schuifelde met haar sloffen over de vloerbedekking achter ons aan.

'Wees maar voorzichtig met hem, hoor,' zei ze. 'Hij is niet helemaal lekker. Hij is anders dan anderen.'

'Houd alstublieft uw mond. Ik heb geen enkele interesse in wat u mij te zeggen hebt.'

'Dat kun je maar beter wel hebben, dametje. Hij houdt niet van je. Daar is hij niet toe in staat. Er zit hier een steekje los.' Ze tikte met een knokkel op de zijkant van haar hoofd.

We stonden bij de voordeur. Lucy draaide met haar vrije hand het slot open, haar andere hand nog in de mijne. Ik snakte naar de lucht achter de drempel, stond met één voet op weg naar de veiligheid, en met de andere nog steeds op de vaste vloerbedekking waar ik mijn leven lang al aan probeerde te ontsnappen.

'Hij doet alsof,' riep mijn moeder nu, met haar kruk door de lucht maaiend. De plastic stop aan het eind zwiepte alle kanten op. 'Hij doet verdomme alsof hij menselijk is.'

We stonden buiten. Lucy sloeg de deur achter ons dicht. Met stevige pas liepen we naar de auto en nog steeds hoorde ik mijn moeders stem, zelfs toen Lucy het contactsleuteltje omdraaide, zelfs toen de motor aansloeg, zelfs toen we achteruit de weg op reden en doorschakelden en begonnen te rijden, zelfs toen we thuis waren, vele kilometers verder, de ingrediënten voor een pastamaaltijd pakten, zelfs toen het water kookte in de pan, zelfs toen we proostten met onze wijnglazen, zelfs toen we het tienuurjournaal keken en zelfs nog later, toen het bad volliep, de radio aanstond en we ons klaarmaakten om naar bed te gaan, zelfs toen hoorde ik mijn moeders stem: als in een donderpreek beukte ze de schaamte erin. Ik hoorde hem zelfs nog in mijn slaap.

Een tijdje later werd ik gebeld door een buurvrouw die me vertelde dat er alzheimer bij mijn moeder was geconstateerd en dat ze naar een verzorgingstehuis ging.

Binnen een maand was ze dood, aan een hartaanval. Ik verkocht het huis en betaalde een bedrijf om al haar bezittingen mee te nemen zodat ik niet meer terug hoefde. Ik regelde de crematie en heb de as nooit opgehaald. En hoewel ik boosheid of verdriet of eigenlijk wat dan ook wilde voelen, om te bewijzen dat ze het mis had, dat ik heus wel natuurlijke instincten had, dat ik niet gewoon deed alsof, voelde ik iets heel anders dan al die dingen. Ik voelde opluchting.

Ik pakte nog een martini van een dienblad en sloeg hem in twee teugen achterover. Zijdelings keek ik naar Lucy, naar haar jurk die een zorgvuldige, verantwoorde poging tot glamour was, en haar afgekloven vingernagels die bescheiden glommen van de roze nagellak. Ze had haar pashmina-shawl om haar schouders geslagen, en het uiteinde sleepte over de vloer. De jurk plooide om haar buik, die wat uitgezakt was en bolde zodat de vorm uit de stof werd gehaald en de lijn, als die er al in had gezeten, verpest werd.

'Nog steeds nergens te bekennen,' zei ze. 'Serena, bedoel ik.'

'Zal wel een entree willen maken,' opperde ik. 'We moeten ons eigenlijk tussen de gasten begeven.'

Lucy sloeg haar ogen ten hemel. 'Als het dan echt moet.'

'Het moet.'

Ik greep haar stevig bij haar pols en nam haar mee naar de kamer ernaast. Boven ons hing een binnenbalkon met een uitgesneden houten balustrade, en vanaf die tussenverdieping keek een wazige massa van vaag bekende gezichten op ons neer, als Romeinse senatoren die ter vermaak het gladiatorgevecht aanschouwen dat zich onder hen afspeelt. Het licht was roodachtig en we gloeiden in de weldaad ervan. In één hoek stond een man in gebloemde cowboylaarzen met een langbenig supermodel te praten, dat de eerste zwarte vrouw op de cover van de Italiaanse *Vogue* was geweest. Ze droeg een strapless slangenleren jurk met een split tot aan haar bovenbeen en lakleren schoenen met plateauzolen en een naaldhak, als van een sm-meesteres.

Ik zag iemand die van achteren bezien wel Andrew Jarvis kon zijn, een log bovenlijf dat naar dik neigde, een wolk rossig haar dat grijzend was, maar de man liep weg voor ik het kon checken. Ik had die ochtend in de *Telegraph* iets over Jarvis gelezen. Hij was tot voorzitter van een selecte parlementscommissie benoemd en stond met zijn vrouw op de foto, naast een hek bij de ingang van wat kennelijk een oprit was naar hun pittoreske huis in hun kiesdistrict. Hij droeg een ruiten overhemd, met opgerolde mouwen waardoor zijn ellebogen te zien waren, die onder de psoriasis zaten. Geen jasje uiteraard. Net als alle politici van tegenwoordig wilde hij overkomen als een man die goed in zijn vel zat en geen behoefte had aan machtsvertoon. De vrouw zag er saai uit en was vast ooit knap geweest: zo'n snobistisch tiepje dat niet mooi oud wordt, met sproetjes die levervlekken worden en een jeugdig, lenig lichaam zonder veel boezem dat met de jaren knokig en verweerd wordt.

Ik had het interview niet gelezen – die eer gunde ik hem niet – maar de kop was een quote uit het artikel: 'Onderschat mij niet.' Nou, dacht ik toen ik terugdacht aan zijn traag bewegende massa, je zou hem moeilijk kunnen overschatten.

In de nieuwe kamer stonden nog meer drankjes, hoge glazen in een halve cirkel op een buffet opgesteld, met een witte vloeistof en een schijfje perzik. Ik pakte er twee en gaf er een aan Lucy.

'Wat is dit?'

'Geen idee.' Ik zoog aan het rietje. 'Maar het smaakt goed. Sterk.'

'Proost,' zei ze.

We klonken.

'Leuk hè, dit?' Ze keek naar me op. 'Samen iets doen, bedoel ik.' Ze zweeg en ik wist dat ik nu geacht werd iets terug te zeggen. Toen ik dat niet deed tikte ze voorzichtig op mijn elleboog en plukte wat pluisjes van mijn pak: een kind dat aandacht wilde. 'Je weet wel,' zei ze speels. 'Een beetje lol hebben.'

'Ja.' Ik zette een stap naar achteren. 'Inderdaad.'

Er klonk wat geritsel in de menigte, alsof er een pak kaarten werd geschud, en toen verscheen Serena boven aan de trap. Stilte.

'Daar is ze,' hoorde ik iemand mompelen.

Ze was beeldschoon in het zilver. Haar lovertjesjurk omsloot haar als de tweede huid van een reptiel. Over beide schouders liepen dunne bandjes die bij de lichtste aanraking leken te kunnen knappen. De halslijn liep in een diepe V langs haar beide borsten omlaag, waardoor er precies genoeg aandacht werd gevestigd op haar naaktheid. De stof viel in een hoopje neer op de vloer, alsof ze uit een meer oprees. Om haar hals een diamanten choker. Om haar pols zat ook een oogverblindende band met edelstenen. Haar haar was opgestoken, en zachte losse lokken vielen langs haar nek omlaag.

'Jezus,' zei Lucy. 'Ze is adembenemend.'

Serena kwam langzaam de trap af gelopen, waarbij ze de leuning met koninklijke waardigheid vasthield. Haar nagels waren zilverkleurig gelakt en toen ze dichterbij kwam zag ik dat er midden op elke nagel een piepklein zwart stipje zat, als een alziend oog.

'Een vrouw, hooghartig en verbluffend trots waar het op schoonheid aankomt,' zei ik.

'Van wie is die?'

'Plutarchus,' zei ik, blij dat ze ernaar vroeg. 'Over Cleopatra.'

Lucy schudde haar hoofd. 'Dat hoofd van jou. Daar zit veel meer kennis in dan goed voor je is.'

Onder aan de trap nam een man in een kilt Serena bij de hand en leidde haar naar het midden van de kamer. Ik herkende hem, het was een stand-upcomedian. Hij had laatst nog een tour door Engeland gemaakt die overal uitverkocht was. Overal in de Londense metro zag je zijn poster, waarop een man in kilt om onverklaarbare redenen op zijn kop stond terwijl hij een shagje draaide. De tour heette Omgedraaid.

Serena schreed ons zonder een blijk van herkenning voorbij.

'Martin!' Achter me klonk een bulderende stem. Ik draaide me om en stond oog in oog met Dennis Paulson, mijn voormalig redacteur van de *Bugle*, een man die ik sinds zijn pensioen een aantal jaar geleden nooit meer had gezien. In de tussenliggende tijd had ik zijn aanwezigheid niet gemist.

'Hoe is het in vredesnaam met jou?' Hij schudde mijn hand met de energie van een kwispelende hond. 'Godverdomme zeg, da's lang geleden. Hoeveel jaar? Had jou hier niet verwacht, jongen. Wat een geweldige verrassing zeg. Hoelang is dat wel niet geleden?'

'Acht jaar, als ik me niet vergis,' zei ik toen hij was uitgepraat.

Hij was zo'n man die van elke vraag een monoloog maakte. Hij was nooit daadwerkelijk geïnteresseerd in wat de ander zei, maar deed graag alsof. Toen hij nog redacteur was stond hij bekend om het feit dat hij op vrijdagmiddag altijd naar zijn huis buiten de stad vertrok en pas de dinsdag erop rond lunchtijd weer terugkwam. Gezien het feit dat de *Bugle* een avondkrant was die dagelijks verscheen, ondervond de hele redactie hier aardig wat hinder van. Hij wilde altijd hoofdartikelen over plattelandshobby's en dan moest hij er steeds aan herinnerd worden dat hun lezers uit de hoofdstad daar niet op zaten te wachten. Onvermoeibaar bleef hij met nieuwe invalshoeken komen over de vossenjacht of zalmvisserij. Iedereen wist dat hij ooit op een middag een koppel net afgeschoten fazanten mee naar de redactievergadering had genomen. Hij had zijn kaplaarzen nog aan, waarvan tijdens het lopen opgedroogde modder op het tapijt viel.

'Acht jaar? Godverdomme zeg, dat meen je niet. Tering. Gaat hard, hè? Vond je boek geweldig trouwens. Dat over kunst – hoe heet het ook alweer? Met al dat roze op de voorkant. Verdomd geweldig. Maar waar ken jij Ben en Serena van? Wist helemaal niet dat jullie bevriend waren.'

Er kwam een ober langs met een schaal kleine puddingbroodjes. Dennis nam een servet en stapelde er drie op in zijn hand. Snel werkte hij ze achter elkaar naar binnen, allemaal met één enkele hap. Terwijl hij doorpraatte lieten wij een lichte speekseldouche over ons heen komen.

'Ik heb op school gezeten met...'

'En heb je nog contact met de oude garde? Toff. Buster. Binky. Die jongens?'

Ik had geen idee over wie hij het had. Dennis had de neiging mensen een bijnaam te geven waar ze helemaal niet op zaten te wachten.

'Ik bedoel,' vervolgde hij, terwijl hij zijn zwarte, amfibische ogen heen en weer liet schieten. 'Wie moet ik hier neuken om een drankje te krijgen?'

Ik gaf hem een glas van het buffet. Hij klemde het tegen zijn borst. Heel even dacht ik dat hij het in één teug achterover zou slaan, maar hij nam verrassend beschaafde slokjes.

'En mijn vrouw Lucy ken je zeker ook nog wel,' zei ik, haar zachtjes naar voren duwend.

'Tuurlijk,' zei Dennis met een vaag knikje. 'Leuk je weer te zien. En wat zie je er...' Hij zocht naar het juiste woord. 'Beeldig uit,' zei hij, met een licht verslagen uitdrukking op zijn gezicht. 'Maar dat boek van jou is aardig met de grond gelijkgemaakt, toch?' ging hij onvermoeibaar verder. 'Wie was die kerel ook alweer die het gerecenseerd heeft, die zei dat je meer over kunst kon leren door naar opdrogende verf te kijken dan...' Hij zag mijn gezicht en gooide het over een andere boeg. 'Ach, ze kunnen de pot op, toch? Makkelijk praten. Laat ze het zelf maar eens doen.'

'Nou,' zei Lucy, 'Martins boek is wel ongelofelijk goed verkocht.'

'Uiteraard! Slechte publiciteit bestaat niet! Bobsy!' riep hij, met zijn gebruikelijke bulderstem. Lucy schrok op. 'Bobsy, schatje, hier!' Er kwam een vrouw op ons afgelopen in een knalgele jurk, die een split had tot aan haar navel en die door een onzichtbare kracht tegen haar onwaarschijnlijk pronte borsten werd geplakt.

'Goed, jongens. Helemaal geweldig jullie te zien. Ik zag zojuist iemand die ik ken.' Met een klap op mijn rug ging hij ervandoor. Die zou voor het eind van het jaar nog wel een hartaanval krijgen. Of jicht.

'Ik heb liever niet dat je dat doet,' zei ik toen hij weg was.

'Dat ik wat doe?' vroeg Lucy.

'Met die verkoopcijfers op de proppen komen.' Ik vond het gênant dat ze zich met het gesprek met Dennis had bemoeid. Ik was niet het type man wiens vrouw de kastanjes voor hem uit het vuur hoefde te halen.

'Hij viel je aan...'

'Helemaal niet. Zo is hij gewoon.'

'Hij had geen idee wie ik was,' mompelde Lucy.

'Dat moet je niet persoonlijk opvatten.'

'Als je bedenkt hoe hard ik voor die tent gewerkt heb...'

'Daar gaan we weer.'

'Ik vind het gewoon irritant, meer niet. Geen dankbaarheid of ook maar iets van loyaliteit. Ontslagen na vijf jaar waarin ik verdomme alle rotklusjes heb gedaan waar verder niemand zin in had.'

'Ik moet even naar de plee,' zei ik.

'Ik wou alleen maar zeggen...'

Ik liep weg. Wat ze verder zei ging op in het gedruis. Lucy heeft zich altijd miskend gevoeld door haar bazen bij de *Bugle*, en is daar nooit overheen gekomen. Ze werd ontslagen rond dezelfde tijd waarin ik tot eerste kunstcriticus werd gepromoveerd. Personeelsoverschot. Ze kreeg een bescheiden afvloeiingspremie mee en met mijn loonsverhoging erbij hadden we genoeg om van rond te komen. Toen ik een paar maanden later *Kunst: ja, en?* verkocht, hadden we door het voorschot een nieuwe buffer. Toen werd het een bestseller, wat ons banksaldo nog meer ten goede kwam. En dan zijn er natuurlijk nog de regelmatige geldinjecties van Ben en de Fitzmaurices. Alles bij elkaar genomen hebben we het best goed. Lucy hoeft niet te werken. Je zou denken dat ze daar dankbaar om was, maar ze staat erop onbeduidende mediaconsultancy-klusjes voor goede doelen en liefdadigheidsinstellingen te blijven doen. Ik weet niet waarom ze de moeite doet. Het lijkt mij veel te veel inspanning om je maatschappelijke geweten op die manier te sussen. We zijn niet gemaakt voor medelijden.

Ik liep naar boven, langs een groepje van drie mannen in de hoek, en ving in het voorbijgaan de uitdrukking 'kwantitatieve versoepeling' op. Toen ik me omdraaide, zag ik de voormalig directeur van de Bank of England in gesprek met de minister van Financiën, die onlangs enorm was afgevallen dankzij het zogeheten 5:2-dieet, en een dunne man met baard in een fluwelen pak. De man zag dat ik keek en trok een wenkbrauw omhoog. We hielden elkaars blik even vast. Ik knikte, zette mijn lippen aan het glas, dronk en liep verder.

Aan de muur hing een donker olieverfschilderij van een oudere aristocraat in een nette jas en een kanten overhemd dat met een speld bij de hals bijeen werd gehouden. Ik vroeg me af waar Ben dat vandaan had. Hun huis in Londen stond vol witte banken en stoelen met chromen pootjes en er hing geen enkel kunstwerk van voor 1950. Dat was altijd een strijdpunt als ik kwam eten. Ik klaagde altijd over hun gebrek aan historisch besef.

'We kunnen niet allemaal zo hoogopgeleid zijn als jij,' zei Serena, de laatste keer dat ik erover begon. Er zat een scherpe ondertoon in haar stem, weet ik nog, en ik vroeg me af of ik het grapje misschien te vaak had gemaakt. En of haar reactie op mijn grappig bedoelde herhaling misschien van vertrouwdheid naar ongeduld was omgeslagen. Ik vroeg me af of – een vreselijke gedachte – mijn herhaling inmiddels was verworden tot een onderling grapje tussen Serena en Ben. Of ik, als mikpunt van spot, hun een middel gaf om hun intimiteit mee te versterken. Als je samen tegen iets bent kan dat tenslotte bijna net zo'n bindende werking hebben als een gedeelde passie.

Serena had geglimlacht. 'Niet zo serieus kijken, Martin. We hebben niet allemaal het geluk gehad naar Cambridge te gaan, toch?' En toen was ze de kamer door gelopen en had ze een olijf in mijn mond gestopt waardoor ik de droge zachtheid van haar vingers op mijn lippen voelde. Haar gezicht was zo dichtbij geweest dat ik haar dagcrème rook en de scherpe ondertoon van een enkele ochtendsigaret.

Ik was inmiddels boven aan de trap beland en liep naar de rand van het binnenbalkon om op de verzamelde zwerm onder me neer te kijken. Van hieraf zagen de gasten er in verhouding kleiner uit, stripfiguurtjes in een complex computerspelletje waarin je zoveel mogelijk drankjes, vrienden en oppervlakkige flarden kletspraatjes moest verzamelen.

Ik wreef met mijn hand over een mouw van mijn pak om me ervan te verzekeren dat ik er hip en rijk bij liep. Dat ik de indruk gaf erbij te horen. Dat ik de juiste kleren aanhad. Want ik wist uit eerdere ervaring dat dat belangrijk was.

Dagboek van Lucy Gilmour

Ik wil niet de indruk wekken dat het alleen maar vreselijk was. Het valt niet mee om, met het oog op alles wat er gebeurd is, ook te onthouden dat er momenten van geluk waren. Het valt niet mee om geen wrok jegens Ben te voelen en Martin niet te verwijten dat hun vriendschap zo'n essentiële rol in zijn leven was gaan spelen. Het valt niet mee om niet te denken dat ik deelnam aan een strijd waar ik nooit om had gevraagd, een strijd waarvan verder iedereen wist dat ik hem nooit kon winnen maar die ik maar bleef voeren, in een poging hen allemaal van hun ongelijk te overtuigen.

Maar ik heb het nodig ook aan de goede tijden terug te denken. Als Martin en ik alleen waren: als hij niet de druk ervoer van andere mensen om zich heen, van de noodzaak te presteren en zich beter voor te doen dan hij was, hadden we het heel goed samen. De laatste tijd heb ik veel aspecten van mijn man in twijfel getrokken, maar ik ben er heilig van overtuigd dat hij, toen we getrouwd waren en samenwoonden, bij mij nooit het gevoel had zich anders voor te moeten doen dan hij was.

We zijn één keer samen op vakantie geweest, naar een plekje aan de kust van Zuid-Frankrijk, vlak bij Cannes. Ik had een bed & breakfast geboekt in een stadje met uitzicht over een haven en een kiezelstrand. De B&B was eenvoudig maar schoon en onze kamer had twee grote ramen met uitzicht op zee, die we bij het vallen van de avond altijd openzetten om het gekras van de meeuwen en het mompelende getrippel van de obers uit het café beneden te kunnen horen.

Onze dagen hadden een ontspannen routine. We werden laat wakker, meestal te laat voor het ontbijt van de bejaarde *patronne*, en dan trokken we meteen onze zwemkleding aan en gingen we met een tas boeken, zonnebrandcrème en handdoeken naar het strand. Daar huurden we twee stretchers. Het was zomer en de prijzen waren allerminst redelijk, maar we hadden de stilzwijgende overeenkomst dat het soms niet erg is om afgezet te worden.

Dan lagen we daar, naast elkaar in aangename stilte, onze boeken te lezen met de warmte op onze huid. Zo nu en dan stond Martin op voor een wandelingetje en dan zag ik hem aan de rand van het water gebukt naar schelpjes en steentjes kijken. Als hij terugkwam gaf hij er een aan mij – een parelmoerkleurig stukje van een platte oesterschelp of een grijsbruine steen die door de golven spiegelglad was gemaakt. Hij leek daar minder afwerend, was minder gauw beledigd over ingebeelde kleineringen en als gevolg daarvan werd ik vrijer in mijn uitspraken. We gingen geen onderwerp uit de weg.

’s Middags deden we hetzelfde op het strand, waar we onze zonnebedden met de stand van de zon lieten meedraaien. Soms praatten we dan verder. En ik weet nog dat het op zo’n middag was, toen ik verdiept zat in een biografie van Thomas Hardy die ik op de luchthaven had gekocht, dat Martin uit het niets zei: ‘Ik vraag me af of ik op hem lijk.’

Het duurde even voor ik er helemaal bij was, voor ik in de gaten had dat hij iets had gezegd. Ik legde mijn boek weg en draaide me naar hem toe. Hij keek naar de zee, zijn ogen verborgen achter zijn Ray-Ban. Zijn borst was nog bleek, iets rozer op de plek waar zijn ribben omlaag liepen. Martin werd steeds iets bruiner: het dunne spoortje haar van zijn navel naar zijn broekriem was gebleekt door de zon. Op zijn gezicht waren zijn jukbeenderen en het puntje van zijn neus rood geworden. Hij was wel iets van zijn Londense grauwheid kwijt, maar nog steeds overduidelijk een Brit in het buitenland.

'Wat zei je, liefste?' vroeg ik. Ik had altijd koosnaampjes voor hem, ik weet ook niet waarom. Zo praatte ik normaal gesproken nooit.

'Ik zat gewoon te denken...' Hij zweeg. Ik bleef wachten. De bladzijden van mijn boek klapperden in de zachte wind. 'Mijn vader,' zei hij. 'Ik zat aan mijn vader te denken.'

Het was voor het eerst dat Martin het onderwerp van zijn vader aansneed. Toen we net samen waren had ik geprobeerd hem zijn hart te laten luchten en dan brak hij het gesprek altijd af, meestal boos.

'Maar dat moet toch iets met je hebben gedaan?' zei ik dan, toch doordouwend. En dan begon hij te schreeuwen en zei hij dat ik geen idee had waar ik het over had en waarom moest ik overal een slechte soapserie van maken en waarom zou een man die hij nooit gekend had, die nog voor zijn geboorte was overleden, iets met hem hebben gedaan?

Na een tijdje begreep ik dat ik het er beter maar bij kon laten. Ik overtuigde mezelf ervan dat het duidelijk te pijnlijk voor hem was. Dat hij zelf moest weten of hij er al dan niet iets mee wilde. Dat ik er eigenlijk niets mee te maken had. Wat wist ik er nou helemaal van, met mijn twee levende, ademende ouders en mijn middenklasse-luizenleventje?

En nu, op een stretcher aan het strand in Frankrijk, bood hij ineens nieuwe informatie aan.

'Waar zat je aan te denken, schat?'

Ik wilde zijn hand vastpakken maar hield mezelf tegen. Martin slaakte een zucht.

'Ach ja...' Toen gooide hij het over een andere boeg. 'Het is vreemd als je je vader nooit gekend hebt en nooit iets over hem gehoord hebt en je dan volwassen wordt en op een dag de leeftijd bereikt waarop hij stierf en dan denk je: lijk ik überhaupt op hem? Komt het door hem...?

Hij brak zijn zin af. Golven klotsten tegen het zand. In de verte huilde een kind dat een ijsje wilde. Zijn ouders reageerden in sissend, rap Frans.

'Komt wat door hem?' hielp ik hem.

'O, weet ik veel, Luce.' Hij zette zijn zonnebril af en groef in de tas op zoek naar zijn brillenkoker. Toen hij die had, haalde hij het schoonmaakdoekje eruit en begon beide glazen driftig schoon te poetsen. Het hele proces nam een paar minuten in beslag. Toen klapte hij de koker dicht, zette zijn bril weer op en zei: 'De reden dat ik nooit het gevoel heb gehad erbij te horen.'

Toen keek hij me aan en zag ik zijn kwetsbaarheid. De publieke Martin: de Martin die op etentjes te veel aan het woord was, de Martin die soms arrogant deed om zijn eigen onzekerheid te verbloemen, die zich aan zijn vriendschap met Ben vastklampte alsof die hem beschermde tegen zijn eigen zelfhaat, die op maat gesneden pakken droeg en te veel geld aan merkschoenen uitgaf, alsof hij iets aan anderen wilde bewijzen, terwijl hijzelf de enige was die het hoefde te geloven. Die Martin was op dat strand in Frankrijk nergens te bekennen. Alleen de versie waar ik zo van hield was er nog, de Martin die eerlijk over zichzelf was en die, in plaats van boos te zijn, eigenlijk alleen maar bang was. Bang, zoals wij allemaal, om door de mand te vallen.

Ik stond op en ging bij hem op zijn handdoek zitten, met mijn warme bovenbeen tegen zijn koudere aan, en ik boog me voorover en kuste hem zachtjes op zijn lippen. Hij rook naar zeewater en kokosnoten. 'Je hoort bij mij,' zei ik.

Hij glimlachte, legde zijn handen op mijn beide heupen, ging rechtop zitten en kuste me terug, terwijl hij zijn hand over mijn rug naar boven liet gaan, waar hij met mijn haar speelde, dat aan de puntjes nat van het zweet was.

'Dat is zo,' zei hij en hij trok zich terug; aaide me nog even over mijn bovenbeen. Hij pakte zijn boek en begon erin te bladeren.

Ik bleef nog even zitten, zei tegen mezelf dat ik niet verdrietig hoefde te zijn over het feit dat de kus korter had geduurd dan ik had gewild. Hij had me in vertrouwen genomen, dacht ik; hij had me vertrouwd. Hij hield van me. Hij had me nodig. Hij hoorde bij mij, omdat hij bij mij de ruimte kreeg om zichzelf te zijn. Er is toch geen mooier gevoel dan dat iemand je zo hard nodig heeft? Dat je de enige bent bij wie hij terechtkan?

Inmiddels weet ik dat ik mezelf voor de gek hield. Als ik erop terugkijk ben ik verbijsterd over hoe ik alles verdrong. Hoe ik al mijn behoeften en wensen had opgeofferd voor deze man die zo overtuigend kon zijn. Hoe ik mezelf zonder het te beseffen aan het kwijtraken was.

Ik wilde zo graag geloven dat ik belangrijk was, geloven dat ik genoeg was, geloven dat ik hem kon genezen.

Stom van me, ik weet het.

Martin

Burtonbury, 1990

Natuurlijk maakte ik me druk om wat ik aan moest. Absurd genoeg werd de fuif als een van de belangrijkste sociale evenementen op de jaarkalender beschouwd en ik had alleen maar een spijkerbroek (extreem suf omdat de broeksband net iets te hoog was en de pijpen net iets te kort) en een lichtblauw streepjesoverhemd. Ik maakte er het beste van. Waar ik een paar weken eerder mijn overhemd in mijn broek zou hebben gestopt, wist ik nu dat ik het beter nonchalant half erin, half eruit kon laten.

Voor de passpiegel aan de kastdeur probeerde ik het er meerdere keren in te stoppen om het er dan precies ver genoeg uit te trekken – voldoende, maar niet te veel. Pas na een paar minuten was ik tevreden. Dat is het probleem met nonchalance. Het kost zo ontzettend veel moeite.

Aan mijn schoenen kon ik niets doen. Ik was aan het sparen voor Kickers, maar was nog enigszins ver van mijn einddoel verwijderd, helemaal door die veertig pond die ik had verspild aan cd's waar ik niets aan vond. Met een zucht haalde ik ze onder het bed vandaan.

Ik besefte dat ik nerveus was, maar niet zozeer vanwege de fuif. Meer vanwege het vooruitzicht van wat ongestoorde tijd met Ben. De auto's vertrokken pas om 19.45 naar het BGC. Dat betekende dus minstens drie kwartier onder vier ogen met hem, die ik in mijn voordeel moest laten werken.

Er klonken voetstappen op de gang en toen het herkenbare gebrom van Doms stem. Ik sloeg de kledingkastdeur dicht, stak mijn portemonnee in mijn broekzak, liep naar de deur en ontsnapte voor hij iets kon zeggen.

'Ik dacht dat je niet ging,' riep hij mijn kleiner wordende gestalte na.

Ik keek op mijn horloge. Het was 18.45 uur. Ik klopte op Bens deur. Geen reactie. Ik drukte mijn oor tegen het gelakte hout. Er kwam muziek door de kier tussen de scharnieren. Ik duwde de deur open.

'Hé, man!' zei Ben en hij gebaarde me naar binnen. Hij stond tegen het raam, met zijn armen tegen de vensterbank, in een blauw overhemd met openstaande kraag, zodat er bij het laagste punt van de V een plukje haar te zien was. Hij grijnsde, het roze van zijn tong was net zichtbaar. Aan de pink van zijn linkerhand zat een glimmend gouden zegelring. Achter hem stond de zon op het punt om onder te gaan, en wierp verkleinde, pikzwarte schaduwen op de lichte slaapkamervloerbedekking. Door hem leek al het andere stoffig – in zekere zin niet levendig genoeg.

We waren niet alleen. Ik was teleurgesteld bij het zien van de andere jongens die op de rand van de bedden zaten, tegen het bureau aan stonden, op de vloer lagen waardoor er zich onder mij een rasterwerk van lusteloze benen uitstrekte. Er hing een vage rooklucht in de kamer en toen ik de bron daarvan probeerde te herleiden, zag ik Ben met een shagje tussen zijn duim en wijsvinger staan. Hij nam een laatste trekje terwijl ik toekeek, zijn lippen samengeperst, zijn ogen loom gesloten, toen blies hij de rook het raam uit, wuifde de laatste pluimpjes weg met zijn hand en drukte de peuk in een stukje aluminiumfolie uit, waarna hij hem daar stevig inrolde en hem in de zak van zijn spijkerbroek stak.

'Kom binnen,' zei Ben. 'Doe alsof je thuis bent. Olly, schuif eens op. Laat Martin er even bij op de vloer.'

Een jongen met een voorhoofd vol puistjes, net frambozenzaadjes, schoof opzij. Als ik niet naast Ben mocht zitten, was ik veel liever bij de deur blijven staan. Maar nu Ben me verwachtingsvol aankeek zat ik in de val. Ik slofte de kamer binnen en installeerde me op het beschikbare stukje vloerbedekking, met mijn knieën onder mijn kin. Ik probeerde erbij te zitten alsof dit een supergemakkelijke houding was, maar na een tijdje kreeg ik last van mijn nek en liep er zweet over mijn rug en was ik bang dat er een natte plek op mijn overhemd zou zitten als ik opstond.

Er klonk muziek en geklets in de kamer, maar niemand leek in volzinnen te praten.

'Ja man, en...'

'... knapper dan goed voor je.'

'Nee, man, nee. Klasse drie.'

'... voetbalsokken. Twee paar.'

'Dat zei Gadget althans...'

'... ongelofelijke eikel.'

Het was totaal niet wat ik had verwacht. Dit werd helemaal geen intieme tête-à-tête met Ben, om gezamenlijke interesses uit te wisselen en elkaar beter te leren kennen. Sterker nog, hij was kennelijk vergeten dat ik er was en stond nu arm in arm met James Lewis, een rugbyspeler die twee jaar ouder was dan wij en bij de hele school bekendstond om zijn sportieve talent. Ze kwamen niet meer bij van het lachen en fluisterden van alles in elkaars oor. Het gelach kwam tot bedaren en Ben gaf James een klapje op zijn rug en fluisterde nog iets met een sissende stem die oversloeg van het half ingehouden gelach.

Hoe zou het zijn, dacht ik, om zo open te zijn?

'Hier.' Puistenkop gaf me een stoot met zijn elleboog tussen mijn ribben. Hij had een heupfles in zijn hand, met de letters 'B.F.' erin gegraveerd. Ik pakte hem aan en zette hem aan mijn lippen. Het is bijna niet te geloven, maar dit was de eerste keer dat ik iets sterkers proefde dan onverdunde citroenlimonade. Mijn moeder had heel streng nooit wijn aan tafel toegestaan, omdat ze geloofde dat alleen al de aanwezigheid van alcohol in huis een teken van moreel verderf was.

Ik zette de heupfles aan mijn lippen en voelde de metalige kracht van de wodka als een stevige hoekstoot achter in mijn keel.

'Hé, hé, hé,' zei Puistenkop. 'Wel delen, vriend.'

Maar ik was nog niet klaar. Ik sloeg mijn eerste teug achterover, kantelde de heupfles toen nog een keer en liet het vocht nogmaals vloeien om zich een warme weg door mijn keel te banen. Meteen voelde het of er iets op zijn plek viel: een helderheid, een elektrische stroom van zekerheid. Mijn hersenen bruisten en sisten van instemming. De instemming stroomde door mijn bloedbaan. Ja, riepen de bloedplaatjes, ja, ja, ja, meer, meer, meer.

'Godsamme! Die is hartstikke lijp!'

Ik hoorde Ben roepen terwijl ik dronk. 'Drinken, Martin. Ad-je. Ad-je. Ad-je,' scandeerde hij. Ik had geen aanmoediging nodig. Die eerste zoetzure smaak van wodka, de aandacht die het me bracht, had me verslingerd gemaakt. Het was of ik tot nu toe mijn hele leven lang met de verkeerde sleutel in een deurslot had staan morrelen en nu eindelijk de juiste had gevonden en de metalen tanden met prachtige soepelheid in de precies gevormde holte van mijn kern pasten.

Dit, dacht ik. Dit was het antwoord. Ja, ja, ja. Meer, meer, meer.

Ik gaf de heupfles terug. Mijn wangen voelden verdoofd en hoewel de randen van mijn gezichtsveld wat wazig waren, was het ook of ik alles intens helder zag, alsof elke beweging in de kamer speciaal voor mij vertraagd werd.

Mijn zenuwen verdwenen als sneeuw voor de zon. Ik zat goed in mijn vel, was me bewust van elke atoom van mijn spieren. Ik rekte mijn vingers, keek omlaag om de prachtige competentie van mijn hand te bewonderen: het efficiënte ontwerp, de schoonheid ervan. En toen werd ik weer onderbroken door een andere jongen die me een zelfgedraaide sigaret aanbood en ik nam hem aan en stak hem tussen mijn lippen en het papier was doorweekt van andermans spuug en toen ik inhaleerde smaakte het smerig. Ik onderdrukte een hoest.

'Wel binnenhouden, kerel,' zei iemand. 'Niet verspillen.'

Ik nam nog een trekje, dieper deze keer, en probeerde toen de rook binnen te houden tot ik geen adem meer had en toen ik uitblies vroeg ik me af of dit niet eigenlijk iets anders was dan een sigaret. En vrijwel direct daarop rolden mijn ogen naar achteren en leek de bovenkant van mijn hoofd open te breken, als de schaal van een gekookt ei waar met een lepeltje op getikt werd. Ik trok me niets aan van de opkomende misselijkheid. Ik nam nog een trekje.

De draaikolk: het zonlicht, de luide stemmen. Bens grijns toen hij mijn arm om zijn schouder sloeg en me de kamer uit hielp. 'Blijven ademen,' zei hij. 'Blijven ademen.'

En toen, voordat we in de auto's stapten, de muur van koude buitenlucht, gevolgd door de zweem van oude curry in de bekleding, dringen voor een plekje op de achterbank, samengeperst tussen mensen die ik nauwelijks kende. James Lewis aan de ene kant, die in mijn bovenarm kneep en lachte om iets wat ik niet gezegd had. Meer drank, deze keer overgeschonken heldere vloeistof uit plastic waterflessen, en mijn hoofd trok samen en liet weer los en op een gegeven moment voelde ik pure paniek omdat al het bekende weg was en meteen daarop merkte ik dat ik me overgaf, me ontspande als in een golf op zee, me door de kracht van het water kopje-onder liet sleuren.

Op de meisjesschool strompelden we allemaal in verschillende stadia van luidruchtig dronkenschap de auto's uit. De leraren probeerden ons stil te krijgen door te dreigen met nablijven als we ons misdroegen. Ze doorzochten onze zakken, op zoek naar alcohol, maar de waterflesjes werden doorgelaten omdat water tenslotte wel mocht en toen stonden we in de gymzaal, die voor de gelegenheid met serpentine en slappe heliumballonnen was versierd.

Gedreun van muziek. Felle lichtflitsen. Ons gepraat verstomde zonder waarschuwing, een zeil dat zijn wind verliest. We gingen langs een muur in het donkerste deel van de zaal staan, een homogene poel van mannelijke puberteit, waar we met afhangende schouders naar onze voeten staarden en toen was er een explosie van meisjes, die in een wervelstorm van gegiechel, lipgloss en parfum met aardbeiengeur overal en nergens vandaan kwamen. Ze droegen korte rokjes, strakke broeken, piepkleine hemdjes met spaghettibandjes en T-shirts met provocerende opdruk en kwamen de zaal binnen alsof ze daar thuishoorden, alsof ze al precies wisten wat er komen ging, hoe de avond verder zou verlopen.

Ze begonnen vrijwel meteen te dansen, een wiegend, golvend berkenbos, en deden alsof ze ons niet zagen, ook al zag ik aan hun oogopslag dat ze keken en keken en keken, de kamer werd gefilterd door het prisma van hun steelse blikken.

Er gingen uren voorbij, of minuten misschien, en toen maakten twee van de meisjes zich los – rebelse veulentjes die zonder oogcontact te maken naar ons toe kwamen slenteren, met blote schouders en benen onder de krasjes en schrammetjes.

Een van hen kwam op James af, de andere op Ben en de meisjes schoten in de lach omdat ze wisten dat er naar ze gekeken werd en hun monden bewogen te snel, te veel, en ik was gehypnotiseerd door de vorm van die monden, door die lippen die als elastiekjes werden uitgerekt en losgelaten en weer uitgerekt totdat ze bijna knapten.

Ik had een fles in mijn hand en toen ik Ben door de meisjes mee de dansvloer op getrokken zag worden, riep ik hem. Het was voor het eerst dat ik zijn naam hardop zei en ik hoorde de enkele lettergreep als een knikker op de geboende houten vloer vallen. Hij draaide zich om, trok zijn wenkbrauwen op en ik hield hem de fles wodka voor.

Hij haalde zijn schouders op en zei: 'Nee hoor, dank je,' en toen stond hij op de dansvloer zijn bekken naar het bekken van het meisje te bewegen en zij had haar armen recht op zijn schouders gelegd en haar hand in het kuiltje van zijn nek en toen ik dat zag voelde ik een steek van woede, alsof ik werd buitengesloten.

Ik klemde mijn vuist stevig om de fles, voelde het plastic buigen en kromtrekken onder de druk, en baalde van het feit dat het geen glas was dat kon breken, zodat de scherven zich tot bloedens toe in mijn handen zouden nestelen.

Ik had die brief pas later moeten lezen. Maar toen ik weer bij mijn gebouw kwam, was ik nog steeds in de war van de hele avond. En dronken. Ja, het moet gezegd worden dat ik straalbezopen was. Op de terugweg had ik uit volle macht geprobeerd om niet over te geven en niet te denken aan het beeld van Ben met dat meisje, samen op de dansvloer, met zijn jukbeenderen geaccentueerd door het groen-witte discolicht, zijn hand op haar glooiende onderrug.

Weer terug in Sullies ging ik met mijn vingers langs het schilderwerk om mezelf ervan te verzekeren dat het gebouw stilstond, al leek het tegendeel waar. Op een gegeven moment kokhalsde ik en moest ik met één hand op mijn maag voorover gebukt blijven staan tot de misselijkheid was weggetrokken.

Ik kwam bij mijn kamer. Daar stond mijn naam, een koperen plaatje dat me eraan herinnerde wie ik was: Gilmour. Ik las het in mezelf, met meebewegende mond.

Dom en de anderen waren er nog niet. Ik deed het licht aan, waarbij ik tegen de kledingkast botste. Er klonk gerinkel van metalen hangers. Met vlakke hand sloeg ik op mijn hoofd, omdat ik dacht dat het geluid uit mezelf kwam. Toen ik mijn vergissing doorkreeg giechelde ik stompzinnig.

Ik bedacht dat ik makkelijker zou kunnen bewegen als het centrum van mijn zwaartekracht lager lag, dus kroop ik op handen en voeten naar de ladekast. Ik trok de onderste lade open, omdat ik was vergeten dat mijn pyjama onder mijn kussen lag, zorgvuldig opgevouwen zoals ik dat van mijn moeder had geleerd. Maar toen de la eenmaal openstond, zag ik een hoekje papier.

In mijn verwarde staat wist ik niet direct waar die brief vandaan kwam, dat ik hem op mijn verkenningsmissie naar Bens kamer haastig in de broekband van mijn pyjama had gestopt. Ik deed de flap omhoog, nog kleverig van de onbekende tong die hem had bevochtigd. De brief was in drie lange rechthoeken opgevouwen.

Ik herkende het handschrift niet. Het was met blauwe vulpen geschreven, daar waar mijn moeder die zeldzame keren dat ze schreef altijd een zwarte balpen gebruikte. De levendige blauwe regels liepen vloeiend en leken met haast te zijn geschreven: het eind van elke zin liep langs de zijkant omlaag alsof hij van een afgrond viel, op sommige i's waren de puntjes vergeten, de lus van de hoofdletter G was grillig en slordig. Links onderaan zat een vlek in de marge.

Ik begon te lezen.

Het adres was Denby Hall, Yorkshire. De datum was 31 augustus, 1989.

Lieve Ben,

Ik hees mezelf vanaf de vloer op mijn ellebogen. Het viel niet mee om gefocust te blijven kijken. Er zweefden allerlei strepen die ik niet thuis kon brengen voor mijn ogen. Ik knipperde en las verder.

Ik heb getwijfeld of ik je deze brief wel moest schrijven, schat. Ik wil je niet nog meer van streek maken, zeker niet nu je waarschijnlijk helemaal gewend bent op Burtonbury en een geweldige tijd beleeft. Je hebt vast een hoop vrienden gemaakt! Ik weet dat het niet meeviel om weg te gaan, maar je thuis zal er altijd zijn en we houden allemaal heel veel van je.

Het is een vreselijke zomer geweest, voor ons allemaal. Ik maak me soms zorgen omdat je zo weinig zegt en ik wilde niet blijven doorvragen – of zeuren, zoals Fliss het zou noemen! – en soms zijn dingen waar je moeilijk over kunt praten makkelijker te verwoorden in een brief. Dat vind ik altans.

Ik merkte de spelfout op. Mijn respect voor de schrijver daalde een beetje. Nu mijn aandacht was afgeleid werd ik overrompeld door de zin die volgde.

Een paar weken geleden vroeg je me waarom ik dacht dat Magnus dood was gegaan. Het antwoord, lieve schat, als er al een antwoord is, is waarschijnlijk te moeilijk voor ons om te bevatten. Zoiets weet alleen God. Maar ik heb er veel over nagedacht en vraag me af of er iets aan Magnus was wat te goed was om hem hier bij ons te houden. Hij was zo lief, zo'n vrolijk jongetje en hij maakte ons allemaal zo vaak aan het lachen, toch? Weet je nog dat hij jou toen hij nog heel klein was Bin noemde en hoe stom je dat vond omdat je het als bil vond klinken? Ik moet zo lachen nu ik daaraan terugdenk... En dan zag Magnus je irritatie en waggelde hij in zijn luier naar je toe en gaf hij je een enorme kus op je wang en dan kon je niet langer boos op hem zijn.

Misschien kunnen we dat soort jongetjes, die hun gezin zoveel blijdschap en liefde brengen, gewoon niet heel lang bij ons houden. Toen hij zo ziek werd was het dan ook bijna nog moeilijker voor ons en voor jou, lieverd, dan het voor hem was. Hij was zo dapper. Dat zeiden alle artsen, weet je nog?

Hier zat een vlek op het papier, een opgedroogde druppel, een weggeveegde traan waarschijnlijk. Het papier ritselde als je het aanraakte.

Maar wat ik dus eigenlijk wil zeggen is dat we moeten proberen te denken aan hoe gelukkig Magnus was en hoe gelukkig hij ons maakte, al was het maar vier korte jaartjes. En hij was dol op jou en Fliss, Ben, en jij was zo'n lieve grote broer. Echt waar. Ik hoop dat je dat weet.

Ik vind het heel naar dat je zomervakantie zo'n vreselijk verdrietige periode is geworden. Als papa en ik afwezig leken was dat niet omdat we geen tijd voor je hadden of omdat we niet verschrikkelijk veel van je houden. Echt waar, lieverd. We houden oneindig veel van je. Bel ons wanneer je maar wilt – je hebt het nummer en de telefoonkaart. Staat veel geld op, dus geen excuus!

Ik zie je met je verlof, lieve schat. Duurt niet lang meer nu. Denk eraan, goed je tanden poetsen en probeer zo nu en dan een stuk fruit te eten, al vind je het nog zo vies.

Heel veel liefs, mama

Mama, snoof ik. Wat kinderachtig. Mijn moeder noemde zichzelf altijd bij haar voornaam, alsof ze niets met me te maken had, maar gewoon iemand was die toevallig een tijdje voor me zorgde. In onze koude, kleinburgerlijke bungalow klonken nooit dat soort simpele lieve dingen. 'We houden oneindig veel van je.' Ik zei die zin hardop en moest toen lachen, het geluid sloeg als hagel tegen de muren. Wat betekende dat eigenlijk? Sentimentele onzin, dacht ik, en tegelijkertijd was ik verdrietig dat niemand ooit zoiets tegen mij had gezegd.

Ik maakte een snelle berekening. Augustus 1989. Dat was de maand voordat Ben aan zijn laatste schooljaar op Burtonbury House begon, de basisschool waar hij met Jarvis op had gezeten. Zijn kleine broertje was net overleden en zijn moeder maakte zich zoveel zorgen dat ze hem deze brief had gestuurd.

Zorgvuldig vouwde ik het papier weer op en legde de envelop terug in mijn la. Morgen moest ik een manier bedenken om hem terug bij Ben te krijgen. Maar eerst zou ik hem overschrijven. Niet nu, niet nu ik nog geen pen recht kon houden, maar morgenochtend, voor iedereen wakker was.

Waarom wilde ik een kopie? Dat begreep ik zelf ook niet. Maar nu ik terugkijk denk ik dat het een verzekering was. Een verzekering tegen de toekomst. Ik wist iets van Ben waarvan hij niet wist dat ik het wist. Waar de andere jongens kennelijk ook niets van wisten. Dat was macht. Sun Tzu: 'Een generaal is een vaardig aanvaller wanneer zijn tegenstander niet weet wat hij moet verdedigen; en hij is een vaardig verdediger wanneer zijn tegenstander niet weet wat hij moet aanvallen.'

En er was nog iets. Een klein vonkje in mijn hoofd dat nog maar net vlam begon te vatten. Want in de dagen en weken daarop zou ik me realiseren dat hier ook een kans lag. Bens dierbare kleine broertje was overleden. Dat betekende dat er een hiaat in zijn gezin zat. Een hiaat dat ik maar al te graag wilde opvullen.

Dagboek van Lucy Gilmour

Keith vroeg me vanmorgen naar mijn eerste ontmoeting met Ben. Meestal was hij niet zo direct. Hij gaf me altijd de ruimte om mijn gedachten de vrije loop te laten, waarbij hij er hier en daar een 'Ja?' of een 'En toen?' doorheen gooide en soms, als hij kennelijk chagrijnig werd van mijn neiging om een zin niet af te maken, een 'Maak die gedachte eens af'.

Maar vandaag vroeg hij het gewoon, recht op de man af, en daar keek ik van op omdat we het naar mijn idee niet echt veel over Ben hadden gehad. Ik dacht dat we voornamelijk mijn man hadden besproken, wat ook het hele doel van deze exercitie was, toch? Keith trok met zijn lip. 'Het hele doel van de exercitie,' papegaaide hij. 'Wat is dat volgens jou eigenlijk?'

Ik dacht na. 'Begrijpen waarom ik zo ben geworden?'

Ik wilde het woord 'zenuwinzinking' niet gebruiken hoewel ik weet dat dat de officiële reden is voor mijn verlengde verblijf hier. Maar dan klink ik als een gammel oud apparaat, met vastlopende, roestige tandwieltjes. Daarnaast ben ik het er niet mee eens. Een zenuwinzinking wil toch zeggen dat je de controle kwijt bent en onvoorspelbaar gedrag vertoont? Terwijl ik me nog nooit eerder zo helder van geest heb gevoeld.

Keith knikte langzaam en professioneel. 'Mooi.' Hij nam een slokje koffie. Oplos. Dat rook ik. 'En denk je niet dat Ben daar deel van uitmaakt?'

Ik bleef gespannen zitten, rechtop zodat mijn rug de stoel net niet raakte. Ik wachtte af. Keith wachtte af.

'Ik wil het niet over Ben hebben.'

'Waarom niet?'

'Omdat,' zei ik, 'ik kwaad op hem ben.'

Ziezo, dat lag op tafel: onbetwistbaar, ontegenzeglijk. Na een leven lang redelijk te zijn geweest, was ik nu kennelijk eindelijk eens pisnijdig.

Ik wilde het niet hebben over mijn eerste ontmoeting met Ben, omdat ik dan hardop zou moeten toegeven dat ik hem leuk vond. Meer dan leuk. Hij was zo scherp en grappig en knap, je hoefde maar even naast hem te zitten. Hij was het type man op wie je indruk wilde maken.

En ik had me nog zo voorgenomen niet onder de indruk te raken toen Martin me mee naar hem toe nam. Al wekenlang had ik verhalen moeten aanhoren over Ben Fitzmaurice en ik was hem spuugzat. Elk gesprek dat ik met Martin voerde eindigde op de een of andere manier met een relevante gebeurtenis of anekdote over Ben, zijn zus Fliss, zijn ouders of hun mooie huis buiten de stad. Hij bleef maar over hem doorgaan, tot ik na een tijdje brak.

'Ik krijg het gevoel dat deze relatie uit drie mensen bestaat,' zei ik op een avond, toen we een paar maanden iets met elkaar hadden. Ik had kabeljauwfilet gemaakt met saus uit een potje en Martin kreeg zo'n afwezige blik toen hij vertelde over een reis naar Italië en een gerecht dat hij daar met Ben had gegeten in een piepklein restaurantje in Cinque Terre.

'Ik bedoel, Ben spreekt vloeiend Italiaans natuurlijk,' had hij gezegd.

'Maar natuurlijk,' mompelde ik.

'Maar zelfs hij kon geen wijs uit dat menu. Dus bestelden we maar iets pasta-achtigs en toen het gebracht werd...' Martin greep met één hand naar zijn voorhoofd, in een houding van hoe-is-het-mogelijk: '... was het vissticks met erwtjes.'

'Echt?'

'Als bij een wegrestaurant!'

'Hilarisch.'

Martin kwam tot bedaren. 'Kennelijk vind je het niet zo grappig.'

En toen zei ik dat ik vond dat onze relatie uit drie mensen bestond. Het was als grapje bedoeld, maar Martin was beledigd en we hadden een lang gesprek over het feit dat Ben er altijd voor hem was geweest en dat hij het zonder hem nooit gered had op school.

'Wanneer kan ik hem dan eens ontmoeten?'

'O,' zei Martin, met een vork vol vis halverwege het bord en zijn mond. 'Nou, ik kan kijken of hij dit weekend kan.'

We gingen naar een kroeg ergens bij Holland Park. Martin en ik waren er als eerste en namen plaats in een zitje in de hoek en niet veel later zwaaide de deur open en kwam Ben binnen, met een vlaag koude herfstlucht achter zich aan.

'Keeeeerel,' zei hij, en rekte het woord net zo lang tot ik dacht dat het zou knappen. 'Wat goed je te zien. En jij...' Hij liet Martin los uit zijn stevige omhelzing en wendde zich tot mij, 'moet Lucy zijn.'

Ik stak mijn hand uit, maar hij zoende me op mijn wang. Hij had pepermuntkauwgum in zijn mond.

'Ik heb al zoveel over je gehoord,' ging hij verder, terwijl hij in één vloeiende beweging zijn jas uittrok en zijn kruk dichter naar mij toe schoof, 'maar Martin was vergeten te vertellen hoe knap je bent.'

Ik kreeg een kleur.

'Ben, gast,' zei Martin. 'Handen thuis.'

Dit was het meest on-Martin-achtige zinnetje dat ik hem ooit had horen zeggen. Ik draaide me met opgetrokken wenkbrauw naar hem toe en zag de hand van mijn vriendje trillen terwijl hij zijn bierglas hief.

'Ik heb ook veel over jou gehoord,' zei ik. 'Maar niet hoe knap je bent. Sorry.'

Ben grijnsde, maakte oogcontact, bleef kijken. 'Nou, dan heb je dat nu met eigen ogen kunnen zien.'

Je kon je onmogelijk niet tot hem aangetrokken voelen. Hij had een aantrekkelijk, expressief gezicht. Een levendige blik. Een grote bos krullen – langer dan nu. Hij haalde zijn handen er vaak doorheen.

Martin leek te ontspannen in Bens aanwezigheid. Als we met zijn tweetjes waren was Martin meestal aan het woord, maar met Ben erbij deed hij zijn mond nauwelijks open. Hij lachte grif mee met Bens uiteenzetting van een of ander langdradig verhaal, en viel hem hier en daar in de rede om hem aan een specifieke wending te herinneren.

Ik voelde me niet buitengesloten, toen nog niet.

Bens manier van praten was luchtig en intens tegelijk. Hij nam andere mensen serieuzer dan zichzelf. Ik werd getroffen door zijn eerlijkheid. Hij was nonchalant op een onverwachte manier.

Nu is hij heel anders. Door al die jaren in de stad en zijn huwelijk met Serena is hij behoedzamer geworden, heeft hij minder vertrouwen in de wereld. Dat sprankje ondeugendheid is weg, heeft plaatsgemaakt voor zorgen en pretenties. Als je miljoenen verdient en chique huizen koopt en vriendjes met de minister-president wordt, is dat niet zo gek waarschijnlijk. Maar het blijft jammer.

Maar die avond was Ben aardig en belangstellend en betaalde hij alle drankjes. We bleven uren zitten. Buiten werd het donker. De barman stak de open haard aan. Er klonk blikkerige muziek uit een onzichtbare jukebox. Toen de beginakkoorden van 'Eye of the Tiger' werden ingezet, kreunde Martin.

'Ik moet even iets anders opzetten.' Hij schoof zijwaarts het zitje uit en liep licht zwalkend naar de andere kant van de bar.

Ben kwam naast me zitten, zo dichtbij dat onze benen elkaar raakten. 'Wist je dat jij het eerste vriendinnetje van Martin bent dat ik ooit heb ontmoet?'

'Nou, hopelijk ben ik het wachten waard geweest.'

Hij hief zijn glas Guinness en nam een teug. 'Jazeker,' zei hij. 'Martin mag in zijn handjes knijpen.'

Ik deed mijn mond open om iets terug te zeggen.

Ben onderbrak me. 'Het kan een lastige klootzak zijn, maar hij heeft een goed hart hoor, diep vanbinnen.'

Het leek of zijn woorden voor me in de lucht bleven hangen. Ik wist niet zeker of ik hem wel goed had verstaan en bedacht toen dat ik dronken was en ineens heel dringend iets moest eten. 'Pinda's,' zei ik. 'Moet ik even halen.'

Ik waggelde naar de bar en toen ik met een zakje *dry roasted* terug bij onze tafel kwam zaten Ben en Martin weer naast elkaar in het zitje, in een diepgaand gesprek verwikkeld. Ik wilde net een grapje maken over dat zij eerder het stelletje leken dan Martin en ik, maar er viel geen enkele stilte in hun conversatie. Ik ging maar op het krukje zitten om de pinda's te eten, en wachtte tot ze klaar waren.

◆

Keith denkt dat ik iets heb met mannen die me geen liefde geven. Volgens hem raak ik klaarblijkelijk van slag als de liefde zomaar voor het grijpen ligt, en hij vraagt zich af of dat misschien komt door een laag zelfbeeld, waardoor ik vind dat ik het niet waard ben. Keith zegt dit, of variaties hierop, de laatste tijd steeds vaker tijdens onze sessies en ik weet dat hij het vreemd vindt dat ik daar niet op reageer. Ik realiseer me dat de oppervlakkige manier waarop ik mijn opvoeding heb omschreven – twee liefhebbende ouders, een veilige en stabiele thuisomgeving – niet strookt met zijn therapeutische aanpak. Volgens mij weet hij maar al te goed – want hij is goed in zijn werk, die Keith, echt waar – dat ik hem niet de hele waarheid vertel.

Ik weet ook niet of ik dat wel wil. Ik heb het al zo lang verzwegen dat ik het ben gaan zien als de bron van een of andere onuitgesproken kracht. Dat ik bang ben dat ik door de woorden hardop te zeggen een deel van mezelf kwijtraak. Dus bedacht ik om het hier op te schrijven, bij wijze van experiment. Uitsluitend voor mijn ogen. Kijken of het helpt.

Het was tijdens mijn studie. Toen ik op Durham in mijn zwierige rokken en Dr. Martens-schoenen aan mijn studie Engels begon, was ik niet voorbereid op de wereldwijsheid van mijn medestudenten. Ik had me vóór de introductieweek nooit gerealiseerd hoe beschermd ik was opgegroeid. Tot dan toe had mijn leven bestaan uit een leuk gezin, de buurtschool, goede vriendinnen, zondagochtenden in de kerk en braadschotels op tafel.

Maar die eerste week op Durham was één grote wervelwind van wodkashots en zoenen in het openbaar. Iedereen leek in een permanente staat van dronkenschap. Ik kreeg biertjes voorgezet, en dubbele gin-tonics en alcoholische brouwsels met Red Bull en sambuca. Op een feestje van de studententoneelclub werd ik zo dronken dat ik eerder naar huis moest om te kotsen op de wc.

Midden in deze tollende, halfbewuste toestand ontmoette ik David. Hij was breedgebouwd, gespierd en klein. Als ik platte schoenen droeg, kwam hij tot aan mijn ogen en hij had een kuiltje in zijn kin. Hij kwam uit Lancashire en had een onbekend, eentonig accent. En hij was zelfverzekerd, op het arrogante af, en onverklaarbaar charismatisch. Altijd als ik de kroeg binnenkwam zat hij er ook, op een afgesleten leren bank achter bij het dartboard.

Hij zette de eerste stap. Op een avond zat ik in de kroeg op een vriendin te wachten, en las op een hoge kruk aan de bar een paperback exemplaar van *Vanity Fair* ter voorbereiding op een van mijn essays. Ik voelde zijn aanwezigheid al voordat ik hem zag, bijna alsof de lucht verschoof om ruimte voor hem te maken.

'Hé, dan,' zei hij. Hij ging op een kruk naast me zitten en gebaarde met een uitgestoken vinger naar de barman. 'Grote IPA.' Toen draaide hij zich naar mij toe. 'Ik ben David.'

Hij stak zijn hand uit. Ik schudde hem. Hij had een stevige greep en hield mijn hand langer vast dan nodig.

'Lucy,' zei ik. Ik was direct nerveus. Ik vroeg me af of ik me niet weer ostentatief op mijn boek moest richten, maar ik kon mijn ogen niet afhouden van de zijne, die lichtgroen met grijze vlekjes waren en die ik, voor een man met zulke grove trekken, verrassend zacht vond.

'Lucy,' zei hij alsof hij met de klank speelde. 'Je moet bij me komen zitten.' Hij pakte onze drankjes en nam me, alsof het de gewoonste zaak van de wereld was, mee naar zijn groepje vrienden. Hij gaf een klopje naast hem op de bank en zonder ook maar de minste aarzeling ging ik zitten. Hij praatte met zoveel autoriteit dat het heel normaal leek om te doen wat hij zei. Het was geen charme, het was iets duidelijkers: hij wist wat hij wilde hebben en eigende het zich toe.

We werden dronken. Zijn vrienden bleven maar rondjes halen en ik dronk cider, om redenen die me niet meer bijstaan, maar de drank steeg direct naar mijn hoofd en algauw begon de hele ruimte te draaien en wiebelde het bedrukte tapijt onder mijn voeten. Maar het was geen zorgwekkende dronkenschap, naar mijn gevoel was ik de situatie nog steeds de baas. Sterker nog, omdat David erbij was voelde ik me veilig en beschermd. Alsof met hem erbij alles op zijn pootjes terecht zou komen.

Ik ging met hem mee naar zijn kamer. Dat werd niet eens besproken, we gingen er gewoon van uit dat dat zou gebeuren. En het gebeurde ook, dat is het probleem. Ik deed vrijwillig mee. Ik was medeplichtig. Ik vond hem leuk en ik wilde met hem zoenen en zijn sterke armen om me heen voelen en ik had geen idee wat er nou eigenlijk gebeurde op dat moment.

Hij maakte de deur open met een sleutel die om zijn nek hing. Dat weet ik nog zo goed omdat het zo vreemd was. Hij had de mouwen van zijn overhemd tot boven zijn ellebogen opgestroopt, waardoor ik de goudblonde, zongebleekte haartjes op zijn arm kon zien. Van achteren zag ik hoe strak zijn spijkerbroek om zijn billen spande. Hij had geen grammetje te veel. Alles aan hem was hard en gespierd.

Eenmaal op de kamer liet hij het licht uit en de gordijnen open. Hij trok mijn T-shirt omhoog over mijn hoofd en begon me krachtig op mijn mond te zoenen, waarbij hij tegen mijn tanden duwde en mijn lippen plette. Hij prutste wat aan de knoop van mijn rok en toen hoorde ik iets scheuren en realiseerde ik me dat de knoop eraf was gesprongen en de rok viel op de grond en ik probeerde te denken hoe sexy dat was, hoe gebiedend, maar op dat moment besefte ik dat de avond een duistere wending nam en dat ik me op een omslagpunt bevond en dat elk moment hierna anders zou zijn door wat eraan vooraf was gegaan, dat het alledaagse alleen nog maar een herinnering aan het alledaagse zou zijn, dat de Lucy die ik op dit moment was nooit meer op dezelfde manier zou bestaan.

Hij duwde me op het bed.

'Wacht,' zei ik, en toen ik mijn stem hoorde klonk die tot mijn afgrijzen zwak en zachtjes. 'Wacht,' zei ik wat harder.

David trok aan mijn slipje, liet zijn vinger en toen zijn duim diep in me glijden en tegelijkertijd dacht ik: nou, dit was toch wat je wilde, of niet? En als je dit niet wilt, ben je dan niet gewoon frigide? En: relax nou maar, Lucy. Dit is normaal. Dit is wat meisjes van jouw leeftijd horen te doen. Dit is leuk.

'Stop,' fluisterde ik, want mijn keel kneep dicht en er was niet genoeg lucht om mijn longen in te krijgen.

Ik deed nog een poging. 'Stop.' Maar toen lag hij boven op me, zijn gewicht drukte op mijn ribben, met zijn hand graaide hij naar mijn borst en kneedde er ruw in en hij hijgde met diepe ademhalingen en zijn ogen, die groene irissen die ik zo zacht had gevonden, zaten stijf dichtgeknepen alsof hij niet naar mij of zichzelf of de hele situatie wilde kijken.

Ik balde mijn vuisten en probeerde me onder hem vandaan te worstelen, maar hij klemde zijn grote handen om mijn polsen en drukte ze in het kussen.

'Een waar tijgertje,' zei hij.

Ik lag onder hem te draaien en te kronkelen, maar hij bleef maar tegen me aan duwen en mijn polsen waren gevoelloos geworden en er klonk een witte ruis achter in mijn hoofd toen hij met zijn knie mijn benen uit elkaar duwde en toen liet hij één pols los, bracht zijn hand naar beneden, pakte zijn pik en stootte bij me naar binnen en ik schreeuwde het uit van de pijn.

'Blijf verdomme nou eens stilliggen, ja?'

Ruw schoof hij naar binnen en naar buiten, met zijn blik afgewend van mij en gefixeerd op een muur met een poster van een voetbalteam in het rood en wit en ik staarde naar het plafond en dwong mezelf niet te huilen en probeerde niet meer geluid te maken dan nodig en toen, toen het eenmaal afgelopen was, was ik leeg: uitgehold tot aan mijn laatste restje energie of verzet, alsof ik niet meer bestond, alsof ik alleen maar een gebruiksvoorwerp was.

David rolde van me af en ging met zijn rug naar me toe liggen. Er werden verder geen woorden uitgewisseld. Binnen een paar minuten lag hij te snurken. Ik sloop het bed uit, raapte mijn kleren bij elkaar, kleedde me aan en liep terug naar mijn studentenkamer.

De volgende dag haalde ik een recept voor de morning-afterpil.

Ik vermeed de kroeg en Davids studentenhuis. De rest van dat schooljaar zag ik hem nog maar één keer in het voorbijgaan op straat. Het was december en overal klonken tinkelende, feestelijke muzakakkoorden. Ik droeg een parka, mijn gezicht zat half verscholen achter een sjaal. Hij liep op me af met een boodschappentas in zijn hand en ik zag dat hij een paarse bloeduitstorting op de rand van een van zijn jukbeenderen had zitten. Het zweet brak me uit. Ik kon niet bewegen. Om me heen botste het kerstwinkelpubliek tegen me aan maar ik bleef maar naar hem kijken.

Voor een café bleef hij staan, zonder op te merken dat ik naar hem keek. Zijn gezicht was nog steeds zo breed en plat als ik me herinnerde. Ik overwoog hem te confronteren, hem te vertellen wat hij me had aangedaan. Maar toen kwam er een knap meisje met lang blond haar en een ijsmuts met gebreide oorflappen naar hem toe. Ze gaf hem een kus op zijn wang en David sloeg zijn arm om haar tengere schouders en ze staken de straat over en liepen zonder achterom te kijken van me weg.

Ik heb dit nooit aan iemand verteld. Ik heb lang gedacht dat het mijn eigen schuld was dat ik in die situatie was beland. Inmiddels weet ik dat dat vaker gebeurt bij slachtoffers van verkrachting. Verkrachting. Belangrijk dat woord te gebruiken.

David had me zwakker gemaakt.

Het zelfvertrouwen dat ik van mijn ouders had meegekregen begon te vervliegen, alsof er een laagje huid van me werd afgeschaafd. Ik dacht dat ik het verborgen hield, maar inmiddels besef ik dat ik een lichtend baken was voor mannen die zich groter wilden voelen door mijn kleinheid.

In mijn tweede jaar liep ik er zo een tegen het lijf. Het was een Franse uitwisselingsstudent, die een jaar in het buitenland studeerde. Hij heette Thibault, maar werd door iedereen Lucky genoemd omdat zijn ouders hem ooit vonden lijken op een Franse stripfiguur die Lucky Luke heette en die bijnaam was blijven hangen.

Lucky was charmant en slim. Hij wist over alles een mening te formuleren en die zelfverzekerd onder woorden te brengen, alsof je er onmogelijk anders over kon denken. We ontmoetten elkaar in een nachtclub en zoenden op de dansvloer en ik dacht nooit meer van hem te zullen horen omdat hij te mooi was, te zelfbewust, al met al te veel in alle opzichten. Maar de volgende dag belde hij me. En de dag erop ook. Lucky en Lucy. Lucy en Lucky. Al snel was ik zijn vriendinnetje, en toen werd hij steeds oplettender.

Hij had liever niet dat ik jurken droeg.

Als ik met vriendinnen uitging, stond hij erop dat ik hem ieder uur vanuit een telefooncel belde om te laten weten dat alles goed ging. Hij beweerde dat dat was omdat hij bezorgd om me was. Hij hield zoveel van me dat hij wilde dat ik veilig was, en daar twijfelde ik ook niet aan.

Ik leerde hem niet te onderbreken als hij aan het woord was.

Hij had niet graag dat ik het niet met hem eens was. Na een tijdje ging ik ook niet meer tegen hem in, omdat ik oprecht geloofde dat hij gelijk had en ik ongelijk, zelfs als het ergens over ging waar ik meer van afwist.

Een keer toen ik bij de kapper was geweest en een pony had laten knippen, zei hij dat het lelijk stond en dat het een stomme zet van me was omdat het maanden zou kosten om het weer aan te laten groeien. 'Jij denkt nooit na! Dat is jouw probleem, Lucy! Je denkt nooit vooruit.'

Als ik nu naar foto's kijk van mezelf met die pony zie ik dat hij het mis had. Het stond me wel. Het paste bij mijn gezicht.

Tijdens een vakantie reisden we naar Nantes en ontmoette ik zijn ouders. Zijn vader was onbehouwen en dominant. Zijn moeder was lief en stil. Toen zijn vader vroeg wat ik na mijn afstuderen wilde doen, kwam Lucky tussenbeide en zei: 'Dat weet ze nog niet. Ze laat alles altijd op zijn beloop.' Ik probeerde hem tegen te spreken. Hij pakte mijn hand, gaf er een kus op en zei: 'Wat ben je grappig als je Frans probeert te praten,' en toen draaide hij zich naar zijn vader en zei iets wat ik niet begreep en allebei schoten ze in de lach zonder dat ik wist waarom.

Zo modderden we acht maanden voort. Lucky die bevelen uitdeelde; ik die er omwille van de lieve vrede gehoor aan gaf. Op het laatst deed ik alles wat hij wilde: niet uitgaan, niet dronken worden, niet de foute kleren dragen, niet met de foute mensen omgaan, niet de foute dingen zeggen, niets in twijfel trekken.

Natuurlijk ging hij vreemd. Waarom niet, als ik zo weinig respect bij hem afdwong? Toen ik zijn kamer binnen liep en hem daar gepijpt zag worden door een eerstejaars met een neusknopje en een hartjestatoeage in haar nek, keek ik daar dus niet van op.

Maar ik was er wel kapot van. Ik huilde. Hij probeerde me terug te winnen, verzekerde me dat het niets had voorgesteld, zei dat ze een slet was en niets vergeleken bij mij. Maar kennelijk had ik toch nog een restje zelfvertrouwen over, want ik zei dat hij moest oprotten. Ik tipp-exte zijn nummer uit mijn adresboek. Later, toen hij alweer terug in Frankrijk was, kwam ik erachter dat dat meisje een van de velen was geweest. Mijn vriendinnen wisten er allemaal van, maar hadden het me niet willen vertellen omdat ze dachten dat ik toch niet zou luisteren. Daar hadden ze waarschijnlijk gelijk in. Toch voelde het als verraad.

Na Lucky besloot ik dat ik alleen wilde blijven. Maar daar was ik niet voor gemaakt. Ik moest iemand hebben om mezelf niet onder de loep te hoeven nemen. Binnen een maand had ik een nieuw vriendje. Deze keer zorgde ik er goed voor om niet al te emotioneel betrokken te raken, opdat ik niet helemaal stuk was als het uitging. Dat werkte.

En na die jongen kwam er nog een en na hem nog een. Het waren altijd verhoudingen van een halfjaar die uitgingen als ik merkte dat een jongen het gevaar liep te dichtbij te komen, me te goed zou leren kennen.

Het ironische was dat ze blijkbaar allemaal geïntrigeerd waren door mijn terughoudendheid. Zo werkt dat bij mannen: als je te graag wilt, willen zij niet meer. Zodra je geen belangstelling meer hebt, compenseren zij dat door te veel belangstelling. Geen hogere wiskunde, eigenlijk.

Ik voelde me eenzaam in mijn eentje. Maar als ik een relatie had, verlangde ik naar ruimte. Ik bouwde een muur om mezelf heen, alsof mijn ware ik verstopt zat in een geheim gangetje, zoals de geheime ruimte die een vriendin me ooit had laten zien, ingebouwd in de gang van hun zestiende-eeuwse vakwerkhuis. Je klopte op de lambrisering en dan – donk! – klonken je knokkels hol op het hout. Om de geheime ruimte open te krijgen moest je precies weten hoe de wandplaat diende te worden ingedrukt: een zacht duwtje met je duim en dan schoot de grendel los en vloog de deur open.

Ik had vriendjes. Ik had de geheime ruimte. En daar deed ik het min of meer mee totdat ik Martin ontmoette.

Hij was anders – veilig omdat, hoewel ik wist dat hij me nodig had, hij dat nooit liet blijken of mij het gevoel gaf dat ik hem ook nodig moest hebben. Hij respecteerde mijn mening en gaf me de ruimte. En dat dat zich af en toe vertaalde in een emotionele afstandelijkheid van zijn kant was nog steeds beter dan het alternatief. Want dat begreep ik tenminste.

V

Politiebureau van Tipworth, 15.45 uur

Ik ben nooit echt een roker geweest. Op school rookte ik natuurlijk joints en bietste ik hier en daar een Marlboro. Maar ik had nog nooit een pakje sigaretten gekocht. Toentertijd had ik daar niet genoeg geld voor en later in mijn leven, toen geld geen probleem meer was, merkte ik dat ik er geen zin in had. Ik was meer van de wat hardere drugs.

Maar als Grijs Pak me een rookpauze aanbiedt, grijp ik die aan. Ik wil deze kamer uit. De plastic stoel drukt tegen de stof van mijn broek en mijn benen plakken van het zweet. Ik voel een vage pijn in mijn rechterschouder. Ik heb altijd al last van mijn schouders en nek gehad. Ooit ben ik naar een chiropractor geweest die met kleine, maar sterke handen mijn ruggengraat kraakte, waarna ze mijn gezicht aan weerszijden vastpakte en krachtig opzijdraaide. Toen ik van de massagetafel af kwam vroeg ze me met mijn hoofd te draaien. Dat deed ik, zonder het nut er echt van in te zien, en tot mijn verbijstering wist ik het een aantal graden verder te krijgen dan daarvoor. Er ontvouwde zich een heel nieuw gezichtsveld en mijn eerste gedachte was niet: wat geweldig, nu kan ik van alles zien wat ik vroeger niet kon zien. Maar wel: wat heb ik al die tijd gemist? Wat is me allemaal ontgaan?

'Je hebt een kwartier,' zegt Grijs Pak, bijna vriendelijk nu de bandrecorder uitstaat.

'Bedankt.'

Beige Haar glimlacht vermoeid. Ze schuift haar stoel naar achteren en staat op. Ze beweegt zich onnatuurlijk traag en moeizaam. Pas als ze naar de deur loopt zie ik de welving van haar buik onder haar wijde blouse.

'U bent zwanger,' zeg ik zonder na te denken.

'Ja.'

'Gefeliciteerd.'

'Bedankt.'

Ze loopt de kamer uit en ergens voel ik me tekortgedaan, omdat al mijn moeite om een wat warmer, normaler niveau van sociale interactie aan te gaan, in de wind wordt geslagen. En het voelt meteen weer zoals op school, dat gevoel dat je niet bij een groter geheel hoort, dat je de regels niet begrijpt. Dat het zo moeilijk is om normaal te zijn.

Grijs Pak gebaart naar de deur en loopt achter me aan naar buiten. Op de gang hangt een ander soort lucht. Lichter, frisser. 'Je kunt door de voordeur,' zegt hij. 'Bij de parkeerplaats.'

'O, bedankt. Alleen... nou ja, een beetje stom misschien, maar mijn sigaretten liggen thuis... U hebt zeker geen...?'

'Jawel hoor.'

Hij haalt een verfrommeld pakje Camel tevoorschijn. Ik ga ervan uit dat hij mij er eentje aanbiedt om dan naar het mysterieuze achterdeel van het politiebureau te verdwijnen, maar hij gaat mee naar buiten. We gaan naast de schuifdeuren staan. Hij houdt me zijn aansteker voor – een zilverkleurige Zippo met aan één kant het Harley Davidson-insigne erin gegraveerd. Met een knip van zijn duim schiet het vlammetje omhoog. Ik inhaleer. Rook trekt door mijn keel, slaat aan op het speeksel waardoor mijn mond droog wordt en mijn ogen gaan prikken.

Ik kan niets bedenken om te zeggen. Dat lijkt Grijs Pak niet te hinderen. Hij hangt tegen de muur en rookt, met zijn sigaret tussen duim en wijsvinger, als een cowboy. Het lijkt me zo'n man die altijd goed in zijn vel zit, die zijn plek op de wereld nooit in twijfel trekt. Grijs Pak aanvaardt een gelukkig bestaan alsof hij daar recht op heeft. Doet vast met het grootste gemak fysieke karweitjes en van een succesvolle rugbytackle raakt hij opgetogen. Planken ophangen bezorgt hem vermoedelijk een weekend lang een goed humeur. Waarschijnlijk denkt hij nooit te veel of te diep na over de duistere kanten van het leven en baant hij zich op zijn manier een weg door het leven. Hij krijgt er maar de helft van mee maar dat hindert hem niet. Het zou hem ook niet uitmaken als hij zijn nek niet helemaal om kon draaien, gewoon omdat zijn blik altijd naar voren staat gericht.

'Je hebt vast wel iets beters te doen dan dit,' zeg ik en ik probeer nonchalant te klinken, wat hem denk ik wel aanspreekt.

Hij haalt zijn schouders op.

'Ik bedoel, een incident op een feestje,' dring ik aan, want ineens voel ik de overweldigende behoefte aan een reactie van hem. 'Dat lijkt me nou niet bepaald de zaak van het jaar.'

Hij gooit zijn peuk op de grond en trapt hem met de teen van zijn laars uit op het asfalt. 'O, dat zou ik niet willen zeggen.' Hij kijkt me niet aan, maar staart naar de parkeerplaats, alsof hij tussen de blauwe Vauxhall Astra en Snackbar Dallas aan de overkant iets fascinerends heeft gezien. 'Soms,' zegt hij, 'leiden de kleinste incidenten tot de grootste ontdekkingen.'

Het klinkt ingestudeerd, als een zin die hij ooit in een *fortune cookie* heeft gelezen, maar ik word onrustig van de rust waarmee hij de woorden uitspreekt. Een briesje blaast een leeg chipszakje van een trap. Een duif waggelt en koert. Er klinkt een sirene. Er komt een lichte vetlucht uit de snackbar gewaaid.

Mijn sigaret is bijna op. Ik neem een laatste trek en gooi de peuk in de richting van de duif. Ik voel zenuwen als ik weer naar binnen loop, een verwarrend inwendig kietelend gevoel van onbekende vingernagels.

Het is opwinding, realiseer ik me: het ontvlammen na het

afstrijken van de lucifer. En daaronder nog iets anders: iets wat ik minder graag toegeef.

Paniek om wat er komen gaat.

2 mei

Zitkamer, Priorij van Tipworth, 21.00 uur

Op de eerste verdieping was het nog drukker dan beneden. In een zitkamer met Eau De Nil als basiskleur en gedecoreerd met spiegels in vergulde lijsten, bevond zich een uitgebreide selectie van dames in fleurig kant. Voor de open haard mixte een man met snor, bretels en slobkousen mojito's op bestelling. Naast hem maakte een meisje in een kort rokje oesters open, waardoor er stukjes schelp als granaatscherven op het zachte tapijt vielen.

Ik liep langs een romanschrijver wiens carrière tijdelijk in het slop was geraakt door een schandaal met een callgirl. Hij stond te praten met een zanger die zijn hoogtijdagen in de jaren tachtig had beleefd. De zanger droeg een belachelijke hoge hoed en had zwarte make-up op zijn hals en borst, waarschijnlijk in de hoop de aandacht van al zijn onderkinnen af te leiden.

Echt, vroeg ik me af, waar haalde Ben al die mensen vandaan?

Ik wist dat hij een onverbeterlijke verzamelaar van feestgangers was. Door zijn rijkdom kon hij zich in zekere kringen begeven. In de krant prijkte hij altijd op de lijstjes van rijke mensen. Hij schonk aanzienlijke donaties aan de juiste goede doelen. Zijn geld maakte op stille veilingen altijd het meeste lawaai.

In *Tatler* had een jaar geleden een dubbele pagina gestaan waarin hij 'de man met de beste connecties van Engeland' werd genoemd, handig geïllustreerd met een ingewikkelde flowchart die liet zien hoe dicht Ben bij verschillende zaken-, media- en politieke giganten stond. Ik was een kleine vermelding waard geweest in de hoek rechtsonder, waar ik tussen de oligarchen en *it-girls* om een plekje vocht. Het was een oude foto, uit de tijd dat mijn haar nog in een lok voor mijn gezicht viel.

'Journalist en schrijver Martin Gilmour,' luidde het onderschrift. 'Schoolvriend en erelid van de Notting Hill-kolonie.'

Toentertijd hadden Ben en ik erom moeten lachen, om het hele idee dat er zoiets als een 'kolonie' bestond, alsof we dassen waren die tussen het kreupelhout van West-Londen rondsnuffelden, op zoek naar een chic woonplekje. Hij deed alsof het stuk in de *Tatler* hem koud liet en deed het af als 'onschuldig geleuter', maar ik merkte dat hij er blij mee was. Hij werd graag aardig gevonden.

Ik dronk mijn drankje op en baande me een weg naar de mojito-man.

'Mojito, meneer?'

'Ja,' zei ik. 'Doe maar een sterke.'

'Dat zijn ze allemaal, meneer.'

'Mooi.'

Ik voelde een kneepje in mijn elleboog en hoorde toen een schorre stem die mijn naam zei. De moed zonk me in de schoenen. Ik hoefde niet te kijken om te weten wie het was. Gilly Rawlings, zo iemand die je je hele leven uit de weg gaat en vervolgens tot vervelens toe tegen het lijf loopt. Wat eigenlijk niet zo gek was: Gilly omschreef zichzelf als 'netwerkkoningin', wat erop neerkwam dat ze in principe geen enkele uitnodiging afsloeg. Ik wist nooit precies wat 'netwerken' inhield, buiten het verschijnen in televisiedebatten en discussiepanels om te praten over het belang van verbondenheid in ons professionele en persoonlijke leven. Gilly presenteerde ook een wekelijks radioprogramma dat *Wie kent wie* heette en stond bekend om haar grote aantal volgers op Twitter. Twee jaar eerder was ze ietwat in de problemen geraakt na een tweet waarin ze haar steun betuigde aan een feministe die campagne voerde om de beeltenis van een vrouw op een bankbiljet te krijgen (zoals ik destijds tegen Lucy zei: er stond al een vrouw op ieder bankbiljet, in de vorm van de koningin. Lucy had die opmerking met een ijzige stilte beantwoord). Hoe dan ook, na haar openbare steunbetuiging voor dit stomme, onbenullige idee, had Gilly doodsbedreigingen ontvangen, maar niemand had ooit de daad bij het woord gevoegd. Helaas.

'Gilly, schat,' zei ik. 'Mojito?'

'Nee, dank je.' Ze gebaarde naar haar strakgespannen taille. 'Dieet.'

'5:2?' informeerde ik.

'Nee, joh. Vasten? Als een Afrikaans weesje? Dacht het niet, lieverd.'

Op dat punt zouden de meeste galante mannen hebben gesputterd dat ze toch helemaal niet hoefde af te vallen. Maar Gilly was klein en rond en al haar gelaatstrekken leken in elkaar over te lopen, alsof er geen vaste structuur onder zat, dus hield ik mijn mond.

'Wat een feest!' riep ze uit. 'Zag jij ook, daar...?' Ze mompelde de naam van een beroemde kok die onlangs zijn vrouw had verlaten voor een andere kok die iets minder beroemd was dan hijzelf. Persoonlijk vind ik die voedselgekte van tegenwoordig ontzettend vermoeiend. Alles is schuim of een vergeten wortel of een puree van avocado of een ragout van varkensneusvleugels en stukjes lamstestikel. Waar is de toast gebleven? Gewoon toast. Zonder boter. Eventueel met een toefje bramenjam.

'Inderdaad,' zei ik.

'Ik heb me laten vertellen – nou ja, dit mag ik waarschijnlijk helemaal niet zeggen, het is maar een gerucht...' Ze ging zachter praten en de zin stierf weg.

'Vertel.'

Gilly lachte schel. Ze boog zich naar me toe. Haar voorhoofd kwam nauwelijks tot aan mijn schouder. 'Ik heb van een vogeltje gehoord dat de minister-president straks misschien nog komt. Kennelijk...'

Ik zag haar mond bewegen, maar de rest van wat ze te zeggen had werd overstemd door plotselinge harde jazzmuziek.

'O,' kwetterde Gilly. 'Dansen!' Ze liet een verwachtingsvolle stilte vallen. Het duurde even voor ik doorhad dat ze me mee naar beneden wilde hebben om naast haar op de dansvloer de shimmy te doen. Ik piekerde er niet over en bladerde in mijn hoofd al door mijn Rolodex van smoezen, toen er een logge mannenvorm in mijn gezichtsveld verscheen. Ik herkende die contouren direct: die vorm van de schouders, die gedrongenheid van de benen, dat vechtlustige silhouet. De gestalte kwam dichterbij. Ik vroeg me af of ik nog kon ontsnappen voor hij bij me was, maar Gilly stond nog steeds tegen me te tetteren en toen ik achteromkeek zag ik dat de route naar de dichtstbijzijnde deur door mensen werd versperd.

De gestalte bleef op ons toe lopen. Tot mijn verbazing voelde ik mijn hart tekeergaan, het gebonk stuwde met brute kracht het bloed door mijn aderen. Hoe kon het dat hij na al die jaren nog zo'n impact op me had? Zo'n onbeduidend iemand.

'O, Andrew,' piepte Gilly toen de gestalte vorm kreeg, de wazige vlek die op me afkwam focus en scherpte kreeg. Ze ging op haar tenen staan om hem een kus op beide wangen te geven, waarbij ze een spoortje vochtige lippenstift achterliet dat hij direct wegveegde. 'Kennen jullie elkaar?'

'Ja,' zei ik.

'Hoe is het met jou, Martin?'

Ik keek recht in het vlezige gezicht van Andrew Jarvis en vroeg me af wat ik moest antwoorden. Heel even overwoog ik me om te draaien en weg te lopen. Dat had ik maar wat graag gedaan in een andere realiteit, als ik iemand anders was, iemand die buiten de schaduw van zijn beste vriend bestond. Maar het was Bens feestje. Ik moest beleefd tegen de gasten blijven, hoezeer ik ze ook verachtte.

'Jarvis,' zei ik. 'Heel goed, dank je. En jij? Ik las over je laatste wapenfeiten' – ik voorzag dat woord van alle minachting die ik maar kon verzamelen – 'in de *Telegraph* van vandaag.'

Hij lachte. 'O, je moet niets geloven van wat je in de kranten leest.' Hij dronk niet, viel me op. In één hand hield hij een flesje Burtonbury-water. De zegel op de dop was nog niet verbroken. 'Journalisten schrijven alleen maar op waar ze zelf zin in hebben.'

Ik zag de belediging door de vingers.

Gilly giechelde nerveus. 'Goed, jullie twee dus, eens kijken, waar hebben jullie paden zich gekruist?' Ze wapperde met haar handen alsof het geschrokken vogeltjes waren.

'School,' zei Jarvis. 'We waren bevriend op school, toch Martin?'

'Bevriend is een groot woord,' zei ik. Hij knipperde met zijn ogen. Ik lachte om te laten zien dat ik niet te serieus moest worden genomen. 'Nee maar eerlijk waar, Jarvis, ik vind het geweldig dat het zo goed met je gaat. Een... verdienstelijke vent als jij verdient dat ook.'

'Dank je, Martin. Heel geschikt van je. Het zijn interessante tijden in de politiek, dat zeker. Er moeten veel grote discussies worden gevoerd over Europa, welvaart, immigratie. Heb je die klojo op *Question Time* gezien die de spoorwegen weer wil nationaliseren?'

Ik knikte. Eerlijk gezegd keek ik nooit naar *Question Time*, maar Jarvis had helemaal geen behoefte aan antwoord. Hij wilde gewoon de expert uithangen, het liefst ononderbroken. Door de jaren heen heb ik geleerd dat je mensen als Jarvis het beste maar kunt laten doorbazelen tot ze door de mand vallen. Vroeg of laat maken ze zo'n wanstaltig grote denkfout dat je ze met gemak in de rede kunt vallen om vervolgens geen spaan van ze heel te laten. Maar je moet het juiste moment afwachten om toe te slaan. Dat is de kunst.

'Ik zeg tegen mijn vrouw,' hamerde Jarvis verder. 'Ik zeg tegen haar: Betsy, je wilt niet weten hoe die man zich in het Lagerhuis gedraagt. Ik bedoel...'

Abrupt viel hij stil.

'Is jouw vrouw er ook, Martin?' vroeg hij, alsof die gedachte nu pas bij hem opkwam.

'Ja.'

'Echt waar?'

'Daar kijk je kennelijk van op.'

Hij kneep zijn ogen samen. Zijn wenkbrauwen waren bleek en rossig, doorzichtig bijna. 'O nee hoor, helemaal niet. Wist niet of jullie nog bij elkaar waren. Je bent... nou ja, je hebt me nooit een type voor het huwelijk geleken.'

Een serveerster schoof een dienblad shotglaasjes onder onze neus, met een venijnig groen goedje erin.

'Thaise kokossoep?' vroeg ze.

Jarvis en ik namen er allebei een.

Gilly schudde mismoedig haar hoofd. 'Dieet,' mompelde ze, maar niemand lette op haar. Ze verhief haar stem, vastbesloten niet over het hoofd te worden gezien. 'En,' zei ze met haar blik op Jarvis. 'Klopt het dat de minister-president komt?'

Hij haalde zijn schouders op. 'Zou ik niet kunnen zeggen.'

'Ah, kom op!' Gilly sloeg hem speels op zijn borst. 'Wat ben je toch een pestkop!'

Hij zette een zielig gezicht op. Ik wist nog dat hij op school altijd de indruk probeerde te wekken dat hij meer wist dan in werkelijkheid het geval was. Daar zou hij nu toch overheen moeten zijn gegroeid.

'Moet je horen, als ik het mocht vertellen zou ik het zeker doen, maar...' Hij tikte met zijn vinger tegen de zijkant van zijn neus.

Gilly liep rood aan. Haar oorbellen – grote nepsmaragden die als een kroonluchter aan haar vlezige oorlellen hingen – begonnen te schommelen, alsof ze op een of andere inwendige trilling reageerden. Ze leek bijna te imploderen onder de druk.

'Hij komt,' zei ik.

Jarvis keek me pissig aan.

Gilly draaide zich om. 'Echt waar?' vroeg ze.

Ik knikte. 'Ben heeft het me verteld. Ze moesten extra beveiliging regelen.'

Gilly stond te stuiteren. Haar jurk had een metalen zoom die een tinkelend geluid maakte als ze zich bewoog. 'O mijn god,' zei ze. 'Dat moet Marina horen.' Ze gaf ons een plichtmatige luchtkus en ging ervandoor, stralend door de roddel die ze te vertellen had. Ik keek hoe ze wegliep, hoe haar brede achterwerk nog breder werd door het zwiepen van haar paarse, tafzijden rok.

Ik richtte mijn aandacht weer op Jarvis. Ik kon hoegenaamd niets bedenken om tegen hem te zeggen. 'Heb je het naar je zin?' waagde ik.

Jarvis keek me aan. 'Buitengewoon,' zei hij.

'Ja, Ben houdt niet van half werk.'

'Ik heb het niet over het feest. Ik heb het over jou.' Jarvis verbrak het zegel van zijn water en nam een teug. 'Jij hebt jezelf getransformeerd.'

'Hoe bedoel je?'

'Gewoon...' Met zijn vrije hand gebaarde hij op en neer. 'Dit.' Hij lachte. 'Je draagt geen bril meer, zie ik.'

'Nee,' zei ik, mijn masker met glimlach zorgvuldig in stand houdend.

'Je haar, het is...' Hij boog dichter naar me toe. 'Het is anders. Donkerder, misschien?'

Ik zweeg.

'En je pak,' zei hij grijnzend. 'Hip, hoor.'

'Het is avondkleding. Ik begrijp niet waar je heen wilt.'

'Maar niet zomaar avondkleding, toch, *Martin*? Hij legde een vreemde nadruk op mijn naam. 'Het ziet er nogal duur uit, heel chic.'

Ik gebaarde naar de barman dat hij nog een mojito voor me moest maken. 'Ben en ik hebben dezelfde kleermaker,' zei ik.

'Maar natuurlijk. Natuurlijk!' riep hij uit, lachend om een of ander binnenpretje. Hij nam een slokje water, maar zijn stem klonk toen hij verder praatte alleen maar droger. 'Je hebt het goed voor elkaar.'

'Ja. We kunnen natuurlijk niet allemaal politicus zijn...'

'Nee, klopt.' Nog een slok water. 'Jij had altijd al de neiging om op mensen neer te kijken, toch? Die keer, weet je nog, toen je...' Hij maakte zijn zin niet af. 'Jij was zo arrogant,' ging hij verder. 'En om een of andere duistere reden werd Ben daardoor ingepalmd. En nu...' Hij leunde naar achteren en nam me op. 'Daar sta je dan. Stevig tegen de goedgevulde Fitzmaurice-boezem aan gedrukt.'

'Nou, goed, leuk je gesproken te hebben,' zei ik, en ik maakte aanstalten om weg te lopen.

Hij greep me bij mijn bovenarm. 'Nee, nee, luister: ik ben blij voor je, Martin. Goed gedaan. Ik misgun het je niet. We moeten allemaal doen wat we moeten doen, toch? Alleen...' Hij lachte weer, dat verontrustende gemurmel dat rechtstreeks uit zijn keel leek te komen. 'Vanuit de andere kant van de kamer leek je precies op Ben. Daarom kwam ik naar je toe. Ik dacht dat je hem was.'

Hij haalde zijn hand van mijn arm en liet me daar achter. Wankelend liep ik terug en viel bijna de open haard in, op het laatst wist ik nog net mijn evenwicht te bewaren.

'Alles goed, meneer?' vroeg de barman.

'Ja, ja, bedankt.'

'Ik zei toch dat ze sterk waren.'

'Klopt.'

Toen ik mijn tweede mojito op had, voelde ik me wat beter. Ik bedacht dat ik Lucy beneden had achtergelaten. Ik baande me een weg terug en stond ineens in een van de gangen achter in het huis. Hier waren de kamers door een aantal handbeschilderde chinoiserieschermen afgesloten voor de gasten.

Ik haalde diep adem en dwong mezelf tot rust te komen. Aandachtig bekeek ik de schermen om mezelf de tijd te geven alles op een rijtje te zetten. Van een afstandje leek het zijde bedrukt met afbeeldingen van kersenbloesem en eenpotige reigers in waterplassen. Pas als je dichterbij kwam, zag je dat de bloesem uit een serie naakte vrouwenborsten bestond en dat de reiger eigenlijk een copulerend stelletje was.

Ik liep de trap af naar de weelderige, rode zitkamer die uitkeek op de tuin. Langs de muren stonden banken, die vol kussens met gouden kwastjes lagen. Voor de open haard lag een zebravel nonchalant op de vloer gedrapeerd. Het ritme van een of andere vreselijke clubtrack dreunde uit een iPod, aangesloten op een set Bose-luidsprekers die net twee hoorns van een neushoorn leken. Waarom, dacht ik, moet alles er tegenwoordig uitzien als iets anders? Waar zijn we zo bang voor?

In de hoek stond een man in pak met roze pochet te praten met een televisiepresentatrice van middagprogramma's, die laatst een goedlopende fitness-dvd had uitgebracht. Achter hen zag ik nog net het met haarlak bespoten, wijduitstaande opgestoken kapsel van de vrouw van iemand uit de Britse adelstand.

Na een tijdje ruilde ik mijn lege glas in voor een volle champagneflûte. De ober had hoge jukbeenderen en gel in zijn haar. Ik ving zijn blik op. Hij glimlachte. Terwijl hij zich een weg door de kamer baande, bekeek ik het achteraanzicht – middelgrote bouw met smalle heupen. De houding van een balletdanser. Dunne polsen. Oost-Europees waarschijnlijk. Ik keek hoe hij wegliep en de deur achter zich dichtschoof.

Toen ik me weer omdraaide stond Jarvis vanaf de andere kant van de kamer naar me te kijken. Hij moet me zijn gevolgd, dacht ik.

Hij hief de fles water omhoog ter begroeting. Misschien was het de schemerige verlichting of mijn door de alcohol licht verdoofde denkvermogen of het feit dat ik nog steeds moest bijkomen van het ongemak van ons eerdere gesprek. Of misschien stond ik wel te ver weg om precies te kunnen zien wat hij probeerde te zeggen. Toch zou ik hebben kunnen zweren dat hij bij het heffen van die fles drie woorden met zijn mond vormde en toen ik me realiseerde wat hij zei, klonken die drie stille woorden als een cimbaal die van grote hoogte op het beton wordt gegooid.

Ik weet het, vormden zijn lippen. *Ik weet het.*

Ik voelde een koude windvlaag toen iemand ergens een raam

openzette en de nacht liet binnenstromen.

Hij kon het niet weten, dacht ik bij mezelf. Niemand wist wat er dat eerste schooljaar op Cambridge was gebeurd, alleen ik en de Fitzmaurices. Niemand van ons had er ooit met een woord over gerept. Dat wist ik honderd procent zeker.

Toch?

Martin

Queens' College, Cambridge, 1993

De auto kwam de oprit op zonder richting aan te geven, in de glanzende zwarte lak weerspiegelde vaag de bol van een straatlantaarn. Het schemerde al. De avond leek hier sneller te vallen dan in Burtonbury: een plotse inktvlek in een vloeipapieren hemel.

Ik was al een paar dagen in Cambridge en nog steeds niet gewend aan de bijtende kou van de wind, de weidsheid van de landelijke omgeving en de aanhoudende zweem van vocht in de lucht. Een van mijn leraren op Burtonbury had me voor mijn vertrek nog voor het klimaat in East Anglia gewaarschuwd.

'De wind komt rechtstreeks uit Rusland,' had hij gezegd. We hadden allemaal op het gazon bij het plein gestaan, na de prijzenceremonie en de toespraken: een mengeling van moeders met een hoedje en jongens in uniform die aardbeien uit plastic bakjes aten en probeerden boven het gesyncopeerde kabaal van de zeskoppige jazzband uit te komen.

'O ja?' vroeg ik verveeld. Ik had verder niemand om mee te praten. Mijn moeder was er niet omdat ik haar niet had uitgenodigd, ook al had ik twee schoolprijzen gewonnen – een voor Engels, een voor geschiedenis. Maar de Fitzmaurices hadden wel in het publiek gezeten en geglimlacht toen ik het podium beklom. Zelfs Fliss, die meestal een broertje dood had aan dit soort geïnstitutionaliseerde rompslomp, had zitten grijnzen en klappen toen mijn naam werd omgeroepen. Ben stond als klassenoudste op het podium om me de twee zilveren bekers te overhandigen. Toen ik langs hem heen liep had hij geknipoogd, maar hij was de hele ochtend al in een vreemde bui geweest en ik was bang dat ik iets verkeerd had gedaan.

'Ja,' zei de leraar. 'Geen bergketens die ze tegenhouden.'

Ik onderdrukte een geeuw en maakte me halverwege zijn zin uit de voeten. Om sociale conventies hoefde ik me niet langer druk te maken, nu ik toch vertrok.

Ik liep terug naar Sullies, en bedacht dat dit een van de laatste keren was dat ik deze inmiddels zo vertrouwde route zou lopen. Toen ik de kortere weg achter de plaatselijke kerk langs nam hoorde ik mannenstemmen, afgewisseld met meisjesachtig gegiechel. Er zat een heg tussen het geluid en mij. Ik rekte me iets uit en zag toen Ben op een klein grasveldje zitten met zijn arm om een meisje in BGC-uniform. Naast hem de domme gestalte van Jarvis. Mijn haat kreeg een richting.

Jarvis zat met zijn pafferige gezicht tegen dat van een ander meisje aan geplakt, met lippen die als bij een vis open- en dichtgingen en met zijn hand onder haar blouse. Het was net alsof hij haar mond opat in plaats van kuste.

Ik bleef even staan kijken. Ben maakte zijn meisje aan het lachen en wreef met zijn vingers en duim over haar nek. Ze was lang en dun en de punten van haar haar waren roodgeverfd, alsof ze in bloed waren gedoopt.

Ik verloor mijn evenwicht. Jarvis duwde geschrokken het meisje weg en draaide zich naar me toe. Op zijn mond, slap van het zoenen, verscheen een grijns. 'Alles goed daar, gluurdertje?'

Ik kreeg een kleur. 'Ik was gewoon...'

'Lekker opgewonden aan het raken?'

Ben keek me strak aan nu, aan zijn gezicht viel niets af te lezen.

'Er zijn makkelijkere manieren om dat te doen, hè, Martin,' vervolgde Jarvis. Het meisje naast hem knoopte haar blouse dicht. 'Ik kan je wel een pornoblaadje geven. Videootje met wat amateurfilms.'

'Laat hem nou maar,' zei Ben mat.

Jarvis rolde zich op zijn buik, met zijn handen onder zijn kin. 'Waarom doe je zo raar met je hoofd?' vroeg hij.

Ik had mijn zenuwtic niet opgemerkt. Ik deed mijn uiterste best mijn hoofd stil te houden. De tic werd minder.

'Gebeurt dat als je klaarkomt?' zei hij met een dreigende glimlach. 'Is dat je klaarkomgezicht? Martin met de zenuwtic, Martin met de zenuwtic, haha.'

Het begon te bonken in mijn borstkas, eerst zachtjes, toen steeds harder. 'Ben, je ouders zijn naar ons op zoek,' loog ik.

'O, shit,' zei hij en keek op zijn horloge. 'Helemaal vergeten.'

Lord en Lady Fitzmaurice zouden ons meenemen naar het Duke of Clarendon Hotel in de stad voor een lichte maaltijd.

Ben stond op. Het meisje met het in bloed gedoopte haar keek teleurgesteld.

'Veel plezier,' zei Jarvis luidkeels tegen Ben. 'Met je kleine vriend.'

In de Duke of Clarendon bestelde Bens vader George champagne en schonk ons een glas in. We aten komkommersandwiches zonder korst. Lady Katherine at nauwelijks iets, ze nam overal de helft van. Fliss, die bij de prijsuitreiking nog zo vrolijk was geweest, zag er nu chagrijnig en afstandelijk uit. Ze keek uit het raam en frunnikte aan haar nagels.

'Fliss,' zei Katherine op een gegeven moment. Er kwam geen reactie. 'Fliss, lieverd, doe eens even mee. Dit zijn toch geen manieren.'

Fliss slaakte een diepe zucht. Er viel een ongemakkelijke stilte. Ben pakte de fles en schonk zichzelf het laatste beetje champagne in. Hij keek gespannen en ik zag hem op zijn wang bijten, zoals altijd wanneer hij ergens over inzat of nerveus was. Hij was de hele dag al afwezig geweest. Het leek alsof ik hem niet scherp zag: zo'n vervorming als wanneer je na een biertje door de bodem van het glas kijkt, waardoor de kamer er verdraaid en kromgetrokken uitziet.

Zijn moeder wilde iets zeggen, maar George keek haar aan en gaf haar een subtiel knikje waarna ze met haar keurige vingers het servet om en omdraaide.

'Nou, jongens,' zei George. 'Ik wilde graag...'

Maar ik kreeg de kans niet om te horen wat George te zeggen had, want op dat moment gaf Ben me een klap op mijn schouder en zei, alsof we het al gepland hadden, dat we met wat vrienden hadden afgesproken en dat we terug zouden zijn voor het avondeten en tot straks en bedankt.

Ik liep achter hem aan het hotel uit. Ben liep in een woest tempo, met opgetrokken schouders en zijn handen in zijn zakken. De zon scheen fel op de parkeerplaats. Ik stelde geen vragen. Ik had, zonder dat het me verteld was, begrepen dat dit moest. Dat als we ook maar een minuut langer in dat bedompte hotel waren gebleven er iets kapot was gegaan.

'Gaat-ie?' vroeg ik.

Hij knikte. 'Ik moest daar gewoon weg, begrijp je?'

We sloegen rechts af de weg op naar de Wintertuin en liepen naar ons vaste plekje naast de muziektent. Het park was leeggelopen. De bezoekers van die dag waren weg en hadden plaatsgemaakt voor dakloze mannen en ronddolende tieners zoals wij.

Ben en ik liepen naar de overwoekerde rododendronstruik, waarvan de bloemen zachtroze kleurden in de avondschemering. We kropen tussen de takken en gingen op de met struikgewas begroeide grond zitten. We zaten maar een paar meter bij het pad vandaan en hoorden nog steeds het zachte geroezemoes van andermans gesprekken, maar we zaten uit het zicht.

Ben haalde een plastic zakje met wiet tevoorschijn, zo droog als theeblaadjes. Toen legde hij het vloeitje en de filter klaar en begon een joint te rollen.

Hij rolde hem strak, met behendige vingers. Hij stak hem aan, gaf hem toen aan mij voor het eerste trekje. Ik inhaleerde en werd gewichtloos en slap.

'Sterk,' zei ik.

Hij grijnsde. 'Alleen het beste voor ons.'

Ik stak mijn hand naar hem uit en woelde door zijn haar. Dat deed ik weleens als we alleen waren. Hij gedoogde dat ik mijn hand in zijn nek liet liggen.

'Gaat-ie?' vroeg ik nogmaals.

Hij gaf geen antwoord. Hij nam nog drie lange trekken voor hij iets zei. Ik telde ze. Het leek heel belangrijk om alles precies te registreren. Vier steentjes bij mijn linkervoet. Eén weggegooid blikje bier. Twee weken die ik na dit schooljaar zonder Ben moest doorbrengen, voor ik hem thuis zou opzoeken. Vijf sproeten op zijn bovenarm in de vorm van de Grote Beer.

'Het is vandaag de sterfdag van Magnus.'

Het duurde even voor het tot me doordrong. De wiet had een grotere uitwerking dan ik had voorzien. 'Je broertje?' vroeg ik. De woorden klonken traag en stom.

'Ja.'

Ik sloeg mijn arm om hem heen.

'Wat erg.'

Zijn ogen waren waterig. Bij de gedachte dat hij kon gaan huilen voelde ik een steek van verlangen.

Hij aaide over mijn hand. 'Dank je. Wil het er verder niet over hebben, maar moest het even kwijt...'

'Je was vast een geweldige grote broer,' zei ik. Ik herinnerde me die woorden nog uit die brief die Lady Katherine lang geleden had geschreven. Het kon me niet per se iets schelen wat voor grote broer hij was geweest en ik kon geen enkel gevoel opbrengen voor Magnus, die ik als een oppervlakkig plaatje voor me zag, verstoken van enige persoonlijkheid of charme, maar ik wist wel wat ik moest zeggen.

Ben lag met zijn ogen dicht op de grond.

Ik schoof naar hem toe en gaf hem de joint.

Een hele tijd lagen we daar, of misschien was het helemaal niet lang, en toen draaide ik me naar hem toe en zag ik een traan uit de hoek van een gesloten oog biggelen. Ik bleef even kijken naar die traan, gegrepen door de doelgerichtheid van zijn koers.

Bens lippen zaten nog van elkaar op de plek waar de joint had gezeten. Ik stelde me voor dat ik restjes rook uit hem zag kringelen, als de ziel van een dode die naar de hemel opkroop. Ik boog me over hem heen en bracht mijn gezicht zo dicht bij het zijne dat ik de champagne, de wiet en de komkommer in zijn adem rook. Zijn lippen waren droog. Ik likte ze af met het puntje van mijn tong. Het was een test, om te zien wat er zou gebeuren.

Niets. Ben bleef zwijgen. Hij had zijn ogen dicht, zijn oogleden bewogen waardoor ik zag dat hij niet sliep. Ik bracht mijn mond weer omlaag naar de zijne. Ik kuste hem, stak mijn tong tussen zijn tanden en op dat moment voelde wat we deden zo overduidelijk goed, alsof het volslagen onbegrijpelijk en onlogisch zou zijn om het te ontkennen. Ik kuste hem. Hij reageerde met een uiterst lichte beweging van zijn tong. Toen, geen beweging meer.

Hij maakte geen geluid. Hij draaide zich op zijn zij, met zijn gezicht van me af. Ik rolde terug, stoned en gelukkig, en zei tegen mezelf dat dit moment alles zou veranderen.

Maar natuurlijk was er, toen de wiet was uitgewerkt en we de takjes en blaadjes van onze benen hadden geveegd en terug naar het hotel liepen, helemaal niets veranderd.

Nu, drie maanden later, kwam de auto tot stilstand naast de portiersloge van Queens' College. Ik wist al dat je daar niet mocht parkeren, maar voor de Fitzmaurices golden andere regels. Het zijportier ging open en Ben stapte uit met zijn vertrouwde soepele loopje. Hij droeg een spijkeroverhemd met opgestroopte mouwen, waar armen onder vandaan kwamen die zongebruind waren van drie weken backpacken door Kroatië. Hij was met James Lewis gegaan, die zijn eerste jaar in Manchester er net op had zitten en ik had een steek van jaloezie gevoeld omdat ik niet was uitgenodigd. Die voelde ik nu weer, bij het zien van de sproeten op zijn neus en de diepe olijfkleur van zijn huid. Zijn haar was ook lichter, donkerblonde haarpunten waaiden op in de wind.

Maar, zei ik tegen mezelf, we hadden nog de volle drie jaar samen op Cambridge. Ben had zich bij Queens' aangemeld vanwege het goede rugbyteam en de reputatie dat er veel gefeest werd. Van alle studies die er waren had hij uitgerekend gekozen voor theologie. Ik vermoedde dat dit een tactisch besluit was – het was makkelijker te worden toegelaten voor marginale vakken die niemand anders wilde studeren. Ik had me aangemeld voor geschiedenis. Het was voor mij geen vraag of het ook Queens' zou worden. Het toelatingsgesprek deed ik op mijn sloffen en de week erop lag er een aanbod voor uitblinkers in mijn brievenbus.

En nu was Ben er, terug van vakantie, op de drempel van zijn nieuwe studentenleven, breed, bruin en blakend van het zelfvertrouwen. Hij was er pas net, dacht ik, en nu al liep hij rond alsof hij hier van meet af aan had thuisgehoord.

Ik kwam de schaduw uit.

'Ben.'

'Keeeerel,' zei hij en ineens was ik belachelijk blij dat hij er was, dat hij nog wist wie ik was, dat hij me nog leuk vond. Ik had een weekend in mijn eentje op de universiteit doorgebracht, omdat mijn Interrail eerder dan verwacht was afgebroken (wat gezeik met een Zweedse backpacker die beweerde dat ik had staan kijken terwijl hij douchte). Daarna had ik geen zin meer om naar de volgende stad te gaan. Naar huis wilde ik ook niet – dat kon ik niet aan – en hoewel ik wist dat de Fitzmaurices me met open armen zouden ontvangen, was ik nog nooit op hun uitnodiging ingegaan zonder Ben erbij. Ik was geïntimideerd door hen, ook al probeerde ik dat uit alle macht te verbergen.

Dus toen kon ik alleen nog maar naar Queens'.

Ik was ervan uitgegaan dat er nog wel een handjevol studenten zou zijn, maar bij aankomst bleek ik de enige. De portier, een logge man met een bril en een vervaagde ankertatoeage op zijn binnenarm, zat toen ik binnenkwam met zijn voeten op het bureau in de portiersloge een krantje te lezen.

'Pardon,' zei hij. 'Ik verwachtte niemand.'

Ik werd overvallen door de eenzaamheid op mijn kleurloze kamer in Cripps Court, waarvan het enige raam uitkeek op een binnenplaats omzoomd door lege kamers, die me met hun dichte gordijnen allemaal aanstaarden en zo slechts mijn eigen leegte weerspiegelden. Ik had geen posters. Daar had ik op school wel commentaar op gekregen, omdat alle andere jongens glanzende reproducties van een tweedimensionale Pamela Anderson en enorme illustraties van cannabisbladeren, Bob Marley of Che Guevara (de ironie!) met kneedgum tegen de muur hadden geplakt. Na een tijdje kreeg ik lol in hun verwarring over mijn lege muren, maar op mijn posterloze kamer in Cambridge miste ik Ben zo erg dat het me overdonderde. Het was, rekende ik uit, een van de langste periodes waarin we ooit zonder elkaar waren geweest.

'Hoe is je kamer?' vroeg hij nu, met nog steeds één arm losjes om mijn schouders. Er liepen andere studenten met kartonnen dozen en plastic kratten over de parkeerplaats en ik stelde me voor dat die ons zagen en direct doorhadden dat wij beste vrienden waren.

'Zo, zo, zo, als dat de jongeheer Gilmour niet is.' De droge, lage stem van Bens vader. Hij stapte uit aan de bestuurderskant en drukte op zijn sleutelhanger, waardoor de auto met een hoog piepje op slot schoot. Het was een zwarte Lexus. 'Het karretje', noemde Lady Fitzmaurice het altijd, in tegenstelling tot de duurdere auto's – de Bentley, de klassieke Mercedes en de gedeukte Landrover die ze gebruikten om 'te boemelen' over het landgoed.

'Lord Fitzmaurice.' Ik gaf hem een hand.

'Martin, Martin, Martin,' zei hij. Hij had de gewoonte om alles altijd drie keer te herhalen. 'Ik zeg al jaren dat je me George moet noemen.'

Ik grinnikte. 'Sorry. George.'

'Van Lord Fitzmaurice ga ik me zo oud voelen,' zei hij.

'En eigenlijk is het ook Sir George,' onderbrak Ben.

'Goed, ja, technisch gesproken wel,' zei George. 'Maar daar voel ik me zelfs nóg ouder door.' Hij sloeg me op mijn rug. 'Hoe gaat-ie, kerel? Lang geleden. Alles goed? Hoe was de rest van de zomer?'

'Pa, echt. We zijn er pas net. Hou eens op met al die vragen.'

George stak spottend zijn handen omhoog alsof hij zich overgaf. 'Sorry dat ik iets zei. Moeten jullie horen, jongens, zal ik jullie even met rust laten en een rustig plekje voor mezelf opzoeken...' Hij keek om zich heen. Ik wist dat hij de horizon afspeurde naar een café.

'Daar zit The Anchor, direct aan de overkant van de brug,' zei ik, wijzend naar Silver Street.

'Inderdaad. *Wunderbar!* Ik ga daar even zitten en als jullie de auto hebben uitgeladen neem ik jullie super-de-luxe mee uit eten. Ja?'

Ik voelde een golf van genegenheid voor George, zoals hij daar in zijn corduroybroek stond. Daar waar Katherine me altijd beleefd had bejegend, was George van meet af aan bijzonder hartelijk tegen me geweest.

De eerste keer dat Ben me bij hem thuis had uitgenodigd was een paar weken na de BGC-fuif. Ik had zijn moeders brief de ochtend nadat ik hem had gelezen terug in zijn ladekast gelegd. Er was niemand in de buurt omdat ik had gespijbeld van een bijeenkomst in de aula. Tijdens de thee was Ben naast me komen zitten om zijn toast te eten, en ik was stomverbaasd dat hij klaarblijkelijk met me wilde praten. Ik was ervan uitgegaan dat hij, na dat meisje en de muziek en het zoenen, met andere, populairdere jongens zou willen optrekken, die wisten hoe je moest vragen naar dingen als vingeren en zuigzoenen en hoe je een stijve kreeg. Maar hij vroeg van alles over mij, mijn familie en waar ik vandaan kwam.

Ik gaf hem een zwaar gecensureerde versie, waarbij ik de dood van mijn vader zwaar aanzette en vertelde hoe moeilijk het was een gezinslid te verliezen en hoe ik in de rouw was geweest en het gevoel had dat niemand op school het werkelijk begreep. Ik liet een veelbetekenende stilte vallen zodat Ben die zelf kon invullen, maar hij hapte niet. Hij keek me gewoon aan en knikte en na een tijdje gingen we over op interessantere gespreksonderwerpen – onze lievelingsvakken, de leraren aan wie we een hekel hadden, de muziek waarvan hij dacht dat ik die leuk vond. Hij merkte terloops op dat het meisje met wie hij gezoend had 'lief, maar saai' was, waardoor ik hoop kreeg. En toen maakte ik hem aan het lachen. Ik weet niet meer precies waarmee, misschien een imitatie van een medeleerling. Ik had een goed gehoor en pikte met het grootste gemak fysieke maniertjes en stembuigingen op. Dat kan ik nog steeds. Sterker nog, ik kan Ben aardig goed nadoen, hoewel alleen Lucy het heeft gezien, en ook maar één keer. Eerst vond ze het grappig, maar toen stopte ze met lachen omdat ze het 'griezelig' vond.

Hoe dan ook, het eerste verlof op Denby Hall was een succes. Lady Fitzmaurice vergaf me voor het feit dat ik geen tenniskleren had. Ze was niet echt een warme vrouw, begreep ik, zelfs niet voor Ben. Zo nu en dan streek ze met de rug van haar hand over zijn wang, maar verder raakte ze hem nooit aan. Ze zei dat ik haar moest tutoyeren, maar dat durfde ik pas maanden later. Het was net of de stem uit de brief bij een andere vrouw hoorde en ik vroeg me af of ze zich misschien alleen op schrift kon openstellen, als er een afstand zat tussen haar bericht en de ontvanger.

Lord Fitzmaurice daarentegen was aardig. Toen we de eerste avond in de zitkamer zaten na een diner van gebraden lamsvlees (dat was klaargemaakt door een kokkin, die door niemand kokkin werd genoemd, maar 'onze lieve Pam'), merkte Bens vader mijn belangstelling voor de boeken langs de muren op. Hij nam me apart en zei dat ik Dickens eens moest lezen, en die zondagavond stuurde hij me terug naar Burtonbury met een prachtige uitgave van *Great Expectations*, met zijn naam op het schutblad geschreven. Toen ik die avond in bed de bladzijden omsloeg, was het papier zo zacht en dun als mottenvleugels.

Ik had een zorgvuldig geformuleerd bedankbriefje geschreven, omdat ik niet overdreven dankbaar wilde klinken, maar ook niet kortaf. Ik moest het precies goed verwoorden. Ik stelde me zo voor dat de Fitzmaurices het soort mensen waren dat veel waarde aan een bedankbriefje hechtte.

Aan het eind van het tweede schooljaar werd ik nog een keer uitgenodigd en van toen af aan werd het een soort routine en algauw bracht ik ook alle vakanties op Denby door. Ik weet nog dat Bens moeder in een paasweekend een keer een eierzoektocht op touw had gezet (met, zoals altijd, de hulp van de trouwe Pam). Fliss was ook thuis en met zijn drieën zochten we in het grasveld en de bloembedden naar hardgekookte eieren. De eieren waren gelegd door de twee loslopende kippen van Katherine die onder de gele vlekken leken te zitten door de bloeiende brem die overal in het veld stond.

Fliss en Ben hadden elkaar de hele ochtend al fluisterend met gemene grapjes lopen opfokken. Ik vroeg me af of hun stroeve omgang iets te maken had met het feit dat Magnus er niet meer was, het kleine broertje over wie met geen woord werd gerept. Hij bestond alleen op foto's en een groot olieverfschilderij boven de open haard in de eetkamer: rond gezichtje, mollige knietjes en een glimlach, waardoor kleine, regelmatige tanden te zien waren. Ik had één keer gevraagd wie hij was. Het leek me vreemd als het me niet zou opvallen.

'Dat is Magnus,' zei Katherine. 'Hij is overleden.'

Haar stem klonk normaal. Ben, die op de bank zat, wreef in zijn nek en concentreerde zich op een punt op het tapijt vlak achter zijn voeten.

'O,' zei ik. 'Wat erg. Wat is er gebeurd...?'

George ging naast zijn vrouw staan en sloeg een arm om haar middel. 'Hij had hersenvliesontsteking,' zei George. 'Het was verschrikkelijk.'

Ben stond op. 'Ik ga naar buiten,' zei hij. 'Kom je mee, Mart?'

Magnus werd in mijn bijzijn nooit meer genoemd.

Zijn dood had de gezinsdynamiek duidelijk veranderd, op een manier waar ik mijn vinger niet op kon leggen. Ben en Fliss waren dol op elkaar, en koesterden tegelijkertijd een wederzijdse haat. Dat paasweekend, toen we over het croquetveld liepen, kwam het tot een uitbarsting. Ze hadden allebei tegelijkertijd een ei onder een poortje zien liggen en renden erop af, waarbij Fliss Ben opzijduwde om het onder luid gejuich op te rapen.

'Ach, flikker toch op, Fliss,' zei Ben. Hij raapte een van de croquethamers op die we de avond ervoor op het gras hadden laten liggen en smeet hem met volle kracht weg. De hamer kwam met een versplinterende klap op de rand van een laag muurtje terecht.

'Wat was dat in hemelsnaam?' vroeg Katherine, die geruisloos van het kiezelpad af kwam gelopen.

'Ben is een lul,' zei Fliss opstandig. Ze zat in een *gothic* fase en had haar haar blauwzwart geverfd en haar ogen met kohlpotlood omrand. Haar T-shirt was gescheurd bij de hals en op de voorkant stond in verschoten witte letters BLACK SABBATH.

'Let op je woorden, alsjeblieft.'

Fliss rolde met haar ogen. 'Je hebt vast wel ergere dingen gehoord, mam.'

'Hou op, Fliss, hier heb ik geen zin in.' Katherine draaide zich naar haar zoon, die met zijn handen in zijn zakken stond. 'Ik bedoel, lieve hemel, jongens. We zijn gewoon eieren aan het zoeken. Jullie gedragen je als kleine kinderen.'

Ik zag dat geen van beiden van plan was om het goed te maken. Fliss stond boos te kijken en Ben had die afwezige blik die hij wel vaker had, een teken van ingehouden woede, wist ik. Ik kreeg het warm. Ik besefte dat ik iets moest doen om de spanning te breken. Dit was mijn kans om mezelf onmisbaar te maken.

'Bedankt voor deze ochtend, Lady Fitz... Katherine,' verbrak ik de korzelige stilte. 'Ik vond het ei-zersterk. Het was geweldig, ook al heb ik er niets van gebakken.'

Verbluft keek Katherine me aan. Vanuit mijn ooghoek zag ik Fliss staan gniffelen. Ben snoof, maar het was een vriendelijk geluid. Toen brak de zon door op Katherines gezicht. Ze begon te lachen, een zacht pruttelend geluid dat ik nooit eerder had gehoord.

'O, dat was heel grappig, Martin,' zei ze. 'Werkelijk heel grappig.' Ze drukte haar vingers op haar ogen, die volschoten.

'Mam,' zei Ben, 'zó grappig was het nou ook weer niet.'

'Nee, nee, dat weet ik wel, maar...' Ze vermande zich, veegde de laatste tranen weg en gaf me toen een klopje op mijn schouder. 'Fijn om je hier te hebben, Martin,' zei ze. 'Je hoort echt bij het gezin.'

Toen we met zijn vieren met onze breekbare gele eieren terug naar huis liepen, merkte ik tot mijn eigen verbazing dat mijn eigen ogen ook vochtig waren en ik knipperde twee keer snel achter elkaar om ervanaf te zijn. Het werkte, dacht ik: ik hoorde écht bij het gezin.

'Aarde aan Martin, aarde aan Martin.' Bens stem bracht me terug in het hier en nu. Queens'. De portiersloge. Een stapel dozen die naar zijn kamer moest op de eerste verdieping van het DD-trappenhuis.

'DD,' zei Ben toen hij zijn kamersleutel kreeg. 'Precies zoals ik mijn vrouwen graag heb.'

'Jammer dan dat je niet op E zit,' antwoordde ik.

'Neuh. Te groot. Meer dan een handvol is te veel. En je weet dat de grote later gaan hangen.'

Hij wist er zoveel van. Ben was, voor zover ik wist, al met vier meisjes naar bed geweest, terwijl ik nog steeds maagd was. Dat kon me niet schelen. De meeste meisjes die ik kende vond ik schreeuwerig en dom. Ik las liever een boek. In het laatste schooljaar had Ben er weleens naar lopen vissen. Volgens mij was hij bang dat ik me opgelaten zou voelen en ik wist dat ik een vakantieliefde zou moeten verzinnen om een eind te maken aan zijn aanhoudende ondervragingen.

Na drie kwartier hadden we het meeste zware tilwerk achter

de rug. In Bens kamer stond een waterkoker, die rammelde van de kalkaanslag maar het verder prima deed. In een hoek hing een wastafel, afgeschermd door een schuifdeur. Hij hield de waterkoker onder de koude kraan en drukte hem aan om thee te zetten. Pas toen hij me een mok gaf met het logo van de Liverpool Football Club erop bedachten we dat we geen melk hadden.

'Ach ja,' zei Ben. 'Worden we hard van.'

'Ik weet nooit wat dat betekent,' antwoordde ik.

'Ik ook niet. En ik ben inmiddels waarschijnlijk sowieso wel hard genoeg.' Hij keek naar zijn bovenarmspieren. 'Jij daarentegen...'

'Flikker op.'

Ik zat op de rand van zijn bed in de warme thee te blazen, toen er op de deur werd geklopt.

'Ja,' riep Ben.

Een jongen in een rugbyshirt van Engeland stak zijn hoofd om de hoek. 'Hey. Wou me even voorstellen. Ik ben Jez. Je buurman.'

'Hé Jez, kom binnen!' zei Ben, onmiddellijk in zijn element. Hij gaf Jez energiek een hand, die van Jez was ongeveer twee keer zo groot als mijn gezicht. 'Leuk je te ontmoeten, man.'

'Jou ook, man.'

In de minuten die volgden vloog er een storm van 'mannen' heen en weer tussen hen, terwijl ze allemaal gemeenschappelijke interesses ontdekten (voornamelijk sport), gezamenlijke vrienden (jongens met eenlettergrepige namen uit de juiste families) en een gedeelde liefde voor de film *Withnail and I*, die ze nog een paar minuten bleven citeren tot het Ben te binnen schoot dat ik er ook nog was.

'Sorry, man, helemaal vergeten – dit is Martin.'

'Hey Martin.'

'Hallo.' Ik dronk te snel van mijn thee en verbrandde mijn gehemelte.

'En hoe kennen jullie...' begon Jez.

'Wij zijn beste vrienden van school,' zei ik. Ik keek Ben kort aan.

'Ik denk dat we zo naar je vader moeten.' Met een klap zette ik mijn mok op het nachtkastje.

'We hoeven niet...'

Jez, zo welwillend en stompzinnig als een labrador, begreep de hint. 'Tuurlijk, tuurlijk. Ik zie jullie later, jongens.'

Hij ging de kamer uit. Ben begon wat overhemden op te hangen aan dure houten kleerhangers, die hij vast van zijn moeder had. Geen ijzerdraad voor de Fitzmaurices.

Nu Jez de kamer uit was, was de stilte tussen ons oorverdovend.

'Ben benieuwd voor welk rugbyteam hij is,' zei ik.

Het was een halfhartige poging tot een grapje, maar Bens reactie overviel me. 'Jezus, Martin.'

'Wat?'

'Kun je nou nooit eens, voor één keer gewoon...' Hij hing het laatste overhemd op en schoof de kastdeur dicht. Hij haalde zijn hand door zijn haar – een nieuw gebaar, viel me op. Waarschijnlijk had hij dat afgelopen zomer van James Lewis overgenomen. Bij hem zag het er suf uit omdat zijn haar niet lang genoeg was.

'Wat?' vroeg ik nog eens, ditmaal met een defensieve ondertoon.

Hij schudde zijn hoofd. 'Laat ook maar.'

Ik dronk mijn thee op. Maar er was iets veranderd, besefte ik. Er was een steen losgeraakt uit de ingang van een grot. Erop terugkijkend, met de kennis van nu, kan ik wel zeggen dat dit het begin was van alle veranderingen nadien. Of het ten goede of ten slechte veranderde is een vraag die ik de rest van mijn leven moet zien te beantwoorden.

VI

Politiebureau van Tipworth, 16.15 uur

We zitten weer op onze vertrouwde plek. Nicky Bridge, Kevin McPherson en ik. De droge smaak van sigarettenrook nog in mijn mond. Een nieuwe kop thee voor me op tafel. Buiten het vage geroezemoes van voorbijrazend verkeer, van normale mensen in normale werelden die normale gedachten hebben.

'Verhoor hervat om...' Beige Haar kijkt op haar horloge. '16 uur 15.' Ze kijkt me aan, niet onvriendelijk. 'Hoe gaat het, meneer Gilmour?'

'Prima, bedankt.'

'Mooi. We willen u niet uitputten.'

'Dat doen jullie ook niet.'

'Nog een paar vraagjes en dan kunt u weer naar huis.'

Ik frunnik aan de manchetten van mijn overhemd. Ik draag de knopen die ik op mijn eenentwintigste verjaardag van Ben heb gekregen. Toen zaten we nog op Cambridge. Om het te vieren had ik een handjevol vrienden voor een etentje uitgenodigd. We droegen toga's en sloegen een fles wijn de man achterover, terwijl we geheel volgens de Cambridge-traditie pennies in elkaars glas gooiden tot het tot op de bodem leeg was. We aten te doorgebakken biefstuk en te stijve panna cotta en toen Ben me over de lange eettafel het kleine donkerblauwe doosje toeschoof was ik bijna te dronken om het open te maken. Toen het gelukt was, lagen daar de manchetknopen, beslagen goud op zwart fluweel. Ik herkende de gravure onmiddellijk. Het was het Fitzmaurice-familiewapen.

We waren zo close. En nu – dit.

'Omwille van de bandopname: ik laat meneer Gilmour nu document 2c uit Bewijsmap B zien.' Beige Haar schuift me een vel papier toe. Het zit in een doorzichtig plastic mapje dat een zoevend geluid op het laminaat maakt als ik mijn hand ernaar uitsteek. 'Herkent u dit, meneer Gilmour?'

In eerste instantie heb ik geen idee waar ik naar kijk. Lijnen van figuren. Gecentraliseerde tekst. Een driehoekig rood-wit logo in de rechterbovenhoek. Mijn zicht hapert en het letterbeeld trilt. Langzaam maar zeker vallen de letters en nummers op hun plek en realiseer ik me dat het een oud bankafschrift is. Mijn naam bovenin: Martin Gilmour. Het adres van Queens' College. Ik kijk naar de datum: januari 1994. Drie maanden nadat we onze koffers hadden uitgepakt op onze nieuwe studentenkamer. Toen we nog veelbelovende, vrije jaren voor ons hadden liggen.

'Martin?'

Ik knik.

'Voor de band, alsjeblieft.'

'Ja.'

Ik heb zo ruw aan één manchetknoop zitten draaien dat die van zijn plek is geschoten. Ik probeer hem weer door het knoopsgat te krijgen. Ik daag mezelf uit dat te doen zonder te kijken, maar mijn vingers stuntelen met het metaal.

Instinctief weet ik wat Beige Haar me hierna gaat vragen en ik weeg mijn antwoord op een goudschaaltje. Ik probeer uit te rekenen wat de minste schade oplevert, maar heb geen idee wat zij allemaal weten. Dus dool ik op dit moment rond in een mentale spiegelzaal, waar mijn eerdere zekerheden misvormd zijn, een kermisweerspiegeling van zichzelf. Ik heb geen idee hoe ze aan mijn bankafschrift zijn gekomen. Hoe wisten ze überhaupt waar ze moesten zoeken?

'Oké, Martin, kun je ons vertellen wat dit voor betaling is...' Beige

Haar tikt op het plastic hoesje, haar nagel maakt een zacht tikkend geluid. *Tik, tik, tik.*

Ik pak het bankafschrift van tafel en breng het dichter bij mijn gezicht. Ik wil tijd rekken. 'Sorry,' zeg ik. 'Welke precies?' en ik geef het papier terug.

Grijs Pak kreunt terwijl Beige Haar vriendelijk glimlacht en zegt: 'Natuurlijk', en nogmaals met haar nagel tikt. *Tik, tik, tik.* 'Deze, op 3 januari 1994.'

Grijs Pak kijkt me strak aan, met één arm nonchalant over de rug van zijn stoel geslagen.

'Aha,' zeg ik. 'Ja. Ik bedoel, het is lang geleden, dus...'

Ze schiet in de lach. 'Een betaling van die grootte herinner je je toch nog wel?' zegt ze, alsof we goede vrienden zijn die een ontspannen praatje maken. 'Tienduizend pond is toch een vermogen voor een student? Helemaal voor eentje die een maximale lening heeft afgesloten. Ik bedoel, sorry, maar je zwom nou niet bepaald in het geld, toch?'

'Nee.'

'Dus kun je ons vertellen waar dat geld vandaan kwam?'

Ik neem een slokje thee. Mijn gehemelte verbrandt. 'Nou,' antwoord ik. 'Dat staat hier, toch?'

Beige Haar trekt haar wenkbrauwen quasi-verontschuldigend op. 'O ja? Sorry. Dom van me. Wat staat er precies?'

'G.A.C. Fitzmaurice.'

'En wie is dat?'

Ik denk aan George, aan zijn innemende gezicht en zijn stompe neus en zijn in leer gebonden eerste uitgaven van Dickens. Ik denk aan hoe hij in de Anchor Pub op Silver Street zat te wachten tot Ben en ik ons hadden geïnstalleerd. Ik denk aan hoe hij, toen we die avond binnenkwamen, daar in zijn eentje met een biertje, starend in de verte een jack russell over zijn kop zat te aaien, en dat ik op zijn gezicht geen tevredenheid zag, maar verlies. Onvervalst verlies. En hoe hij, toen hij ons zag aankomen, zijn uitdrukking ogenblikkelijk omzette in zijn gebruikelijke houding van opgeruimde gemoedelijkheid en hoe verdrietig ik daarvan werd, op een niveau waar ik niet direct bij kon. Toen hij vorig jaar overleed, bleef dat moment maar door mijn hoofd spoken. Ik mis hem nog steeds.

Ik pak het bankafschrift, laat mijn wijsvinger over de naam gaan. George Alexander Charles.

'George Fitzmaurice,' zeg ik. 'Bens vader.'

Dagboek van Lucy Gilmour

Voor het eerst sinds ik hier ben heb ik goed geslapen. Ik kan de slaap hier meestal moeilijk vatten, vanwege de geluiden van de andere patiënten. Sorry: bewoners. Zo horen we onszelf te noemen. Zo noemt het personeel ons, alsof het gaat om een langdurig verblijf in een gezellig plattelandshotel.

Eigenlijk valt het hier best mee. The Pines is een van de exclusiefste afkickcentra van het land. Het hoofdverblijf oogt als de achtergrond van een goed gemaakt kostuumdrama. Witte baksteen. Achttiende-eeuwse ramen. Frontons. Het heeft zelfs een kiezeloprit en een pretentieuze fontein op het gazon aan de voorkant, met een mollig jongetje dat worstelt met een vis die water uit zijn open bek spuit.

Mijn kamer is spartaans, maar functioneel. Alles is schoongeboend. Ik heb een eenpersoonsbed dat tegen de muur is geschoven. Een wastafel. Een bureau. Een kast met plastic hangers die er niet uit kunnen. Geen ijzeren, uiteraard, want die zouden maar zelfmoord uitlokken. Om diezelfde reden nemen ze bij aankomst onze riemen en schoenveters in, alsof we gevangenen zijn.

Hoe dan ook, niet gedroomd vannacht. Slechts lege, oningevulde ruimte, wat een opluchting was na al die paniekerige onderbewuste momenten waarin ik per ongeluk een ravijn in struikelde, om daarna badend in het zweet wakker te worden. Gisteren vroeg ik de dokter om een andere slaappil en die gaf hij, met de ontspannen hulpvaardigheid van iemand die weet dat hij een goede boterham verdient door vooral niet te veel vragen te stellen. Dus misschien kwam het wel door die nieuwe slaappil. Misschien kwam het doordat Sandy, mijn buurvrouw, tegen haar gewoonte in stil was geweest – geen gesnik of gejammer aan haar kant van de muur, geen lukraak gebonk tegen de wand.

Ik probeer me niet al te veel met de andere bewoners te bemoeien. Ik wil geen vrienden maken. Ik heb voorlopig eventjes genoeg van andere mensen. Maar ik weet het een en ander over Sandy omdat ik de verpleegsters over haar hoor praten. Ze is getrouwd met een rockster die zijn beste tijd gehad heeft en continu vreemdgaat. Zij is aan de drank en heeft behoorlijk last van afkickverschijnselen. Ik zie haar soms in de kantine aan een van de lange tafels zitten, terwijl ze met haar vork vormpjes in haar aardappelpuree maakt, er te veel zout op strooit, een kippenpoot met haar mes opzijschuift, die dik met ketchup besmeert en dan alsnog haar bord wegschuift, omdat ze weigert er iets van te eten. Ze heeft ingevallen wangen en je kunt zien dat ze ooit mooi was, maar nu is ze te dun en haar huid is uitgedroogd en uitgezakt en haar geblondeerde haar hangt sluik langs haar gezicht.

Vanochtend werd ik één minuut voor mijn wekker afging wakker. Ik voelde me uitgerust. Buiten was het nog donker en ik hoorde het geklater van het jongetje met zijn vis. Ik rekte me uit, rolde mijn schouders naar achteren en verrekte mijn nek. Zoals altijd dacht ik aan Martin. Ik wilde kwaad op hem zijn, maar dat hield ik nooit lang vol. Ik vroeg me af waar hij was en wat hij aan het doen was en of hij wel goed at, of ik genoeg in de kastjes had achtergelaten om mee voort te kunnen of dat hij elke avond Indiaas bestelde, het nummer draaide van het versleten menu dat op de koelkast hing. Hij nam altijd nummer 45: garnalencurry. Hij bestelde altijd naan, geen rijst.

We zijn een keer naar een Bollywood-party geweest, een liefdadigheidsfeestje, door een van Serena's vriendinnen georganiseerd om geld in te zamelen voor de met uitsterven bedreigde Indiase tijger. Ik droeg een sari. Martin, die een bloedhekel aan verkleedpartijtjes had, had een overhemd met opstaande boord aangetrokken en geloofde het verder wel.

Ik weet nog dat Andrew Jarvis er ook was. Ik mocht Jarvis niet omdat ik van Martin wist dat hij op school een pestkop was geweest. Als volwassene vond ik hem verbazingwekkend zelfingenomen: het type man dat alleen een vraag zal stellen als hij daarmee degene die antwoord moet geven kleineert.

Hij droeg een tulband en tot mijn afschuw zag ik dat hij zijn gezicht en hals met bruine verf had ingesmeerd.

'Goeie genade, hij heeft zich gewoon echt zwart geschminkt,' fluisterde ik tegen Martin toen hij op ons afkwam.

'Dag Jarvis,' zei Martin. Hij stak zijn hand niet uit en Jarvis bood de zijne ook niet aan.

'Martin. Had jou hier niet verwacht,' zei hij.

'Nee? Waarom niet?'

'Wist niet dat jij de Cuthbertsons kende.'

'Ach, je hoeft ook niet alles te weten,' antwoordde Martin. Zijn spanning was voelbaar. Niet voor het eerst vroeg ik me af wat Jarvis Martin op school kon hebben aangedaan waardoor mijn man nu zoveel minachting uitstraalde.

'Nee, nee, natuurlijk niet,' zei Jarvis. 'Jullie komen alleen uit zulke verschillende...' Hij gebaarde met één hand, als een dirigent op zoek naar een stokje. 'Wat is het woord? Zulke verschillende... *milieus*. Ik ken Francesca Cuthbertson nog van vroeger. Onze gezinnen gingen elk jaar samen met vakantie naar Frankrijk en we zijn allemaal in hetzelfde deel van Suffolk opgegroeid. Terwijl jij... sorry,' zei Jarvis, die nu net deed alsof hij in de war was. 'Ik weet even niet meer uit mijn hoofd waar jíj bent opgegroeid?'

Martin bleef roerloos staan.

'Suffolk?' zei ik. 'Wat grappig, ik las laatst in een krantenartikel dat in Suffolk statistisch gezien de meeste inteelt van heel Engeland voorkomt.'

Jarvis verslikte zich bijna in zijn mini-samosa. 'O ja?' zei hij tussen het hoesten door. 'Fascinerend, zeg.'

'Hoe dan ook,' vervolgde ik, 'ik zag Francesca daar net staan en we moeten haar even gedag gaan zeggen. Als je ons wilt excuseren... Sorry, ik ben je naam vergeten...'

'Andrew Jarvis.'

'Natuurlijk. Goed, tot ziens dan maar.' Ik liep weg met al het zelfvertrouwen dat ik kon opbrengen en Martin kwam achter me aan.

'Maar we kennen Francesca helemaal niet,' siste hij.

'Dat weet ik. Dat weet jij. Maar Andrew Jarvis hoeft dat niet te weten.'

En dat van Suffolk met die inteelt? Dat had ik verzonnen. Maar het had waar kunnen zijn, en daar ging het om.

Vanmorgen kreeg ik onverwacht bezoek. Het bezoekuur is eigenlijk na de lunch, van 15 tot 17 uur, maar in The Pines worden de regels nooit strikt gehandhaafd.

Los van Martin is niemand me komen opzoeken. Hij heeft het een aantal keer geprobeerd, maar ik wilde hem niet zien. Niet alleen vanwege wat er gebeurd is. Maar vanwege alles wat naar dat punt heeft geleid, al die jaren dat ik mijn best deed, al die keren dat ik smoesjes verzon en mezelf ervan overtuigde dat het allemaal wel meeviel. Dat alles bereikte een kritiek punt. Die avond van het feest keek ik naar mijn man en wist ik met verbijsterende zekerheid: ik hou niet van je en het heeft ook geen zin te doen alsof.

Het is net alsof je over een kiezeltje struikelt en je been breekt. Soms kan je hele levensloop in één enkele seconde veranderen, omdat die ene seconde niet op zichzelf staat: hij is verbonden aan een eindeloze reeks minuten, dagen, weken, maanden en jaren die eraan voorafgingen. Maar door die misvormde seconde gaat alles de mist in. Eén gevallen steekje dat een hele gebreide sjaal verpest.

Toch voelt het lullig dat ik Martin niet wil zien. Hij doet tenslotte wel zijn best. Ik ben niet boos op hem. Ik ben gewoon te uitgeput om me er nog druk om te maken. En Ben en Serena? Die hoef ik echt nooit meer te zien.

Ik werd overvallen door het bezoek van vanmorgen en toen de verpleegster zei wie het was, werd ik nieuwsgierig. Toen ik de conversatiezaal in liep stond er al een pot koffie en een bordje koekjes klaar op de tafel bij de erker en daar zat, rechtop in een goedkope leunstoel, Lady Katherine, Bens moeder.

Ik had haar maar één keer eerder ontmoet, bij de doop van Hector. Ze was beleefd maar afstandelijk geweest, en had een formeel lichtgrijs mantelpakje gedragen met een klein, rond hoedje en hakken met een vierkante neus en een zilverkleurige gesp. Die schoenen staan me nog steeds bij omdat ze niet bij de rest van het geheel pasten. Het waren mimespelersschoenen en ze had er verder zo stijfjes en elegant uitgezien.

'Dag Lucy,' zei ze met die zachte stem van haar. 'Hoe gaat het met je?'

Ik probeerde te glimlachen. Mijn mondspieren waren moe. Ik pakte de leunstoel tegenover haar en voelde me lomp in mijn spijkerbroek en gestreepte Gap-trui. Er zat een vale oranje vlek op de zoom. Vast van de spaghetti bolognese bij het avondeten gisteren, dacht ik toen ik ging zitten.

Ik zag Sandy aan de andere kant van de kamer zitten, op een bank met een jongeman die haar zoon zou kunnen zijn. Ze waren diep in gesprek en Sandy had haar arm op de mouw van zijn leren jack gelegd.

Ik nam een koekje.

'Wat een verrassing,' zei ik.

Lady Katherine knikte kort. 'Dat kan ik me voorstellen.'

Ze pakte haar kop en schotel. Het kopje leek bijna te zweven in haar handen. Ik begon te beven toen ik mezelf koffie inschonk en schoot uit met de melk waardoor de koffie over de rand liep. Klote-Fitzmaurices, dacht ik, altijd even onberispelijk, zelfs als ze andermans leven aan het verwoesten zijn. Wie dacht ze wel niet dat ze was?

'Je lijkt wat van streek,' zei ze.

'Dat kunt u wel zeggen.'

'Ik kan het me best voorstellen.'

'Volgens mij kunt u dat niet.'

Nog een afgemeten slokje koffie. Een bleke lippenstiftafdruk op de rand.

'Mmm. Tja. Onder extreme druk gedragen mensen van wie we houden zich soms onvoorstelbaar. Mensen kunnen instorten.' Ze keek me aan, met een scherpe en stabiele blik in haar grijze ogen. 'Zoals jij vast wel weet, gezien je... je...' Ze wuifde met één hand. 'Je huidige situatie.'

Ik schoot in de lach. 'Mijn situatie?'

'Ja, Lucy. Je hebt vast spijt van...'

'Ik heb helemaal nergens spijt van,' zei ik. 'Behalve misschien van het feit dat ik überhaupt ooit met Martin ben getrouwd.'

Ik hoorde mezelf de woorden eruit gooien en ergens voelde het verkeerd. De woede voelde misplaatst. Maar hij was er, en blijkbaar wist ik hem niet meer te beheersen.

Lady Katherine draaide haar hoofd om en keek uit het raam. Zo bood ze me, heel royaal, de kans haar edele profiel te bewonderen. Ze droeg een kleine gouden zegelring aan haar rechterhand. Het was dezelfde als die van Ben en ik wist dat het familiewapen erin gegraveerd stond. Serena had er ook een, die had ze van Ben gekregen ter gelegenheid van de geboorte van hun eerste kind. Dat had ik altijd merkwaardig middeleeuws gevonden: alsof Serena enkel door een erfgenaam voort te brengen had bewezen een echte Fitzmaurice te zijn.

'Ik verwacht niet dat je naar me luistert, Lucy.' Ze staarde nog steeds naar het gazon, naar de kiezelstenen, het gras en de jongen met de vis. 'Maar ik wilde je laten weten dat wij jou, als vrouw van

Martin, als volwaardig lid van de familie beschouwen.'

'O ja?'

Ze negeerde me. 'En ik hoop dat jij ons ook zo ziet en dat je weet dat je altijd op ons kunt rekenen voor...' Het bleef even stil. 'Hulp,' sloot ze af, terwijl ze zich weer naar me toe draaide. 'Zo betalen we met alle plezier jouw verblijf hier.'

'Ik dacht dat Martin...'

Ze glimlachte. 'O nee, lieverd, nee. Martin kan dit helemaal niet betalen.' Ze streek over de stijve stof van haar rok. 'Maar zoals ik al zei, we doen het met alle plezier, gezien alles wat Martin heeft... nou ja, alles wat hij heeft gedaan. In ruil daarvoor vragen we om zijn discretie waar nodig. Dat begrijp je toch wel, lijkt me?'

Er klonk gezoem in mijn oor. Het geluid van een wesp die achter een ruit gevangenzit. Nu begreep ik het. Wat ze hier kwam doen. Waarom ze deed alsof het haar interesseerde. Waarom ze zich ertoe verwaardigd had mij op deze gênante plek op te komen zoeken. Ze wilde dat ik mijn mond hield. Dat wilden alle Fitzmaurices.

Ongelooflijk eigenlijk, hoe ambitieus ze waren, hoe achteloos ze zich de wereld toe-eigenden alsof die hun toekwam.

'Je hebt rust nodig,' vervolgde Lady Katherine, 'om te herstellen, en dan ben je misschien beter in staat alles wat helderder te zien...'

'Waar haalt u het recht vandaan?' vroeg ik, zo zachtjes dat ze met gestrekte nek voorover moest leunen om me te horen, als een pelikaan die met zijn enorme snavel naar vissen duikt.

'Pardon?'

'Wat geeft u het recht zo met de levens van anderen te spelen? Om mensen als pionnen op een schaakbord te verplaatsen? Komt het doordat u rijk bent? Of chic? Of gewoon omdat u nooit ook maar iets hebt hoeven uitvoeren? U hebt geen...'

'Ik geloof niet...'

'Geen geweten. U hebt dit misschien al die jaren bij Martin kunnen doen, maar ik ben Martin niet. Ik wil niet koste wat kost aardig gevonden worden. Al helemaal niet door mensen die ik niet respecteer. U weet niets van mij. Helemaal niets. Maar u hebt het... het lef... om hier op te duiken alsof u de koningin bent, uw eisen uit te storten en te verwachten dat ik ja en amen zeg. Zegt u eens, Lady Katherine, wanneer houdt u precies op?'

Ik had tijdens mijn verblijf in The Pines nog nooit zoveel tegen iemand, Keith daargelaten, gezegd. De woorden regen zich voor me aaneen, edelstenen aan een koord. Er klonk geen enkele aarzeling in door.

'Maakt u zich maar geen zorgen,' zei ik. 'Ik wil helemaal niets meer met uw hele familie te maken hebben.'

Ik stond op om weg te gaan, draaide me toen zonder na te denken om en riep: 'De Fitzmaurices kunnen de tyfus krijgen.'

Iedereen viel stil. Lady Katherine keek me vol ontzetting aan. Een van de verpleegsters schudde haar hoofd. Maar Sandy... Sandy zat naar me te grijnzen. Toen ik de deur naar de gang opendeed zag ik haar haar mouwen opstropen en het laatste wat ik zag voor ik wegliep was Sandy, die met haar sluike haar achter haar oren haar duim naar me opstak.

2 mei

Feesttent, Priorij van Tipworth, 21.45 uur

Ergens op de avond, precies daar waar de roes van aangeschotenheid overgaat in het bruisende gebazel van pure, onontkoombare dronkenschap, werden de gasten naar buiten geleid. Niemand wist waarom, maar het kwam ook niet in ons op het te vragen. Als goedgeluimde schaapjes liepen we achter elkaar aan, meegedreven door de zwevende stroom van luid gelach, nog luider gepraat, uitbundige schouderklopjes, handdrukken, omhelzingen en luchtzoenen: naarmate de avond verstreek loste de gangbare Britse gereserveerdheid op als een aspirientje.

'Pardon, meneer,' zei een ober. 'De heer en mevrouw Fitzmaurice vragen of iedereen in de feesttent bij elkaar wil komen. Het is deze kant op...' Hij gebaarde met een vlakke hand.

'Ik weet waar het is.' Ik liep de zitkamer uit en voegde me bij een groepje feestgangers op de gang. Jarvis was weg, maar ik had geen idee waarheen, en ik wilde niet nog een keer door hem overvallen worden.

Lucy dook weer naast me op, met twee cheeseburgers. Ze gaf er een aan mij, gewikkeld in stevig vetvrij papier waar in grote, rode blokletters BEN 40 op gedrukt stond.

'Zonder augurk,' zei ze.

'Dank je.' Ik pakte haar hand, warm in mijn koude, en bracht hem naar mijn lippen. Ik was opgelucht dat ze terug was.

‘Gaat het?’ Ze keek me recht aan, zoals ze wel vaker deed, en nam al mijn gebaren onderzoekend op.

‘Prima.’ Ik zweeg. ‘Ik liep zojuist... Andrew Jarvis tegen het lijf.’

Lucy trok een gek gezicht. Ik moest lachen.

‘Inderdaad. Niet mijn dikste vriend.’

‘En je hebt nog niks gegeten,’ merkte ze op. ‘Lage bloedsuikerspiegel en Andrew Jarvis: kan zomaar een dodelijke combinatie zijn. Geen wonder dat je zo bleek ziet.’

‘O ja?’

‘Een tikkeltje.’ Ze nam een grote hap van haar burger en er bleef een kloddertje mayonaise aan haar mondhoek hangen. ‘Waarom denk je dat we naar de feesttent moeten?’

‘Wie zal het zeggen? Misschien hebben ze de paus zover gekregen dat hij een karaokenummertje weggeeft.’

Lucy snoof. ‘Dat moet dan wel iets van Madonna zijn, toch?’

‘Of van The Jesus and Mary Chain.’

‘Ha!’

We liepen naar de grote witte ruimte, vol lichtslingers die een lila gloed afgaven. In de tent rook het naar zomerse bruiloften en schoolprijsuitreikingen. Midden in de ruimte stond een langwerpig podium en de gasten verdrongen zich om daar zo dicht mogelijk bij te komen.

Gilly Rawlings kwam opgewonden op ons af gestuiterd, als een onbemande skippybal die door de menigte heen schoot.

‘Magnifiek toch, dit?’ zei ze, overduidelijk verguld met het feit dat ze zo’n intelligent woord had gebruikt. ‘Ik bedoel, kosten noch moeite hebben ze gespaard. Serena is echt een godswonder.’

Lucy glimlachte, waarna ze de rest van haar cheeseburger verorberde en het vet van haar vingers likte. Gilly gaf me samenzweerderig een arm: het is zo’n vrouw die vindt dat ze beter met mannen dan met vrouwen kan opschieten en daar prat op gaat.

‘Wat denk jij, schat?’ vroeg ze me. ‘Wat gaat er nu gebeuren?’

‘Een levend menselijk offer?’ mompelde Lucy.

'Geen idee, Gilly.' Mijn cheeseburger was koud geworden. Ik zocht om me heen naar een vuilnisbak. Niets. Ik vroeg me af of iemand het zou merken als ik hem gewoon op de grond liet vallen.

'Ah, kom op, je hebt toch wel énig idee – als Bens oudste, beste vriend? Van welke band houdt hij het meest?'

Ik dacht terug aan de cd's, die ik jaren geleden in Woolworths had gekocht. De moeite die ik me had getroost, met geld dat ik amper had. Een hele tijd hadden die cd's in verschillende studentenkamers rondgeslingerd, met barstjes en krasjes in de hoesjes van het inpakken aan het eind van elk schooljaar en het uitpakken aan het begin van weer een nieuw. Ik luisterde er nooit naar, maar ergens bleef het belangrijk ze te houden. Toen ik naar Cambridge verhuisde, waren ze ineens onvindbaar. Ze waren bij de vergankelijke zooi gaan horen die we kwijtraken in de spleet van de bank van het leven.

'Vroeger hield hij van Run DMC,' zei ik. Gilly keek me vertwijfeld aan.

'Ik zou het geweldig vinden als die kwamen,' zei Lucy. 'Om de boel een beetje op te schudden.'

Gilly boog zich naar me toe en ging zachter praten: 'Ik heb een gerucht gehoord,' begon ze.

'Alweer?' vroeg ik vriendelijk.

'... dat het zomaar zou kunnen...' Ze draaide zich met haar rug naar Lucy, ging op haar tenen staan om bij mijn oor te komen en hield haar mollige hand naast haar mond. Ze fluisterde de naam van een rockband die populair was bij dertigers die nog steeds rondliepen in T-shirts met slogans en mutsjes, in de hoop daar jonger door te lijken. 'Zou dat niet fantastisch zijn?'

'Ja,' zei ik weinig enthousiast. 'Fantastisch.'

'Ga je die nog opeten?' Lucy wees naar mijn cheeseburger.

'Nee, ga je gang. Is wel een beetje koud, misschien.'

'Maakt me niet uit. Ik rammel.'

Ze smakte zich een weg door haar tweede broodje, zich niet

bewust van Gilly's afkeurende blik. Ik keek om me heen, op zoek naar nog een ober met drank. De laatste mojito begon zijn werking te verliezen. Ik had nog een oppepper nodig, om de isolerende golf over me heen te laten blijven spoelen.

'Nou, er gebeurt in ieder geval wel wat,' zei Lucy met een knikje naar de ingang van de feesttent, waar vier kale mannen met een oortelefoon en zwarte overhemden iedereen opzij dreven om een smal pad te creëren.

'Ooooo,' piepte Gilly, die mijn arm liet vallen alsof hij besmet was en vervolgens naar de drukte stuiterde.

'Jak. Ze wordt steeds erger.'

'Lucy...'

'Wat? Ik weet dat jij haar ook niet kan uitstaan.'

'Je weet niet wie je allemaal horen.'

'Ach, wat maakt dat nou uit,' zei ze met een lichte kleur op haar wangen. 'Soms, Martin, is het goed om je niks van anderen aan te trekken.'

Ze had gelijk, natuurlijk. Ze had altijd gelijk.

Lucy kende me beter dan wie dan ook, maar er was veel wat ik haar niet vertelde. Soms keek ze me aan alsof ze probeerde de contouren van een rotsige bergkam aan een nevelige horizon te onderscheiden. Soms kon ze me bijna zien. Bijna, maar niet helemaal. Achteraf gezien denk ik dat daardoor haar belangstelling voor me aangewakkerd bleef, meer dan ooit bij anderen het geval was geweest.

De mannen die ons naar de feesttent hadden geleid staken nu hun armen uit om een menselijk hek te vormen dat de gasten moest tegenhouden. Sommige genodigden mompelden nu iets over wat er in godsnaam aan de hand was en konden ze niet gewoon even naar de bar en hé man, je hoeft niet te duwen. Iemand liet een bord vallen. De klap van versplinterend aardewerk werd gedempt door het hangende zeildoek. Er viel een stilte en toen kwamen de minister-president en zijn vrouw binnen.

Daar was hij dan: Edward Buller. Hij bewoog zich als een man die de afmetingen van de ruimte al heeft ingeschat en onvoldoende heeft bevonden. Zijn gezicht was glad als een ei en zijn haargrens week terug in de vorm van een naar links gevallen drie, waardoor de huid als twee vlezige kroonbladeren blootlag. Hij had dunne lippen die hij gewichtig samenperste (vroeger lachte hij een stuk vaker, maar sinds de kredietcrisis had hij zich een permanent bezorgde blik aangemeten: volgens mij vond hij dat staatsman-achtig). Zijn ogen waren te klein voor de rest van zijn gezicht, en zaten diep weggedrukt in zijn pafferige gelaat, als kiezelsteentjes op het hoofd van een sneeuwpop.

Hij zweeg even, keek de feesttent rond, nam hem op en toen zag ik hem zijn gelaatsuitdrukking aanpassen. Hij knoopte zijn jasje open en werd joviaal, schudde ontspannen alle uitgestoken handen, waarbij hij zijn andere hand op de bovenarm van de ander legde. 'Goed je te zien,' hoorde ik hem zeggen toen hij dichterbij kwam. 'Geweldig feest. Geweldig hier te zijn.'

Edward Buller kwam steeds dichterbij en ik voelde een stoot adrenaline, ineens was ik bang dat hij me niet meer zou herkennen en ik zou moeten doen alsof ik een volslagen vreemde was, ook al had ik in het verleden al meerdere keren tegen Gilly gezegd dat ik hem zo goed kende. Nu zag ik haar dreigend naar me kijken, terwijl de minister-president zijn triomftocht voortzette en ik wist dat als Edward Buller me zou negeren, Gilly dat zou zien en het op andere feestjes in haar spervuur van anekdotes zou opnemen en dat ik dat nooit meer ongedaan zou kunnen maken.

'Nu hoeft iemand hem alleen nog een baby aan te reiken die hij vast kan houden,' zei Lucy. 'Vraag me af of Ben dat geregeld heeft.'

Ik moest lachen.

'Ha, Eric!' zei de minister-president nu, maar anderhalve meter bij ons vandaan. 'Wat goed dat je er bent.'

Hij werd op de voet gevolgd door zijn brave vrouw Fiona, een slanke brunette in een jurk tot halverwege de kuit met een lelijk geometrisch motief. De *Daily Mail* hekelde Fiona Buller altijd om haar gebrek aan stijl en haar gewoonte om dezelfde outfits meerdere keren te dragen. Een paar weken eerder was ze op een evenement van een vrouwennetwerk gespot in een gebreide trui met de afbeelding van een poedel op haar boezem. De *Mail* had er twee pagina's aan gewijd, waarin mode-experts naar hun mening werd gevraagd, onder de kop 'Pootjesparade'. Een van de stylisten had haar '*hond*-erd sterren' voor slonzigheid gegeven.

'Goed je te zien,' zei Buller tegen een man met rossig haar. 'Ken je mijn vrouw Fiona nog?' Achter hem haalde Fiona zwijgend haar schouders op.

De minister-president stond nu zo dicht bij me dat ik de metaalachtige zweem van zijn aftershave rook. In gedachten repeteerde ik wat ik zou zeggen. Het leek me het beste om het initiatief te nemen zodat ik, voor hij de kans kreeg me te vernederen door me niet meer te herkennen, kon zeggen: 'Leuk je weer te zien, Edward', misschien gevolgd door 'Moet bij Ben thuis zijn geweest', om hem de juiste context te bieden. Mijn hand was bezweet. Ik maakte hem los uit die van Lucy. De minister-president had net een vrouw in een strakke brokaten jurk omhelsd en kwam met vastberaden tred op mij af. Hij keek op, onze blikken kruisten elkaar kort en zijn starende blik was volslagen blanco en ik voelde mijn hart tekeergaan toen hij naderde en ik geen kant meer op kon en...

'Keeeerel!' Ben dook op uit de menigte en greep de minister-president in een opzichtige omhelzing beet. Ik zag alleen nog maar een wijde draai van Bullers schouders en Bens armen om hem heen. Ben week naar achteren. 'Wat goed dat je er bent.' Zijn ogen glommen. Stond hij – nee, dat kon niet – maar stond hij echt op het punt om in tranen uit te barsten?

'Had het niet willen missen,' zei Buller. Toen kwam Serena, met parelmoeren jukbeenderen, in beeld geshimmyd. Ze gaf Fiona een lichte kus op elke wang en zei luidkeels: 'Jullie hebben ons nog nooit in de steek gelaten!' zodat iedereen kon zien hoe goed bevriend ze waren. Fiona zette geschrokken een stap achteruit.

'Ik ga wat te drinken halen,' zei ik tegen Lucy.

'Goed idee. Ik ga met je mee.'

We baanden ons een weg terug door de hordes feestgangers en liepen de grote hal in, waar ook een tafel stond opgesteld met nog meer glazen erop: hoge deze keer, met suikerkorrels langs de rand.

'Wat is dit?' vroeg Lucy toen ik haar er een gaf.

'Wat maakt het uit?'

Lucy dronk die van haar door een rietje. Ik nam een snelle teug uit het glas.

'Kom mee,' zei Lucy en ze ging me voor naar de dreunende muziek die net was ingezet achter de scheidingswand.

We liepen terug de feesttent in.

Martin

Cambridge, 1993

'Jij bent toch Martin?'

De stem klonk zacht maar vastberaden, alsof ze het antwoord op de vraag al wist voor ze hem had gesteld.

Ik keek op uit mijn studieboek. Dat ging over de middeleeuwse geschiedenis van Engeland, de pagina's wemelden van de verwijzingen naar Malthus, patronaatsrecht, horigheid en de pest. Zo nu en dan stuitte ik op een potloodaantekening in de kantlijn van een onbekende student met een onberispelijk, hoekig handschrift. Soms was iets gewoon onderstreept en stond er een eenzaam vraagteken bij, hangend in de open ruimte, en dan vroeg ik me af waar zijn of haar aandacht precies door getrokken was en of diegene erdoor in verwarring was gebracht op een manier die ik nog niet kon doorgronden.

Het meisje wachtte op antwoord. Ik besefte dat ik de stilte net iets te lang had laten duren en dat ik haar aan had zitten staren. Ik knipperde met mijn ogen om mijn starende blik af te breken.

'Ja.'

Ze was blond en stijlvol, een van die vrouwen van wie je wist dat ze het mooiste meisje van de klas geweest waren – die ogenschijnlijk helemaal volgroeid op de universiteit kwamen, in een coltrui en strakke spijkerbroek en met een hoge paardenstaart, goed in hun vel op een manier waar de rest van ons slechts vol bewondering naar kon kijken.

‘Hoi, ik ben Vicky.’

Maar natuurlijk, dacht ik. Ze moest wel Vicky of Olivia of Abby of Alice heten – in ieder geval een naam die associaties met paarden en kaptafelspiegels opriep, en een jeugd vol chique bals in Londen waar tieners met herkenbare achternamen zich volwassener voordeden dan ze waren.

Ik klapte het studieboek dicht. Het geluid echode door de universiteitsbibliotheek. Groepjes studenten aan lange, houten tafels zaten over hun schrijfblok gebogen als monniken uit vervlogen tijden, met het zwakke groene licht van een leeslampje op hun gezicht. Waarom zou Vicky ook maar de minste interesse hebben in een gesprek met mij, vroeg ik me af, terwijl ik de dop op mijn vulpen deed.

‘Jij bent toch bevriend met Ben?’

Aha. Opgelost.

‘Ja.’

Om heel eerlijk te zijn was dit niet de eerste keer dat zoiets zich voordeed. Ik was gewend aan mijn rol als tussenpersoon. Meestal waren de betreffende meisjes minder rechtdoorzee. In ieder geval probeerden ze nog te doen alsof ze met mij wilden praten, voor ze de werkelijke reden van hun interesse kenbaar maakten.

‘Ik wist het. Hij had het al gezegd.’ Ze had kauwgum in haar mond. Een geur van chemisch citrusfruit. Ze glimlachte naar me, met glanzende lippen en ogen, in haar oren zaten parelknopjes.

‘O ja?’

‘Ja, gisteravond. We waren bij een sportgedoetje en toen zei ik dat ik vaak in de UB zat en toen zei hij dat zijn schoolvriend Martin daar ook altijd zat en nou, je bent er dus.’ Vicky giechelde en hees intussen haar spijkerbroek op. ‘Sorry. Mijn riem vergeten vanmorgen.’

‘Maar hoe wist je...’

‘Dat jij het was?’

Ik knikte.

'Ben zei dat je op Waar is Wally leek.'

'O.'

Ze moest lachen. Het was een leuke lach. Ongeforceerd. 'Niet boos zijn. Het is juist schattig.'

'Dat zal wel.'

Ze boog zich naar me toe en kneep in mijn pols. 'Echt waar, hoor. Erewoord.'

Wat me het meest opviel aan haar knappe gezicht was de kromming van haar wenkbrauwen. Die waren volmaakt gevormd, met het hoogste punt vlak boven het laatste derde deel van haar lichtblauwe ogen.

'Zin in koffie?'

Ach, dacht ik, wat kan het voor kwaad? Ik had wel even genoeg van Malthus. En al zou Vicky geen geweldig gezelschap blijken, dan nog waren er ergere manieren om een halfuur door te komen. We konden over Ben praten. Dat was nooit tijdverspilling.

'Oké.'

We liepen naar de kantine. Zij bestelde een latte, ik koos voor mineraalwater; de thee daar was niet te drinken. We gingen aan een tafeltje bij het raam zitten. Ik hoefde haar geen vragen te stellen; ze vertelde alles gewoon alsof ik het wilde weten.

Ze zat op Newnham, zei ze, waar ze rechten studeerde. Ze had een jongere broer en zus. Ze was op het platteland opgegroeid en miste het om in haar kaplaarzen over de velden te dwalen.

'Wist je dat dat hier ook kan,' onderbrak ik haar. 'De velden rond Grantchester...'

'Ja, maar hier is het allemaal zo vlak. Ik hou van heuvels. Hoe dan ook, sorry. Genoeg over mij. Hoe zit het met jou, Martin?'

'Hoe bedoel je?'

'Waar kom jij vandaan?'

'Een plek die je toch niet kent.'

Ze moest lachen. 'Oké, prima.' Ze dempte haar stem. 'Mysterieuze man.'

Ik vond Vicky aardig. Dat had ik niet verwacht. Een groot deel van mijn eerste jaar op Cambridge had ik doorgebracht met mensen ontwijken die ik niet uit kon staan. Mensen zoals Jez, de rugbyspeler, die Ben om onverklaarbare redenen onder zijn vleugels had genomen. Of Rufus, die op Eton had gezeten en maar bleef praten over het feit dat hij op Eton had gezeten en die voornamelijk in aanstellerige driedelige pakken met rode vestjes rondliep. Of Jimmy, wiens vader voorzitter van een gasbedrijf was en die lang, achterovergekamd blond haar had, waarvan de punten altijd iets vettigs hadden, en die altijd vakantie vierde in het familiehuis op Ibiza (het lag in het noorden van het eiland, weg van de toeristen en de schuimfeesten). En Jarvis, natuurlijk. Jarvis, die ons als een vieze geur naar Cambridge was gevolgd.

Met zijn vieren leken ze de spil van het studentenleven te vormen. Zoals gebruikelijk trok Ben moeiteloos naar de kern van elk gezelschap en nam daarbij ongemerkt afstand van mij, zonder dat er ooit een punt kwam waar ik mijn vinger op kon leggen en waarvan ik kon zeggen: 'O, daar. Dat was het. Daardoor is de afstand tussen ons ontstaan.' En het feit dat ik er geen logica in kon bespeuren, dat hij me gewoon zat was op die Ben-achtige manier van hem, maakte het des te pijnlijker.

Als Ben besloot dat iets cool was, dan was het dat ook, en zodra hij van gedachten veranderde, was het niet meer cool. Dat was zijn talent.

In de kantine liet iemand een lepel vallen. Er vlamde een bonkend vlekje op in mijn linkerooghoek, dat toen weer uitdoofde.

'Martin?' zei Vicky. 'Martin? Hallo?' Ze maakte een klopgebaar. 'Is daar iemand?'

Ik draaide me naar haar toe. De roodheid in mijn hoofd verdween. 'Sorry,' zei ik. 'Mijlenver weg.'

'Okééé. Maar goed – ga je naar het feestje in de Pitt Club?'

'Welk feestje?'

'Wow. Ben je soms stoned of zo?'

Ik schudde mijn hoofd.

'Heb je ook maar iets gehoord van wat ik aan het vertellen was?'

'Natuurlijk wel,' zei ik geïrriteerd.

'Oké, oké. Ik zei dus dat er morgenavond een feestje op de Pitt Club was en ik vroeg me af of jij ook gaat?' Er viel een stilte en ik wist wat ze nu ging zeggen. 'En of, nou ja, Ben gaat?' Ze deed haar uiterste best om nonchalant te klinken.

Ik haalde mijn schouders op. 'Waarschijnlijk wel. Ik bedoel, meestal gaat hij wel.'

'Leuk.'

'Maar ik denk dat ik het even oversla.'

'Hoezo?'

'Niets voor mij.'

The Pitt was een ledenclub waar alleen studenten mochten komen die op Eton of Harrow hadden gezeten. In de praktijk werd iedereen met een chique school, oud geld of een aristocratische naam toegelaten. Ieder schooljaar hadden ze drankfeestjes waar de mannen een meisje voor mochten uitnodigen (en die werden altijd 'meisjes' genoemd, nooit 'vrouwen') op de onuitgesproken voorwaarde dat ze tot de aantrekkelijkste leden van de universiteit behoorden. Er bestond een informele schoonheidsniveautabel. Daar kwam een handjevol meisjes uit ons jaar voor in aanmerking en we wisten allemaal wie dat waren. Er werd in de studentenkroegen over ze gepraat op die gedempte, eerbiedige toon die gewoonlijk aan filmsterren of supermodellen was voorbehouden. Vicky werd als een van hen beschouwd, maar de anderen had ik nooit ontmoet. Dat leken me altijd mythische figuren: bizarre eenhoorns die alleen bestonden in de samenzweerderige, koortsachtige verbeelding van mannen.

Hoewel Ben regelmatig op die mysterieuze Pitt Club-bijeenkomsten kwam, vaak om onduidelijke redenen in avondkleding, was ik nooit uitgenodigd. Hij had me nooit meegevraagd, hoewel het me wel leuk had geleken. En ik had het hem natuurlijk nooit gevraagd omdat dat mijn eer te na was. Ik wilde dat hij me erbij wilde hebben.

Vicky tikte speels op mijn hand. 'Ben je gek. Tuurlijk wel. Gratis drank, knappe meisjes. Dat is toch iets voor iedereen?'

Met de rand van een suikerzakje pulkte ik wat viezigheid onder mijn nagel vandaan. Vicky babbelde door. 'Ik bedoel, ik ga met mijn vriendin Louise en die is superlekker...'

Ik legde het suikerzakje terug op tafel.

'O,' zei ze. 'Tenzij... ik bedoel... sorry, wat arrogant van me. Misschien hou je wel helemaal niet...' Ze schoof de lege koffiebeker aan de kant. '... van meisjes?'

Ze sprak het uit als een vraag, de toon van haar woorden liep omhoog. Ik stond te snel op uit mijn stoel en stootte mijn heup tegen de rand van de tafel. Het servies rammelde. Het suikerzakje viel op de vloer.

'Martin!' Vicky probeerde me bij mijn mouw te grijpen. Ik deinsde achteruit. Zo snel als ik kon liep ik de kantine uit, maar mijn benen leken futloos, met water doortrokken, als wol die in de week staat. Ze haalde me in en probeerde haar hand weer op mijn arm te leggen.

'Niet doen,' zei ik. 'Alsjeblieft.'

'Het spijt me, Martin.' Ze was er nog steeds en hield me bij, en ik rook nog steeds haar kauwgum met inmiddels een zweem kantinekoffiegeur erdoorheen, en ik wilde van haar af en tegelijkertijd dat ze achter me aan bleef lopen en ik wilde vooral niet alleen zijn en verlangde tegelijkertijd niets liever dan eenzaamheid.

Als vanzelf draaide mijn hoofd zich om. Ik kreeg een helder beeld voor ogen van mijn moeder die kandelaars met zilverpoets en keukenpapier zat te poetsen en de resterende viezigheid bekeek alsof niets ooit schoon kon zijn, hoe hard ze ook haar best deed.

'Martin.'

Ik bleef doorlopen, de buitenlucht tegemoet.

'Martin, stop.'

Boven aan de trap bij de ingang van de bibliotheek bleef ik staan.

‘Ik weet dat je alleen met me wilt praten om bij Ben in de buurt te komen,’ zei ik. ‘Om de rest hoef je je heus niet druk te maken. Er is niks aan de hand.’

‘Niet waar,’ sputterde Vicky. ‘Moet je horen, sorry dat ik dat zei. Dat zijn helemaal mijn zaken niet en wat maakt het überhaupt uit. Ik vind gewoon dat je naar de borrel moet komen omdat het leuk wordt en ik je aardig vind en ik er ook ben en...’

Haar wangen waren rood van de wind. Ze deed de rits van haar vest omhoog en trok de mouwen over haar handen.

‘Je hebt het koud,’ zei ik. ‘Je moet naar binnen.’

‘Het gaat goed zo. Gaat alles goed met jóú?’

Ik knikte. Ze liep naar me toe en ik realiseerde me te laat wat er gebeurde. Voor ik een stap naar achteren kon zetten omhelsde ze me. Haar warmte. Het was de eerste keer dat ik ooit door een andere vrouw dan Fliss was omhelsd. Ik stond aan de grond genageld. Ik liet me door haar vasthouden en toen trok ik me terug, gegeneerd en vol onverklaarbare schaamte.

‘Mooi,’ zei ze opgewekt. ‘Dan zie ik je morgen bij de Pitt Club. Ik zet je op de gastenlijst.’

‘Maar...’

Ze liep al weg en draaide zich op het laatste moment om bij de deur van de UB, om nog even met een glimlach naar me te zwaaien. ‘Het wordt hartstikke leuk!’ riep ze, terwijl ze de deur door liep. ‘Geloof mij nou maar.’

Eenmaal terug op Queens’ liep ik regelrecht naar Bens kamer en klopte aan.

‘Ja,’ klonk het matte antwoord. Hij lag met zijn armen en benen wijd op zijn bureaustoel, en leunde zo ver naar achteren als hij balancerend op twee benen voor elkaar kreeg. Op zijn bed achter in de kamer, dat onder een hoog raam met uitzicht op de rivier de Cam stond, zat Jarvis.

‘O. Hallo, Jarvis.’

'Hallo, Mart,' zei hij lijzig. Jarvis noemde me Mart, ook al had ik hem daar nooit toestemming voor gegeven. Hij kortte mijn naam gewoon af, alsof het zijn eigendom was. Hij deed zo'n nepstudie voor domme mensen met sportief talent. Landmanagement of zo. Jarvis was de toelatingsgesprekken op zijn sloffen doorgekomen, omdat de universiteit hem in het rugbyteam wilde. Hij zat op Robinson, een afgrijselijk moderne universiteit aan de rand van de stad waar bij mijn weten niets noemenswaardigs over te vermelden viel.

Achter hem gleden punters door het water, die achter een bos ranke bomen verdwenen en toen weer tevoorschijn kwamen. Goudgele herfstbladeren lagen over de grond verspreid.

'Oké, man,' zei Ben zonder overeind te komen. Ze wisselden een snelle blik uit en ik kreeg het vervelende gevoel dat ze het net over mij gehad hadden.

'Ik blijf niet lang...'

'Jammer,' zei Jarvis met een glimlach.

'... maar ik kwam daarnet Vicky tegen en die wilde weten of je morgen ook naar de borrel op de Pitt Club gaat.'

Jarvis leunde voorover op het bed. Hij droeg een dikke katoenen broek met een lichtblauw overhemd en sportschoenen van Vans die hij cool vond. 'O ja?' vroeg hij.

Ben zette zijn stoelpoten weer op de vloer. 'Vicky...' zei hij peinzend. 'Help me even...'

'Ze is blond,' zei ik. 'Newnham. Rechten. Ze zei dat je tegen haar had gezegd dat ik op Waar is Wally lijk.'

Jarvis bulderde van het lachen. 'O, da's een goeie, Ben. Weet je, Mart, ik zie inderdaad een duidelijke gelijkenis...'

Ik kreeg het warm. Ik wilde zeggen dat hij op moest rotten. Ik wilde naar de andere kant van de kamer stormen en hem zo'n harde dreun op die zelfvoldane bek van hem geven dat zijn spuug de muren zou besmeuren. Maar ik deed het niet. Ik dwong mezelf naar hem terug te lachen. De sleutel tot het verslaan van een vijand als Jarvis was te allen tijde rustig blijven. (Sun Tzu: 'Het is de emotieloze, gereserveerde, koelbloedige strijder die wint, niet de wraakzuchtige driftkop.')

'Ja, ja, ik weet het weer. Lekkere Vicky.' Ben kreeg altijd iets gemaakts met Jarvis erbij. Hij nam zijn manier van praten en zijn quasi-cynisme over en zorgde er altijd voor dat hij niet te amicaal met me werd, alsof onze vriendschap hem zou ondermijnen. Ik vond het intens vermoeiend allemaal. Hij kreeg er iets wanhopigs van. 'Cool,' zei Ben nu. 'Bedankt, man.'

Hij keek me strak aan en ik besefte dat ik geacht werd de kamer te verlaten.

'Ik kom ook,' flapte ik eruit. 'Vicky heeft me op de lijst gezet.'

Jarvis gniffelde. Ben keek verrast.

'Cool, cool. Hoe meer zielen, hoe meer vreugd.'

'Ik dacht dat we misschien van tevoren wat konden afspreken. En er dan samen heen gaan?'

Jarvis, fluisterend vanaf het bed: 'Zou je wel fijn vinden, hè.'

'Eh, volgens mij is het makkelijker om daar af te spreken. We gaan met een groepje naar Grantchester en ik weet niet hoe laat we terug zijn, dus...'

'Hoe ga je erheen dan?' vroeg ik. Ben was, net als ik, een van de weinige studenten zonder fiets. Hij lachte.

'Hoezo, Mart?' kwam Jarvis tussenbeide. 'Ben je bang dat die kleine, lieve Ben helemaal alleen is zonder zijn grote, dappere Martin?'

'Nee,' beet ik hem toe.

'Rufus heeft een auto,' zei Ben. 'Daar gaan we mee.'

'Prima,' zei ik en ik voelde dat ik draaierig werd, alsof ik van grote hoogte omlaagviel. 'Zie ik je daar.'

Achter de dichtvallende deur klonk een gesmoord gelach.

De Pitt Club bevond zich, ietwat detonerend, boven de Pizza Express op Jesus Lane. Je moest op een zoemer drukken om te worden binnengelaten. Ik liep de trap op in een pak dat ik van Katherine had gekregen – een oud kostuum van George. Het zat te ruim bij mijn schouders. Ik had de pijpen provisorisch omgezoomd met een naald en draad uit een oud naaidoosje dat mijn moeder me mee naar Burtonbury had gegeven. In Epsom had mijn moeder altijd al het stop- en stikwerk gedaan – die noodzakelijke karweitjes waar je nooit echt aan denkt tot je op een dag een gat in je sok hebt en er niemand is om het te stoppen. Op school was er altijd wel iemand van de huishouding om je uit de brand te helpen.

Maar Cambridge was een ongelofelijke plek vol nieuwe ervaringen. Hier wist je nooit precies wat je moest doen.

Bier, bijvoorbeeld. Dat vond ik niet lekker, maar ik wist dat ik als man geacht werd het te drinken. In het universiteitscafé bestelde ik altijd Stella omdat iedereen dat deed. Maar toen ging halverwege het schooljaar iedereen over op Kronenbourg en op de een of andere manier wist iedereen dat ook zonder ernaar te hoeven vragen. Ik probeerde voortdurend bij te blijven, wat steeds jammerlijk mislukte. Het ging precies zoals in mijn eerste jaar op Burtonbury.

'Naam?' Boven aan de trap, naast de deur stond een man met witte stropdas en een klembord in zijn hand.

'Martin Gilmour,' zei ik.

'Gilmour,' zei de man me na, waarbij hij de klinkers lang uitrekte. 'Ja, daar sta je. Kom binnen. De garderobe is meteen rechts.'

De kamer was afgeladen, overal verdrongen mannen in zwarte jasjes elkaar, terwijl ze lachten en riepen en hun glas omhooghielden om het te laten bijvullen. Het licht was gedimd. Er was een vuur met een koperen rooster eromheen en een gestoffeerd bankje waar drie meisjes in een blauwe, groene en rode jurk op zaten. Heel even bleef ik op de drempel staan om het allemaal op me in te laten werken. Ik deed mijn sjaal af. De garderobe bleek een onbewaakte plek te zijn met banken vol jassen. Een verliefd stelletje rolde in elkaar verstrengeld rond over een stapel achtergelaten kleren.

'Pardon,' zei ik toen ik mijn jas op een bank zo ver mogelijk bij hen vandaan legde. Ze reageerden niet. Ik keek naar hen, terwijl ik deed alsof ik de knoopjes van mijn overhemd controleerde. De jongen had zijn hand onder de fluwelen rok van het meisje geduwd. Haar panty hing halverwege haar bovenbenen, het elastiek drukte in haar opbollende huid. Zijn mond zat op de hare, haar lippen waren vochtig en rood en te groot voor haar gezicht. Haar handen zaten in zijn haar, haar rug was hol waardoor haar borsten tegen zijn borstkas aan drukten. In de 10-denier nylonkous liep een ladder van haar enkel naar haar knie, die bij elk duwtje en elke huivering langer werd.

'Mag ik er misschien even bij?' Een stem achter me. 'We proberen onze jassen neer te leggen.'

Vlug maakte ik me uit de voeten.

'Weirdo,' hoorde ik toen ik de menigte in liep.

Ik nam een glas champagne aan van een ober en speurde de kamer af naar het blonde hoofd van Vicky. Er stond muziek op: de gesyncopeerde klanken van een jazznummer, de dubbele bas-beat eronder.

'Kan ik u helpen, meneer?' Er was een man met afhangende schouders en een kruiperige glimlach naast me komen staan. 'Zoekt u iemand in het bijzonder?'

'Ben. Ben Fitzmaurice.'

'Natuurlijk, meneer. Die staat daar.' Hij leidde me door de brallende mannengesprekken heen de ruimte door. Ik herkende de rug van Ben al voor hij zich omdraaide.

'Meneer Fitzmaurice, uw vriend...' De man liet zijn hand boven me zweven. 'Het spijt me, meneer, ik heb uw naam niet verstaan.'

'Gilmour,' zei ik voor de tweede keer die avond. 'Martin Gilmour.'

'Keeeeerel!' zei Ben, en sloeg zo hard op mijn rug dat er champagne uit zijn glas mijn borst op spatte. 'Wat goed je te zien, man! Moet ik je bijschenken? Hier, neem...' Hij gaf me een open fles Veuve Clicquot aan. 'Goed, ik zal je even voorstellen. Jarvis ken je natuurlijk...' Jarvis trok geniepig een wenkbrauw op. 'En dit zijn Rufus en

Jordan en Tom, en dit hier, deze wonderbaarlijke schoonheid...' Hij praatte met dubbele tong. Ik had hem nog nooit zo dronken gezien. Zijn blik schoot alle kanten op, met enorm wijde pupillen. 'Dit is Vicky.'

'Wij kennen elkaar al, gekkie,' zei Vicky met een speels tikje op Bens arm. 'Yeey, Martin, je bent er!' Ze pakte me vast en gaf een kus op mijn wang, haar mond was zo koel als papier. Haar lange, blonde haar zat in een complexe wrong omhoog. Het maakte haar ouder en tegelijkertijd toch buitengewoon jong, als een klein meisje dat zich met de kleren van haar moeder had verkleed.

Ze pakte mijn hand. 'Ik zal je aan Louise voorstellen,' zei ze, terwijl ze me weg van de groep trok. Ze boog zich naar me toe. 'God, wat is die Jarvis een afschuwelijke smeerlap. Bedankt dat je me gered hebt. Vind je het heel vreselijk hier?'

Ik schudde mijn hoofd.

'Gelukkig! Zit er nog wat in die fles?'

Ik realiseerde me dat ik de Veuve nog steeds vasthad. Vicky hield me haar glas voor en ik vulde het, er zorgvuldig voor wakend de bubbels niet over de rand te laten lopen.

'Waar is je vriendin Louise dan?'

'O, die is er helemaal niet. Dat zei ik alleen maar om bij hen weg te komen.'

We gingen op de rand van het haardrooster zitten. Nu we een lager blikveld hadden, zagen we alleen nog torso's, sjerpen en gemanicuurde handen met knalrode nagels.

'Nog bedankt voor de uitnodiging,' zei ik.

'Doe niet zo gek. Ik ben allang blij dat er een normaal iemand bij is.'

Wat vreemd dat ze dat tegen mij zegt, dacht ik. Ik ben de minst normale persoon die ik ken.

De avond verstreek en de herrie werd luider en de champagne bleef stromen, maar na dat eerste glas was ik opgehouden met drinken, me bewust van mijn eigen onzekerheid in dit oord van opperste bravoure. Op een gegeven moment ging Vicky een sigaret roken en ze kwam niet meer terug. Dat vond ik niet erg. Het feit dat ik nuchter was in een kamer vol zatlappen maakte me minder onrustig. Ik kon mijn gebruikelijke rol van toeschouwer op me nemen zonder gestoord te worden.

De man met de afhangende schouders kwam op Vicky's oude plek zitten. Hij kwam te dichtbij, waardoor zijn been tegen het mijne drukte. 'Alles goed, meneer?'

Ik gaf geen antwoord.

'Als u wilt, kunnen we een rustiger plekje opzoeken. Met zijn tweetjes.' Hij streek lichtjes met de rug van zijn hand langs de naad van mijn broek omhoog. Onwillekeurig voelde ik mijn lichaam reageren. Snel stond ik op.

'Misschien een andere keer dan, meneer.'

Ik ging op zoek naar Ben. Na een tijdje trof ik hem aan in de garderobe, met zijn handen op Vicky's billen. Hij trok haar naar zich toe en zoende haar in haar nek, terwijl Jarvis naar hun jassen zocht.

'Gaan jullie?' vroeg ik.

'Kerel! Martin! Daar ben je.' Ben maakte zich los van Vicky en kwam naar me toe. Hij leek zo oprecht blij me te zien dat ik weer een vlaag van de oude genegenheid voelde. 'Waar zat je de hele avond? Deze vent,' zei hij tegen niemand in het bijzonder, 'deze vent hier,' hij gaf me een por in mijn borstkas, 'is mijn oudste, dierbaarste vriend. Toch, Mart? Ja, toch?'

'Ja.' Ik vond het fantastisch om Jarvis nijdig te zien worden. 'Tegen wil en dank, ja.'

'Je bent er altijd,' vervolgde Ben. 'Altijd en altijd. Steeds als ik me omdraai' – met veel vertoon draaide hij zijn hoofd om, zijn ogen verbaasd opengesperd – 'ben je er. Mijn goeie ouwe vriend Mart. Je moet wel echt heel veel van me houden, toch?' Zijn stem klonk gespannen.

'Dat kun je wel stellen, ja,' zei Jarvis.

'Kunnen we nu eindelijk gaan?' vroeg Vicky dringend. Er zat een zwart streepje op haar gezicht. Ik kneep mijn ogen tot spleetjes om beter te kunnen kijken en zag toen dat het een wimper was.

Ben, helemaal wezenloos, gaf na een korte stilte antwoord. 'Ja, mijn liefste, ja, we gaan. Goed, waar zijn de sleutels?'

'Welke sleutels?' vroeg ik.

'De autosleutels.'

'Een auto? Sinds wanneer heb jij een auto?'

'Sinds dat jouw zaken niet zijn,' zei Jarvis.

'Jarvie, Jarvie, Jarvie, laat hem toch met rust. Het is niet mijn auto, Mart, hij is van Rufus. Ik rij hem terug voor hem.' Ben wankelde lichtjes.

'Dat is geen goed idee,' zei ik. 'Je bent dronken.'

'Nietes.'

'Hij kan prima rijden,' zei Jarvis.

'Hij kan overduidelijk niet rijden.'

Ineens stond Jarvis voor me, met zijn gezicht een paar centimeter van het mijne, zijn neus zo dichtbij dat ik één enkel neushaartje zag trillen.

'Waarom flikker je niet gewoon op,' zei hij zacht. 'En laat je dit aan de volwassenen over?'

'Laat hem met rust.' Ben greep Jarvis bij zijn schouder en trok hem weg. Jarvis had zijn vuist al gebald en haalde uit. Ben week achteruit, een tel te laat.

'Jarvis!' gilde Vicky. 'Niet doen.'

Hij bracht zijn vuist omlaag en beende de kamer uit. 'Flikker toch op allemaal,' zei hij. 'Stelletje sukkels.'

We keken elkaar aan. De ballon van nerveuze spanning in mijn borst liep leeg en we schoten in de lach.

'Wat een eikel,' zei Vicky.

'Mee eens.'

'Ach, hij valt best mee,' zei Ben terwijl hij zijn jas pakte. 'Een potje vechten ontnuchtert als de beste.'

En toen ik zijn gezicht bekeek om te zien of ik er iets aan kon aflezen en ik me wederom afvroeg waar ik me bevond in het spectrum van zijn liefde, opnieuw in de greep van die bekende onzekerheid, zag ik dat de dronkenschap verdwenen was, als mist was opgetrokken. Dus toen hij met de autosleutels rammelde en ons mee naar buiten nam, weigerde ik kritiek te uiten. Ik wilde zijn beste vriend weer zijn. Op dat moment had ik alles voor hem over.

En daarom ging ik, toen we bij de zilverkleurige Audi om de hoek aankwamen en hij het bijrijdersportier voor Vicky opendeed en me vroeg of ik een lift wilde, op de achterbank zitten, zonder mezelf de luxe van ook maar enige twijfel te gunnen.

Hij draaide de sleutel om. De motor startte. Getik van een richtingaanwijzer. Lichtbundel van een koplamp. Ben pakte het stuur en liet de auto de nacht in glijden.

VII

Politiebureau van Tipworth, 16.45 uur

'Vertel maar.' Beige Haar zit roerloos aan de andere kant van de tafel. Grijs Pak kijkt me aan en knippert traag met zijn ogen.

Achter hen het vage geluid van een ruzie in de verte, het raam dat rammelt in de wind. Mijn been schokt zenuwachtig op en neer, een verwoed, metronoom ritme. De zool van mijn schoen blijft bij elke beweging even plakken voor hij mee omhoogkomt.

Ik vraag me af hoeveel ik ze moet vertellen en wat de gevolgen daar dan van zijn. Als ik alles eruit gooi, is mijn vriendschap met Ben sowieso voorbij, hoewel die misschien toch al op sterven na dood is. Mijn reputatie, of wat daar nog van over is, zal aan gort gaan. En mijn huwelijk? Dat is onomkeerbaar. Volgens mij begrijpt Lucy wel dat ze niet voor eeuwig met haar hoofd tegen de muur kan blijven lopen. Ik zal nooit veranderen. Ik zal nooit van haar houden op de manier die ze verdient. En zelfs al heeft ze dat diep vanbinnen altijd geweten, toch voel ik me verantwoordelijk. Zij is, buiten Ben, de enige in mijn leven die het dichtst bij het gevoel van liefde komt.

Misschien komt het doordat ik aan Lucy denk en misschien omdat ik haar gezicht met de vriendelijke ogen en bezorgde blik voor me zie en ik me voorstel dat ik in haar oorlelletjes knijp, beide zacht met een flinterdunlaagje dons, en misschien doordat ik haar vanuit de andere kant van de leegte kan horen zeggen dat het de Fitzmaurices allemaal geen bal interesseert, niet echt tenminste, en dat ik moet ophouden om mijn beste vriend, die uiteindelijk niet mijn beste vriend bleek te zijn, de hand boven het hoofd te houden... misschien komt het door al die dingen dat ik bijna besluit om voor het eerst in twintig jaar open kaart te spelen over wat er zich die nacht heeft afgespeeld.

Bovendien weten ze al van het geld, toch? Dat zal ik sowieso moeten uitleggen.

'Vertel maar,' zegt Beige Haar nogmaals.

Net genoeg om ze aan het lijntje te houden, denk ik. Net genoeg om hun aandacht van mij en Lucy af te leiden, en ze op een ander spoor te zetten. Naar Ben. Twee vliegen in een klap.

'Goed dan.'

Martin

Cambridge 1993

Ben zei dat hij Vicky bij Newnham zou afzetten, maar we konden toch ook eerst nog een ritje door de stad maken om de auto even te laten rijden? Vicky giechelde en legde haar hand op Bens been om zijn spieren te masseren, die nog stijf waren van de rugby en het roeien in de vroege ochtend. Ik keek zwijgend toe terwijl ze hem verder naar binnen bewoog en ik wist dat ze met het puntje van haar pink bij zijn kruis in de buurt kwam. Op dat moment kreunde Ben.

'Hou op,' zei hij op een toon waar precies het tegendeel uit sprak. 'Ik moet me concentreren.'

Hij keek in de achteruitkijkspiegel, ving mijn blik op en glimlachte. Ik keek uit het raam, waar inmiddels een laagje motregen op zat. Ik zou voorin bij hem moeten zitten, dacht ik; míjn hand zou op zijn bovenbeen moeten liggen.

Vicky zette de radio aan. Er klonk een dreunende bas door de auto. Ik kreeg er koppijn van. Ben bleef doorrijden, over Jesus Lane en toen over Newmarket Road, waar het asfalt breder werd en hij drukte de koppeling in en we sjeesden de weg over, waarbij we een personenauto inhaalden die langs de stoeprand parkeerde. Ik draaide het raam open en de avondlucht blies naar binnen. Ik probeerde mezelf te verliezen. Ik probeerde mezelf eraan te herinneren dat dit was waar jong zijn om draaide, maar ik werd steeds terug gezogen naar het hier en nu, naar die vreemde spanning die er hing. Vicky haalde haar hand van Bens been en trok haar glitterjasje strakker om zich heen. Ze haalde een sigaret uit een tasje met lovertjes.

'Mag ik?' vroeg ze.

'Jij mag alles wat je wilt, schoonheid,' zei Ben.

De auto reed verder, sneed de rotonde af en met ronkende motor sloegen we rechts af, vervolgens naar Parker's Piece waar de maan het gras in een spookachtig licht zette. De ruimte tussen de maan en ons leek oneindig.

Er schalde muziek uit de radio. De ruitenwissers zwiepten en piepten. Zwiep. Piep.

Rood stoplicht. Oranje. Gegrom van de versnelling toen Ben het pedaal intrapte voor het goed en wel groen was. Een voetganger die op het punt stond over te steken zette geschrokken een stap naar achteren. In het voorbijgaan drukte ik mijn voorhoofd tegen het raam, in een poging alles te vergeten.

We sloegen af naar rechts in plaats van links. Weg van Newnham en Queens' en voordat ik kon vragen waar we heen gingen trapte Ben de koppeling in en raceten we een straat in met aan weerszijden geparkeerde auto's en een cafébordje dat klepperde in de wind en toen sloeg hij ineens met gierende banden links af, en zag ik een bordje met Orchard Street en het beeld van een appelboom nestelde zich in mijn hoofd, samen met het gedreun van de muziek en Vicky's hoge giechellach en de bijtende geur van teer en Bens lach en het beeld dat hij zijn hoofd naar haar toe boog zodat hij niet meer door de voorruit keek en nu reden we in een smal, smal straatje waar we nauwelijks in pasten en nog steeds reed hij te hard, drukte hij de koppeling in en de motor toerde en bromde en scheurde door de kracht van het mechaniek en de huizen werden één lange, vage streep verf en ik zag nog net een veeg van blauwe luiken voor ze tot een caleidoscopische herinnering verwerden en er alleen nog maar helder, wit licht was toen de auto de grote weg op raasde en keihard tegen een hek aan knalde.

We zweefden.

We sloegen om en het dak van de auto klapte op de stoep. De veiligheidsriem sneed mijn luchtpijp af en ik snakte naar adem. Vicky schreeuwde, maar het klonk meer als gemurmel dan geroep. Glas versplinterde, zilverkleurige scherven vielen op mijn gezicht. De auto schudde en draaide met de kracht van een zweepslag weer op zijn wielen. De riem schoot losser. Mijn longen vulden zich met lucht. Vicky's hoofd knakte en hing slap omlaag, vallend haar. Ben in de schaduw. Nattigheid op mijn kin. Ik bracht mijn hand omhoog, haalde hem weer weg, zag dat het bloed was.

Stilte.

Vicky zat roerloos voor me. Ben hing over het stuur. De voorruit was doormidden gebroken. Puntige stukken glas vormden een gapend gat, als een mond. Ik probeerde zijn naam te zeggen, maar er kwam geen geluid. Ik duwde op de sluiting van de veiligheidsriem om hem los te krijgen. Die zat stevig klem. Ik bleef er maar op rammen tot hij eindelijk losschoot.

'Ben, Ben! Godverdomme, Ben!' Ik schudde hem door elkaar, greep alles vast wat ik maar kon – zijn haar, zijn nek, zijn borstkas. 'Word wakker. Godverdomme. Niet... dit ga je niet doen, verdomme... niet doen.'

Hij deed zijn ogen open. Even keek hij me aan met een blik van totaal onbegrip. Ik zag dat zijn neus gebroken was, er verschenen paarsachtige plekken op zijn gezicht, bloed op zijn tanden. 'Wat?' begon hij.

'Ga eruit!' schreeuwde ik. 'Ga godverdomme die auto uit.'

'Maar, Vi –'

'Niet aan haar denken. Dat regelen we wel. Stap godverdomme die auto uit, verdomme.' Met mijn volle gewicht drukte ik tegen het kromgetrokken metaal van de deur en ik viel op de stoep. Ik probeerde op te staan en merkte dat een van mijn benen mijn gewicht niet aankon. Mijn rechtervoet was gedraaid, de enkel zwol op onder mijn sok.

Geen tijd me daar druk om te maken. Geen tijd.

Ik sleepte mezelf naar de bestuurderskant, pakte de deurklink en rukte er met al mijn kracht aan tot hij meegaf. Daar zat Ben, verdwaasd, met een grauwe kleur op zijn gezicht.

Hij keek me wezenloos aan.

'Vertrouw op mij.'

Hij pakte mijn hand en ik trok hem omhoog de stoep op.

Ik keek achterom naar de auto. Vicky staarde me met bloeddoorlopen ogen aan. Zacht gejammer. Het klonk zo zwakjes dat het bijna niets was en ik overtuigde mezelf ervan dat ik dat niet had gehoord. Ze was dood. Ze was al dood.

'Luister naar me,' zei ik tegen Ben. 'Ik heb maar één glas champagne op. Als iemand ernaar vraagt, zat ik achter het stuur.'

Hij rilde.

'Begrijp je dat?'

Hij zei niets.

'Begrijp je dat?' vroeg ik, harder dit keer.

Hij knikte en stortte toen neer op de stoep, met een klap kwamen zijn knieën op het steen terecht. Hij maakte aanstalten om terug naar de auto te kruipen en ik begreep dat hij naar Vicky probeerde te komen. Haar jurk zat onder het bloed. Eén hand lag onnatuurlijk omhoog gedraaid op haar schoot, haar handpalm glinsterde als een waterplas in het maanlicht.

Van wat er daarna gebeurde staat me niet veel meer bij. Er waren lichten en sirenes en een samenscholing van mensen. Later werd me verteld dat een taxichauffeur als eerste ter plaatse was. Volgens zijn getuigenverklaring dacht hij eerst dat er twee doden waren omdat hij nog net het meisje in de auto kon zien en Ben languit op de stoep lag in een steeds groter wordende plas van zijn eigen bloed. Ik stond als enige overeind. Blijkbaar bleef ik maar zeggen: 'Het was mijn schuld. Het was mijn schuld', en toen de taxichauffeur zijn arm naar me uitstak deinsde ik naar achteren en zei ik dat hij me niet moest aanraken. Hij was degene die de alarmlijn belde.

Toen de politie arriveerde vertelde hij hun dat hij nog nooit iemand in zo'n diepe shock had gezien.

Ik weet niet of ik me in zijn analyse kan vinden. Ik weet nog dat ik kalm was, maar niet echt in shock. Ik wist precies wat ik ging doen en wat de gevolgen zouden zijn. Ergens had ik de uitkomst al geweten toen we bij de Pitt Club met zijn drieën de auto in stapten en misschien zelfs daarvoor al, als je teruggaat in de jaren en de mens een zekere mate van fatalisme toeschrijft, misschien zou je dan ook kunnen zeggen dat het mijn lotsbestemming was me voor Ben op te offeren wanneer het erop aankwam. Dat was mijn levensdoel.

Zo was het voorbeschikt. Het was de reden dat ik naar Burtonbury was gestuurd, waarom ik die brief had gevonden, waarom ik bevriend met hem was geraakt en zijn familie had ontmoet en waarom hij nu voor altijd bij me in het krijt zou staan. Het was de reden waarom ik anders was dan alle anderen in zijn leven: Jarvis, Rufus, Jez, Vicky, zelfs Fliss. De dankbaarheid zou ons met elkaar verbinden. Die zou hem redden van zichzelf. Het zou ons geheim zijn en daar zou hij de rest van zijn leven voor blijven betalen.

De ambulancebroeders arriveerden en sloegen dekens om ons heen. We werden naar Addenbrooke's Hospital gebracht en kregen een beker zoete thee terwijl de politie ons ondervroeg. We bleven bij ons verhaal. Ik zei dat Ben te veel gedronken had en me toen we de Pitt uit kwamen de autosleutels had gegeven met de vraag of ik wilde rijden. Ik was verdwaald geraakt, zei ik, omdat ik niet bekend was met het systeem van eenrichtingsverkeer in Cambridge, en had geprobeerd terug naar het stadscentrum te komen toen ik op Orchard Street was beland. Het was donker, zei ik, en het regende, en het zicht was slecht en ik had niet in de gaten hoe hard ik reed, maar ik wilde Vicky zo snel mogelijk naar huis brengen omdat ze moe was en naar bed wilde. Dus misschien reed ik harder dan de bedoeling was, maar dat was per ongeluk gegaan, en net toen Orchard Street op de grote weg uitkwam was er een vos het gladde asfalt op gerend en zonder erbij na te denken was ik uitgeweken om hem te ontwijken en toen, zei ik, en toen... Ik viel stil. Ik dwong mezelf te huilen, maar de tranen kwamen niet. Ik probeerde te bedenken wat ik over Vicky kon zeggen, iets waar een soort verdriet uit zou blijken, maar er kwam niks in me op.

Achteraf gezien heeft dat volgens mij in mijn voordeel gewerkt. Het werd beschouwd als verder bewijs voor de hevige shock waarin ik verkeerde.

Op zeker moment kwamen Bens ouders met lijkbleke en vertrokken gezichten het ziekenhuis in gerend, in een wervelwind van regenjassen en bezorgd protest. Ze wilden alles tegelijk weten en iets van hun gedrag, van hun pure, hooghartige zelfverzekerdheid beïnvloedde de algemene stemming. Iedereen die hen tegenkwam werd aan hen onderworpen. Ze waren groots in hun hoogmoed. Ze namen het heft in handen, zonder te bedenken dat het ook anders zou kunnen. Ben werd naar een eenpersoonskamer verhuisd. George stond erop dat de politie mijn verhoor staakte, omdat ik in mijn toestand duidelijk niet in staat was ondervraagd te worden.

Van toen af aan werd alles een stuk makkelijker. De Fitzmaurices handelden de politie af. Ze haalden hun familieadvocaat erbij. Ze spraken namens mij met Vicky's ouders. Er werd vlot een financiële regeling getroffen. Vicky's familie, die ik nooit ontmoet heb, beschouwde het hele gebeuren als een tragisch ongeval. Ik werd formeel gearresteerd voor onachtzaam rijden, maar uiteindelijk achtte de rechtbank het niet in het publieke belang om het verder door te zetten. Onvoldoende bewijs. En de wens van de familie om het te laten rusten heeft vast ook meegewogen. Mijn rijbewijs werd voor een jaar ingetrokken en ik kreeg een boete, die door Bens familie werd betaald. Verder kwam ik er zonder kleerscheuren vanaf en kreeg ik een brief waarin stond dat er geen verdere actie zou worden ondernomen.

Ik weet nog steeds niet hoe ze het voor elkaar hebben gekregen, maar ik neem aan dat je met geld, macht en een beetje aristocratische persoonlijkheid een heel eind komt. Die familie kon behoorlijk indruk maken. De rest van dat schooljaar trok in een roes aan me voorbij. En toen ik met kerst nergens heen kon, werd ik door de Fitzmaurices uitgenodigd om het bij hen op Denby te komen vieren.

Op kerstochtend ontwaakte ik in een hemelbed in een van de mooiste logeerkamers. Daar had ik nooit eerder geslapen. Meestal bracht Katherine me naar een kamertje op de bovenste verdieping met bruin tapijt en planken vol oude kinderboeken en versleten teddyberen. Dat vond ik nooit erg. Het gaf me het gevoel echt bij het gezin te horen: niet als iemand voor wie de familie iets hoog hoefde te houden. En het bescheiden formaat van mijn kamer bood ook troost. Ik voelde me niet verloren als ik de muren 's nachts kon aanraken door mijn hand uit te steken. Ik zat veilig en beschut onder het enorme pannendak.

Deze keer was ik zonder verdere uitleg naar mijn nieuwe kamer gebracht. Toen ik er iets van zei tegen Ben grijnsde hij, maar zijn ogen stonden mat. Aan zijn gezicht kon je nog steeds aflezen wat er een paar weken eerder gebeurd was. Zijn neksteun was inmiddels verwijderd, maar er zat nog steeds een vage blauwe plek in zijn hals waar de veiligheidsriem hem klem had gezet. Op de rug van zijn hand zaten steriele pleisters. We waren weer close. Alles was weer koek en ei tussen ons, door wat we hadden meegemaakt was onze vriendschap weer even hecht als vroeger, maar hij leek vast te zitten achter een scherm van ijs dat maar niet wilde smelten, hoe fanatiek ik er ook doorheen probeerde te komen. Ik weet het aan een trauma. Hij was altijd al tamelijk breekbaar geweest, zei ik tegen mezelf, terwijl ik uit sterker hout gesneden was. Ik was bekender met de donkere kanten van het leven.

Mijn nieuwe kamer op Denby had ramen die uitkeken op het meer. Toen ik die ochtend de gordijnen opendeed zat er op elke ruit een dun laagje decemberrijp. De radiator sprong aan en ik hoorde het ouderwetse getik van de pijpen die in werking kwamen. Ik pakte een handdoek van de stapel die de huishoudster op de ladekast had gelegd (twee badlakens, een handdoek en een washand die ik niet gebruikte) en liep de aangrenzende badkamer in. Ik sprenkelde koud water op mijn gezicht, draaide de badkranen open en koos een klein flesje badschuim uit het mandje met monstertjes ernaast.

'Lelie en geranium' las ik hardop. 'Hotel Belort, St. Tropez.'

Ik trok mijn pyjama uit, liet hem op de vloer liggen om door iemand anders te laten oprapen en opvouwen (dat was een van de geneugten van hier logeren, had ik ontdekt. Het had me jaren gekost eraan te wennen, maar Ben had uitgelegd dat de schoonmakers zich opgelaten voelden als je ze niet genoeg te doen gaf. 'Eigenlijk doe je ze een gunst,' had hij gezegd).

Net toen ik mijn teen in het warme, schuimende water wilde steken, werd er vanbuiten op de deur geklopt.

Ik sloeg de handdoek om mijn middel en liep terug naar de slaapkamer.

'Binnen,' zei ik. Mijn stem was nog schor van de slaap. Ik dacht dat het Ben was, maar toen de deur opending, stond George in de gang. Hij droeg donkerblauwe pantoffels en een gestreepte ochtendjas met een koord als riem. Ineens bedacht ik hoe weinig ik aanhad, en werd me bewust van de tocht.

'Gelukkig kerstfeest, kerel.' Hij zag er moe uit, met diepe groeven aan weerszijden van zijn mond. Zijn haar was witter en dunner dan ik me herinnerde. Op zijn slaap, als een inktspat, een geelbruine levervlek.

'Gelukkig kerstfeest, George.'

'Mag ik binnenkomen?'

'Zeker...' Ik haalde vlug wat kleren van de met hout omlijste canapé aan het voeteneind van het bed.

'O, doe geen moeite,' zei George. Hij ging zitten op de plek die ik net had vrijgemaakt, zijn botten kraakten toen hij zichzelf omlaag liet zakken. 'Wilde gewoon even babbelen voordat...'

Hij maakte een vaag zwaaigebaar met zijn hand. Ik wist niet of ik moest gaan zitten of blijven staan en liep uiteindelijk naar het raam, waar ik zo ontspannen mogelijk tegen de vensterbank probeerde aan te leunen. Maar het voelde vreemd tussen ons. En hoewel we dat gevoel allebei probeerden te negeren, bleef het maar terugkomen.

Ik dacht terug aan de avond ervoor. Ben en ik waren met de trein uit Cambridge gekomen, Katherine had ons met de auto opgehaald, de achterbank lag onder de hondenharen. We hadden een visschotel gegeten in de keuken. Fliss was er ook, en zat op haar droge, laconieke manier grapjes te maken. George had gevraagd hoe het semester op Cambridge was verlopen en ik wist hem te vertellen dat mijn opleidingsdirecteur al had voorspeld dat ik met de beste cijfers zou overgaan en Ben viel me in de rede door te zeggen dat zijn ouders niet hetzelfde van hem moesten verwachten, omdat hij het te druk had met feesten en hij zei 'feesten' heel aanstellerig, alsof de 'f' een 'v' was, dat had hij van Jarvis.

Na het eten had Katherine voorgesteld om 'zacht te gaan zitten', en waren we naar de rode zitkamer verhuisd, waar het vuur werd aangestoken en het gesprek werd voortgezet. Er stond een hoge, fonkelende kerstboom in de hoek. Het viel me op dat er geen engelenhaar in hing. Alleen witte kerstlichtjes en ivoor- en goudkleurige kerstballen van hetzelfde formaat.

Ben was eerder dan de rest naar bed gegaan. Hij zei dat hij moe was en ik zei dat dat helemaal niet gek was, als je bedacht wat hij allemaal had meegemaakt.

'Hoe bedoel je?' vroeg hij. 'Wat ik allemaal heb meegemaakt?'

'Ik bedoelde gewoon, nou, het auto-ongeluk. Je bent nog aan het herstellen.'

'Jij ook.'

Mijn enkel was nog zwaar gekneusd en zat in een stuk verband dat naar ziekenhuischemicaliën rook.

'Het is voor jullie beiden verdomd zwaar geweest,' zei George. 'Verdomd zwaar.'

'Het stelt niks voor,' antwoordde ik.

Ben glimlachte. Zijn ogen deden niet mee.

'Wat ben je toch veerkrachtig, Mart.'

'Iemand moet het zijn.'

Ik bedoelde het als grapje, gewoon een geintje om de stemming mee op te fleuren, maar het miste zijn uitwerking. Ben rekte zijn armen uit en leunde kreunend naar achteren. De kreun ging over in een gaap.

'Lieverd, ga lekker slapen,' zei Katherine, die naast Fliss in het zitje in het raam zat. 'Martin heeft gelijk. Je bent bekaf.'

'Ik pas alleen maar op je,' flapte ik eruit.

Er viel een korte stilte. Het aanmaakhout knapperde in het haardvuur. George nieste. Fliss bekeek haar nagels aandachtig. En toen schoot Ben in de lach: een kille, sociaal wenselijke lach, bedoeld om de angel eruit te halen. Hij gaf me een klap op mijn schouder. Ik kromp ineen.

'Zoals altijd, Mart, zoals altijd. Wat zou ik toch moeten zonder jou?'

Hij liep de kamer uit. Niet lang daarna ging Katherine achter hem aan. George, Fliss en ik bleven nog even zitten praten in de behaaglijke warmte. Toen kondigde George aan dat hij 'Van Beddenstein' ging opzoeken en hij zette het vuurscherm op, waarna hij mij een hand gaf en zijn dochter een kus op haar hoofd. Fliss en ik zeiden niet zoveel meer. Op een gegeven moment rolde ze een shagje dat ze uit het raam oprookte, en er werd wat as door de avondwind terug naar binnen geblazen, die zich als sneeuw over het tapijt verspreidde.

'Dat kun je beter niet doen hier,' fluisterde ik, terwijl ik luchtig probeerde te klinken.

Ze moest lachen. 'O jee, Martin, krijg ik nou billenkoek?'

Ik keek de andere kant op.

'Het is veel te makkelijk om jou verlegen te krijgen,' zei ze. Ze schoot de sigaret het raam uit, trok het dicht en kwam naast me zitten, met haar been tegen het mijne. Ze legde haar hoofd op mijn schouder. Haar haar rook naar natte bladeren. Mijn nek voelde stijf en zwaar. Ik begon in slaap te dommelen, en werd met een schok weer wakker toen mijn hoofd naar voren viel. Ik zag de hand van Fliss op mijn borstkas liggen. Ze haalde diep adem, elke keer dat ze uitademde bleef er een sliertje lucht in haar keel hangen, met een grommend geluid tot gevolg. Ik zei haar naam. Ze werd wakker en schudde haar hoofd.

'Shit. Wat zei ik allemaal?' Ze ging met haar duim langs haar mondhoek, om te voelen of er spuug op zat. Haar gezicht had iets wazigs, het was warrig en onscherp.

'Niets.'

Ze grijnsde. 'Nou, gelukkig maar. Want ik had een onwijs schunnige droom.' Ze keek vragend naar me op. 'Nee?'

Ik legde haar hand voorzichtig terug op haar schoot. 'Nee, Fliss.' Ik stond op. 'Niets persoonlijks.'

'Ja, ja, dat zeggen ze allemaal.'

'Ik ben niet...'

'Maak je om mij niet druk,' beet ze me toe. 'Ga maar. Ik blijf hier nog even zitten.' Ze zwaaide haar benen de bank op en trok ze naar zich toe. Ze droeg een afgeknipte spijkerbroek over een dikke maillot en een houthakkersblouse over een T-shirt met een schreeuwende doodskop erop. Zoals ze daar lag zag ze er zo jong uit, zo weerloos.

'Trusten, Fliss.'

Ze hoorde me niet. Ik denk dat ze al sliep.

En nu zat George hier, die zich vreemd gedroeg en zei dat hij me wilde spreken. Heel even vroeg ik me af of Fliss misschien iets had gezegd. Bens zus had zeker haar charme, maar was zo onvoorspelbaar als de pest. Ineens kwam er ongevraagd een flard uit de scheikundeles op Burtonbury bij me terug. Francium: het meest onstabiele van alle natuurlijke elementen. Er bevindt zich nooit meer dan één ons in de aardkorst. Kookpunt onbekend. Fliss zou me toch niet hebben beschuldigd van... van... nee, dat zou ze nooit doen. Toch?

'Je bent een geweldige vriend voor Ben geweest,' zei George ineens. 'We – Katherine en ik – kunnen niet zeggen hoe dankbaar we zijn.'

'Ach, het is...'

'Alsjeblieft.' Hij stak zijn hand omhoog. 'Laat me uitpraten, Martin.'

De vensterbank drukte in mijn blote rug. Ik duwde er harder tegenaan tot ik een doffe pijn begon te voelen.

'Je maakt in vele opzichten deel uit van de familie,' ging hij verder. 'En we willen graag... graag...' Hij trok aan zijn oorlel en ik besefte dat hij nerveus was en dat ik hem nog nooit zenuwachtig had meegemaakt. 'De regeling formaliseren, als het ware. Katherine en ik weten dat je het niet breed hebt. Je moeder...' Hij zweeg, even tactvol als altijd. 'Ik heb begrepen dat ze niet in staat is je te helpen en daarom willen wij dat graag doen. Ik weet niet of je al plannen hebt voor na je studie...' ik schudde mijn hoofd – 'maar ik weet zeker dat je, zoals het er nu naar uitziet, een heel goed diploma zult halen en het lijkt me niet meer dan redelijk dat wij, als familie, jou steunen in je toekomstige ondernemingen. Katherine en ik willen daar graag aan bijdragen.' Hij schuifelde met zijn voeten. 'Zoals ik al zei, je bent een ongelofelijk loyále vriend voor Ben geweest.' Hij liet een korte stilte vallen aan de randjes van dat woord, waarmee hij er extra nadruk op legde. Toen draaide hij zich om en keek me recht aan. 'Hiermee kunnen we dan waarborgen dat dat ook zo blijft.' We keken elkaar aan.

'Natuurlijk,' zei ik.

George kreeg een mildere blik. Hij klapte zijn handen tegen elkaar. 'Uitstekend,' zei hij en de apathie tussen ons ging over in een energieke veelbelovendheid. 'Ik ben blij dat we elkaar begrijpen.'

'Dat doen we,' zei ik zachtjes. Ik liep naar hem toe en sloeg, hoewel ik nog nooit iets dergelijks had gedaan, mijn armen om hem heen en omhelsde hem. Zijn kriebelige ochtendjas schuurde tegen mijn blote borst. Hij rook naar zweet en gemberzeep van Roger &

Gallet. Hij was steviger dan Ben en tegelijkertijd waren zijn spieren slapper en hingen ze losjes om zijn botten. Hij aaide me ongemakkelijk over mijn rug.

'Och, och. Echt. Dat, eh, is nergens voor nodig, Martin. Echt niet,' zei hij, terwijl hij zich los probeerde te maken en zich subtiel van me af duwde. Maar steeds als hij naar achteren deinsde, bewoog ik naar voren om het gat weer op te vullen. De handdoek tussen hem en mijn naaktheid leek ineens dun en licht. Ik had hem met een knoop om me heen geslagen. Hij zou met gemak kunnen losschieten en op de grond vallen.

Ik wist dat George ongemakkelijk van me werd en ik genoot er met volle teugen van. Na jarenlange noest mijn best te hebben gedaan was de machtsbalans tussen ons aanzienlijk naar mijn kant doorgeslagen. Hij wist wat ik over zijn zoon wist. Hij wist hoeveel schade ik kon veroorzaken. Natuurlijk zou ik nooit iets doen – daar piekerde ik niet over, Ben was tenslotte mijn beste vriend – maar ik zou liegen als ik zei dat ik niet had gehoopt op enige erkenning van de familie voor wat ik had gedaan. Het was een nobele daad. Dankbaarheid was op zijn plek. En hoewel ik nooit had gedacht een financieel slaatje uit deze nare situatie te zullen slaan, leek het, na deze logische uiteenzetting van George, ineens niet meer dan normaal. Ik was als een zoon voor ze. Het was niet meer dan gepast dat ze me ook zo behandelden.

'Goed,' zei George. 'Zo kan hij wel weer.' Hij duwde me van zich af, iets krachtiger ditmaal, en geamuseerd liet ik hem zich loswurmen. Hij had een blos op zijn wangen, die gemarmerd waren met een netwerk van gesprongen haarvaatjes.

'Dank je wel, George.'

'We hebben het er niet meer over.' Hij gaf me een klopje op mijn schouder. Bij de deur draaide hij zich, met één voet al op de gang, om. 'Ik heb te zijner tijd je bankgegevens nodig,' zei hij met de nonchalance van iemand die vroeg waar de theedoek lag.

'Ja,' zei ik. 'O, en George...'

'Mmm?'

'Gelukkig kerstfeest.'

'Jij ook, kerel. Jij ook.'

Drie weken later stond de eerste driemaandelijkse betaling van 10.000 pond op mijn rekening.

Dagboek van Lucy Gilmour

Hij dacht dat ik niets wist van het geld. Die arme Martin. Een groot deel van de tijd is het gewoon een naïeve jongen die doet alsof hij cool is. Hij denkt dat ik dat niet zie. Maar ik zie alles. Als je getrouwd bent met iemand die je niet vertrouwt, moet je wel een hoop zien. Als je ineens doorkrijgt dat je man, hoewel je alles wat hij doet van de positieve kant probeert te bekijken, niet echt een aardig iemand is, moet je op je hoede zijn. Je moet de losse stukjes verzamelen, je macht stukje bij beetje vergroten. En je moet niet laten merken dat je het weet.

Je moet lief en dom blijven doen en op de juiste momenten verdrietig kijken, alsof het leven je eronder heeft gekregen, alsof de fut eruit is. Daar was ik goed in. Het is bizar waar je mee wegkomt als je jezelf klein en onopvallend maakt. Martin liet me min of meer aan mijn lot over. Dankzij de Fitzmaurices waren we in goeden doen, dus hoefde ik me niet druk te maken om werk: zo nu en dan een freelanceklusje; wat correctiewerk; een beetje webdesign.

'Was je gelukkig?' vroeg Keith me vanmorgen, op angstvallig bedaarde toon.

Was ik dat? Niet bepaald. Maar ook niet ongelukkig en misschien wordt het hele concept geluk ook wel danig overschat. Tevredenheid met af en toe momenten van geluk is het meeste waar we op kunnen hopen. Ik wist waarom ik met Martin was getrouwd en ik wist dat ik in emotioneel opzicht geen aanspraak op hem kon maken en dat was het dan. Ik had niet verwacht dat het zo zou aflopen, maar ik denk dat er alleen maar uit blijkt hoe dierbaar hij me is. Een diepgewortelde affectie die voortvloeit uit het feit dat je iemand door en door kent. Ik kende zijn zwakke plekken. De allerzwakste was zijn blinde toewijding aan de Fitzmaurices.

Martin zou vreemd opkijken als hij wist hoe duidelijk ik hem zag. Hij dacht dat hij zo goed was in geheimen bewaren – helemaal met betrekking tot het geld. Maar je kunt nou eenmaal niet negeren dat er met regelmaat grote sommen cash op de rekening van je echtgenoot verschijnen, tenminste niet wanneer je weet dat hij zijn toegangscode in zijn Moleskine-agenda heeft staan en je alleen maar die nummers hoeft over te nemen, de naam van zijn school hoeft in te toetsen en een gooi hoeft te doen naar zijn wachtwoord, wat helemaal niet moeilijk was. Wil je zijn wachtwoord weten? Weet je het zeker? Het is te triest voor woorden. Het is 'Fitzmaurice', gevolgd door de dag en de maand van zijn verjaardag.

Zoals ik al zei, te triest voor woorden. Hij wilde zo graag bij hen horen. Zo wanhopig, rampzalig graag.

'Heb je hem ooit verteld wat je van ze vond?' vroeg Keith. Hij had gehoord van de ruzie met Lady Fitzmaurice in de bezoekersruimte en wilde mijn relatie met hen verder uitdiepen. Ik keek naar de ingelijste poster boven de open haard. Het was zo'n toeristische advertentie uit de jaren vijftig: een geschilderd tafereel van een gele auto die door een bergachtig landschap reed, met onderaan ZWITSERLAND in vetgedrukte, rode letters.

'Heb je die bewust gekozen vanwege de neutraliteit?'

'Sorry – wat bedoel je precies, Lucy?'

'Die poster. Zwitserland. Vermaard om zijn neutraliteit. Zoals het een goed therapeut ook betaamt.'

Ik zag een aanzet tot een glimlach op zijn gezicht. Hij zette zijn ronde brilletje af en veegde het schoon met de rand van zijn overhemd. Zonder die bril kreeg zijn gezicht iets naakts en kwetsbaars.

'Zo had ik het nog niet bekeken,' zei hij toen hij de bril weer opzette. 'Maar nu je het zo zegt, vind ik het wel een leuke gedachte.' Hij haalde zijn benen van elkaar en kruiste ze toen weer. 'Dus. Heb je Martin ooit verteld wat je van de Fitzmaurices vond?'

Ik zuchtte. Zijn aandacht was niet af te leiden. Om eerlijk te zijn had ik het bij Martin nooit ter sprake gebracht omdat ik hem niet in verlegenheid wilde brengen. Zijn eigenwaarde was zo verweven met het idee dat hij bij die familie hoorde, dat als ik hem zou confronteren met het feit dat hij weinig meer was dan hun betaalde slaafje, dat zijn ondergang zou betekenen. Hij zou het niet hebben aangenomen en dan zou ik misschien iets onaardigs zeggen. Natuurlijk houden ze niet van je, Martin. Ze gebruiken je! Ze buiten jóúw liefde voor hén uit! Weet je wat die betalingen zijn, Martin? Zwijggeld, niets meer en niets minder.

Zo zou het zijn gegaan. En dan was het hele kaartenhuis ingestort. Bovendien was het prettig dat ik me geen zorgen om geld hoefde te maken. Zo, dat is eruit. En als we in ruil daarvoor af en toe een stijf en ongezellig etentje bij Ben en Serena moesten doorstaan, dan was dat maar zo. Maar dat wilde niet zeggen dat ik het leuk vond. Ab-so-luut niet.

Natuurlijk dacht ik aan het meisje. Victoria Dillane, op haar achttiende in een auto-ongeluk om het leven gekomen. Een leven, tragisch in de kiem gesmoord. Geen glanzende advocatencarrière. Geen huwelijk of kinderen. Slechts een begrafenis in een plattelandskerkje in Somerset. Geen bloemen, alstublieft. Donaties aan het Rode Kruis.

Het had in alle plaatselijke kranten gestaan. Je hoefde geen genie te zijn om te begrijpen hoe het zat. Aan Martins bankafschriften zag ik dat de eerste storting in 1994 was gedaan. Ik had al het donkerbruine vermoeden dat er iets tussen hen had gespeeld voordat ik op het toneel was verschenen. Vanwaar anders dat geld? Vanwaar anders die constante wankele spanning van hun haat-liefdeverhouding?

Ik ging dus op zoek naar een verband. Ik typte de namen van Ben en Martin in bij Google en deed een omgekeerde zoekopdracht. In het begin was er een hoop afleidende informatie – verslagen van oninteressante feestjes waar ze toen ze in de twintig waren allebei waren geweest; een foto van ze in de *Tatler* bij een polowedstrijd, een paar gearchiveerde verslagen uit hun schooltijd en een kort artikel in de *Burtonbury Gazette* met de kop: 'Telg toegelaten tot Cambridge', met een kiekje van een grijnzende Ben in zijn tienerjaren.

Het duurde even voor ik het relevante nieuwsartikel had gevonden, maar ineens was ze daar: Victoria Dillane.

Het hele gebeuren was in Cambridge wekenlang uitgemeten in het nieuws. Het hielp mee dat ze zo fotogeniek was. Er waren blijkbaar veel foto's beschikbaar: met een glimlachend, jong gezicht dat vrolijk boven haar zwarte toelatingstoga uitstak; naast een pony, met haar haar netjes in een netje onder haar cap; op vakantie met haar ouders in Zuid-Frankrijk, wegkijkend van de camera naar een zonsondergang; lachend in een nauwsluitende, roze jurk op het eindbal van haar school. Ik zocht ze allemaal online op. Er was genoeg over Victoria te vinden, maar in slechts één artikel in het cachegeheugen werd de naam van de medepassagier in de auto vermeld: 'Ben Fitzmaurice, oudste zoon van Lord en Lady Fitzmaurice, student aan Queens' College Cambridge, zat op de achterbank. Hij ontsnapte aan ernstige verwondingen.' In een paar korte stukjes werd een 'achttienjarige bestuurder' vermeld die op grond van onachtzaam rijden was gearresteerd. De bestuurder, zo werd vermeld, had een ademtest doorstaan en zei dat hij de macht over het stuur was verloren door een vos die plotseling de weg op sprong. Het artikel werd een paar maanden later gevolgd door een vermelding dat het Openbaar Ministerie de aanklacht had ingetrokken.

Dat was het. Het kon haast niet anders of iemand had ergens

een zeer effectieve schoonmaakoperatie gehouden. En een integraal onderdeel van die schoonmaak was dat Martin Gilmour zijn mond dichthield.

Wat een heel scala aan vragen opriep, toch?

VIII

Politiebureau van Tipworth, 17.30 uur

Ik geef ze precies genoeg om hun nieuwsgierigheid te prikkelen – de auto, de Pitt Club, Vicky, de gladheid van een onbekende weg – en als Grijs Pak me vraagt wie er achter het stuur zat, kijk ik hem recht in zijn ogen en zeg: 'Geen commentaar.'

Dat moet voldoende zijn, dunkt me. Het is aan hen om de losse eindjes aan elkaar te knopen. Ik zie niet in waarom ik het hen al te makkelijk zou maken.

Maar hiermee worden ze hoogstwaarschijnlijk op het goede spoor gezet. Want zelfs twee politieagenten die zo dom zijn als deze moeten toch wel een beetje opgewonden raken van het spoor broodkruimels dat ik zo zorgvuldig voor ze heb neergelegd om hen naar het midden van de doolhof te leiden. Ben Fitzmaurice. Telg uit een aristocratische familie. Rijk lid van de beau monde. Toekomstig minister-president. Ik zie de radertjes al draaien in hun oververhitte hoofdjes: het zou een hoop media-aandacht opleveren, toch? En natuurlijk zouden ze worden geprezen om hun grondige werk. Een prijs, wellicht: het professionele equivalent van een pluim.

'Ja, meneer,' hoor ik Grijs Pak al zeggen terwijl een hoogrode meerdere hem een of andere stomme medaille opspeldt. 'Aanvankelijk dachten we dat het gewoon een incident in huiselijke sfeer was, maar toen kwamen we de feiten op het spoor en zagen we dat het ging om een veel groter misdrijf.'

Ik voel geen enkele loyaliteit meer naar Ben. Jarenlang had hij de arrogante zekerheid dat ik mijn mond zou houden. Die tijd is voorbij. Dat moet wel. Na wat er die avond op het feest gebeurd is, vind ik dat ik die ondankbare klootzak helemaal niets meer verschuldigd ben. En als hij van zijn enorme, zichzelf toebedachte voetstuk dondert, zal ik ernaast staan met een glimlach.

Ik moet denken aan de *tricoteuses*, vrouwen uit de tijd van de Franse Revolutie die tussen de openbare terechtstellingen door altijd naast de guillotine zaten te breien. Recht. Averecht. Recht. Averecht en algauw had ik mijn eigen vrijheidsmutsje, terwijl hij lag te bloeden.

'Dat moet een heel traumatische gebeurtenis voor je zijn geweest, Martin,' zegt Beige Haar.

We zijn net terug in de verhoorkamer na een korte pauze en ze ruikt naar tonijn met mayonaise en nog iets anders, een zweem van iets zouts – *smoky bacon*-chips, misschien. Ze had op zijn minst een pepermuntje kunnen nemen.

'Ik was behoorlijk overstuur,' zeg ik. Maar destijds heeft het me niet bijzonder geraakt. Ik vond het geloof ik wel erg van Vicky, maar ik kende haar nauwelijks en in alle verwarring die volgde maakte ik me zo druk om Ben dat ik niet echt de tijd had om aan mijn eigen verdriet toe te komen.

Na het ongeluk bleven we naast het verkreukelde karkas van de auto op de ambulance wachten.

Achter in de ambulance op weg naar het ziekenhuis zei Ben niet veel. Hij had een zilverkleurige deken om zich heen, het soort dat marathonlopers dragen als ze de finish over zijn. Hij had een bleek gezicht, en er liep een kras van het buitenste punt van zijn wenkbrauw naar het midden van zijn voorhoofd. Ik weet nog dat ik op een gegeven moment mijn hand uitstak en de zijkant van zijn gezicht aanraakte. Hij gedoogde mijn hand daar eventjes en schoof toen van me weg, waardoor de deken ritselde. Ik had hem willen geruststellen, maar we wisten allebei dat alles nu een andere lading had gekregen. Ik begreep dat we op een cruciaal punt in onze vriendschap waren beland: dat van nu af aan geen enkel gebaar nog kritiekloos geaccepteerd zou worden. Het zou altijd voor iets anders staan.

'Tegelijkertijd denk ik, Martin, dat het misschien ook jullie emotionele band heeft versterkt,' zegt Beige Haar. 'Ik bedoel, hoe tragisch het ook was, als je samen zoiets doormaakt, brengt het je dichter bij elkaar?'

Weer die onnodige klank van een vraagteken aan het eind van een opmerking.

Er valt een stilte. Beige Haar kijkt me verwachtingsvol aan. 'Denk je niet?'

'Onze vriendschap was al hecht.'

Grijs Pak, die me dit hele gesprek lang heeft zitten aanstaren, richt zijn blik nu op de muur.

'Dus,' zegt hij, met zijn blik nog steeds op de muur. 'Waarom betaalden de Fitzmaurices jou dan al dat geld?'

'Zoals ik al zei, ze zagen me als hun zoon...'

Grijs Pak lacht geforceerd; een overdreven bulderende lach om duidelijk te maken hoe bespottelijk hij me vindt. 'Ik heb een zoon, Martin, maar die betaal ik geen 40.000 pond per jaar.'

'Misschien omdat u niet over dergelijke bedragen beschikt,' zeg ik koeltjes.

Grijs Pak krijgt een harde blik in zijn ogen. 'Zelfs dan nog,' zegt hij langzaam. 'Zoveel geld zou ik alleen weggeven als ik daar een heel goede reden voor had.'

Ik slaak een zucht. 'Hoelang gaat dit nog duren? Ik heb al...'

'Zal ik je zeggen wat ik denk, Martin?'

'Dat doet u vast sowieso, of ik het leuk vind of niet.'

'Ik denk dat Ben die avond reed. Ik denk dat hij gedronken had. Ik denk dat hij de auto van de weg heeft gereden omdat hij zo laveloos was dat hij niet eens meer rechtuit kon kijken. En jij...' Hij wijst naar mij. 'Jij besloot de schuld op je te nemen. En weet je wat dat is? Dat is verspilling van politietijd. Dat is belemmering van de rechtsgang. Dat is iemand laten wegkomen met moord...'

'Nou nou, moord,' mompel ik zachtjes.

'Pardon – wat zei je daar?'

'Niets.'

'Ernstige tenlasteleggingen, Martin. Ernstige tenlasteleggingen die je kennelijk niet heel serieus neemt. Dus ik wil dat je heel, heel erg goed nadenkt voor je verder nog iets zegt.' Grijs Pak leunt achterover. Ik stel me voor dat zijn hart zo hard tekeergaat in zijn borstkas dat zijn huid erdoor uit vorm wordt getrokken.

Beige Haar komt met zachte stem tussenbeide. 'Je hebt het met de beste bedoelingen gedaan, Martin,' zegt ze. 'Je wilde je vriend redden. Maar nu? Nu is het tijd voor de waarheid, ja?'

Mijn gezicht verraadt niets maar vanbinnen voel ik de adrenaline: een golf cortisol die mijn hele bloedbaan door kolkt. Ik ben blij dat ze toehappen. En als Ben Fitzmaurice voor moord wordt aangeklaagd, hebben Serena en hij vast heel veel spijt van het feit dat ze me hebben onderschat.

'Waarom verdient hij jouw loyaliteit?' vraagt Beige Haar. 'Help het ons begrijpen, Martin. We moeten weten wat er gebeurd is.'

'Ik zie niet in wat dit ermee te maken heeft. Het is al jaren geleden.'

'Maar het houdt allemaal verband met elkaar, toch?' zegt ze.

'Ja, ja, dat klopt.' Ik weet maar al te goed dat ik met hem mee ten onder zal gaan. Maar ik ben er klaar voor. Het is onafwendbaar. Als ik het idee had dat agente Nicky Bridge slim genoeg was om het te begrijpen, zou ik haar vertellen dat het probleem is dat alles nu zo met elkaar verweven is dat ik niet meer weet waar ik ophoud en Ben begint. Uiteindelijk zijn we gewoon twee kamers van hetzelfde vergiftigde hart.

2 mei

Feesttent, Priorij van Tipworth, middernacht

We staan al veel te lang te dansen. Mijn voeten zijn moe, het harde leer van de nieuwe schoenen drukt op mijn tenen en wrijft over het zachte deel van mijn enkel, waar een beginnende blaar zit. Lucy zwaait met haar armen boven haar hoofd en maakt een draai, waardoor haar jurk wijd uitwaaiert. Ze houdt een glas champagne omhoog en door haar bewegingen spatten er druppels op de schouders van vreemden, en ik zie een kalende heer eerst geschrokken, dan verbijsterd opkijken, waarna hij zijn zakdoek tevoorschijn haalt en er zijn glimmende hoofd mee afveegt. Hij buigt zich naar een oudere dame met grijsblond haar dat als beton haar gezicht omlijst, en hij zegt iets in haar oor. Dan wijst hij naar het dak van de tent en met een uitgerekt kippennekje volgt ze zijn blik. Ze gaan dichter bij elkaar staan en verlaten de dansvloer, met een blik van onuitgesproken verontwaardiging. Lucy, die niets in de gaten heeft, wervelt door.

Op het podium in het midden is een aantal toespraken gehouden, allemaal door Bens vrienden en familie. Ik was niet gevraagd om iets te zeggen. Ik deed alsof het me niet uitmaakte en overtuigde mezelf ervan dat Ben wist dat ik een bloedhekel had aan spreken in het openbaar, maar toch deed het pijn. Helemaal toen Andrew Jarvis de microfoon pakte en wat onbehouwen onzin begon uit te kramen over de 'legendarische figuur' die Ben op school was geweest. Misselijkmakend.

Serena stond in haar glimjurk haar ogen te deppen en verontschuldigde zich voor het feit dat ze zo emotioneel was en vertelde ons toen dat Ben zo'n geweldige vader was en dat ze zo met hem bofte en toen zei ze, tot mijn grote ontzetting: 'Deze is voor jou', en kwam er uit het niets een jazzbandje tevoorschijn en zette Serena, die bij mijn weten nog nooit in haar leven buiten de douche had gezongen, een samengeflanste versie van 'My Funny Valentine' in. Iedereen stond te juichen en te klappen, maar het hele lied door wist ze echt nauwelijks toon te houden.

Ben sprong het podium op en kuste haar, met zijn hand op de welving van haar blote rug. De knoopjes van zijn overhemd kwamen los en zijn ogen stonden zowel wazig als gefocust. Ik zag dat hij coke had gebruikt en zich op de piek van zijn manische zelfvertrouwen bevond.

Hij hield een briljante toespraak. Natuurlijk. Op een gegeven moment nodigde hij zijn moeder uit op het podium. Ik wist niet dat Lady Katherine ook op het feestje was, maar daar kwam ze de trap op, op de kaarsrechte manier die haar zo eigen was: een houding die half verlegenheid, half elegantie en een volledige ongrijpbaarheid uitstraalde. Haar haar was wit en leek bij de minste aanraking uit zijn vorm te kunnen vallen. Ze droeg een ruwzijden jasje met een riempje en een bijpassende rok. Ze had poeder op haar gezicht en om haar hals hing een enorme ketting van smaragden en diamanten.

Sinds de begrafenis van George had ik geen contact meer met haar gehad. Door zijn dood was ze nóg minder benaderbaar geworden. Bij de ingang van de kerk had ze mijn hand aangenomen alsof ze iets kreeg wat bedorven was. Ik had haar een vluchtige kus op haar wang gegeven en gezegd hoe erg ik het vond en ze had geknikt en gezegd: 'Dat weet ik, Martin. Dank je.' Maar het was zonder warmte geweest en in de daaropvolgende maanden had ik me gerealiseerd dat ik haar niet meer wilde zien. Misschien was het rouw. Wat het ook was, ik had het ongemakkelijke gevoel dat Katherine, als ze naar me keek, iets zag wat ik probeerde te verbergen.

Ik keek naar Ben op het podium, badend in een aureool van licht, grijnzend, jongensachtig en charmant. Heel even dacht ik aan Magnus: het dode broertje, dat kleine jongetje met het bloempotkapsel dat ik alleen maar op foto's had gezien, over wiens bestaan door de familie met geen woord werd gerept. De Fitzmaurices lieten hun stilte als littekenweefsel groeien.

Na de toespraken viel er achter het podium een paars doek omlaag. Meteen daarna hoorden we de akkoorden van een populair nummer dat op dat moment in de hitparade stond en toen zagen we uit de schaduw de contouren van de grootste boyband ter wereld opdoemen. Alle vijf gingen ze gekleed in bijpassende pakken met bloemenprint. Gilly had het kennelijk mis gehad met haar middelmatige rockbandje.

'*We gotta get through what we gotta get through*,' zongen ze vol overgave, alsof ze hun onzinnige tekst werkelijk geloofden. '*You gotta help me and you know it too-oo-oo.*'

Lucy gooide zich er meteen in. Het had me altijd verbaasd dat ze zo van dansen hield. Dat zou je niet van haar zeggen, maar daar stond ze hoor, alle woorden mee te playbacken en met het ritme mee op de grond te stampen. Al snel kwamen er allemaal mensen om haar heen staan en zag ik alleen nog maar haar nek en het glinsterende haakje van haar ketting.

Ik was niet van plan me bij hen te voegen, maar toen zag ik de minister-president en zijn vrouw ertussen staan. Edward Buller probeerde met zijn heupen te wiegen, maar was te stijf om het er natuurlijk uit te laten zien. Zijn vrouw knipte met haar vingers en trok haar smalle schouders op, terwijl ze als een vogeltje pikte naar de muziek. Ik schoof naar hen toe. Het liedje kwam ten einde en iedereen stopte, opgelaten door de plotselinge stilte, en toen klonk er een nieuw gitaarakkoord en sprongen we weer in de houding, waardoor we wederom een deinende massa werden.

Ik kwam dichterbij. Ik hield Edward Buller vanuit mijn ooghoek in de gaten. De muziek dook, zwenkte en stuiterde. Ik stak mijn hand uit en legde hem op de mouw van zijn jasje. Hij merkte het niet. Ik trok aan de mouw.

'Edward,' zei ik, met luide stem zodat hij me kon horen. 'Ed.'

Met een licht bezweet gezicht draaide hij zich om. 'Ja?'

'Martin, weet je nog. Martin Gilmour.'

Achter hem was zijn vrouw gestopt met dansen.

'Natuurlijk,' zei hij. 'Natuurlijk, Martin. Hoe gaat het?'

Ik wist dat hij niet meer wist wie ik was, maar was zo opgelucht dat hij me niet had uitgelachen dat ik het spelletje meespeelde. 'Goed hoor, dank je. Volgens mij hebben we elkaar voor het laatst op Bens zomerfeestje gezien, een paar jaar geleden.'

'Ha! Inderdaad, ja. Inderdaad.'

Ik realiseerde me dat ik de mouw van zijn jasje nog steeds vasthield en dat hij zich los probeerde te maken. Ik liet los.

'Nou, leuk om je...'

'Ik ben Bens beste vriend,' flapte ik eruit. 'Van Burtonbury.'

De glimlach op zijn gezicht bevroor en verdween toen.

'Lieverd,' zei zijn vrouw, 'we moeten echt even iets te eten halen.'

'Ja. Goed idee. Veel plezier nog – eh...'

'Martin,' zei ik. 'Martin Gilmour.'

'Heel leuk je te ontmoeten.' Hij schudde mijn hand krachtig op en neer. Toen hij wegliep zag ik zijn beleefde glimlach weer, als een nicotinepleister op zijn gezicht geplakt.

Even bleef ik daar staan, omringd door mensen, maar omgeven door die vertrouwde eenzaamheid. Drank, dacht ik. Ik moet meer drank hebben.

'Liefje!' Ik hoorde de stem van Fliss en voelde toen dat ze van achteren haar armen om me heen sloeg. Ik stroomde over van dankbaarheid.

'Fliss, lieverd.' Te laat besefte ik dat ze haar gezicht zo dicht mogelijk tegen het mijne had gedrukt en toen zaten haar lippen op mijn mond en probeerde ze me te zoenen. 'Fliss,' zei ik, me van haar losmakend. 'Nee.'

Bulderend van het lachen wierp ze haar hoofd in haar nek. 'O, Mart. Ik blijf het maar vergeten. Je vindt me niet leuk op die manier. Ik weet het schatje, ik weet het. Maar het was het proberen waard.'

Haar haar glinsterde van de piepkleine zilverkleurige sliertjes die ze in vlechtjes had gedraaid. Ze gaf me een knuffel en ik rook haar lichaamsgeur. Ze was zo'n vrouw die niet in deodorant gelooft. Haar smoezeligheid gaf haar iets aantrekkelijks. Het was ongereguleerd, net als alles aan haar.

'Verrukkelijke Mart,' teemde ze en toen, ineens serieus, voegde ze eraan toe: 'Weet je, wat er verder ook gebeurt, je moet weten dat ik...' Ze hield op met praten en legde haar vingertoppen op haar mond, en toen stond Serena ineens zwijgend naast haar, met een gespierde, gebruinde arm om de schouders van haar schoonzus.

'Felicity,' zei ze. 'Daar ben je. Ik moet je even stelen, ben ik bang. Familiefoto.' Ze keek me aan. 'Dat vind je toch niet erg, hè, Martin?'

'Nee, nee, natuurlijk niet.'

Ze verdwenen weer in de vloedgolf van het feest. Ik liet Lucy achter op de dansvloer en liep weer naar het huis.

'Cocktail, meneer?' Een ober gaf me een glas. Het was dezelfde man als eerder op de avond, die op een balletdanser leek. Hij glimlachte, waardoor de rimpel onder zijn beide jukbeenderen geaccentueerd werd. 'U zag eruit alsof u het kon gebruiken, meneer.'

'Mmm. Dat klopt.'

Ik liet mijn ogen over zijn borstkas dwalen, omlaag naar de broek, de gesp van zijn riem, de schoenen met modder uit de tuin. En toen hij van me wegliep, liep ik achter hem aan de deur en het lange labyrint van gangen door, tot we bij de tijdelijke keuken aankwamen die daar door de cateraars was neergezet en ik voelde mijn hart verwachtingsvol tekeergaan en ik wilde mijn hand uitsteken en hem aanraken omdat ik toen ineens bang was dat dit niet gebeurde en dat hij niet echt was en toen draaide hij zich om en glimlachte weer naar me, dus bleef ik achter hem aan lopen.

Hij zette zijn dienblad op een stalen tafel en liep met diezelfde zwierige souplesse verder door de keuken, en achter de tent lag een grasveld, met in de verte de doolhof waar de geest van de monnik naar verluidt rondwaarde, en toen was er een laag muurtje en ging hij zitten en stak hij een sigaret op en bood hij me een trekje aan. Ik nam het aan, beroerde de plek waar zijn mond net had gezeten en toen zoenden we en zat zijn tong in mijn mond en proefde ik zijn rook en mijn rook en de scherpe, frisse jeneverbes van de cocktail en zaten zijn handen onder mijn overhemd en gingen ze langs de holtes tussen mijn ribben, en ik liet hem alles doen en ik probeerde niet te veel na te denken over wat het betekende en ik probeerde mijn gedachten te openen en op te gaan in het moment en ik voelde alle vreemde conflicterende overtuigingen die al zo lang ik leef door mijn hersenschors spoken, ik voelde ze verdampen en wegwaaien in de zwarte nacht.

Achter ons klonk het geluid van geschreeuw en de dreun van een diepe, aanhoudende bastoon.

Hij knielde voor me neer in het gras, ritste mijn broek open, trok hem op mijn enkels en rukte me toen, alsof ik zijn bezit was, alsof hij precies wist wat ik nodig had, ruw naar zich toe en nam mijn pik in zijn mond. Ik kreunde. Zijn mond gleed op en neer, terwijl hij met zijn tong over de top streelde. Ik duwde mijn pik zijn mond in, hield zijn hoofd tussen mijn handen om verder in hem te kunnen komen. Ik wilde hem helemaal wezenloos neuken, mijn pik tegen zijn huig rammen tot die er niet meer in paste. Hij zoog en likte en greep mijn ballen vast en ik bracht mijn handen van zijn hoofd naar zijn schouders, wilde hem tegelijkertijd wegduwen en naar me toe trekken, wilde ja zeggen en nee en ja en nee en toen kwam ik klaar in zijn natte en gladde mond en was er niets meer dan de heldere, witte gelukzaligheid van ontlading.

Een seconde stilte. Nog een.

Ik maakte mezelf los.

De ober, nog steeds op zijn knieën, keek naar me op.

Ik kon er niet tegen. 'Sorry,' zei ik. 'Ik weet niet wat er gebeurde.

Te veel gedronken. Weet je, ik ben niet... niet... zoals jij.'

Hij veegde zijn mond met de rug van zijn mond af. 'Dat heb je mis,' zei hij, met zorgvuldige nadruk in zijn stem. Hij trok zijn overhemd recht. 'Je bent precies zoals ik.'

Hij liet me achter op het muurtje. Het duurde lang voordat ik terug naar het feestje ging.

Dagboek van Lucy Gilmour

Ik had niet meteen in de gaten dat hij weg was. Ik was er zo aan gewend dat Martin verdween als hij daar zin in had dat het even duurde voor ik registreerde dat hij de feesttent uit was gelopen. Bovendien had ik het naar mijn zin. De muziek was geweldig.

Ik stond met een man te dansen die ik ooit een keer bij Ben en Serena had ontmoet en hoewel ik geen idee meer had hoe hij heette, bleek hij heel aardig te bewegen. Toen de boyband het podium verliet en de dj begon, raakte de stemming verhit. De man trok me dichter naar zich toe en wist op de een of andere manier zijn been tussen mijn dijen te wurmen. Hij begon me kusjes in mijn nek te geven.

'Wat doe je?' vroeg ik.

'Wat denk je zelf?'

'Ik ben getrouwd.'

'Ik ook.'

'Oké, maar...' Ik maakte mezelf los. 'Sorry, hoor,' zei ik.

'Maakt niet uit.'

En we dansten verder alsof er niets was gebeurd. Niet dat ik niet in de verleiding kwam – dat kwam ik wel degelijk – maar ik ben van nature monogaam. Van het hele idee van vreemdgaan word ik bloednerveus. Ik weet ook vrijwel zeker dat Martin nooit is vreemdgegaan.

Hoe dan ook, de muziek dreunde en voor het eerst die avond had ik het naar mijn zin. Voor het eerst in maanden, eigenlijk. Toen stond Ben ineens achter me en hij legde bezitterig zijn handen op mijn schouders. 'Hé, schat. Weet jij waar KS uithangt?'

En toen zag ik dus pas dat hij er niet meer was. In de hele feesttent was hij nergens te bekennen. Ook niet in het huis. Waar ik ook zocht, ik kon hem niet vinden. Het hielp waarschijnlijk niet dat ik niet in een rechte lijn kon lopen. Ik bleef maar mensen aanklampen van wie ik dacht ze te kennen om te vragen of ze hem hadden gezien en realiseerde me pas achteraf dat ik ze helemaal niet kende, maar dat ze gewoon beroemd waren en ik ze daarom herkende. Ik was dronken. Zo dronken was ik in lange tijd niet geweest. Maar de enige manier om dat het hoofd te bieden was door meer te drinken, maakte ik mezelf wijs, en ik griste een fles champagne van tafel en zette hem aan mijn mond.

Ik liep de hoofdhal door, langs de enorme open haard, en toen naar buiten, het gazon op waar de garderobemeisjes stonden te hangen en te giechelen en de paars met witte lampen nog steeds de voorkant van het huis verlichtten. Tussen de bomen klonk het hijgende geluid van een stelletje; een wirwar van armen en benen. Even bleef ik op de kiezels staan en voelde ze knerpend door de dunne zolen van mijn feestschoenen prikken. Ik keek op naar de volle maan. Ik bracht de champagnefles naar mijn lippen en nam een slok. Al met al was het best een leuke avond geweest, dacht ik bij mezelf. Veel leuker dan verwacht. Ik liet me meevoeren door de benevelde roes van het moment en bedacht dat het leven nog zo slecht niet was, als je erover nadacht.

Een vogel maakte geluid. Een uil, misschien. Ik had niets met vogels en vond hun fladderende vleugels en scherpe snavels altijd akelig: net buitenaardse wezens met die veren en die piepkleine, priemende, zwarte oogjes. Ik draaide me in de richting van het geluid en zag de contouren van de kapel en daarachter alleen een donker gat, op de plek waar Ben had gezegd dat de doolhof lag. Er bewoog iets in het donker, en er dook een menselijke gestalte op die snel het gras over liep, tot hij werd opgeslokt door de schaduw van het huis.

'Daar ben je.'

Serena.

'Wat doe je hier in je eentje?' Ze kwam naast me staan, terwijl ze met één hand de rok van haar zilverkleurige jurk omhooghield. Haar haar hing losjes uit de wrong, op een manier die bedoeld slordig leek. Haar wimpers waren vol en fijn. Als ze knipperde deed ze dat langzaam, alsof de wimpers te zwaar voor haar gezicht waren.

'Even pauze nemen,' zei ik. Ik weigerde me te generen voor de champagnefles die ik vasthield.

'Mmm.' Ze riep er een man bij in een zwart pak die met een walkietalkie liep te zwaaien. 'Carlos, schat, zou ik misschien een sigaret van je mogen bietsen?'

'Natuurlijk, mevrouw.' Hij haalde een pakje Marlboro Golds uit zijn binnenzak en bood haar er eentje aan, waarna hij zich voorover boog om haar een vuurtje te geven. Serena nam een lange trek. Toen ze de sigaret uit haar mond haalde, was die plakkerig van de lipgloss. Ze rilde en in extase deed ze haar ogen dicht. 'God, wat lekker.' Ze bood hem mij aan. 'Wil je ook?'

Ik schudde mijn hoofd.

'O ja. Ik vergeet altijd dat jij niet rookt.' (Volgens mij vergeet Serena dat helemaal niet, maar doet ze alsof om te laten merken dat ze geen zin heeft om over mij na te denken.) 'Maar qua drank ben je zo te zien ruimschoots voorzien.' Ze rekte haar nek uit om de fles te kunnen zien.

'Er was er eentje over,' zei ik.

Ze gaf geen antwoord. Deze vrouw was niet bang voor stiltes. Ze nam de tijd om haar sigaret op te roken en trapte de peuk toen met haar zilverkleurige stiletto uit. 'Dat ruimen de schoonmakers wel op. Daar worden ze tenslotte voor betaald, nietwaar?' Ze keek me strak aan. 'We moeten je spreken.' Ze pakte me bij mijn pols, hield hem stevig vast en trok me mee in de richting van het huis.

'Hé, wat...' Ik probeerde haar van me af te schudden, maar ze had een ferme grip. 'Waar...'

'Sst,' zei ze. 'Deze kant op.'

Ze duwde een deur open die me niet eerder was opgevallen en toen stonden we in een flauw verlichte, smalle gang, weg van de rest van het feest. Helemaal aan het eind flikkerde een peertje. Het was duidelijk dat de binnenhuisarchitect hier nog niet was geweest.

'Ik weet niet waar Martin is,' zei ik. 'Hij vraagt zich vast af waar ik ben.'

'O, hij is er al,' antwoordde Serena, terwijl ze me met zich meetroonde. 'Ben heeft hem gevonden.'

Ze bracht me naar een kamer die ongeveer half zo groot was als de keuken, met een bureau tegen de muur en overal planken zonder boeken erop. Links van mij hing een groot landschap van Venetië, in olieverf met een laag doffe vernis die onder de barstjes zat. In de hoek stond een logge vorm onder een stoflaken en voor me een niet-aangestoken open haard met vier lederen fauteuils ervoor. Twee daarvan werden door Ben en Martin ingenomen, die met hun gezicht naar ons toe zaten.

'Gevonden,' zei Serena. Ben grijnsde, maar de rest van zijn gezicht deed niet mee. Martin richtte zijn hoofd naar mij, maar keek langs me heen. Hij leek zich te concentreren op een of ander vaag punt in de verte. Er hing een vreemde sfeer. Er klopte iets niet.

Ik drukte de champagnefles dichter tegen me aan, liep naar een van de fauteuils en ging zitten.

'Wat is er aan de hand?' vroeg ik, en toen begon Ben te praten.

3 mei

Studeerkamer, Priorij van Tipworth, 01.00 uur

Voordat het noodweer losbarst. Elektriciteit in de lucht. Drukkende atmosfeer, waardoor er een klem op je hoofd lijkt te zitten die steeds verder wordt aangedraaid. Het water dat op het punt staat omlaag te komen. Een grote hoeveelheid die zich ophoopt in de buik van een wolk, druppel voor druppel tot de huid openscheurt. Een onweersbui 'verzamelt' zich als een menigte of de samengetrokken plooien van een rok, waarbij er met elke naaisteek meer volume ontstaat, met elke persoon een grotere dichtheid, tot aan het punt waarop het te groot wordt om het te kunnen beheersen. En dan? Uitbarsting.

'Kom zitten, schat,' zei Ben tegen Lucy. Ik hoorde haar de kamer binnenkomen, het vertrouwde loopje van mijn vrouw, en ergens wilde ik opstaan om haar weer naar buiten te duwen, haar waarschuwen geen centimeter dichterbij te komen. Ik kon haar niet aankijken. Steeds als ik dat probeerde, dacht ik weer aan die ober buiten, op zijn knieën voor me in het vochtige gras.

Ik was nog steeds kwaad op Lucy, omdat ze geloofde dat ik goed genoeg was. Dat ik het in me had om het te proberen.

Ze ging in de fauteuil naast me zitten. Ze had een fles champagne in haar hand en heel even moest ik daarvan glimlachen. Ze sloeg haar benen over elkaar. Ik concentreerde me op de bandjes van haar nieuwe schoenen. Ik wist dat ze die, eenmaal terug op de hotelkamer, met een zucht van verlichting zou uittrekken.

Dan zou ze, ongeacht hoe laat het was, in bad gaan en voor het slapengaan haar gezicht met een wit katoenen washandje wassen en haar tanden poetsen. In alle jaren dat ik haar gekend had, had ze dat gedaan. Een gewoontedier.

Vol verlangen dacht ik aan de Tipworth Premier Inn. Wat zou ik daar nu graag liggen, op het goedkope schuimmatras, zonder nog iets te hoeven, buiten in slaap vallen. Maar we zaten hier, in deze kamer, te luisteren naar de wegstervende geluiden van het feest buiten, te wachten tot iemand iets zei.

Serena ging op de rand van Bens fauteuil zitten en legde een arm om zijn schouders. Haar jurk viel als de staart van een zeemeermin op de grond. Haar oorbellen glinsterden in het flauwe licht. Buiten klonk het geluid van iets wat werd afgebroken. Ik vroeg me af waar het vandaan kwam. Het was nog te vroeg voor de afbouw van de feesttent door de Fitzmaurice-dienaars.

De gasten druppelden langzaam naar buiten, de nacht in, terug naar hun gewone leventje. De geweldige Fitzmaurice-gastvrijheid zou binnenkort alleen nog een schitterende herinnering zijn die af en toe tegen het licht zou worden gehouden, en alles wat er de afgelopen vijf uur was gebeurd zou in een vage herinnering verzanden. Het feest zou van zijn vaste vorm overgaan in een reeks wegstervende, halve vragen: 'Weet je nog..?' 'Was leuk hè, toen...?' 'Kennen wij elkaar niet van...?'

Ze waren oogverblindend, die Fitzmaurice-feestjes, en daarna waren ze niets meer. Het gesis van een vuurwerksterretje dat helemaal is opgebrand en dan wordt weggegooid, een verbogen stuk ijzerdraad dat ineens zijn ware, teleurstellende gezicht laat zien.

Naast me nam Lucy een slok champagne, rechtstreeks uit de fles. Ik legde mijn hand om haar pols. Ik voelde me veiliger met haar erbij.

'Sorry dat ik jullie moest wegrukken uit het feestgedruis,' zei Ben. Hij leunde voorover in zijn stoel, ellebogen op zijn knieën, handen plat tegen elkaar. De schouders van zijn jasje omhooggetrokken. Hij zag eruit alsof hij op het punt stond iets uit te leggen op de manier van een trendy docent, zo'n populaire op wie alle meisjes verliefd zijn en met wie alle mannelijke studenten de kroeg in willen.

Serena zat hem tijdens het praten in zijn nek te strelen. Die zachte beweging van haar hand leidde me buitengewoon af. Aai. Aai. Aai. Op. Neer. Op. Neer. Het was een gebaar van intieme bezitterigheid. Met ieder spoor van haar vingers leek ze me strakker aan te kijken.

Zie je wat ik heb, Martin? Zie je dat? Hij is van mij.

Ben kuchte. 'Er is iets wat ik...'

'We,' mompelde Serena, die haar hand nog steeds bewoog.

Ben corrigeerde zichzelf: '... *we* met jullie willen bespreken.'

En omdat ik probeerde te doen alsof dit normaal was, omdat ik dat nog steeds graag wilde, omdat ik zo wanhopig graag wilde dat onze vriendschap weer als vanouds was, toen we nog jongens waren en onze band nog nergens door vertroebeld werd, zei ik: 'Montenegro?' zo bedaard als ik maar kon, ook al wist ik dat het daar niets mee te maken had, en dat het vooruitzicht om in een van zijn projecten te investeren alleen maar was ingezet om me deze kamer in te lokken.

Serena zat nog steeds in zijn nek te aaien.

'Lieverd, kun je even whisky voor me pakken?' vroeg Ben en Serena stond op van de stoel en liep naar de drankkast in de hoek. Ik hoorde het ijs tegen het glas rammelen. Het sissende geluid van de spuitfles.

'KS, je weet dat we je vriendschap waarderen,' begon Ben weer. Hij had wijde pupillen. Er trilde een piepklein spiertje aan zijn mondhoek. 'Dat staat buiten kijf.'

Naast me voelde ik Lucy nijdig worden.

'Maar vriendschappen ontwikkelen zich, toch?' zei hij terwijl Serena hem zijn drankje gaf en weer op haar plek ging zitten, met één arm languit over de rugleuning. 'En ik – we – willen het met je hebben over...' Hij bracht het glas naar zijn lippen, maar dronk niet. 'Onze blik vooruit richten. Er is een aantal...' Hij zocht demonstratief naar het goede woord, maar ik voelde aan dat dit een ingestudeerde toespraak was en dat alle handgebaren deel van het valse vertoon uitmaakten. Te bestudeerd om echt te kunnen zijn. 'Een aantal complicaties dat we met je moeten bespreken.'

Hij ging verzitten, en trok elke broekspijp een stukje omhoog. Serena draaide aan de hangende bol van één oorbel, die daarna lichtjes heen en weer zwiepte.

'Ik ben door Ed Buller gevraagd me kandidaat voor het parlement te stellen,' zei hij.

Lucy maakte een geluidje dat het midden hield tussen gegorgel en gesnuif.

'Ben,' zei ik, 'dat is geweldig nieuws. Je zult het fantastisch doen.'

Dat meende ik ook. Ik vergat te bedenken wat dit nieuws voor mij kon betekenen. Want het was toch logisch dat Ben dit met de nodige bombarie wilde vertellen. Hij was en bleef tenslotte een Fitzmaurice. Die deden net alsof ze nooit naar aandacht hengelden, maar het tegendeel was waar. Waarom hadden ze me er anders zo graag bij willen hebben in hun jeugd? Omdat ze een aangeboren behoefte hadden aan een toeschouwer van buitenaf, een buitenbeentje om hen in hun zelfvoldaanheid te bevestigen. Ik was hun spiegel, die precies zo was neergezet dat hun beste kant weerspiegeld werd.

En nu had Ben mijn hulp nodig. Stom van me om na al die tijd nog aan onze vriendschap te twijfelen. Ik dacht terug aan het feest en realiseerde me hoe gespannen ik was geweest, hoe alles om me heen onbehagen had uitgestraald, hoe ik me als ballast had vastgeklampt aan Lucy. Ik had meer vertrouwen in Ben moeten hebben. Mijn Ben. Nog steeds was hij míjn Ben.

'Geweldige zet, zeg,' praatte ik blindelings door. 'Gek dat je het niet eerder hebt gedaan. Je bent zo verkiesbaar. Je hebt de ideeën, de hersens en' – ik lachte. 'De charme.'

'Maar Ben,' zei Lucy. 'Moet je om politicus te worden niet ook een mening hebben? Waar geloof jij eigenlijk in?'

Zijn gezicht verstrakte. Hij probeerde te glimlachen, maar het lukte hem niet. 'Zoveel.'

'Ik heb je gewoon nog nooit echt een politieke filosofie uiteen horen zetten,' vervolgde ze, waarbij ze de 's' in filosofie als een knikker over glas heen en weer liet glijden. 'Ik ben er heel benieuwd naar.'

'Hij hoeft zich niet te verantwoorden en al helemaal niet aan jou,' zei Serena zachtjes.

'Hoe bedoel je, Serena? "Al helemaal niet aan mij"? Ben ik het niet waard om zijn... zijn...' Er verzamelde zich een beetje spuug in haar mondhoeken. Met de rug van haar hand veegde ze de spatjes weg. 'Is mijn stem soms minder waard, wil je dat soms zeggen? Het spijt me als ik niet voldoe aan de Fitzmaurice-standaard. Ik weet dat ik geen titel, tv-carrière of miljoenen ponden aan cash heb, maar...'

'Lucy,' zei ik. 'Zo is het wel genoeg.'

Ze keek me kwaad aan. De huid om haar sleutelbeen was wat uitgerekt en roze.

'Je bent dronken. Alsjeblieft. Je zet jezelf voor schut.'

Ze schudde haar hoofd. 'Je hebt geen idee. Martin. Je hebt verdomme geen idee van wat er zo gaat komen.' Ze ging naar achteren zitten.

'Ik weet niet wat je...'

Ik werd onderbroken door het geluid van Ben die opstond en naar de open haard liep. Hij leunde ertegenaan en vouwde zijn handen bedaard in elkaar. Waar leerde hij al die dingen? Of had hij ze van nature?

'De reden dat Serena en ik jullie vanavond hier hebben gevraagd was om te zeggen dat we ongelofelijk dankbaar zijn voor je jarenlange loyaliteit en vriendschap,' zei hij zonder me aan te kijken. 'Maar we gaan aan een nieuw hoofdstuk in ons leven beginnen, dat een zekere...' Hij schraapte zijn keel. 'Discretie behoeft.'

'Je weet dat je me altijd kunt vertrouwen, Ben,' zei ik. 'Dat hoef je niet eens te...'

‘Alsjeblieft.’ Stilte. ‘Laat me uitpraten.’ Het glas whisky stond op de schoorsteenmantel, het ijs smolt langzaam in de hitte. ‘Een politieke loopbaan is iets waar ik al mijn hele leven naartoe heb gewerkt, maar brengt, zoals je vast begrijpt, de nodige risico’s met zich mee. Een van die risico’s is dat mijn verleden wordt opgerakeld door de aasgieren van de roddelpers en ik moet zeker weten, Ed moet zeker weten, dat er geen gevoelige informatie naar buiten komt.’

En toen dacht ik aan haar. Een glimp van een moment dat me nog maar vaag bijstond. Blond, warrig haar. Naar voren geknakt hoofd. Bloed op de voorruit. Vreemd gedraaide benen. Een puntkomma van gebroken glas op de zoom van haar blauwe, blauwe jurk. Een verkreukeld, levenloos ding waar ooit de volle, levendige jeugd van Vicky Dillane had gezeten.

‘Vicky,’ zei ik, en alles viel op zijn plek.

‘Zou je die naam alsjeblieft niet willen noemen,’ zei Serena. Haar stem droop langs mijn nek. Ik keek naar Lucy. Dus Serena wist het, ook al was ik in de veronderstelling dat Ben en ik een onuitgesproken pact hadden dat niemand anders het ooit te horen zou krijgen. Hij had me verraden. En dom als ik was, was het bij mij nooit ook maar opgekomen om hetzelfde te doen.

Ben, die bleek oogde in het licht van de lamp, draaide zich naar de muur. ‘Ik weet dat je heel loyaal bent geweest, Martin, en je bent het vast met me eens dat je door de Fitzmaurices rijkelijk voor je moeite bent beloond.’

‘Jezusmina, Ben, het was helemaal geen moeite om...’

‘Maar het is tijd dat onze wegen zich scheiden.’

Ergens achter in mijn hoofd spande een snaar zich strak. Hij pingde één keer kort en hoog en toen knapte hij.

‘Wat?’ jammerde ik ellendig. ‘Wat zeg je? Wat zeg je, godverdomme?’ Mijn hoofd begaf het. De paar dingen die ik ooit voor zeker had gehouden begonnen in te storten. Ik zwom in de duisternis. Boven mij begon het te regenen en ik wist niet waar de natheid begon of eindigde of waar ik de rechte lijn van de horizon kon vinden en ik verdween, alsof mijn huid de vloeistof eromheen werd en Ben stond aan de kust, onbereikbaar toe te kijken.

'Uiteraard krijg je een passende vergoeding,' zei hij. 'Heel jammer, maar het is niet anders. Het is voor ons allemaal het beste als deze avond het eind van onze openbare vriendschap inluidt. Je weet natuurlijk dat we altijd met warme gevoelens aan je zullen blijven denken, maar...'

'Maar je wilt dat hij oprot uit je leven en voor altijd zijn mond houdt over het feit dat je iemand hebt vermoord,' zei Lucy met schrille stem. 'Wanneer houden jullie godverdomme eens een keer op?'

Ik staarde haar aan. Zij wist het dus ook.

Ben deinsde terug.

Serena stond zo snel op dat ze bijna leek te zweven. 'Wat ben jij toch een grofgebekte bitch,' bitste ze venijnig tegen Lucy. 'Ik snap niet waarom Ben jou al die tijd gedoogd heeft. Je voelt je altijd beter dan de rest, doet altijd zo volgzaam, alsof je je van geen kwaad bewust bent. Dacht je dat ik dat niet doorhad? Je dacht zeker dat ik te dom was, hè?'

'Lieverd...'

Ze duwde Ben opzij. 'Ik ben er klaar mee,' zei ze. 'Ze zijn onze tijd niet waard.'

Lucy nam een teug uit de champagnefles. 'Je bent een aanfluiting,' zei ze.

'Nou, jij bent een dikke, lelijke stakker,' schreeuwde Serena. Haar gezicht, altijd zo in de plooi, stond scheef en vertrokken. De aders in haar hals klopten.

'Schatje.' Ben kwam naast zijn vrouw staan en sloeg zijn arm om haar heen. 'Alsjeblieft. Laten we ons best doen dit beschaafd te houden, goed?'

Ik kreeg een hoge piep in mijn rechteroor. Ik schudde mijn hoofd om hem kwijt te raken. 'Zeg je nou...' begon ik en toen moest ik stoppen. Ik snakte naar adem. Mijn keel zat dicht en de woorden die volgden kwamen eruit als gefluister. 'Dat je geen vrienden meer wilt zijn?'

Ben maakte geen aanstalten naar me toe te komen. Beeldde ik het me in, of zat er een vage glimlach op zijn gezicht?

'Nou kijk, Martin, je moet toegeven dat we al best een tijdje niet meer zo close waren. Ik weet dat we als kind goed met elkaar konden opschieten, maar als we eerlijk zijn hebben we niet meer zoveel met elkaar gemeen, toch? Ik bedoel, ik heb diep respect voor je, maar volgens mij is het tijd om onze blik vooruit te richten en ons eigen pad te bewandelen en...'

Blik vooruit. Weer die term. Die loze term.

'Hij probeert al jaren van jullie af te komen,' siste Serena. 'Hoe denk je zelf dat het overkomt als hij in het openbaar geassocieerd wordt met een... met een... nou, met iemand die een onschuldig jong meisje heeft vermoord?'

Ik kon niet inschatten of ze haar eigen woorden werkelijk geloofde of dat dit verhaal haar nu gewoon het beste uitkwam.

'Je bent een parasiet, Martin,' vervolgde ze. 'Een parasiet. En dan heb ik het niet alleen over het geld – hoewel dat een klein fortuin moet zijn. Je hebt ons allemaal uitgebuit! George, Katherine, Fliss...'

Bij het noemen van de naam van Fliss begonnen mijn ogen te prikken. 'Weet Fliss...' waagde ik. 'En Katherine. Ik bedoel, is iedereen het hiermee eens?'

Ben knikte.

'George... George had dit nooit laten gebeuren. Ben, je weet toch dat ik niet...' Ik kon mezelf er niet toe zetten het te zeggen, Vicky's naam uit te spreken. 'Je weet dat ik mezelf voor jou heb opgeofferd...'

Onaangedaan praatte hij door me heen: 'Sorry dat je het zo slecht opneemt, maar echt, er komt een flink bedrag jouw kant op. Ik laat je niet in de kou staan, financieel gezien.'

'Maar Ben,' zei ik smekend. 'Kerel. Daar is het me nooit om te doen geweest. Nooit.'

Hij bleef onverstoorbaar.

Ik duwde mezelf omhoog uit de stoel en knielde voor hem neer op de vloer. 'Dat moet je weten. Je bent mijn beste vriend. Ik... ik... ik ben niets zonder jou.'

'Godallejezus,' mompelde Serena. Ze draaide zich naar Ben. 'Ik zei het je toch? Triest.'

Ik wilde mijn hand uitsteken, hem aanraken, de rand van zijn jasje vastgrijpen. Ik moest zijn lichaam voelen, hem omlaagtrekken zodat hij me in de ogen kon kijken. Als ik hem maar aan kon raken wist ik zeker dat hij het zou begrijpen, dat hij mijn Ben weer zou worden, in plaats van deze geforceerde kopie.

'Ben. Ben.' Ik bleef zijn naam zeggen. 'Ben, alsjeblieft. Alsjeblieft, doe dit niet.'

'Sta op, Martin.'

'Ik ben niets zonder jou.' De woorden bleven er maar uit stromen, ik kon ze niet tegenhouden. Maar het was waar. Ik bestond alleen in relatie tot Ben. Ik had mezelf om hem heen gebouwd, steentje voor steentje, waarbij ik elke harde millimeter bepaalde wat die voor hem zou betekenen en wat dat mij weer zou opleveren. Ik had zo graag gewild dat hij me nodig had dat ik mezelf was vergeten te behoeden voor het feit dat ik van hem hield.

Ik keek naar hem op. Op zijn gezicht zat iets wat op medelijden leek.

Dat was het dan. Hij hield niet van me. Had nooit van me gehouden. Ineens was ik buitengewoon moe. Ik deed mijn ogen dicht, ging op mijn hurken zitten en wachtte tot de pijn wegging. Zo dadelijk, zei ik tegen mezelf, zou ik opstaan. Zo dadelijk zou ik opstaan en mijn schouders rechten en in- en uitademen en doen alsof het niet uitmaakte. Ik zou de nodige façade optrekken en niemand dichtbij laten komen. Ik wist hoe dat moest. Ik had het vaker gedaan.

Ik stond op. Ik huilde. De ultieme vernedering. Ik hield mijn handen voor mijn gezicht, omdat ik niet wilde dat Ben het zag.

'We zullen ervoor zorgen dat er een substantieel bedrag op je rekening wordt gestort,' zei hij. 'In ruil daarvoor moet je een door mijn advocaten opgestelde geheimhoudingsverklaring tekenen...'

'Dus,' vroeg ik onnozel, 'die Montenegro-deal...?'

Hij keek me aan alsof hij me nu pas zag staan. 'Martin,' zei hij, vriendelijk bijna. 'Er was geen deal. Het was een verhaal om je hier te houden. Maar uiteraard kan ik vast een manier vinden om je erbij te betrekken,' zei hij. 'Als dat zou... helpen.'

Hij bleef maar doorpraten. Steeds maar door, op dezelfde droge, monotone manier. Hij was zo ver van me verwijderd, zo vreemd. Ik vroeg me af of ik hem ooit wel echt gekend had of dat ik al die jaren was misleid, een pion was geweest in een spel dat heel nauwkeurig om mij heen werd gespeeld en waar ik niets van afwist.

'... zal genoeg zijn... financiële zekerheid... waardering... heel jammer... realistisch... hoop in de toekomst... verkiezingen... moet aan de partij denken... droevige stand van zaken...'

Losse zinsneden en woorden sijpelden de kamer in. Slechts de helft ervan kon ik thuisbrengen. De muren krompen en kwamen op me af. De vloer draaide. Ik strompelde terug naar mijn stoel en ging weer op het leer zitten, om te wachten tot alles ophield met bewegen.

'Daar is het me nooit om te doen geweest,' zei ik, meer tegen mezelf dan tegen iemand anders. 'Het was me nooit te doen om het geld.'

Ik hoorde Serena inademen en kon me vanachter de cocon van mijn handen voorstellen hoe haar gezicht stond. Ze had me nooit gemogen. Ik had haar nooit voor me kunnen winnen. Het leek me niet belangrijk. Zij leek me niet belangrijk. Ik had het wederom verkeerd ingeschat. Ik had me zo gericht op het voeren van de strijd, dat ik was vergeten vast te stellen wie de vijand was.

Na een tijdje stopten de woorden en viel er een stilte.

Buiten klonk het aanstellerige geluid van een giechelende vrouw.

Toen nam Serena het woord. 'Goed. Volgens mij moesten jullie maar eens terug. Onze advocaten nemen volgende week contact met jullie op. Waar sliepen jullie ook alweer?' De minachting droop uit haar poriën. 'De Premier Inn, toch?'

'Weet je,' zei Lucy. 'Zo kun je niet met mensen omgaan.'

'Sorry?'

'Dat lijkt me inderdaad wel op zijn plaats.'

'Nee, ik bedoelde...'

'Jullie vinden jezelf zo godvergeten bijzonder. De Fitzmaurices. Alsof jullie ervoor in de wieg zijn gelegd om over alle anderen te heersen. Denken jullie soms dat jullie Martin kunnen uitkauwen en uitspugen als jullie hem zat zijn? Dat kan niet. Dat kan verdomme niet. Je maakt hem kapot, Ben,' zei ze, rechtstreeks tot hem gericht. 'Hij heeft zijn leven lang alleen maar van je gehouden, dat weet je best.'

Serena lachte schel. 'O, dat weten we allemaal al heel lang. Het is gewoon gênant.'

'Jij hebt geen hart.'

Serena glimlachte. Tergend langzaam liep ze naar het raam, waarbij de lovertjes op haar jurk van vorm veranderden, als de zee. 'Weet je wat jij moet hebben, Lucy?' Ze plukte een los draadje van het gordijn en hield het tussen haar duim en wijsvinger om het aandachtig te bestuderen. 'Een kind. Daar zou je minder... minder...' Ze deed of ze naar het juiste woord zocht. 'Bitter van worden.' Er viel een ijzige stilte. 'Jammer dat je geen echte man kunt vinden.' Haar stem klonk schril. 'Jammer dat we allemaal weten dat jouw man liever mijn man zou neuken dan zijn eigen vrouw.'

De woorden raakten me op volle kracht. Ik stond op. Mijn lichaam voelde loodzwaar.

Serena kwam op me af. 'Dacht je dat we het niet doorhadden?' zei ze met een verwrongen gezicht. 'Word eens wakker, Martin.' Zonder waarschuwing bracht ze haar vlakke hand naar mijn wang en gaf me een klap. Het geluid straalde naar buiten, als de toon van een stemvork.

Ik zag Lucy niet uit haar stoel opstaan. Tegen de tijd dat ik merkte dat ze met de champagnefles in haar hand stond, was het al te laat. Een seconde verstreek. Nog een. Er knapte iets als een bubbel en ik besefte dat mijn vrouw gilde – een geluid dat ik nog nooit had gehoord. Ik knipperde en keek haar toen aan. Ze had haar tanden ontbloot en haar armspieren glommen. Ik was gefixeerd op die armspieren. Waar kwamen die ineens vandaan?

Ze schreeuwde. De woorden gingen in elkaar over tot ze een witte ruis vormden. Ze wees met haar vinger naar Serena, en kwam met elke prik dichterbij. Prik. Prik. Prik.

Serena deed een stap naar achteren, toen nog een, toen verdraaide ze haar enkel, schoot haar hoge hak onder haar voet vandaan en begon ze te wankelen.

Lucy stortte zich boven op haar. 'Teef,' riep ze. 'Jij vieze, vuile teef!' Serena zwaaide met haar armen. Ze greep Lucy bij haar polsen en probeerde zich los te wurmen, maar Lucy bleef net zo lang tegen haar aan duwen tot Serena met haar rug tegen de muur stond.

Ik stond aan de grond genageld. Vanuit mijn ooghoek zag ik Ben de kamer door rennen, maar Lucy bracht de champagnefles al omhoog en hield hem met gestrekte arm boven haar hoofd, elke pees was aangespannen. Heel even was ik vol bewondering voor de schoonheid van die arm, voor de pure kracht die ik nooit gezien had, en voelde ik trots. Pure, royale, liefdevolle trots. Ben probeerde Lucy's arm te grijpen maar het was al te laat. Want toen sloeg Lucy de fles tegen Serena's mooie hoofd.

Ademgesnak. Gejammer.

Er schoot een oorbel over het parket.

Serena zakte voorover en viel op de vloer.

Lucy liet de fles vallen. Hij brak niet. Er liepen rode stroompjes over het gele etiket.

Stilte.

Ik liep naar het raam, pakte Lucy bij haar armen en trok ze achter haar. Ik voelde dat ze rilde, dat haar spieren zachtjes huiverden.

Verwilderd keek ze me aan. Op haar onderlip verscheen een blauwe plek.

'Rustig,' zei ik. 'Rustig maar. Komt goed. Het komt goed.'

Ben lag op de vloer, met zijn oor tegen Serena's boezem gedrukt, en riep dat we een ambulance nodig hadden en bel verdomme een fucking ambulance Martin en er klonken voetstappen en ineens stond er een groep mensen om ons heen en te midden van alle verwarring duwde ik Lucy naar de deur en liep zachtjes de kamer uit. In mijn hand hield ik de champagnefles.

Buiten gooide ik die hard en ver het meer in. De fles landde met een plons in de verte. Ik drukte Lucy steviger tegen me aan.

In het donker liepen we de hele kiezeloprit af en toen het hek door. Ik voelde me losgemaakt, alsof ik uit mijn eigen huid was gehaald en van een afstandje naar deze twee eenzame figuren keek. Wat me het meest opviel toen we daar liepen was mijn gebrek aan schuldgevoel. Voor het eerst in mijn leven had ik me niet verplicht gevoeld Ben tegen het naderend onheil te beschermen. Ik was zijn 'Kleine Schaduw' niet meer. Onder mijn ribbenkast leek mijn hart op te zwellen. En achter ons weken de contouren van de Priorij van Tipworth terug tegen de vroege ochtendlucht.

IX

Politiebureau van Tipworth, 18.00 uur

Grijs Pak kijkt me sceptisch aan. 'Eens zien of ik het goed begrijp.'

Hij heeft iets groens tussen zijn tanden, wat te zien is als hij praat. Ik vraag me af hoelang dat daar blijft zitten voor hij het doorheeft of iemand er iets van zegt. Ik vraag me af of ik dat moet zijn en besluit dan van niet. Het is een prettig gevoel, iets te weten wat hij niet weet. Het geeft me een voorsprong.

Hij kijkt me aan over tafel en wacht af.

'Ga uw gang,' zeg ik en gebaar dat hij kan doorpraten.

'U en mevrouw Gilmour werden na het feest rond een uur of één naar de studeerkamer ontboden, klopt dat?'

'"Ontboden" zou ik het niet direct willen noemen.'

'Ja, ja, maar daar gingen jullie heen om Lord en Lady Fitzmaurice te spreken? Om het over de Montenegro-deal te hebben?'

Ik knik.

'Dus jullie voeren het gesprek, allemaal heel vriendelijk en zakelijk, Lord Fitzmaurice zet het project uiteen, u zegt dat u weg moet om het met mevrouw Gilmour te bespreken?'

'Ja, Dit heb ik net toch allemaal al verteld, waarom...?'

'We willen het gewoon helder hebben,' zegt Grijs Pak. 'De chronologie op een rijtje krijgen. Dat begrijpt u vast wel.'

'Het is voor je eigen bestwil, Martin.' Beige Haar doet haar mond weer open. Ze trekt haar jasje dichter om zich heen en slaat haar armen over elkaar. Ze heeft een zilveren armbandje om haar linkerpols, zo'n grof ding met lelijke bedeltjes eraan waarvoor rond Kerstmis en Moederdag altijd reclame wordt gemaakt.

Ik wijs ernaar. 'Mooi, zeg.'

'Dank je,' zegt ze en ze trekt meteen haar mouw over de armband, zodat die mijn gezichtsveld niet langer schoffeert.

'U verlaat de studeerkamer rond twintig over één, halftwee,' zegt Grijs Pak.

'Rond die tijd, volgens mij. Dat weet ik niet helemaal zeker meer.'

'U doet de deur achter u dicht, loopt de gang door en terwijl u wegloopt hoort u een schreeuw en een plof.'

'Ja.'

'Dus u draait zich weer om, om te gaan kijken wat er is gebeurd en bij tweede binnenkomst ziet u...' Hij zwijgt. 'Wat zag u ook alweer?'

Tweede binnenkomst. Ik huiver. Zinloos ambtelijk jargon. 'Serena lag op de vloer, met haar rug tegen de muur, en Ben zat min of meer half over haar heen gehurkt. Hij schreeuwde om een ambulance. Hij wist duidelijk dat het niet goed was.'

Grijs Pak leunt naar achteren. Hij haakt de vingertoppen van zijn wijsvingers in de riemlussen van zijn broek. De lucht in de kamer is doordrongen van de muffe geur van oploskoffie. Ik kan niet wachten uit deze bedompte kleine ruimte vol implicaties en beschuldigingen weg te komen.

'Ik zal je zeggen waar ik moeite mee heb, Martin.' Hij zet een verwarde blik uit het boekje op: gerimpeld voorhoofd, bijeengetrokken wenkbrauwen, onzekerheid zoals die door een kinderboekillustrator zou worden uitgebeeld. 'Jullie hadden een volstrekt redelijk gesprek, en dan gaan jij en Lucy weg, en binnen een paar seconden – niet eens minuten, maar secónden – gebeurt er zoiets vreselijks tussen Lord en Lady Fitzmaurice dat hij haar zo hard bewusteloos slaat dat ze in een coma belandt, ook al...'

Ik probeer iets te zeggen. Hij gebaart dat ik mijn mond moet houden.

'Ook al heeft van de honderden gasten die we hebben ondervraagd niemand gezien dat er iets niet goed zat tussen hen. Er was geen enkel teken van wat voor huwelijkse spanning dan ook.'

'Nou, Bens woede is een onbestendig beest.'

'Wat bedoel je daarmee?' vraagt Beige Haar.

'Daarmee bedoel ik dat hij zijn ware gevoelens niet vaak laat zien.' Zorgvuldig laat ik de broodkruimels vallen om hen steeds verder het labyrint in te leiden. 'Dat heb ik wel vaker zien gebeuren.'

'O ja? Wanneer dan precies?'

Ik ga verzitten. Ik wil ongemakkelijk overkomen, alsof het me pijn doet mijn beste vriend hierin te betrekken en ik toch weet dat het moet gebeuren. 'Daar kan ik niet op ingaan,' zeg ik.

Beige Haar en Grijs Pak wisselen een veelbetekenende blik uit. Mooi. Ze hebben hun vermoedens. Ze hebben alle stukjes en ze weten van de geldstortingen – het zwijggeld van de Fitzmaurices – dus nu hoeven ze alles alleen nog maar in elkaar te passen. Moet toch niet al te moeilijk zijn.

Wat zeggen ze ook alweer over hoe je een puzzel het beste kunt leggen? Eerst de hoekjes doen. Nou, ik heb ze de hoekjes gegeven. En als ze mij ermee kapot willen maken, dan is dat maar zo. Maar ik vermoed dat ze helemaal niet zo in mij geïnteresseerd zijn. Ze willen Ben hebben.

'Wou je soms zeggen dat er op de universiteit iets is gebeurd, Martin? Iets tussen jou en Ben? Iets wat met dat auto-ongeluk te maken heeft? Iets wat, zeg maar, die royale stortingen op je bankrekening kan verklaren?' vraagt Grijs Pak en ik hoor een onrustige ondertoon in zijn stem, alsof hij zijn opwinding probeert te verbergen. 'Want als er iets gebeurd is – als jij bijvoorbeeld, hypothetisch gesproken, bang bent er iemand bij te betrekken – dan is dit echt het moment om ons de waarheid te vertellen. Je moet het ons vertellen, Martin.'

Ik leg mijn handen plat op tafel. Ik trommel de verstrijkende seconden mee met mijn vingers. Een. Twee. Drie. 'Volgens mij is dat niet zo.' Ik smul van hun groeiende verwachting en treed die met weloverwogen kalmte tegemoet. 'Volgens mij hoef ik jullie helemaal niets te vertellen. Ik geloof toch echt niet dat ik onder arrest sta.'

Beige Haar kijkt met strakke blik naar de vloer, ze heeft een lichte blos op haar wangen.

'Daarover gesproken,' vervolg ik, 'zijn jullie nog van plan me ergens van te beschuldigen? Want mijn geduld begint toch echt een beetje op te raken.'

Grijs Pak kucht. 'We waarderen je medewerking,' zegt hij. 'We zullen je niet lang meer ophouden.'

'Dank u wel.' Ik glimlach. 'Overigens, er zit iets op uw tand. Kijk.' Ik haal mijn lippen van elkaar en wijs in mijn eigen mond de betreffende plek aan met het puntje van een zorgvuldig geplaatste vingernagel. 'Daar.'

Lucy

Uiteindelijk is het verdrietig om afscheid van Keith te nemen. In het allereerste begin was ik heel verontwaardigd over onze sessies. Ik vond het vreselijk mijn eigen gedrag te moeten verklaren, al mijn antwoorden te laten doorspitten alsof het interessante, wetenschappelijke weefsels waren. Maar inmiddels ben ik aan hem gewend. Het heeft me denk ik toch geholpen om wat gebeurtenissen uit te pakken.

Uitpakken. Dat is een van zijn woorden. 'Kunnen we dat een beetje uitpakken, Lucy?'

Vanmiddag zei hij: 'Ik ben onder de indruk van je werk, van je bereidheid om er echt aan te gaan staan.'

Dat was het aardigste wat hij ooit tegen me gezegd had. Ik voelde een druk achter mijn ogen en ik realiseerde me dat ik op het punt stond om in tranen uit te barsten en dat ik dat al heel lang niet (of niet echt) had gedaan.

'Dus je denkt niet dat ik een gevaar voor de maatschappij vorm?'

Hij glimlachte. Achter zijn bril verschenen rimpeltjes bij zijn ooghoeken. 'Dat denk ik niet, nee. En dat heb ik ook in mijn verantwoording laten weten.'

'Hopelijk word je geloofd.'

Ik heb hem niet alles verteld. Ik heb niet echt gelogen. Ik ben niet goed in liegen. Mijn vader zei ooit dat de eerlijkheid van mijn gezicht afdroop. Maar ik ben wel in staat om op weloverwogen wijze dingen weg te laten, om gaten en stiltes te laten vallen, zonder die met uitleg op te vullen. Daarbij gaat het niet alleen mij aan, wat er die avond in de studeerkamer van de Priorij van Tipworth met Serena is gebeurd. Voor Martin zou het ook gevolgen hebben. Als ik iets zou zeggen zou dat leiden naar het ontrafelen van een leugen die hij heeft verteld om zijn beste vriend te redden: een leugen die als een steen door het water viel en steeds breder wordende kringen van oorzaak en gevolg maakte.

Ik heb het met Martin nooit over dat meisje, Vicky Dillane, gehad.

Ik vraag me af of er buiten haar ouders nog weleens iemand aan haar denkt. Waarschijnlijk niet. Misschien een handjevol vrienden die op feestjes en verjaardagen terugdenken aan haar lach, wier magen samentrekken als haar naam wordt genoemd. Maar daarbuiten is ze een vergeten slachtoffer, een weggestopte herinnering, platgedrukt door de macht van de Fitzmaurices. Ze verdient het om meer te zijn dan een voetnoot in andermans geschiedenis.

Weet je, wat ik die avond deed was niet alleen voor mezelf of voor Martin. Het was voor iedere vrouw die het zwijgen is opgelegd.

En ik besef dat ik dit beter niet kan toegeven, maar het voelde heerlijk om Serena met die champagnefles te slaan. Het voelde alsof ik eindelijk het heft in eigen handen nam. Natuurlijk heb ik er spijt van. Ik wil niet iemand zijn die anderen moedwillig kwaad doet, laat staan een andere vrouw, maar op dat moment voelde het als de enige manier waarop ik mijn stem kon laten horen. Het voelde als het enige wat Ben en Serena Fitzmaurice zouden begrijpen. Agressie die met agressie werd beantwoord. Iets waar ze zich niet uit konden kopen.

Martin en ik liepen over donkere landweggetjes terug van het feest. Ik trok mijn schoenen uit. De koele ruwheid van asfalt onder mijn voeten voelde stevig terwijl de rest van de wereld nog in duister gehuld was. We zeiden niets, maar Martin pakte mijn hand. Dat was niets voor hem, zo'n intiem gebaar, en ik wist dat hij ermee wilde zeggen dat hij het begreep. Dat hij me niet de schuld gaf.

Terug in het hotel gingen we met al onze kleren aan op bed liggen, met onze gezichten naar elkaar toe op de verende, synthetische kussens. We stemden onze verhalen op elkaar af. We wisten toen nog niet hoe ernstig Serena's verwonding was, maar we gingen ervan uit dat er wel iets van een onderzoek zou komen. Een buitenkansje voor de kranten.

Hij zei dat ik beter een tijdje weg kon, hem alles moest laten afhandelen en stelde toen voor naar The Pines te gaan. Daar had hij zelf gezeten toen hij in de twintig was. Afkicken. Betaald door de Fitzmaurices natuurlijk. Hij zei dat het me, los van alles, goed zou doen. Hij zei dat hij zich zorgen om me maakte en dat ik misschien wat tijd en ruimte nodig had 'om alles een plek te geven'.

'Wat dan?' vroeg ik.

Het licht achter de gordijnen was van blauwzwart overgegaan in het groezelige wit van vuile was. 'Ik weet...' Martin aarzelde. 'Ik weet hoe graag je kinderen had gewild.' Hij kon me niet aankijken. 'Het spijt me. Van wat er gebeurd is.'

De miskraam.

'Ik denk... ik bedoel, ik dacht... Het was een fout die ik niet wilde maken.'

Ik deed mijn ogen dicht. Speldenprikjes licht dansten op mijn oogleden. 'Je kunt niet alles onder controle hebben, Martin.'

Ik besefte dat mijn huwelijk voorbij was. Volgens mij wist ik dat al in de weken, maanden die aan dat moment vooraf waren gegaan. Heel lang had ik niet alleen willen zijn. Al helemaal niet na de miskraam, toen ik mijn eigenwaarde in twijfel trok, toen ik iemand nodig had – wie dan ook – om me aan vast te houden.

Ik had de kracht van de Fitzmaurice-betovering onderschat. Het is niet goed voor je ziel om dat soort mensen – rijke, mooie, egoïstische mensen met privileges – om je heen te hebben. Hun blik is naar binnen gekeerd, terwijl ze zich ruimhartig voordoen. Ze gaan slordig met andere mensen om. Het is niet bewust kwaadaardig, maar ze kunnen zich gewoon niet in andermans leven verplaatsen. Maar de ontvankelijken onder ons – de buitenbeentjes, de onzekeren, de bitteren en de kwetsbaren – worden meegenomen in hun goudkleurige stroom, als zwakke zwemmers die door een glanzende vloedgolf worden overvallen. We willen hen zijn terwijl we hen ook haten om wat ze zijn.

Maar na die avond wilde ik niets meer met hen te maken hebben. Ik wilde eruit. Ik wilde hun leugens van me af spoelen.

Tijdens dat gesprek op de hotelkamer voelde ik me dichter bij Martin dan ik me ooit had gevoeld. Grappig eigenlijk, dat het begrip Ben zo lang een wig tussen ons had gedreven en dat we vervolgens, binnen één avond, door onze gemeenschappelijke woede met elkaar verbonden werden. Het was de pure arrogantie waar ik zo woest van werd. Kauwen op een persoon en hem weer uitspugen wanneer hij niet meer van pas komt.

Dat rechtvaardigt niet wat ik heb gedaan, maar ik schrijf dit op om mijn redenen aan te geven, om mezelf eraan te herinneren dat ik niet gek ben.

Serena vond ik nog het ergst. Die was zo gevoelloos. Jarenlang had ik haar verlammende zelfvoldaanheid en litanie van achteloze kleineringen moeten slikken. Ze haatte Martin zonder dat hij het ooit in de gaten had. Ik heb nooit begrepen waarom Ben met haar getrouwd was, maar inmiddels denk ik dat hij op die manier zijn eigen zwakte wilde verbergen. Serena was sterk en Ben... nou ja, Ben wist nooit echt wat hij vond. Hij had anderen nodig om dat voor hem te bepalen: zijn vader, zijn moeder, zelfs de minister-president, godbetert.

Toch vraag ik me af waarom hij ons niet heeft verraden: de politie niet gewoon heeft verteld dat Martin en ik het hadden gedaan. Dan was het Fitzmaurice'-woord tegen het onze geweest en er is geen genie voor nodig om te bedenken wie de politie zou geloven. Misschien had Ben nog een laatste restje loyaliteit naar Martin dat hem ervan weerhield de laatste klap uit te delen. Of misschien heeft hij een groter plan. Misschien wil hij, om een of andere tot nog toe duistere reden, dat Martin hem iets verschuldigd is. Geen idee. Maar ik weet wel dat Ben Fitzmaurice, wat er ook gebeurt, even geliefd als altijd zal blijven.

Dat is het probleem met charme. Het betekent dat je met dingen wegkomt. Het betekent dat je nooit een echt karakter hoeft te ontwikkelen omdat niemand daar ooit naar zoekt. Ze hebben het te druk zich te baden in de gloed van jouw aandacht. Ze hebben het te druk met onder de indruk zijn.

Aan het eind van onze sessie stond Keith op en gaf hij me een knuffel. De hals van zijn trui rook naar waspoeder. Hij klopte me zachtjes op mijn rug. 'Veel succes, Lucy,' zei hij.

Ik probeerde iets terug te zeggen, maar de woorden bleven steken in mijn keel. Ik voelde ze nog zitten toen ik de gang op liep naar mijn kamer waar ik de deur achter me dichttrok en op mijn bed ging liggen om naar het plafond te staren.

Ik wist dat ik niet getrouwd zou blijven met Martin. Dat kon ik niet. Ik was op een punt beland waarop ik geen weg terug zag. Ik was niet meer de vrouw die destijds met hem getrouwd was: de vrouw die het spelletje zo lang had meegespeeld. Als ik terugdenk aan de Lucy van toen, is het net of ik aan een personage uit een boek denk.

Ze was veranderd, met de jaren. Ze had vastgezeten achter een glazen ruit en had zich daar zonder waarschuwing achter vandaan geslagen.

En hier is ze dan – hier ben ík dan – en Martin maakt geen deel meer uit van mijn verhaal. Ik voel niet eens wrok naar hem toe. Ik hou gewoon niet meer van hem.

Ik begon mijn koffer in te pakken: schoenen eerst, toen de paar T-shirts en spijkerbroeken die ik bij me had, allemaal opgerold zodat ze niet kreukten. Boeken. Dit dagboek. Als laatste stopte ik mijn toilettas erin, die uitpuilde van de flesjes pillen en een haarborstel. Ik deed hem dicht en duwde er stevig op, zodat de rits soepel om de randen gleed.

Ik wierp nog een laatste blik op de kamer, en rolde de koffer toen de gang op. Het tapijt was dun en pluizig. Het deed me denken aan de stoppels van een puber: dat piekerige gezichtshaar van een jongen die te hard zijn best doet.

Ik hoorde een deur dichtgaan. Net toen ik me omdraaide, werd ik op mijn rug getikt door Sandy.

'Lucy,' zei ze met haar raspende stem. 'Ga je weg?'

Ik knikte. 'Laatste sessie met Keith gehad vanmorgen. Eervol ontslag, volgens mij.'

Ze grijnsde. Ze had een onflatteuze koraalkleurige lippenstift op. De kleur was te jong voor haar gezicht en hij liep een beetje uit naar de gerimpelde huid om haar mond. Er hingen kwastjes aan de mouwen van haar leren jasje. Dat rook alsof het in te veel rokerige kroegen gedragen was. Ze bewoog nerveus met haar handen.

'Ga je...' Ik zweeg. 'Ga je het redden?'

'O, ja hoor, maak je om mij maar niet druk. Ik red me wel.' Ze glimlachte droevig. 'Dat doe ik altijd.'

'Als ik ooit iets voor je kan doen...' begon ik, maar toen wist ik niet hoe ik de zin moest afmaken. Het was maar een holle beleefdheidsfrase en die voelde onoprecht in deze omgeving.

Ze pakte mijn hand vast. Ze haalde haar knokige schouders op, die als adelaarsvleugels langs haar oren omhoogkwamen, en zonder verder nog iets te zeggen verdween ze haar kamer weer in.

Toen ze weg was, deed ik mijn hand open. Er zat een piepklein opgevouwen stukje gelinieerd papier in. Daarop stond met trillerige zwarte pen geschreven: *Laat de klootzakken je er niet onder krijgen*, gevolgd door twee uitroeptekens.

Ik glimlachte, vouwde toen het papiertje zorgvuldig op en stopte het in het zakje van mijn T-shirt. Ik dacht aan Martin. Ik kon niet naast hem staan terwijl de hele wereld verging.

Laat de klootzakken je er niet onder krijgen.

Ik rolde mijn koffer de gang door en naar buiten, de open lucht in.

X

Politiebureau van Tipworth, 18.30 uur

Net op tijd wordt Serena wakker.

Erg aardig van haar, moet ik zeggen.

Sterker nog, het is voor het eerst dat ik me kan herinneren dat Serena iets heeft gedaan wat ook maar een beetje in mijn voordeel zou kunnen werken.

Beige Haar en Grijs Pak worden door een meerdere de verhoorkamer uit geroepen. Ik blijf alleen achter en luister naar de geagiteerde stemmen op de gang. Als ze terugkomen lijken ze geïrriteerd.

'We zijn op de hoogte gesteld van het feit dat Lady Fitzmaurice weer bij bewustzijn is,' zegt Beige Haar terwijl ze de stopknop van de onhandige bandrecorder indrukt. 'Ze heeft ons laten weten dat ze is uitgegleden.'

Ik glimlach. Mooi. 'Zoals ik al zei: het was een stom ongeluk.'

Beige Haar perst haar lippen op elkaar.

Grijs Pak lacht snuivend. 'Tja,' zegt hij. 'Goed...'

Dus de politie laat me gaan. Ze moeten wel. Ik geef niets toe en zonder details kunnen ze onmogelijk weten wat er zich die avond in de studeerkamer achter gesloten deuren heeft afgespeeld. Ben en Serena zullen nooit iets loslaten. Natuurlijk niet. Ze willen geen aandacht of schandaal. Ze willen geen rondsnuffelende roddeljournalisten die hen met ongemakkelijke vragen bellen. Ze hopen nog steeds dat ik met hun absurde regeling instem en mijn mond houd.

Ik ben Bens steeds urgentere telefoontjes begonnen te negeren. In al zijn wanhoop heeft hij me zelfs bij de Montenegro-deal betrokken. *Dat maakt geen verschil*, wil ik uitschreeuwen, *je verdoet je tijd – ik heb gezien hoe weinig ik voor je beteken en ik kan me dat niet niet-herinneren. Dat weiger ik.*

Ik kijk naar mijn voeten. Een van mijn schoenveters zit los. Die moet ik even strikken voor ik wegga, denk ik. Aan de andere kant van de vloer draagt Beige Haar platte nepleren ballerina's, de huid van haar mollige voeten puilt over de rand.

'Is vast een hele opluchting,' zegt Grijs Pak.

'Natuurlijk.'

'Helemaal omdat het zulke goede vrienden van je zijn.'

Hij kijkt me dreigend aan, hij kan zijn afkeer nauwelijks verhullen. Ik kijk kil terug. Zijn kraag zit te strak om zijn nek. Ik vraag me af hoe makkelijk het zou zijn om mijn hand over tafel uit te steken en de knoop van zijn stropdas omhoog te trekken tot die alle adem uit zijn slokdarm knijpt en hoelang het zou duren voordat zijn gezicht rood werd, dan paars, dan alle kleur verloor en ik stel me voor hoe hij eerst met zijn armen zou maaien om me van hem af te krijgen, maar dat ik niet zou toegeven en dat zijn ledematen dan trager en zwaarder werden tot hij alleen nog maar kon stilvallen. Hoelang zou dat alles bij elkaar genomen duren? Paar minuten waarschijnlijk. De grens tussen leven en dood is flinterdun.

Niet dat ik het ooit zou doen.

Maar ik vind het leuk om het me voor te stellen. Ik herinner mezelf er graag aan dat ik in ieder geval de capaciteit bezit om het te kúnnen doen.

Aan het eind van het verhoor bedankt Beige Haar me voor mijn hulp. Ze zegt dat ik het land niet uit mag en dat ze me binnenkort ongetwijfeld weer zullen spreken. Bij die opmerking sperren haar neusgaten zich open. Ik zie dat ze aan Ben denkt, zijn arrestatie voor dat misdrijf van lang geleden met zoveel tragiek maar toch ook een zekere glamour eromheen. Het haalt ongetwijfeld de kranten. Mooi jong meisje. Dronken studentenballen. Een vooraanstaande familie die het in de doofpot probeert te stoppen.

Ze geeft me energiek een hand. Ze is net een understudy die wanhopig graag het podium op wil nu de hoofdrolspeelster ziek is.

Haar vingers zijn verrassend klein en zacht. Ik zal haar onverstoorbare, betrouwbare aanwezigheid nog missen. Grijs Pak gromt iets onverstaanbaars, waarna hij de kamer uit loopt. Beige Haar mag de papieren op tafel opruimen. Sommige pagina's staan helemaal vol met Lucy's handschrift. Ik ben blij dat ze zich aan ons verhaal heeft gehouden. Mijn loyale vrouw.

Het is bijna zeven uur 's avonds als ik het politiebureau verlaat. Witte wolkenflarden maken strepen in de lucht. Terwijl ik de parkeerplaats op wandel hoor ik opgewonden geroep van schoolkinderen die er vermoedelijk al rondhangen sinds de school uit is. Snaterend staan ze in hun marineblauwe uniformen in de deuropening van de snackbar aan de overkant van de straat, muntjes te tellen in hun handen. Waar zijn de ouders, vraag ik me af?

Er komt een auto tot stilstand. Achterin zie ik een bekend silhouet. Het bestuurdersportier gaat open en een rechercheur in burger loopt naar de passagierskant. Ik zie iemand uit de stoel komen en de agent legt een beschermende hand over het deurkozijn zodat wie het ook is zijn hoofd niet tegen het metaal stoot.

De persoon komt geleidelijk aan tevoorschijn: bos bruine krullen; loafers; ruiten overhemd waarvan ik weet dat er een gaatje bij de elleboog zit. Ben.

Ik ga achter een muur staan. De rechercheur zegt iets op vriendelijke toon. Ben grijnst en knikt en straalt, even charmant als altijd. Wat een zelfbeheersing, denk ik; wat een nonchalante arrogantie. En ik kan het alleen maar bewonderen, ook al weet ik dat al zijn zekerheden op het punt staan in te storten zodra hij die drempel over stapt en het politiebureau binnengaat.

Mijn hart begint sneller te slaan en ik stel me voor dat ik naar Ben toe loop en hem met mijn wijsvinger op de borst prik. Ik weet iets wat jij niet weet, wil ik zeggen. Je bent aan de verliezende hand. Je beseft niet eens wat je te wachten staat. Zo dadelijk wordt je zelfverzekerdheid tot moes geslagen. Je zult ten val komen en weten dat ik je verraden heb en dat zal mijn overwinning zijn.

Ik loop de schaduw uit. Ik loop langzaam de trap op om hun de tijd te geven op te kijken en mijn aanwezigheid te registreren. De glimlach verdwijnt van zijn mond.

Ik stop. Ik kijk. Ik kijk hem aan en houd zijn blik vast. Ik denk aan al die keren dat hij me het gevoel gaf boven me te staan. Al die onaardigheden, waarvan ik mezelf probeerde te overtuigen dat ik ze me had ingebeeld. Al die met Serena uitgewisselde blikken, de veelzeggend onderdrukte verzuchtingen. Al die flauwe grapjes ten koste van mij, tot mijn karikatuur uiteindelijk geloofwaardiger werd dan de realiteit, tot ik Kleine Schaduw was geworden – een persoon zonder eigen karakter, slechts de donkere verkleuring van de afdruk van een andere, grotere man. Ik dacht aan de benauwdheid die ik daaraan over had gehouden, de spanning waarvan ik moest doen alsof die er niet was, de moeite die ik had gedaan.

Ik denk aan een teddybeer die in een boog door een kamer vloog, en een deur die openging en de eerste keer dat ik zijn stem hoorde. Ik weet nog dat er een klein, zwart vlekje op de mouw van zijn overhemd zat, waar de inkt van een pen op had gelekt.

Ik had van hem gehouden.

Ik dwing mezelf te ademen.

Adem in. Adem uit.

Vanaf de overkant van de parkeerplaats maakt de rauwe woede op Bens gezicht plaats voor een bedaard onbehagen. Hij vindt me niet eens belangrijk genoeg om kwaad op te blijven, denk ik. Alsof ik niets ben. Alsof ik nooit iets voor hem betekend heb.

De rechercheur zegt nu iets en Ben buigt zich naar hem toe om hem te verstaan en ik hoor het gemurmel van hun gesprek en het klinkt allemaal zo ontspannen, zo soepel dat ik besef dat Ben weer precies de onuitgesproken gedragscodes kent, de onverklaarde rangorde van het politiebureau. Hij zal ze vertellen dat het hem spijt van de overlast en dat ze het vast allemaal kunnen ophelderen en ja graag, heerlijk een kop thee, dank u, met melk zonder suiker en ja, wat attent, met zijn vrouw gaat het stukken, stukken beter hoewel het wel even schrikken was, dat zult u wel begrijpen, en ja, het was een heel naar ongeluk en ze vinden het heel vervelend dat u uw tijd hiermee moet verdoen, maar Serena had gedronken – net als iedereen! Het was een feestje! – en ze was uitgegleden en had haar hoofd tegen de open haard gestoten en was onderuitgegaan, en ja, kan gebeuren, hè, en ze mogen van geluk spreken dat het niet ernstiger was en dank u, dánk u wel dat u de moeite neemt het te onderzoeken en hij wist zeker dat ze wel wat beters te doen hadden en het speet hem, zó erg, en als hij iets kon doen ter compensatie en zouden ze misschien een paar flessen wijn uit zijn kelder in Tipworth willen aannemen, gewoon als dank? Nee? Nou goed, een ander keertje dan. Ze zullen hier binnenkort wel weer zijn, nu de verbouwing klaar is en Tipworth is echt een prachtig, rustig stadje, nietwaar? Ideaal voor Serena's herstel. De kinderen vinden het heerlijk hier. Ze kunnen lekker ravotten, in tegenstelling tot in Londen. Hebt u kinderen? O, nou dan weet u waar ik het over heb, nietwaar...

Koetjes en kalfjes. Daar is Ben zo goed in. Maar hij heeft geen idee wat hem te wachten staat in het politiebureau. Geen enkel charmant praatje zal hem dan nog kunnen redden.

Samen lopen ze me voorbij. Ik sta op slechts vijftien meter bij hen vandaan, misschien twintig. Ben geeft geen krimp. Hij heeft een felrood scheerwondje op zijn kin. Met twee treden tegelijk loopt hij de trap op naar de ingang van het bureau. De schuifdeuren gaan open en ze lopen naar binnen.

Zonder iets te zeggen loop ik achter ze aan. Grijs Pak staat in de hal. Hij trekt een wenkbrauw op. 'Kan ik u helpen, meneer Gilmour?'

'Eh, ja, ja,' zeg ik. 'Zou u het heel erg vinden als ik voor ik wegga nog even de wc gebruik?'

Ik zie zijn afkeer voor mij nog een tikje toenemen. 'Goed dan. Ik breng u wel even.'

Zijn moeizame voetstappen gaan me voor de gang door, langs de verhoorkamer en de koffieautomaat. Als we bij de wc's komen wijst Grijs Pak ze met een zwierig gebaar aan. 'Voilà, meneer.'

'Zeg maar Martin, hoor.'

'Martin,' zegt hij vol minachting.

'Bedankt. Ik vind zelf de weg naar buiten wel.'

Hij knikt en loopt dan terug de gang in.

Ik ben alleen in het urinoir. Ik hoef helemaal niet, maar was wel mijn handen om het geloofwaardig te laten klinken, mocht er iemand luisteren. De handendroger is zo'n eco-ding dat sterke luchtstromen uitblaast zonder ooit echt iets te drogen. Ik veeg mijn natte handen aan mijn broek af.

Ik ga de wc uit en loop verder de gang door. Ik voel een sterke aandrang om naar boven te lopen. Waarschijnlijk een overblijfsel uit mijn schooltijd: de ingebakken wetenschap dat alle belangrijke zaken zich op de bovenste verdiepingen afspelen. Daar hebben de leidinggevenden waarschijnlijk hun kantoor. En als ik Ben Fitzmaurice een klein beetje ken, weet ik dat hij precies daarnaartoe op weg is.

Ik ren de trap op, waarbij ik mijn voetstappen zo lichtjes mogelijk houd. Ik heb nog maar één doel voor ogen: Ben vinden, zien hoe hij zich in bochten wringt, toekijken hoe hij op zijn nummer wordt gezet. Ik wil de zelfvoldaanheid uit hem zien trekken als het besef tot hem doordringt.

De indeling boven is precies hetzelfde als beneden: een lange gang met dun tapijt, met deuren aan weerszijden. Maar op deze deuren zitten naamplaatjes, die allemaal beginnen met letters om de rangen aan te geven.

Ik ga met mijn rug tegen de muur staan en zie Ben door de rechercheur een kamer in geleid worden. Hij heeft een kop thee bij zich. Porseleinen beker. Geen plastic voor hem.

'Deze kant op, alstublieft, meneer Fitzmaurice,' zegt de rechercheur. 'We houden u niet te lang op.'

'Dank u wel,' zegt Ben met de stem die hij altijd opzet tegen verkeersagenten of nanny's.

Ik hoor nog net een andere stem vanuit de kamer komen: diep en brommend, als een rolkoffer op het asfalt. De deur valt langzaam dicht. Ik versnel, doe mijn best niet te gaan rennen. Door de smalle kier van de deur vang ik nog net een glimp op: een agent in uniform met zilveren epauletten. Hij geeft Ben een hand.

'Hoofdinspecteur,' zegt Ben. 'Goed u weer te zien.'

Goed u weer te zien?

De woorden slaan in als een bom.

Zweet op mijn rug. Een droge keel.

Natuurlijk, denk ik.

Natuurlijk kennen ze elkaar. Waar hadden ze elkaar voor het eerst ontmoet? Dubbelen op de tennisclub? Een gedeelde loge bij de opera? Een knusse tafelschikking op een chic liefdadigheidsfeestje?

Ik raak in paniek.

Ik bespeur de minzaamheid in Bens stem, zijn ontspannen schouders, de manier waarop de agent opstaat om hem te begroeten, alsof Ben hun een gunst bewijst. En hierdoor weet ik, binnen één enkele seconde, dat er niets zal veranderen.

Helemaal niets.

En met een allesvernietigende kracht dringt het tot me door hoe ontzettend stom ik ben geweest.

Al die tijd heb ik mijn kaarten gespeeld zonder te bedenken dat ik de slechte hand had. Domme, domme Martin, hoor ik mijn moeder zeggen. Vergeet altijd wie er werkelijk de baas is. Gelooft altijd beter te zijn dan hij is.

Ik krijg het warm vanbinnen. Ik sta mezelf een kort, nutteloos snikje toe.

De deur slaat dicht.

Op dat moment weet ik dat het zorgvuldige spoor dat ik tijdens mijn politieverhoor heb neergelegd abrupt ten einde komt in die kamer. Sufferds als Beige Haar en Grijs Pak maken geen enkele kans. Ik was zo dom dat wel te geloven. Tegen een man met zulke machtige vrienden kun je niet op. Je kunt je onmogelijk meten met de heersende macht. Reputatie. Charme. Rijkdom. Weten hoe de dingen werken.

Je wordt erin geboren, als je een van de gelukkigen bent.

En zo niet? Dan kun je het je hele leven vergeefs blijven proberen.

Of eindigen als Vicky Dillane: afgedankt als een stuk vuil.

Of eindigen zoals ik.

Ik draai me om en loop terug. Grijs Pak geeft me een knikje en de deuren openen zich naar de koele avondlucht. Er klinkt een sirene.

De schoolkinderen zijn inmiddels allemaal weg. Bij Snackbar Dallas brandt nu licht en ik zie een man in een groen jasje een mandje uit de frituurpan halen.

Ik steek de straat over naar een taxicentrale. De vrouw die daar zit draagt een headset. Ze vraagt waar ik heen ga en noemt me 'schat'.

Ik wil gewoon naar huis.

'Het treinstation, graag.'

'Dat duurt vijf à tien minuutjes. Ga maar zitten.'

Ik ga op een hard bankje zitten en pak een roddelblaadje vol ezelsoren, de bladzijden voelen een beetje vochtig. Pas als ik de pagina omsla merk ik dat mijn handen trillen.

Het is allemaal voor niets geweest. Verdomme.

XI

Twee jaar later

Ik sta net de theepot te verwarmen als de telefoon gaat. Ik heb vijf centimeter kokend water in de groene emaillen pot geschonken en laat dat ronddraaien, waarbij ik goed oplet dat het de tuit niet uit komt, precies zoals ik het van mijn moeder heb geleerd, en als ik hoor dat er gebeld wordt, wil ik eigenlijk niet opnemen. Ik heb mijn ochtendroutine tot in de puntjes gepland. Theezetten. De kat voeren. De achterdeur openzetten, met een flinke ruk omdat hij altijd even blijft hangen, en de plantjes in de tuin water geven.

Ik heb een pruimenboom die op het punt staat te gaan bloeien. Het is een milde winter geweest en de planten verkeren in een staat van vertwijfeling. Er waren krokussen in februari. Iedereen heeft het over het opwarmen van de aarde. Ik geloof daar niet echt in. Het klimaat gaat zijn eigen gang, toch? Niemand dacht toch ook ooit dat de ijstijd iets met spuitbussen en uitlaatgassen te maken had.

Ik vind het vredig in de tuin. Ik rommel er graag wat rond, om al die dingetjes te doen die nodig zijn om hem op gang te houden. Snoeien. Verzorgen. Water geven. Kijken. Vroeger, als ik Lady Katherine met een nagelschaartje naar de sierbloembakken zag gaan, vond ik het tijdverspilling. Maar nu zie ik dat het wel wat heeft. De rust. Het geduld dat je moet opbrengen.

Soms zie ik, als ik me over de potten buig, een tamme vos op het dak van het schuurtje van de buren staan. De vos oogt gespannen en alert, alsof hij klaarstaat om weg te rennen mocht ik het lef hebben ook maar ietsje dichterbij te komen. Ik heb zelfs een vogeltafel. Daar leg ik nootjes en broodkruimels op voor de mussen. Zelf kijk ik ook op van deze laat tot wasdom gekomen dierenliefde. Vroeger zag ik het nut van beesten niet in. Alleen mensen vond ik de moeite waard om me mee bezig te houden. Ik denk omdat ik probeerde een succesvol exemplaar te zijn. Achteraf gezien moet ik denk ik zeggen dat dat mislukt is. Behoorlijk mislukt.

De telefoon gaat weer en ik zet de theepot naast de wasbak, trek de ceintuur van mijn kamerjas strakker en loop op mijn sloffen naar de gang, waar ik doelbewust de tijd voor neem in de hoop dat wie het ook is zijn geduld verliest en ophangt. Maar dat doet hij niet. Het gerinkel blijft hardnekkig door het huis rinkelen. Ik kom bij de eettafel en neem op.

'Hallo.' Mijn stem kraakt en ik realiseer me met de afwezige schok van een kluizenaar dat ik al dagen niemand gesproken heb.

Er klinkt even wat ruis en dan een vaag klikgeluid, alsof iemand zijn botten breekt. Dan: 'Hallo, Martin.'

Ik herken haar stem onmiddellijk.

'Met Lucy,' zegt ze.

Ik laat de stilte zwaar tussen ons in hangen. Er is zoveel te zeggen en tegelijkertijd helemaal niets.

'O,' antwoord ik. 'Lucy. Hoe...' Ik kijk de kamer rond, op zoek naar aanwijzingen. Mijn oog valt op een ansichtkaart boven op de schoorsteenmantel. Het is een Giorgione, een portret van een jongeman. Hij heeft volle wenkbrauwen en zijn mond staat halfopen. Met uitdagend naar voren gestoken kin kijkt hij me aan. 'Wat een verrassing.'

Aan de andere kant van de lijn klinkt een zacht gegrinnik. Ze had altijd al zo'n droge, lieve lach. Het is leuk die weer te horen. 'Lang geleden, Martin. Hoe is het met je?'

'O, prima,' zeg ik, ineens gegeneerd. Ik heb nu al twee weken dezelfde pyjama aan. Ik ben nog niet toegekomen aan de was. Er zit een vage bruine vlek op de kraag van mijn kamerjas. Bonen, denk ik. Of misschien tomatenpesto. Geen idee. Het kan me niet echt schelen. Ik geniet eigenlijk wel van mijn nieuwe slonzigheid. Er is niemand meer om indruk op te maken, ik hoef niet langer de schijn op te houden.

'Fijn! Dat is mooi. Ben je aan het schrijven?'

'Nee. Geen inspiratie.'

Ik hoor haar iets tegen iemand anders mompelen, iets over de deur van de koelkast dichtdoen en nee, ze wist niet waar de autosleutels waren gebleven en misschien moest hij daar even kijken – nee, niet daar, maar daar. Dan: een mannenstem. Ik wist niet dat ze samenwoonde. Maar aan de andere kant, waarom ook niet? Ze is me niets verschuldigd. En ik heb het nooit uitgezocht. Ik was alleen in de veronderstelling dat ze van mij was.

'Sorry,' zegt ze. 'Huiselijke probleempjes.'

'Ha.'

'Dus, niet aan het schrijven?'

'Nee. Ik bedoel, geen boeken. Zo nu en dan een artikeltje hier en daar. Ik doe tegenwoordig boekrecensies voor de *FT*.'

'Wat geweldig.'

'Ach ja, ik zal er de wereld niet mee veranderen, maar het houdt me van de straat.'

Ik vertel haar niet over waar ik het grootste deel van mijn tijd aan schrijf. Ik vertel haar niet dat ik elke ochtend als ik wakker word achter mijn laptop ga zitten om dit te schrijven. Ik deel haar niet mee dat ik alles opteken wat ik nog weet over Ben. Ik vertel haar niet dat ik over mijn eigen merkwaardige obsessie zit te typen. Ik weet niet precies wat het is. Geen boek. Geen memoires. Een afrekening, misschien. Een loutering. De bevrediging van mijn behoefte om het allemaal vast te leggen.

De kat kronkelt om mijn benen, duwt lenig en vastberaden tegen mijn kuiten. Ik ga op de bank zitten en hij springt bij me op schoot. Werktuiglijk aai ik hem over zijn gestreepte rug en ik voel de buiging van zijn ruggengraat. Ik moet hem eigenlijk een naam geven. Het is alweer twee maanden geleden dat hij in mijn tuin opdook en weigerde om weg te gaan. In het begin probeerde ik hem te negeren, mocht hij de keuken niet in, en weigerde ik eten voor hem klaar te zetten. Maar hij bleef koppig komen en elke ochtend als ik wakker werd, naar beneden liep en uit het keukenraam keek, zag ik die kat weer dapper op het gras zitten. Na drie dagen zwichtte ik en liet ik hem binnen. Maar geen naam. Door hem geen naam te geven ontzeg ik hem een permanente status. Hij is, heb ik mezelf voorgespiegeld, slechts tijdelijk op bezoek. Het heeft niets te betekenen. Het wil niet zeggen dat ik *sentimenteel* aan het worden ben.

'Ik wilde je bellen, Martin, omdat ik... nou ja, ik wilde je iets vertellen. Ik wilde het je laten weten.'

Ze klinkt nerveus. Ik zie haar voor me met die rimpel over de brug van haar neus die ik zo goed ken, haar ogen vol bezorgdheid, lippen samengeperst tot een strakke, smekende streep. Ooit had ik het irritant gevonden dat ze zo behaagziek was. Nu vraag ik me af waarom ik haar zo wreed behandeld heb. Ze probeerde alleen maar van me te houden. Het was niet haar schuld dat ik dat niet aankon. Dat ik besloot haar liefde niet toe te laten.

'Ik ben zwanger, Martin.'

'O.'

Ik duw de kat de vloer op en trap hem weg met het puntje van mijn voet. Krijsend schiet hij onder de bank. Even klinkt er alleen maar ruis. 'Mag ik je feliciteren?'

Ze moet lachen. 'Ja! Ik ben er heel blij mee. We hebben zelfs een paar ivf-rondes achter de rug, dus...'

'In dat geval... gefeliciteerd.'

Buiten komt een bestelbusje tot stilstand. Het wordt bestuurd door iemand met opgeschoren haar die op de stoep parkeert. Daar heb ik zo'n bloedhekel aan: van die mensen die het trottoir innemen alsof de regels niet voor hen gelden. Hij slaat het portier dicht, maar het raampje staat nog open en ik hoor de dreunende bas en het elektronische gebrom van een irritant popdeuntje dat de rust in de straat verstoort.

Tegenwoordig is iedereen zo met zichzelf bezig. Er wordt niet stilgestaan bij anderen en hoe die willen leven. Geen grenzen. Al dat lawaai dat alle restjes stilte opvult; al die voortdurende, jachtige drukte die alle beschikbare ruimte met volslagen onzin volplempt. Status. Favoriet. Tweet. Filter. Scroll. Like. Update. Feed. Feed. Feed. De wereld teruggebracht tot de hapklare aandachtspanne van de laagste gemene deler.

Ik wacht tot Lucy nog iets zegt. Ik heb moeite met de telefoon omdat je niet kunt zien hoe de ander reageert. Ik heb geen idee waarom ze me heeft gebeld om het te vertellen. Wat zij nu met haar leven doet is haar zaak. De scheiding was vlot en harmonieus verlopen. Er hoefde niet eens een advocaat aan te pas te komen. Er viel niets meer te zeggen. Ik zag het in Lucy's ogen: er was iets veranderd vanbinnen. Ze had mijn ware ik gezien en ik begreep het. Ik neem het Lucy niet kwalijk dat ze Serena is aangevlogen. Sterker nog, ik heb zelf vaak genoeg die neiging gehad. Ik begrijp maar al te goed hoe het voelt om een kookpunt te bereiken en dat te overschrijden, tot aan de plek waar de hitte zo intens is dat hij koud aanvoelt, als het schuim van vloeibare stikstof die op een wrat wordt aangebracht.

'Dank je, Martin.' Lucy's stem brengt mijn aandacht weer terug. 'Ik wilde het je vertellen. Ik vond dat je het moest weten. Ik bedoel, ik weet dat je altijd ambivalent tegenover kinderen hebt gestaan...'

Ze verwacht dat ik dat ontken of haar geruststel, maar dat kan ik niet. Ze heeft gelijk: ik heb nooit kinderen gewild. Toen Lucy zwanger was, had ik heftige dromen waarin mij de baby werd overhandigd en de geest van Sylvia me vanuit zijn jankende gezicht aankeek. Toen ze een miskraam kreeg, was dat een opluchting en dat kon ik niet verbergen. Ik zou een verschrikkelijke vader zijn geweest. Ik gruwel van het idee van in-vitrofertilisatie, het idee dat je zo graag een kind wilt dat je bereid bent het in een petrischaaltje op te kweken. Dat had ik nooit voor haar gedaan. Nooit. En ik besef dat ze dat weet, zonder dat het ooit is uitgesproken.

'Dus,' begin ik, terwijl ik mijn hersens pijnig, op zoek naar iets wat ik kan zeggen. 'Wanneer ben je... uitgerekend?'

'Augustus,' zegt ze. 'We zijn de driemaandengrens voorbij, dus dat is een opluchting.'

'We?'

'Mijn partner. Will. Hij is timmerman.'

Ik barst in lachen uit. 'Wat handig.'

Ik voel dat Lucy verstijft. 'Hij is ontzettend artistiek, hoor. Hij ontwerpt en maakt alles zelf voor zijn klanten.'

'O. Nou ja. Ik ben blij voor je.'

'Ja?'

'Natuurlijk.'

'Dat is lief, dank je. En bedankt nog voor de rest. Ik heb nooit echt mijn waardering uitgesproken voor wat je, zeg maar, gedaan hebt.'

Ze doelt op de politie. Het feit dat ik hun de ware toedracht niet heb verteld. Omdat ik haar uiteindelijk bleek te willen beschermen, waar ik evenzeer van had opgekeken als Lucy.

'Dat stelde niets voor.'

'Jawel.'

We zwijgen. Ik hoor de brievenbus klepperen en een plof op de deurmat. De enige post die ik nog krijg tegenwoordig bestaat uit reclameblaadjes en wervende folders van het plaatselijke gemeenteraadslid, een vrouw die Chloe heet, met kort stekelhaar. Chloe ziet er jong genoeg uit om mijn dochter te kunnen zijn. Ze staat voor de liberaal-democraten en ook al gaat ze niet winnen, toch denk ik dat ik op haar stem. Alles liever dan de Tory-partij van Edward Buller.

'Leuk van je te horen, Lucy, maar ik moet nu echt door. Ik heb een deadline.'

'Tuurlijk, tuurlijk. Sorry dat ik je gestoord heb, ik wilde alleen...'

'Dat weet ik,' zeg ik. 'Dat weet ik.' Ik vraag me af wat ik daar nog aan toe kan voegen, en houd het uiteindelijk bij een dankjewel, wat ongepast klinkt, maar het enige is wat ik eruit krijg. De kat springt weer op de bank en begint agressief met zijn pootjes in de stof van mijn ochtendjas te kneden. Ik kijk hem aan en hij stopt en kijkt terug, zonder een vin te verroeren. Ik schraap mijn keel. 'Je bent een heel aardig iemand,' voeg ik daaraan toe, met een warm gevoel in mijn keel. Ik voel een zenuwtic in mijn gezicht: een keer, twee keer. Ik wacht tot hij weggaat.

'Tot ziens, Martin,' zegt ze, met overslaande stem.

Ik verbreek de verbinding. Ik luister naar de kiestoon en leg dan de hoorn weer op de haak.

Ik ga terug naar de keuken en druk het knopje van de waterkoker in om het water weer aan de kook te brengen. De kat loopt achter me aan, verontwaardigd over mijn gebrek aan aandacht. Ik doe wat Whiskas in zijn bakje. Bruine brokken van onbestemde smurrie in gelei. Kip met rundvlees, volgens het zakje. Ik houd een schepje onder mijn neus en ruik eraan. Soms vraag ik me weleens af of ik een stoofpotje van Whiskas zou kunnen maken. Het ruikt best lekker. Sowieso te lekker voor een zwerfkat. Wat ik eigenlijk zou willen doen is een diner bereiden van kattenvoer en dan iemand uitnodigen om het te komen eten, en diegene dan pas na de laatste hap vertellen wat erin zat. Het enige minpuntje aan dit plan is dat ik niemand heb om uit te nodigen.

Degene met wie ik die grap het liefst zou uithalen is natuurlijk Ben, maar we praten niet meer met elkaar.

Sinds die dag op het politiebureau heb ik hem niet meer gezien, de dag waarop ik me realiseerde dat Beige Haar en Grijs Pak het nooit voor elkaar zouden krijgen om een zaak tegen hem op te bouwen. Maar ik heb zijn ontwikkeling van een afstandje bijgehouden. Ik heb in kaart gebracht wat hij allemaal doet. Ik had het nooit aan incompetente tussenpersonen moeten overlaten. Dus heb ik mijn tijd doelbewust afgewacht. Als het erop aankomt, ben ik er klaar voor. Sun Tzu: 'Om uw vijand te kennen, moet u uw vijand worden.'

Hij stelde zich kandidaat voor het parlement. Ed Buller parachuteerde hem een veilige zetel in na de dood van een bejaarde politicus die een aanzienlijk deel van zijn geld aan de plaatselijke kerk had nagelaten. Ben haalde op zijn sloffen een ruime meerderheid. De maidenspeech die hij een paar maanden geleden in het Huis van Afgevaardigden had gehouden ging over strafrechthervorming, waarin hij pleitte tegen het veelbesproken voorstel om gevangenen stemrecht te geven.

Ik keek naar hem op *BBC Parliament*. Zijn haar zat anders, achterovergekamd met te veel gel, waardoor hij er ouder en onbetrouwbaarder uitzag. Het licht van de camera schitterde op zijn haar en leidde mijn aandacht af van wat hij zei.

Het empathische handgebaar had hij al helemaal onder de knie – die serieuze, met handpalmen naar boven gerichte interpuncties waar mediagenieke politici, getraind in public relations en krantenkopvriendelijke soundbites, zo dol op waren. Hij glimlachte op de juiste momenten en knikte als een uitspraak daarom vroeg. Hij had iets betoverends. Altijd al gehad, op school al. Hij had buitengewoon witte tanden. Ik vroeg me af of hij ze had laten doen.

Sindsdien is hij aangesteld als staatssecretaris. Er wordt gezegd dat hij de rechterhand van de minister-president is. In een recent opiniestuk in de *Telegraph* werd hij getipt als een van de tien mogelijke leiders van de toekomst, samen met die pafferige pummel van een Andrew Jarvis die het op de een of andere manier toch heeft klaargespeeld om zijn hoofd boven water te houden, ondanks mijn regelmatige anonieme telefoontjes naar verschillende roddelbladen over zijn maîtresse in Londen. Tot nu toe heeft er nog niemand toegehapt.

De thee is klaar. Ik schenk mezelf een kopje in en doe er een wolkje magere melk uit de ijskast bij. De kat, die luidkeels staat te kauwen, is geheel in beslag genomen door zijn eten. Ik loop naar boven, waarbij de planken zachtjes kraken. De cottage waar ik in woon lijkt continu op instorten te staan. De muren buigen op onwaarschijnlijke plekken door en geen enkel oppervlak loopt helemaal recht. Als ik 's nachts mijn telefoon op de slaapkamervloer leg om hem op te laden, is hij als ik de volgende morgen wakker word een paar centimeter naar rechts verschoven. Soms voelt het alsof ik zelf ook overhel: een schip dat slagzij maakt voor het zinkt.

Op de eerste verdieping is een kleine overloop, waar drie deuren op uitkomen: bad-, slaap- en studeerkamer. Met de kop thee in mijn hand doe ik de deur naar mijn studeerkamer open en ik ga achter mijn bureau zitten. Mijn computer is zo neergezet dat ik tijdens mijn mijmeringen op de tuin kan uitkijken. Er klinkt een zacht vogelgekwetter vanachter het raam. In één hoek hangt een spinnenweb, flarden zijdeachtig rag glinsteren in het ochtendlicht.

Even sta ik stil bij Lucy, haar buik die misschien al dik wordt, haar huid die zich over het uitdijende ding eronder spant. Ik heb zwangerschap altijd maar een vreemd concept gevonden: het idee dat een vrouw een heel nieuw wezen in haar buik kan laten groeien en dat die oneigen verzameling cellen, dat embryonale persoontje dat niemand nog kent, opzwelt in haar meest intieme delen, zich ontvouwt en opvult, gretig vloeistoffen doorslikt tot het te groot wordt om binnen te blijven, als een teek die zich vol bloed zuigt. In een andere context zou het als een tumor worden beschouwd. Maar in plaats ervan te schrikken, worden we geacht het te omarmen. Kinderen baren wordt als een soort heilige overgangsrite gezien. Maar ik beschouw het als een onmogelijke gok. Want hoe kun je weten wat eruit komt?

Ik draai mijn stoel om en kijk naar de muur achter me. Die heb ik volgehangen met lange rechthoeken bruin pakpapier, met kneedgum op de muurverf geplakt. Ik werk aan een tijdlijn. Ik heb elk belangrijk moment in Bens leven langs een horizontale as in kaart gebracht, met de relevante datum er in zwarte stift naast, en alle krantenknipsels of online gevonden details erbij. Er zit niet veel bij uit zijn schooltijd, behalve een los rapport dat ik ooit op Denby

Hall uit zijn koffer met spullen heb gestolen en de kopie die ik al die jaren geleden van Katherines brief heb gemaakt (*'Heel veel liefs, mama'*).

Het wordt pas interessant rond de tijd dat Vicky Dillane om het leven kwam. Er zijn in die tijd heel wat krantenartikelen over geschreven waar ik geen weet van had. Ik werd door de Fitzmaurices compleet van de nasleep afgeschermd. Ik was in de veronderstelling geweest dat dat uit aardigheid was, maar natuurlijk was het louter eigenbelang. Door mij in te kapselen beschermden ze zichzelf. Hoe minder ik wist van wat er echt was gebeurd, hoe beter. Hoe minder vragen ik stelde, hoe makkelijker het was om de inconsistenties glad te strijken. Want nu vind ik het onbegrijpelijk dat de politie het nooit nader onderzocht heeft. Ik wist dat de familie Dillane was afgekocht om er geen zaak van te maken. Ik wist dat je met rijkdom en sociale klasse invloed kunt uitoefenen, maar ik had nooit helemaal begrepen hoe ver dat ging. De macht die het je oplevert is enorm. Niets is ertegen bestand, zelfs de waarheid niet. Vooral de waarheid niet. Maar wat zullen ze denken wanneer ik onthul wat er gebeurd is; wanneer ze erachter komen dat hun dochter dood is door de harteloosheid van een dronken jongeman die nu tot politicus is verkozen? Wat zullen ze dóén?

De afgelopen maanden zijn er zoveel artikelen en interviews verschenen om uit te scheuren en aan de muur te hangen dat ik een nieuwe rol bruin papier heb moeten aanbreken om ze allemaal een plek te geven. Bens gezicht staart me nu overal waar ik kijk vanaf stukjes krantenpapier aan. Hier verschijnt hij voor een exclusief comité, waar hij zich met vermoeide en geïrriteerde blik over een stapeltje papieren buigt. Daar jureert hij een liefdadigheidshondenshow, met een West Highland-terriër in zijn armen die Monty heet en hem in zijn gezicht probeert te likken. Hier staat zijn mooie vrouw Serena naast hem, beeldschoon in grijs zijde, bij de première van een Prince's Trust-gala. Serena was goed hersteld van haar ongeluk. Als je een foto van haar gezicht van heel dichtbij bekijkt, zie je een dun wit litteken van haar haargrens naar het buitenste randje van haar rechteroog lopen. Verder lijkt ze weer helemaal haar glanzende, glasharde, onaanraakbare zelf. Daar poseert hij met zijn vier kinderen in de keuken van zijn huis in zijn kiesdistrict, met een schort voor (een schort! Ik had Ben nog nooit, in al die jaren dat ik hem kende, zien koken) met de vrolijke opdruk KEEP CALM AND CARRY ON BAKING.

En dan – mijn grote favoriet – een veelgebruikte schoolfoto van ons laatste jaar op Burtonbury. Ben was toen al klassenoudste en Jarvis was zijn hulpje. Ze zitten naast elkaar voor Sullies in het gras. Ben zit wijdbeens, met zijn handen stevig op zijn knieën. Jarvis ziet er wat warriger uit: zijn das zit scheef, zijn rossige haar is dof bij de slapen. Ze grijnzen.

Ik weet nog dat ze het vlak voordat de foto werd genomen hadden uitgeproest zonder te zeggen waarom. Jarvis had opzij geleund en iets in Bens oor gemompeld en ik, die vlak achter hen stond, had mijn nek uitgerekt om te horen wat er werd gezegd, maar ik had het niet kunnen verstaan. Ik was jaloers geweest, en ik had mijn hand uitgestoken en met mijn vingertoppen over de schouders van Bens jasje gestreken, gewoon om te voelen dat het er was, gewoon om weer te weten hoe het voelde om hem aan te raken.

Ben draaide zijn hoofd met een ruk om. 'Wat zit je te doen, man?'

'Sorry. Er zat een pluisje op je blazer.'

Jarvis keek me dreigend aan.

'Bedankt, mams,' zei Ben en Jarvis lachte en toen draaiden ze zich allebei weer tegelijk naar de fotograaf die de foto niet veel later nam.

Het is een foto die keer op keer in verschillende kranten gebruikt wordt om de vriendjespolitiek binnen het bewind van Edward Buller te illustreren. Elke keer dat hij wordt afgedrukt zijn de gezichten uitvergroot, waardoor je alleen nog de armen en bovenlichamen van de andere jongens ziet. Maar ik weet dat ik daar sta, links van Bens hoofd. Vlak boven het bovenste knoopje van mijn jasje zit een inktvlek. Als je je ogen tot spleetjes knijpt kun je hem bijna zien zitten. Wat je niet ziet, is het bonzen van mijn hart of het trillen van mijn handen. Wat je niet ziet, is de felheid van mijn liefde of het pad dat voor ons ligt. Je ziet niet de koers die onze levens zullen varen. Je ziet niet waar het eindigt, op een groezelig politiebureautje met een plastic bekertje thee en een vrouw met beige haar en een man in een grijs pak.

Tenminste, Ben denkt dat het daar afloopt. Maar dat is niet zo, niet echt. Hij en ik zijn nog niet klaar. We hebben onze laatste afrekening nog niet gehad. Ik laat hem er niet mee wegkomen, al heeft hij nog zoveel politiemannen gecharmeerd. Hij denkt dat ik nog steeds om zijn oogverblindende zon heen cirkel.

Dat is niet zo.

Als je me zag, zou je het niet zeggen, maar ik ben kwaad. Ik ben, in alle stilte, pislink. En ik ben er klaar voor. Ik voel het geroffel en getril van atomen die verbinding maken. De afrekening komt eraan.

Wat mij betreft, ik denk dat ik het wel ga redden in de gevangenis. Ik ga schrijven. Ik ga nadenken. Bovendien heb ik mijn hele leven geleerd te overleven in instellingen. Ik zal me veel beter kunnen aanpassen dan Ben, wat een enorm bevredigende gedachte is. Voor één keer zal hij de regels niet kennen. Gek genoeg merk ik dat ik me in al mijn woede, ook voldaan voel.

De kat, verzadigd door zijn ontbijt, trippelt de studeerkamer in. Hij springt boven op de archiefkast waar ik een stapel kranten en oude nummers van het alumnimagazine van Cambridge bewaar. De kat rolt zich op en zwiept zijn staart als een schild voor zijn poten. Hij doet zijn ogen dicht. Er is nog een piepklein driehoekje van zijn tong te zien. Hij begint te spinnen, een diep, rustgevend geronk.

Wat moet ik met de kat?

Ik draai me naar mijn bureau en zet de computer aan. Ik klik op het documentenicoontje op het bureaublad. Ik kijk naar de linkeronderhoek van de pagina: 53.823 woorden. Ik houd dit getal graag in beeld. Het geeft mijn gedachten kracht en gewicht. Het herinnert me aan het feit dat het allemaal is gebeurd, dat het niet kan worden verloochend als het in Arial 11 bestaat.

Ik probeer niet aan de kat te denken.

Ik installeer me om met typen te beginnen. Ik moet mijn aantekeningen van het politieverhoor redigeren. Ik wil zeker weten dat alle details correct zijn, dat de chronologie helemaal klopt. Ik neem een slokje thee.

Ik probeer niet aan de kat te denken.

Wie gaat hem voeren als ik weg ben?

Ik sta op. Ik voel de zenuwtic in mijn gezicht. Een, twee keer. Ik zet mezelf schrap voor een derde keer, maar die blijft uit. Ik loop naar de archiefkast en leg mijn hand op de warme, slapende kop van de kat. Ik voel de broze botten van zijn schedel onder mijn hand, het zachte op- en neergaan van zijn ademhaling en ik denk aan die vogel, die vogel van lang geleden in de speeltuin van mijn basisschool.

Ik laat mijn hand nog een seconde op zijn kop liggen. Dan aai ik hem over zijn rug en kietel hem onder zijn kin. Het gespin klinkt harder, en stopt dan helemaal.

Ik trek de ceintuur van mijn kamerjas strakker.

Ik ga weer achter het bureau zitten.

Ik ga door met schrijven.

Buiten ligt een wereld te wachten.

Dankbetuiging

Dank aan mijn agent, Nelle Andrew, voor haar kracht, karakter en onvermoeibare weigering om met minder dan het beste genoegen te nemen, of het nou een restauranttafeltje of een plotstructuur betreft. En voor het feit dat ze me geleerd heeft dat mayonaise echt overal goed bij smaakt.

Dank aan mijn ongelofelijke redacteur, Helen Garnons-Williams bij 4th Estate, die vanaf de eerste zin die ik schreef in me geloofde en de meest briljante inzichten over werk en leven heeft.

Dank aan het hele team van 4th Estate, onder wie Alice Herbert, Tara Al Azzawi, Michelle Kane en iedereen die zo hard voor me heeft gewerkt. Ook dank aan mijn lieve vriend, Cormac Kinsella.

Dank aan de briljante Carina Guiterman van Little, Brown voor het lezen van mijn manuscript terwijl ze eigenlijk de bruiloft van haar zus moest voorbereiden – en excuses aan Carina's zus voor het afleiden van het bruidsmeisje.

Dank aan de familie Beauman – mijn lieve Francesca en haar ouders, Nicola en Chris, voor hun ongelofelijke vrijgevigheid en vriendschap in de afgelopen twee jaar. Ik heb een groot deel van *Het feest* in het prachtige huis van Nicola en Chris in Cambridge geschreven en het laatste hoofdstuk heb ik afgerond in Frans huis in Los Angeles (met af en toe een kleine onderbreking als ik door kinderen werd vastgebonden). Ik kan die schuld nooit helemaal vereffenen en waardeer het meer dan ik kan zeggen.

Dank aan Sarah Langford en rechercheur Sue Hill voor het uitleggen van de ins en outs van politieverhoren en het Britse Openbaar Ministerie. Eventuele fouten zijn uiteraard geheel aan mij te wijten.

Dank aan mijn eerste lezers op wie ik altijd kan vertrouwen en mijn supportteam, dat serieus literair talent combineert met buitengewone vriendelijkheid: Olivia Lang, Francesca Segal, Viv Groskop en Sebastian Faulks, wiens vele wijze en pittige inzichten ik graag als de mijne zou claimen.

Dank aan mijn ouders, Christine en Tom Day, voor te veel om op te noemen. Jullie steun betekent alles voor me.

Dank aan Emma Reed Turrell, voor alles.

Dank aan mijn vrienden: zonder jullie zou ik mezelf niet kunnen zijn.

En dank aan Jasper Walter-Bridge, voor het feit dat je de straat op bent gerend en sindsdien elke dag aan mijn kant hebt gestaan. Dit is voor jou, met al mijn liefde.

Londen, februari 2017